IL LIBRO DEGLI INIZI

LEGENDS ARE MADE 1

PATRICK MICHAEL

NEWSLETTER

Benvenuti in un viaggio emozionante con LMBPN® International! Iscriviti alla nostra newsletter per accedere ad aggiornamenti esclusivi e contenuti gratuiti.

Come nostro stimato abbonato, godrai di un'esperienza ricca piena di sorprese. Immergiti in nuovi mondi, intuizioni uniche e storie emozionanti che ti aspettano. Unisciti ora, diventa parte dell'avventura internazionale LMBPN® e diventa davvero parte della storia!

https://lmbpn.com/it/newsletter/

Copyright

Copertina di: Jake @ J Caleb Design - http://jcalebdesign.com / jcalebdesign@gmail.com

A cura di: Martina Manzone

LMBPN® International
2375 E. Tropicana Avenue
Suite 8-305
Las Vegas, NV 89119

ebook ISBN: <979-8-89354-004-8>
Print ISBN: <979-8-89354-003-1>

Dedica

A mia madre: Grazie per esserci sempre stata per me.

A mia moglie: Grazie per avermi sempre spronato, amato e aiutato a creare questo mondo.

A mia figlia: non potrei chiedere una figlia migliore. Questo dimostra che puoi fare tutto!

A Jake e Jess: siete la prova che la famiglia non significa sangue.

Vi amo tutti.

Prefazione

Non scrivo spesso prefazioni, quindi non stupitevi se faccio casino, solo un po'.

Sono alquanto entusiasta di presentare *Il tomo degli inizi* (primo libro della serie *Legends are Made*) di un nuovo autore di talento, Patrick Michael. Leggendo le accattivanti pagine di questo libro, ho notato una scintilla familiare, una passione per la narrazione che riflette il mio spirito creativo.

Sono lieto di sapere che Patrick Michael non è solo un autore di talento, ma anche un devoto fan del mio lavoro. La sua ammirazione per le storie che ho scritto riecheggia nel modo in cui tesse la sua narrazione, creando un mondo di meraviglia e magia che invita i lettori a immergersi negli sconfinati regni dell'immaginazione.

È possibile che il libro di Patrick sia migliore del mio primo libro. Anche se il mio ego potrebbe avere qualcosa da ridire, spero che Patrick si renda conto che sarei onorato se il suo lavoro superasse il mio.

Per lo meno, ora ho questa prefazione di cui vantarmi.

Questa serie è la testimonianza del profondo apprezzamento di Patrick per l'high fantasy e per il viaggio dell'eroe. La sua dedizione alla creazione di personaggi intricati, all'esplorazione di emozioni complesse e all'approfondimento delle difficoltà di un universo esteso è evidente in ogni pagina.

Mentre vi imbarcate in questa straordinaria avventura attraverso Umbraxia, non ho dubbi che sarete testimoni della genuina ammirazione di Patrick per il mestiere di narratore e per l'arte di costruire storie leggendarie.

A Patrick Michael va la mia più sincera gratitudine per aver condiviso la sua passione con il mondo e per avermi permesso di essere una fonte di ispirazione. Possa questo libro essere il primo di molti e il suo viaggio come autore continuare a essere pieno di creatività e successo.

Vi presento una nuova storia, un nuovo autore, una testimonianza del potere dell'immaginazione e dell'eredità duratura della narrazione, ricordando a tutti noi che le leggende sono davvero create da coloro che osano sognare.

Michael Anderle

Prologo

La bella e agile donna entrò nella stanza prima di fermarsi e alzare un sopracciglio su tutti i volti in attesa.

Quelli della sua famiglia.

Arricciò il naso e tirò le labbra di lato. I suoi occhi verde acqua scintillavano alla luce del fuoco, riflettendo i rossi e gli ori che vi erano racchiusi. «Che cosa abbiamo qui?»

Uno dei volti più giovani, una bambina di circa cinque anni, si avvicinò e le prese la mano. La trascinò verso una sedia dall'aspetto comodo vicino al fuoco. «Lo sai, nonna!» esclamò spingendola delicatamente con entrambe le mani sulla sedia.

La donna si sedette ubbidiente. «Davvero?»

Un ragazzino più grande annuì. «Certo.»

«Ah. Devo averlo dimenticato. Sono cose che capitano quando si raggiunge la mia età.» La donna cercò di trattenere un sorriso, con poco successo.

Non a te» rispose secco il ragazzo.

Questo lo dici tu» ribatté la donna. «Venitemi incontro. Cosa volete da me?»

Un bambino, forse di sette anni, la guardò e le lanciò un'occhiata... una molto divertita. «È l'ora della storia. L'avevi promesso.»

«Oh! È vero!» esclamò lei. Poi aggrottò la fronte. «Quale storia?»

La bimba che l'aveva condotta alla sedia emise un sospiro enorme per le sue dimensioni. «*La storia*, nonna. La *leggenda*.»

«Sì.» Sorrise una giovane ragazza. «La storia più importante che ci sia. Di come siamo arrivati qui.»

La donna fece un cenno per minimizzare. «Davvero? Non l'avete sentita tutti già abbastanza spesso? Anche voi piccoli? Che ne dite di raccontarne una diversa?»

«No!» disse in coro una dozzina di voci.

Lei fece un finto sospiro di sofferenza e cedette. «Oh, molto bene.»

«Hai bisogno del tuo libro, nonna?» chiese il ragazzo più giovane.

La donna ridacchiò. «No, non credo. Sono abbastanza sicura di conoscerla a memoria.»

«Dovresti.» Il ragazzo alzò gli occhi al cielo.

Oh, siediti. La vuoi sentire tanto quanto i più piccoli!» La donna sogghignò.

L'alzatore di occhi arrossì e si abbassò sul pavimento rivestito ti tappeti senza dire altro.

Bene, vediamo come nasce una leggenda.»

Capitolo 1

La storia di Sofia

19° Jinn, 1502 DF

Sofia barcollò all'indietro facendo cadere la torcia con rapidità. Si scrollò di dosso la sacca e cercò lo scudo appeso alla schiena sotto di essa. Non appena tolse lo scudo dal laccio a rilascio rapido e lo sistemò sul braccio sinistro, estrasse la spada con la destra e si mise in posizione di combattimento.

La luminosa sfera blu era ben più grande di lei, con al centro una fessura nera simile all'occhio di un gatto o di un rettile. Ruotò piano e si concentrò su di lei, rivelando qualcosa di sorprendente.

Era un occhio. Un *occhio* grosso, enorme, gigantesco!

«Drago» mormorò Sofia sbalordita.

Non ebbe tempo di considerare la sua situazione precaria quando qualcosa si abbatté contro il suo fianco sinistro. All'improvviso, si trovò a volare per aria, mantenendo a stento la presa sulla spada e sullo scudo quando si abbatté a terra, per poi rotolare sulle pietre in un roco sferragliare stridulo del metallo.

Scosse la testa per scacciare il ronzio dalle orecchie, ringraziò in silenzio lo sconosciuto benefattore che le aveva donato l'armatura e cercò di alzarsi. Si rese conto di essere comunque spacciata, con ogni probabilità. Come potevi combattere qualcosa con un occhio più grande di te? Tuttavia, era determinata a non diventare uno spuntino senza almeno reagire. «Magari riesco a fargli fare indigestione» mormorò ironica.

Alzandosi, vide la sagoma indistinta di quella che pareva essere l'estremità di un'ala ritirarsi dal punto in cui era stata colpita. Pallide luci blu, dalla luminosità tenue, rischiaravano le pareti, illuminando la stanza con la loro sfumatura gelida e mettendo in risalto l'enorme sagoma del rettile che si stava piano alzando in piedi.

Vedendolo iniziare ad alzarsi, avvolto nelle luci soffuse, Sofia quasi rivalutò la sua condizione. *Forse dovrei semplicemente sdraiarmi e lasciarmi mangiare. È enorme!*

No, enorme non rende minimamente giustizia a questa creatura. Massiccio. Colossale. La cosa più grande che abbia mai visto, a parte i palazzi. O anzi, i castelli.

È persino più grande degli alberi di ishavolia a casa.

Il tempo sembrò rallentare per Sofia mentre dava un lungo sguardo al mostro rettiliano. Azzardando un'ipotesi, avrebbe detto che era lungo almeno quattrocento piedi dalle narici alla punta della coda, se non di più. Non aveva mai letto o sentito di qualcosa di vivo che arrivasse anche solo lontanamente a tenergli testa.

Perlomeno non qualcosa alla cui descrizione avesse mai creduto.

Ed era *veloce.*

Si rese conto troppo tardi di quell'ultimo dettaglio, quando la testa ruotò leggermente e colpì, senza altri movimenti che ne tradissero le intenzioni. La testa scattò in avanti come un serpente all'attacco, le fauci spalancate e piene di denti grandi quasi quanto lei. Sofia si acquattò di riflesso dietro lo scudo, si rannicchiò per la verità, chiedendosi se qualcuno avrebbe mai scoperto cosa ne fosse stato di lei, e un gemito le sfuggì dalla gola.

Cadde in avanti quando la mascella inferiore della creatura la colpì. Sbatté contro un dente, vi si accasciò contro e guardò con orrore i restanti denti affilati come rasoi discendere su di lei.

Be', una cosa la so per certo.

La vita ti passa davvero davanti agli occhi quando muori.

Sorpresa, sorpresa, si prende pure la gioia di soffermarsi sull'ultimo giorno o due che mi ha portata a questo luogo contaminato dall'Abisso e al suo drago guardiano, così grande che non dovrebbe nemmeno esistere.

E, naturalmente, il destino sembra provare una gioia aggiuntiva nel girare il coltello, o il dente, nella piaga e darmi giusto il tempo necessario per mettere in discussione ogni decisione presa fino a questo momento.

Suppongo che non dovrei davvero aspettarmi nulla di diverso.

Capitolo 2

18° Jinn, 1502 DF

«Ma quanto freddo può fare qui? Questa maledetta isola dovrebbe trovarsi ai tropici» proclamò la figura quasi completamente corazzata, pentendosene all'istante quando il calore abbandonò il suo corpo attraverso la bocca aperta.

La donna strizzò gli occhi guardandosi intorno, abituandosi alla luce riflessa sulla luccicante finitura a specchio del pettorale, fatta eccezione per le sottili onde nere forgiate nel metallo. Abbassò lo sguardo sul piccolo uccello dagli occhi di metallo verde incastonato al centro del pettorale, dove sedeva aggraziatamente stringendo un pezzo di agrifoglio. Poi controllò un'ultima volta la spada, assicurandosi che si sfilasse facilmente dal fodero, prima di allungare la mano oltre la spalla per accertarsi che lo scudo fosse legato sotto la sacca. Entrambe le armi erano fatte dello stesso metallo argentato sconosciuto con onde nere come la sua armatura, e lavorate con altrettanta raffinatezza.

Dopo aver deciso che tutto era in ordine, scosse la testa e diede una pacca alla borsa legata al suo fianco, contenente l'elmo. Si tirò la sacca più in alto sulle spalle continuando a guardarsi intorno su quella che passava per una "spiaggia".

Qualche roccia, un po' di neve, molto ghiaccio e poco altro.

Perché mai una ragazza ragionevole, almeno a detta dei suoi genitori, si dovrebbe accingere a marciare in una landa ghiacciata con addosso un'armatura magica? pensò. *Soprattutto su un'isola che dovrebbe essere tropicale... se seguisse un maledetto ciclo climatico naturale.*

Cosa che chiaramente non fa.

Sbuffò una nuvola di irritato vapore gelido. *Perché ho dato retta a quei sussurri qualche mese fa? Tutto nella mia vita andava bene fino alla mattina del mio ventesimo compleanno,* pensò con malinconia. *Avevo passato la maggior parte della notte prima in una taverna a una festa organizzata per me dai pochi amici che ho davvero. Sono tornata a casa barcollando, solo per addormentarmi vestita con gli stivali ancora addosso, visto che a quanto pare non riuscivo a capire come slacciare niente.*

Poi ho sognato di camminare in un vasto cielo notturno circondata da stelle, prima di svegliarmi tardi, verso mezzogiorno, con la sensazione che qualcuno fosse deluso dal fatto che non fossi ancora sveglia... o da quanto avessi bevuto. O entrambe le cose. In realtà, ripensandoci, credo di aver sentito una voce urlare "svegliati" nei miei sogni. Una voce che suonava simile in modo sospetto agli attuali sussurri nella mia testa, anche se era molto più forte.

Quello poteva essere dovuto al post sbornia, però. Sofia sbuffò. Si guardò intorno, concentrandosi su tutta la neve e il ghiaccio, e scosse di nuovo la testa. Stava quasi per usare la pietra del richiamo che il vecchio mago assunto per teletrasportarla lì le aveva dato per tornare facilmente a casa dai suoi genitori a Tenewren e farla finita con tutto quello.

Tuttavia, esitò. La sua testardaggine si rifiutava di lasciarla andare via, o sparire per incanto, così facilmente.

Poi, la mattina del mio compleanno mentre mi davo una rinfrescata, mio padre mi ha gridato che c'era un pacco misterioso fuori dalla porta indirizzato a me. Quando sono scesa al piano di sotto e ho aperto la scatola gigantesca che aveva sistemato sul tavolo della sala da pranzo, cosa ho trovato? L'armatura, la spada e lo scudo che porto adesso. L'equipaggiamento più raffinato che avessi mai visto, figuriamoci toccato. Sotto tutto quello c'era un semplice biglietto. Diceva: «Ti servirà" e niente di più. Be', oltre a un avvertimento di non vendere quelle cose. Come se avessi mai potuto prendere in considerazione di farlo.

Più tardi, quella notte, non appena ho chiuso gli occhi, la voce ha iniziato a parlare sul serio.

Con un sospiro, guardò ancora una volta verso la landa ghiacciata. Inspirò a lungo fino a congelarsi i polmoni. L'odore di nient'altro che gelo e ghiaccio le riempì il naso mentre camminava a passo pesante oltre la spiaggia gelata verso le sculture di ghiaccio.

Naturalmente, il regalo e la voce non sono state le uniche cose strane di quel giorno.

C'è stata un'eclissi solare inaspettata!

Si avvicinò alle sculture di ghiaccio, brontolando sottovoce sulla sua confusione per l'intera situazione. Ricordando quanto la voce fosse stata insistente e determinata.

E quanto è determinata ancora: «Devi rintracciare un mito. Tutti hanno una storia, e spetta a te trovare la verità di questa qui, registrare la vera storia. Una volta che l'avrai fatto, molte cose accadute in passato saranno aggiustate ed eviterai una catastrofe".

Aveva provato a raccontare della voce alla gente, ma aveva sempre fallito. Non voleva che pensassero che fosse pazza o strana... almeno, non più di quanto la maggior parte della gente già pensasse. Figlia di bibliotecari, un topo di biblioteca per lo più, eppure riusciva comunque a eccellere nell'addestramento delle guardie e nei compiti richiesti a tutti una volta raggiunti i quattordici anni.

Sofia sbuffò una nuvola d'aria gelata, riportando la mente al presente ghiacciato. Cercò nella borsa al fianco e fece scorrere la pietra del richiamo tra le dita guantate.

Alla fine, quello non era stato tutto ciò che la voce le aveva detto. L'aveva condotta a libri di cui nemmeno i suoi genitori avevano mai sentito parlare. Aveva riacceso il suo amore per le leggende sulla Grande Guerra di quindici secoli prima. I draghi, gli dèi, demoni e angeli, tutti in lotta a fianco delle razze mortali di tutto il creato contro creature di qualche altra dimensione. Riaccese i sentimenti che provava da bambina quando i suoi genitori le raccontavano quelle storie. Poi le ricordò di quando era una ragazzina e un'adolescente alle prime armi. Di quando se le leggeva da sola.

Soprattutto, ricordava la voce che le diceva *"dalle azioni alla storia alle storie alle leggende e, infine, ai miti".*

Quella fu un'altra ragione per cui esitò quando strinse la pietra del richiamo. Il motivo per cui non riusciva a convincersi a tornare indietro proprio in quel momento.

La voce aveva insistito che le leggende erano reali.

Non poteva essere pazza, vero? Sentiva delle voci. Be', una voce. Ma l'aveva condotta a cose che prima non conosceva, come il libro che descriveva quell'isola. Quindi, anche se non sapeva se la voce era benevola, sapeva che non poteva essere la sua immaginazione. Non quando le diceva cose che prima non conosceva.

Ed eccola lì, sei mesi dopo, dopo aver completato le ricerche che la voce le aveva suggerito, facendo intanto ore aggiuntive di addestramento con la guardia cittadina, per poi dare alcuni dolorosi addii alla sua famiglia e ai suoi amici, e infine comprare un incantesimo di teletrasporto al vecchio mago che lasciava la sua torre solo per prendere libri dalla biblioteca dei suoi genitori. In viaggio verso...

Bella domanda» si lamentò e si maledisse dentro di sé quando l'aria fredda sottrasse ancora più calore al suo corpo.

Sofia chinò la testa e fece respiri brevi e veloci. Alla fine alzò lo sguardo per osservare il paesaggio minaccioso, non solo per guardarlo. *Non sono una codarda. Vediamo cos'ha da offrire questo posto.* Sforzandosi di scorgere oltre il cupo, arido paesaggio che la circondava, si rese conto che un tempo quel posto doveva essere stato bellissimo.

Anzi no.

In un certo suo modo inquietante e congelato, lo era ancora. Guardandosi intorno a caso, le parve che gli alberi, gli arbusti e le piante fossero sculture di ghiaccio. Anche se, dovette ammettere, erano bellissime e incredibilmente realistiche.

Tuttavia, dopo essersi concentrata su un albero in particolare, aggrottò le sopracciglia e diede un'occhiata più da vicino. Si avvicinò piano a esso e lo studiò prima di sollevare un dito guantato e farvelo scorrere sopra. Quando lo toccò, il contatto produsse un suono squillante, quasi come un fabbro nella fucina al lavoro sul metallo.

Si chinò in avanti, imprecò sbigottita e fece un passo indietro quando si rese conto che si trattava di un vero albero, un tempo vivo. Completamente ricoperto di ghiaccio! Riusciva persino a distinguere la corteccia. *Quale incantesimo potrebbe farlo?*, si chiese.

Sorrise con rinnovata curiosità. *Be', non torno di certo indietro ora!*

Si avvicinò ad altre piante e le controllò. Erano tutte vere! Le piante dell'isola non erano sculture. Un tempo erano state forti e vive. Non erano semplicemente congelate, ma rivestite di ghiaccio. Dopo aver ispezionato un gruppetto di fiori, si raddrizzò, chiuse gli occhi castani e fece qualche breve respiro per calmarsi. *Ho letto di magia simile solo nei libri!*

Sofia conosceva la magia, anche se lei stessa non sapeva usarla. Una magia di quella portata però... Era di quello che parlavano le leggende. Una magia che andava ben oltre i limiti dei maghi contemporanei. Aprì gli occhi e decise che era giunto il momento di proseguire. Lo avrebbe fatto, a prescindere da ciò che avrebbe trovato alla fine.

Annuendo di nuovo, come per assicurarsi della sua decisione finale, staccò lo sguardo dalla flora ghiacciata, sperando di non inciampare in o su qualche animale congelato. Alzò lo sguardo più in alto e scorse subito i cinque picchi montuosi verso il centro dell'isola che le sue ricerche avevano menzionato. Aveva vissuto vicino alle montagne per tutta la vita. Dopo averne tracciato i contorni verso il suolo, decise che probabilmente erano a solo un'ora di cammino se smetteva di gingillarsi.

Con un sospiro mentale, iniziò a camminare, desiderando di aver acquistato dal vecchio mago un incantesimo per resistere agli elementi. Non c'era molta neve, ma faceva un freddo tremendo. Decisamente ben al di sotto dello zero. Borbottò qualche imprecazione poco fine, poi si tappò la bocca e ne recitò mentalmente alcune più forti. Avrebbe voluto che la voce avesse menzionato il freddo che avrebbe fatto lì o che uno dei libri antichi avesse parlato di ghiaccio piuttosto che di un'isola tropicale.

Affrontando l'ambiente ghiacciato, si preoccupò che la temperatura potesse abbassarsi ancora e costringerla a rientrare a casa fino a quando non fosse stata in grado di tornare con una protezione aggiuntiva. Non appena il pensiero le balenò nella mente, la sua armatura iniziò a scaldarsi dall'interno. Sorpresa, Sofia si guardò intorno, cercando di capire cosa stesse succedendo.

Fu allora che la sentì. O almeno ne provò il breve, tremolante tocco nella mente.

Anche se la comunicazione era tutta mentale, suonava sempre vaga e sottile.

L'armatura ti proteggerà, bambina. Indossa l'elmo.

Poi il tocco sparì con la stessa rapidità con cui era apparso.

Slegò in fretta la borsa al suo fianco e sollevò l'elmo, osservando la fredda luce bianca riflettersi sul metallo argentato. «Speriamo bene.» Trattenne il respiro, aggrottò la fronte, poi fece come la voce le aveva ordinato. Fece un sospiro di sollievo quando si rese conto che l'elmo era caldo all'interno come lo era diventata il resto dell'armatura.

Anche l'aria che inspirava non era più fredda.

Tutto ciò era abbastanza inquietante. Non sapendo quanto sarebbe durato l'incantesimo dell'armatura, decise di iniziare a camminare sul serio. Non verso la cima più alta, come nella maggior parte delle storie che aveva letto, in cui l'eroe doveva affrontare un cattivo o salvare qualcuno.

No, si diresse verso quella più bassa. Un picco dall'aspetto ordinario di cui aveva visto un disegno in uno dei tomi verso cui la voce l'aveva guidata.

Circa tre ore dopo, con un gemito guardò in alto e si rese conto di aver sottostimato di molto la distanza dalle cime innevate. Aveva anche largamente sottovalutato le dimensioni delle montagne. *Il che significa che l'isola è molto più grande di quanto pensassi all'inizio.* Guardò in alto, e in alto, e in alto. Alla fine, chiuse gli occhi e scosse la testa per scacciare un'ondata di vertigini. Si sentiva sovrastata dalla loro immensità. «Odio l'altezza» mormorò e decise che probabilmente ormai mancava circa un'ora e mezza. Se tutto fosse andato bene.

Quando raggiunse finalmente la base della montagna, non poté fare a meno di confrontarla con quelle che circondavano casa sua. Non era un'esperta, ma mentre quella che aveva davanti non sembrava lavorata, essa si ergeva a un'angolatura quasi impossibile. La base, pur essendo più larga del resto, non sembrava abbastanza ampia per sostenerne l'altezza.

Ehm. Cosa ne so io delle montagne se non quello che ho letto nei libri? Non è che a casa ci abbia mai fatto grandi escursioni. Forse una parte si è staccata, o è stata danneggiata quando chissà che incantesimo è stato lanciato e ha congelato tutto il resto qui attorno. Decise che non aveva molta importanza, come dicevano i libri antichi, una volta entrata doveva scendere. Andare sottoterra.

Fece un respiro profondo, cercò in una delle sue numerose borse e tirò fuori un vecchio disegno. Dopo aver controllato l'immagine, si guardò intorno alla ricerca dei segni che mostrava. Alla fine trovò ciò che raffigurava. Una rientranza in quella che sembrava essere pietra naturale con su inciso un occhio di drago stilizzato. Premette sull'incisione, senza aspettarsi molto, poi si allontanò, cadendo all'indietro e atterrando sul didietro in un polverone di neve, quando apparvero le fessure di una porta.

Guardò, stupita, mentre quella si aprì con leggerezza e senza rumore verso l'interno.

Sofia spalancò gli occhi. Si alzò piano, inspirò in fretta alcune volte mentre il cuore le rimbombava nelle orecchie, e fece un passo avanti nell'oscurità.

Capitolo 3

18°/19° Jinn, 1502 DF

Sofia trascorse il resto della giornata arrancando nell'oscurità, addentrandosi all'interno della montagna. La sua unica luce proveniva da una torcia perenne che aveva ripescato tra i suoi averi nella borsa. Entrambi erano regali incredibilmente costosi ricevuti dai suoi genitori prima della partenza. *Dopo non essere riusciti a convincermi a restare a casa,* pensò con ironia. Riusciva ancora a ricordare la faccia di suo padre mentre le consegnava la scatola. «Se devi farlo, fallo bene» le aveva detto in risposta alla sua espressione stupita.

Alla fine la stanchezza si fece sentire e decise che aveva bisogno di riposo. Fece per togliersi l'elmo e si rese conto in fretta di star commettendo un errore non appena il collo si scoprì. Gemette e se lo ricacciò in testa.

Faceva ancora più freddo nella galleria dentro la montagna di quanto ne facesse all'esterno, cosa che non aveva il minimo senso logico. Poteva capire che il freddo fosse dovuto alla temperatura esterna, ma d'altra parte le sembrava di ricordare di aver letto che le temperature sotterranee dovevano essere abbastanza costanti. E molto più calde del clima dell'isola. Invece lì dentro sembrava almeno due volte più gelido che all'esterno.

Si tolse lo zaino, sprofondò a terra e si sistemò contro la parete della galleria per sonnecchiare in modo irregolare dentro l'armatura. La sua mente la svegliava di continuo con la preoccupazione di cosa le sarebbe successo se gli incantesimi dell'armatura fossero svaniti prima del suo risveglio. Per fortuna resistettero. Quando alla fine decise che non avrebbe ottenuto più riposo di quello, mangiò veloce una razione di cibo, sollevando la visiera e, praticamente, aspirandola. Rabbrividì quando la punta del naso iniziò subito a congelarsi. Desiderando con ardore che il freddo fosse un nemico che poteva infilzare, si alzò, si mise in spalla lo zaino e si costrinse a continuare l'esplorazione.

Addentrandosi alla fioca luce della torcia magica, si rese conto che stava ancora scendendo. Poco dopo, iniziò a imbattersi in caverne all'interno della montagna che erano state chiaramente abitate. Nella prima trovò quella che sembrava un salotto. Il soffitto e le pareti non erano altro che pietra grezza intagliata. Lo spazio conteneva tavoli e sedie di vari legni, sufficienti a ospitare qualche centinaio di persone, ma erano di natura pratica. Non avevano cuscini o imbottiture di alcun tipo, né decorazioni eleganti. Sembrava che l'intero posto fosse disabitato da secoli, almeno agli occhi inesperti di Sofia. Si fermò per passare le dita guantate su uno dei tavoli, poi le sollevò alla luce.

Niente polvere. All'interno di una caverna di montagna. Non c'è né polvere né sporcizia da nessuna parte, anche se questo posto dà l'impressione di essere inabitato da... sempre.

Ciò suscitò la sua curiosità.

Nella sua eccitazione, accelerò. Quando arrivò alla camera successiva, il respiro le si fermò in gola. In quella stanza c'erano diversi focolari, anche se nessuno era acceso. *C'era da immaginarselo, ma una delusione comunque.* Li guardò imbronciata e diede un calcio leggero alla grata metallica di uno di essi.

Ad attirare la sua attenzione non fu tanto la stanza in sé, ma la mappa del mondo che occupava un'intera parete. Avvicinandosi, si rese conto della verità dei fatti. Quella caverna era a tutti gli effetti pietra lavorata, i bordi grezzi erano stati levigati e il prodotto finale lucidato a specchio. Mentre la prima sembrava semplicemente una grande caverna con tavoli e sedie sparsi qua e là, quella aveva qualcosa di diverso. Quasi certamente una stanza. Sembrava quasi una delle sale riunioni della biblioteca dei suoi genitori, su scala molto più grande. A casa, la più grande poteva contenere una ventina di persone. Forse trenta, se tutti si mettevano comodi.

Quella, invece, avrebbe potuto contenerne con facilità un migliaio.

All'improvviso, la colpì un'ondata di vertigini. Le si annebbiò la vista e, quando passò, vide uomini e donne di varie razze che discutevano tra loro. Alcuni litigavano facendo gesti esagerati, mentre altri si muovevano per la stanza, rassicurandoli con gentilezza e indicando la mappa. Sentì il crepitio dei fuochi sparsi per la stanza. Non emettevano fumo, anche se poteva quasi sentire il dolce profumo del legno di ciliegio che vi bruciava. Il brusio oscillante delle voci era poco più che un sottofondo alle fiamme che sembravano chiamarla.

La visione sparì con la stessa velocità con cui era apparsa.

Lasciandola di nuovo sola nella stanza ghiacciata, con i fuochi estinti da tempo.

Si guardò intorno, abbastanza spaventata, prima di chiudere gli occhi e fare dei respiri profondi, rassicurandosi del fatto di essere sola in quel posto. Quando sentì di non avere più i nervi a pezzi, si avvicinò con cautela alla gigantesca mappa per esaminarla. La guardò, poco propensa a togliersi il guanto per sentirne il materiale, ma rendendosi conto che non era un tipo di carta o pergamena a lei familiare. *Considerando che sono cresciuta in una biblioteca, è strano. Non solo non la riconosco, ma non si è deteriorata. Chissà da quanto tempo è rimasta qui sotto incustodita?*

Almeno, spero che sia stata incustodita...

Fece un respiro profondo e si costrinse a studiare la mappa in sé, non ciò di cui era fatta, per quanto ciò fosse intrigante. Si rese subito conto che, pur essendo davvero una mappa del suo mondo, le cose erano diverse. Alcune masse continentali non corrispondevano alle mappe che aveva visto in precedenza, e alcuni luoghi di quella mappa non esistevano nemmeno in quelle più recenti a cui aveva accesso.

Non mi sorprenderebbe se questa cosa fosse anche solo lontanamente vecchia quanto sospetto.

Qualcosa da dire, oh grande voce nella mia testa? Nessun suggerimento? So cosa mi hai detto di fare, ma ho dei seri dubbi sulla mia capacità di farlo in una gelida camera sotterranea priva di vita.

Come ogni volta che indirizzava direttamente i suoi pensieri nell'etere, facendo una domanda alla voce, quella non rispondeva.

Alla fine decise che la mappa era un problema da rivedere in seguito. Frugò nella stanza per cercare qualcos'altro di interessante, ma non trovò nulla. *Be', se non si contano i tavoli e le sedie molto costosi e ben fatti e la conferma che la stanza è effettivamente in pietra lavorata.* Le sue labbra si piegarono in un sorriso all'interno dell'elmo. *E, naturalmente, la mappa.* Si ripromise di portarla con sé quando fosse ripartita, visto che era probabile che valesse una fortuna.

Sofia uscì con entusiasmo dalla stanza e prese un altro corridoio tortuoso, camminando più in fretta nella sua eccitazione, iniziando a pensare a quel luogo come a un edificio sotterraneo con delle stanze, e non semplicemente a una caverna con delle grotte.

La sua carica sconsiderata, e la mancanza di cautela che dimostrò, terminarono quasi prematuramente la sua avventura lì per lì, quando uscì dal corridoio ed entrò nella stanza successiva.

E per un pelo non saltò giù da un cornicione verso morte certa.

Spalancando gli occhi per il panico, mulinò le braccia nell'inutile tentativo di mantenere l'equilibrio, per poi cadere all'indietro sul posteriore in uno sferragliare metallico.

Cosa che riecheggiò più volte nell'enorme camera.

Filò via dal cornicione il più in fretta possibile facendo cozzare il metallo, ansimando e contemplando la sua mortalità dopo lo scampato disastro. Alla fine, sbirciò attraverso la visiera nel tentativo di vedere l'altro lato. Quell'area era davvero enorme. La luce della torcia perenne non arrivava al lato opposto.

Guardò in basso e credette di vedere un lampo di luce blu. Tuttavia, trattenendo il respiro e sforzandosi di vedere se fosse riapparso, lo attribuì a un'illusione ottica. Sporse la torcia il più possibile e finalmente notò che il passaggio continuava alla sua destra, scendendo con una pendenza molto più ripida rispetto ai corridoi precedenti.

Forza, Sofia. Ce la puoi fare. È ora di "tirare fuori gli attributi" come direbbero i miei amici. Dopo tutto questo, non esiste che io torni indietro a mani vuote. Non me lo perdonerebbero mai. Fece una risatina. *La mappa non sarà di certo sufficiente a convincere la piccola palla di pelo che ho davvero portato a termine il viaggio.*

Sofia seguì il percorso in forte discesa. Si tenne al muro con attenzione e sussurrò una preghiera agli dèi defunti, anche se c'era abbastanza spazio per far passare tre uomini alla volta. Anche se fossero stati tutti in armatura completa come lei.

Dopo tre ore di agonizzante camminata in discesa, facendo di tanto in tanto delle svolte a sinistra ai lati della caverna, si rese conto di aver raggiunto il fondo.

Le gambe le bruciavano e aveva i nervi a pezzi. Era agitata, il respiro era affannoso ed era sull'orlo dell'iperventilazione.

Sono in fondo? Perché sono nervosa ora? O meglio, quasi terrorizzata?

Mise una mano sull'elsa della nuova spada e con l'altra mosse piano la torcia avanti e indietro, cercando di vedere... qualcosa, *qualsiasi cosa* nella grande camera.

Sforzando gli occhi, riuscì finalmente a scorgere quello che sembrava essere un grande cumulo verso il centro dell'ambiente. Allungò la torcia davanti a sé e avanzò con cautela, cercando di vedere cosa fosse.

Quando si avvicinò, più che sentirlo, percepì un rombo. Vibrò nel suo petto più che nelle sue orecchie. Quando si trovò a non più di tre metri di distanza, apparve una luce blu pallida e brillante.

Una luce che iniziò a espandersi.

Capitolo 4

<u>19°/20° Jinn, 1502 DF</u>

Ora, eccomi qui. In procinto di essere fatta a pezzi, sbriciolata, ridotta in poltiglia e ingurgitata...

Meraviglioso.

Sofia si era rassegnata al suo destino, mentre le fauci erano in procinto di chiudersi e segnare la sua rovina, quando, con sua grande sorpresa, si fermarono.

Alzò lo sguardo e vide la parte superiore del suo scudo infilato nella gengiva del drago, proprio dietro uno dei denti. Lo fissò, perplessa, mentre il metallo resisteva e impediva alle fauci di chiudersi!

Con quello che sembrò un grugnito di fastidio, il drago la colpì con la lingua. Le mandibole si aprirono leggermente scaraventandola fuori dalla bocca. Lei rimbalzò e rotolò sul terreno. Di nuovo. Quella volta perse la presa sulla spada e sullo scudo, che scivolarono via.

Comincio a sentirmi come il contenuto di una lattina presa a calci per strada. Sofia guardò gli occhi irritati del drago, lottando per alzarsi. *Forse non è una considerazione su cui dovrei soffermarmi, viste mie circostanze attuali.*

Mentre il collo serpentino oscillava avanti e indietro, quegli occhi si concentrarono su di lei, chiaramente decidendo il modo migliore per divorarla. Poi la voce tenue si intromise ancora una volta nella sua testa. Non avendo altre idee su come difendersi, Sofia seguì subito le sue indicazioni.

Si inginocchiò e chinò il capo. «Lady Cirrus, sono al vostro servizio.»

La testa del drago smise subito di ondeggiare. Gli occhi si fecero più brillanti, chiaramente sorpresi. Tuttavia, non avendo mai visto prima un vero drago, o almeno uno nella sua vera forma, Sofia non poteva esserne certa.

Nel tempo necessario a Sofia per sbattere le ciglia, il drago non c'era più. Al suo posto si trovava una bellissima elfa di circa un metro e ottanta, con lunghi capelli azzurri raccolti in una treccia elaborata. I suoi occhi erano di un azzurro ancora più chiaro e sembravano quasi brillare di un fuoco interiore che affascinava Sofia.

Lo stile dell'abito dell'elfa era decisamente antiquato, ma abbastanza ricco e regale da farla facilmente accogliere alla corte di qualsiasi regno a lei noto. O di cui avesse sentito parlare. O che potesse anche solo immaginare. Per come le stava, avrebbe potuto iniziare in fretta una nuova moda. *O sarebbe una vecchia moda?*

La testa dell'elfa si inclinò di lato, mentre quegli occhi affascinanti studiavano Sofia con attenzione.

Chi sei? È da molto tempo che un umanoide non mi chiama con questo nome» annunciò con voce leggera e musicale.

Mi chiamo Sofia Dahrel. Non volevo intromettermi, ma...»

«Eppure, eccoti qui. A intrometterti comunque» interruppe la donna... il *drago*. Il suo tono sembrava più divertito o incuriosito che arrabbiato. «Anche se conosci il mio nome comune non significa che ti risparmierò, a meno che tu non abbia una ragione *molto* valida per essere qui. E credimi, cercare di saccheggiare questo posto non è certo una ragione valida.» Si avvicinò a Sofia e alzò due dita. «Quindi, dimmi due cose. Cosa vuoi e come fai a sapere il mio nome?» La sua voce aveva ancora una sfumatura divertita, ma aveva assunto un tono leggermente più duro.

Be', non sono ancora diventata cibo. Speriamo che le piaccia questa mia non-risposta.

Sofia sospirò. «Mi dispiace davvero di avervi disturbata. Credo che la risposta a entrambe le vostre domande sia la stessa. Per semplificare il più possibile e non rubarvi altro tempo... la voce nella mia testa mi ha detto di venire qui. È la stessa che mi ha detto il vostro nome.» Fece una pausa, sapendo quanto doveva suonare pazza.

Sono proprio morta.

Cirrus la fissò mentre i secondi passavano per poi alla fine sbuffare esasperata. Sofia non aveva mai avuto a che fare con un drago fino a quel momento, ma riconobbe comunque quel suono, avendolo sentito da sua madre mille volte.

Hai intenzione di spiegare, signorina, o dovrei indovinare cos'è questa voce di cui parli?» L'elfa suonava più come una madre o una tutrice che un drago gigante pronto a divorarla. «Oh, e togliti l'elmo se hai intenzione di parlare con me. È piuttosto scortese aspettarsi che io dialoghi con un pezzo di metallo.»

Sofia obbedì di scatto, armeggiando con le cinghie per togliere l'elmo ed esaudire la richiesta del drago. *O era un ordine? Ma poi... ha davvero importanza?* Dopo aver tolto l'elmo, fu sorpresa di trovare una temperatura ideale in quella stanza.

La sorpresa le illuminò il volto, ma non solo per il cambiamento di clima.

Nel tempo che le era servito per togliersi l'elmo, erano apparsi un tavolo e due sedie. Cirrus era già seduta su una di esse e la stanza si era illuminata ancora di più, mostrando i dettagli della grotta gigantesca. Non che ce ne fossero molti. Era praticamente vuota, a parte loro due e i mobili appena arrivati. Sofia si avvicinò piano. Al sopracciglio alzato di Cirrus e al suo rapido gesto, si sedette di fronte a lei.

Bene» fece il drago. «Sei pronta a dirmi di più, così potrò capire se uscirai di qui tutta intera?» Un leggero sorriso le sfiorò le labbra. «O devo cercare qualcosa per tirarti fuori dalla tua armatura costosa?»

Sofia deglutì con un nodo alla gola e annuì. «Non voglio insultarvi o rubare troppo del vostro tempo, quindi cercherò di spiegarmi nel modo più breve possibile. Ma non ha senso nemmeno per me. O almeno, non proprio.» Fece un respiro profondo. «Il giorno del mio ventesimo compleanno, mi sono svegliata e ho trovato un pacco con dentro questa armatura, questa spada e questo scudo. Erano indirizzati a me con l'avvertenza di non venderli, anche se l'idea di vendere un equipaggiamento così bello non mi sarebbe comunque passata per la testa. Quella sera, addormentandomi, ho iniziato a sentire delle voci. Be', una voce.»

L'elfa... *devo ricordarmi che è un drago...* sembrava curiosa e fece cenno a Sofia di continuare.

La voce continuava a dirmi che le leggende della Grande Guerra erano vere. Che quel popolo una volta esisteva e che dovevo rintracciare le leggende per aggiustare qualcosa. Ma non so nemmeno cosa dovrei aggiustare!» Sofia alzò la voce e sollevò le mani di fronte a sé, palmi all'insù. Deglutì rapidamente e abbassò lo sguardo prima di continuare, sperando di non aver insultato la sua già poco disponibile ospite. Così facendo, si perse il leggero sorriso che comparve sulle labbra del drago. Continuò. «Tuttavia, la voce sembrava sapere dove avrei potuto trovare i libri con le informazioni necessarie per trovare questo posto.

Sto tralasciando molte cose, ma in pratica, ho seguito il consiglio della voce e ho trovato alcuni libri e mappe molto vecchie. Appena finito di metterli insieme e trovato questo posto, la voce mi ha detto che dovevo venire qui. Più che altro, me lo ha ordinato. Era insistente.» Sofia si grattò la fronte. «Forse "non la smetteva di parlarne" è il modo migliore in cui definirlo. Se rimandavo il viaggio, trovando scuse per non partire, iniziavo ad avere problemi a dormire. La voce mi svegliava più volte per notte, dicendomi che era ora di iniziare il viaggio. Che dovevo raccogliere la storia di "lui", registrarla, e che così facendo gli avrei fatto ricordare a "lui" ciò che "lui" aveva dimenticato.» Sofia la guardò quasi con supplica. «Non so nemmeno chi sia "lui". C'è qualcosa di tutto questo che abbia un senso?»

«Qualcosa» ammise Cirrus, sorprendendola. «C'è qualcun altro qui, e ha cercato di dimenticare un bel po' di cose per nascondersi dal dolore che quei ricordi gli provocavano. Purtroppo, credo che possa aver avuto successo.» Si accigliò, le sue emozioni tinsero le sue parole di dolore. «Questa voce. Che suono ha?»

«Sottile. Come se non fosse del tutto lì» rispose Sofia.

«Ci sono momenti in cui la senti più intensa?» Il tono del drago sembrava indicare che conoscesse già la risposta.

«Nei miei sogni, quando dormo. A volte è come se fossi in un altro posto, ma non riesco a vedere dove, e c'è una forma sfocata che mi da istruzioni.» Sofia sollevò le sopracciglia, scioccata, quando dall'occhio del drago si formò e fuoriuscì una singola lacrima.

«Direi che non è possibile. È stata via per così tanto tempo... troppo tempo» sussurrò Cirrus, chiaramente parlando tra sé. «D'altra parte, ho visto loro due compiere imprese ancora più grandi.» Scosse la testa e si concentrò subito su Sofia, scossa per aver parlato ad alta voce. «Tu sai chi sono io?» chiese.

«Solo il nome, Cirrus, che la voce...» Sofia si interruppe. Le si seccò la bocca e spalancò gli occhi. Il sorriso sul volto di Cirrus confermò il pensiero che era balenato nella testa di Sofia. «Cirruskeliazoratrix» bisbigliò Sofia.

«L'unica e sola.» L'elfa si inchinò sul tavolo, gli occhi scintillanti. «Diamante blu *invicta draconis.* Un drago più potente dei grandi wyrm. A mio modesto parere, forse una dei più potenti mai esistiti e, con ogni probabilità, il custode del drago più potente mai esistito. Sempre a mio parere.» Inclinò la testa, un'espressione pensierosa sul suo volto, poi ridacchiò. «Be', perlomeno quello più fastidioso e ostinato.»

«Kemu...» Sofia iniziò prima che Cirrus la interrompesse con un movimento della mano.

«Non pronunciare quel nome qui. Almeno non ancora. Sta dormendo e lo fa da un po' di tempo. Non voglio che si svegli finché non saprò con certezza se devi essere portata da lui. Cos'hai detto che la voce ti ha ordinato di fare?»

«Raccogliere la sua storia, registrarla e, così facendo, aiutarlo a ricordare.»

«La voce ti ha detto come registrarla? Hai bisogno delle storie direttamente da lui?»

Sofia scosse la testa. «No. Niente del genere...» Si accigliò. «In realtà, quando me l'avete chiesto, ho *sentito* di dover ascoltare la storia *da* lui, non *su di* lui.»

Cirrus strinse le labbra. «Suppongo che scriverla sia abbastanza semplice. E immagino che sentirla da lui possa avere un significato speciale...»

Vedendo che Cirrus era caduta nel silenzio, Sofia osò interrompere le riflessioni della dragonessa. «Sapete che cosa sia la voce? Di chi è?»

«Credo di sì, anche se non ho idea di come potrebbe essere possibile. E se ho ragione, non è certo un "cosa". Piuttosto un "*chi*" e, per essere precisi, se ho ragione, una "*lei*".» Un sorriso si insinuò sul volto di Cirrus. «Be', hai detto che ti serviva la sua storia, giusto?» Al cenno di Sofia, continuò. «Allora suppongo che per ora ti crederò, Paladina. Per ascoltare la sua storia dall'inizio, però, bisogna partire da prima ancora che lui ne abbia ricordo.»

Allo sguardo confuso di Sofia, il drago sghignazzò e continuò. «Be', non potrebbe ricordare la propria nascita, no?» Rise. «Questo è l'inizio della sua storia, e quindi lo riterrei rilevante.»

Lo stomaco di Sofia brontolò.

Cirrus le fece un gran sorriso. «Bene. Devi avere meno paura di me se il tuo stomaco ha deciso di parlare.» Il suo divertimento si intensificò quando Sofia arrossì. «C'è un'area per lavarsi e un letto in una piccola stanza laggiù.» Il drago indicò un'area che si illuminò di una soffusa luce blu, rivelando una porta che Sofia non aveva visto prima. «Ci sarà del cibo quando ti sarai ripulita. Lavati, mangia e poi riposa. Non ti verrà fatto alcun male. Quando ti sarai svegliata, torna da me e ti racconterò della sua nascita. Anche se ti avverto, non sarà come te l'aspetti. Potrà anche essere un drago, ma non è nato da un uovo.» Il suo tono era chiaramente di congedo e i suoi occhi assunsero uno sguardo distante e tormentato.

Sofia chinò il capo in segno di assenso. Si alzò e andò alla porta indicata, che era abbastanza difficile da non notare ora che le scintille blu ne evidenziavano la cornice. All'interno trovò una camera da letto di dimensioni moderate, decorata in blu e bianco, con i normali arredi che ci si aspetterebbe. Aprì un'altra porta all'interno della stanza che dava su un bagno completo, inclusa una grande vasca da bagno piena d'acqua da cui si alzava vapore. Sorrise, si spogliò dell'armatura e dei vestiti, poi si immerse nell'acqua con un sospiro, approfittando delle dimensioni della vasca per distendere i muscoli doloranti.

Dopo poco tempo, ispezionò le varie bottiglie di sapone. Ne scelse una e si lavò con cura, decidendo che era meglio non offendere il drago che le aveva detto di farlo. *Probabilmente una buona idea. Il sudore non ha mai un buon odore, il sudore nervoso è peggio, e non ho assolutamente idea di quanto sia sensibile il naso di un drago.*

Sofia scosse la testa con un leggero cipiglio, ripensando all'incontro. Il drago era passato da uno stato omicida, a uno di curiosità, a uno eccitato e persino cordiale in un tempo incredibilmente breve. Sofia non era sicura se ciò che aveva detto avesse fatto cambiare idea in maniera repentina al drago o se fosse leggermente pazza a causa dell'isolamento. Una cosa che sapeva con assoluta e inequivocabile certezza era che non avrebbe chiesto. Mai.

Dopo un accurato strofinamento, uscì a malincuore dalla vasca da bagno e si asciugò con un asciugamano che avrebbe potuto giurare non era lì quando era entrata. Il suo naso si riempì del dolce profumo di qualche fiore sconosciuto di cui era fatto il detergente per i capelli e di qualcosa che le fece brontolare lo stomaco ancora più forte di prima. Uscì dal bagno e si guardò intorno prima di concentrarsi sulla cassettiera e sulla deliziosa cena a base di bistecca servita su un piatto di cristallo.

Ritenendo che il drago non dovesse ricorrere al veleno per ucciderla, mangiò a sazietà seduta sul letto. Si spostò per mettere il piatto sul comodino e si fermò a metà strada, poi se lo avvicinò per ispezionarlo. *Questo non è cristallo... è diamante! L'intero piatto è un maledetto diamante!* Scioccata, con la pancia piena e senza sapere dove andare a parare con quella rivelazione, lo rimise giù con cura. Dopo essersi sdraiata sul letto, fissò il soffitto roccioso. Cedette in fretta alla stanchezza dovuta a tutto quel camminare, in aggiunta ai momenti di batticuore e ai picchi di adrenalina per aver affrontato un drago, e cadde in un sonno profondo.

Non vide Cirrus entrare, né sentì quando il drago sussurrò. «Uccellino, credi davvero che narrarlo, e poi fissarlo nell'esistenza per iscritto, glielo farà ricordare?» Sofia non vide colare le lacrime del drago. «Spero che tu abbia ragione, anche se non so cosa pensi di ottenere.»

Quando Sofia si svegliò, infilò rapidamente nuovi abiti presi dalla sacca. Esitò di fronte all'armatura, poi decise di indossarla per sicurezza. Non che avrebbe fermato un drago di quelle dimensioni. Uscì dalla stanza e trovò Cirrus seduta tranquilla nello stesso posto di prima a sorseggiare una tazza di tè. Il tavolo era talmente carico di cibo per la colazione, che Sofia non capiva come facesse a non cedere nel mezzo.

E gli odori. Per tutti i draghi, il cibo ha un profumo fantastico!

Cirrus le sorrise e agitò una mano, indicandole di sedersi e farsi sotto.

Grazie, lady Cirrus.» Sofia inclinò la testa e eseguì gli ordini impliciti del drago.

Non che il mio stomaco mi permetterebbe di evitare il cibo a lungo. O il mio naso, se è per questo.

Non c'è di che, Paladina» rispose il drago.

Signora, grazie per il complimento. È la seconda volta che mi chiamate paladina. Tuttavia, temo di non esserlo e non desidero fuorviarvi affermando di essere qualcosa che non sono» spiegò Sofia, sperando di non insultarla.

Cirrus sorrise. «Forse non te ne rendi ancora conto, signorina, ma a meno che non mi sbagli, e non lo faccio, sei a tutti gli effetti una paladina. O per lo meno, sulla buona strada per diventarlo.» Fece un sorrisetto, con un luccichio malizioso negli occhi. «Quindi, goditi il tuo cibo mentre io riavvolgo il tempo e inizio a prendere quella che per te è una leggenda e a ritrasformarla in storia.»

Sofia annuì, gli occhi le si illuminarono e un sorriso le si allargò piano sul viso. Come figlia di bibliotecari, aveva sempre amato imparare e ascoltare nuove storie.

Vediamo. Tutto iniziò una sera con un colpo, delle grida e un urlo. Poi il pianto di un bambino...»

Capitolo 5

La storia di Cirrus

15° Drago, 40 AF

La porta della camera da letto, arredata in modo impeccabile, si spalancò sbattendo sonoramente, facendo trasalire tutti all'interno, tranne la giovane e bella elfa scura che giaceva a letto e quella dai capelli azzurri al suo fianco che le teneva la mano. La darkven emise un gemito che finì in un'imprecazione strozzata. Il motivo era duplice. Primo, era troppo presa da quello che stava facendo e secondo, si era abituata a quelle azioni e a quegli sfoghi infantili da parte del re.

È già arrivato il bambino? Perché fa così freddo in questa stanza? State mettendo la mia regina a suo agio? È già arrivato il bambino?» Il re continuava a fare domande a raffica alle guaritrici nella stanza ruggendo con la sua voce profonda.

Il bambino non è ancora arrivato, Vostra Maestà, anche se crediamo lo farà presto» rispose Cirrus, trattenendosi a stento dal roteare gli occhi. Era un drago diamante, l'unica del suo clan, e per di più un diamante blu. Non solo la sua specie era estremamente rara, ma era anche estremamente potente e abile.

Tuttavia, il portale per il semipiano del suo clan era sempre stato situato entro i confini del Regno di Alshain. Inoltre, Kiserian, un drago zaffiro del suo clan, era la nonna della linea reale, quindi doveva mostrare rispetto. Anche se avrebbe preferito gettare il re dalle mura del castello per il suo comportamento.

O mangiarlo.

Anche se sono certa che ciò risulterebbe solo in un'indigestione a vita. Cirrus osservò lo sguardo irritato negli occhi rossi della regina degli elfi scuri. *Comunque, potrebbe valere la pena permetterle di sposare qualcun altro. Qualcuno degno del suo spirito guerriero.*

Perché ci vuole così tanto? Adakkar è nato in un'ora o poco più» affermò il re con saccenza.

A quel punto, Cirrus espirò, lasciò la mano della regina e si voltò verso re Dothan Alshain. «In realtà, Vostra Maestà, il primo travaglio della regina Arissa è durato circa sedici ore, e anche quello non è molto per una darkven. Forse non ve ne siete reso conto mentre vi stavate occupando di... questioni di stato.» Cirrus si stupì di se stessa per il tono blando che aveva usato.

Oh, e per non avergli rinfacciato direttamente di aver *intrattenuto* due giovani diplomatiche di un regno vicino mentre la regina stava dando alla luce il suo primogenito.

Mmh... forse è così. Le distrazioni abbondano quando si è re. Comunque, vorrei sapere perché 'sta stanza è così fredda» rispose il re, non avendo notato o avendo scelto di ignorare le implicazioni alla fine del commento di lei.

Cirrus trattenne l'irritazione per il suo uso delle contrazioni, ben sapendo che il suo guardiano draconico lo aveva educato meglio. Si accigliò considerando la risposta alla sua ultima domanda. Doveva ammettere che lei stessa era confusa a riguardo. Non era solo freddo, ma anche buio. Il freddo e l'oscurità erano iniziati circa due ore prima. Avevano acceso il fuoco e portato dentro altre torce. Sia lei che Lyvni, il futuro drago guardiano del nuovo bambino, avevano lanciato una magia per riscaldare la stanza.

Funzionava sempre per un po'. Alla fine, e troppo in fretta, il calore diminuiva e il freddo tornava a farsi sentire. Cirrus aveva usato tutti gli incantesimi che le erano venuti in mente per vedere se qualcuno stava dirigendo magia dannosa verso la stanza o verso qualcuno degli occupanti, ma non aveva scoperto niente. «Non lo so, Vostra Maestà. Sembra semplicemente che qui dentro faccia freddo, indipendentemente da cosa facciamo. La regina ha detto di stare bene, però, e le guaritrici non vogliono spostarla a questo punto» rispose

Cirrus, scegliendo di non menzionare l'oscurità se non avesse fatto lui.

Molto bene, allora. Potete tutte proseguire. Informatemi di qualsiasi sviluppo.» Il re uscì con la stessa rapidità con cui era entrato. *E con altrettanto rumore*, pensò Cirrus, mentre la porta sbatteva.

Senza parlare direttamente con la regina.

Imbecille insopportabile.

La regina sospirò strofinandosi la tempia con una mano e stringendosi la radice del naso con l'altra. «Stupido pomposo. Cos'altro pensa che faremo, che decideremo di fermarci?» mormorò la bella e giovane regina darkven. Be', giovane per un'elfa scura, a ogni modo. Aveva solo centoquindici anni. Tuttavia, era molto più vecchia di re Dothan. «Che cosa ho mai visto in lui?» chiese.

Be', eri rimasta impressionata da lui, dalla sua abilità, e... e mi sto inventando tutto, detto onestamente, perché non lo so davvero.» Cirrus sorrise all'amica. «Poiché Alshain è in realtà un impero che comprende e governa diversi piccoli regni di varie razze, compreso il tuo, sei finita per avere un dovere. Sei stata cresciuta con la consapevolezza che se un re fosse salito al trono al posto di una regina, avrebbe potuto scegliere te come moglie. La fortuna ha voluto che fosse così.» Il sorrisetto di Cirrus si trasformò in un sorriso pieno.

La regina emise uno sbuffo sdegnato. «Tante grazie, Cirrus. Cosa farei senza di te?»

Cirrus rise. «Per fortuna ci vorranno molti anni prima di scoprirlo.»

«Bene. Almeno ho...» La regina si fermò, non riuscendo a terminare la frase prima di dilatare gli occhi e lanciare un urlo di dolore.

Vi prego, fatevi da parte, lady Cirrus» disse la guaritrice capo. «Il bambino sta arrivando.»

Cirrus fece un passo indietro, obbedendo alla guaritrice, ma non desiderando altro che tenere la mano dell'amica. Raggiunse Lyvni, un giovane drago smeraldo con le sembianze di una ragazza umana dai capelli verdi, che stava appoggiata al muro. «Non sembra che le piaccia molto il suo spasimante» disse Lyvni.

Matrimonio combinato, in pratica. Come potete vedere, lui può essere un po'... petulante. Arissa è un'abile strega e spadaccina che avrebbe...» Cirrus si zittì scuotendo la testa e decise di non terminare la frase. «Comunque, non preoccupatevi. Non è affar nostro, né spetta a noi giudicare o interferire. Quindi, cambiando argomento. Siete pronta a incontrare il vostro nuovo incarico?» si informò Cirrus.

Lyvni annuì. «Suppongo di sì. Se il Consiglio dei Cristalli ritiene che io sia preparata e che questo debba essere il mio compito, chi sono io per contestare la loro decisione?»

Un drago che può prendere le proprie decisioni? pensò Cirrus sgarbatamente. Il Consiglio di Cristallo era a capo del clan delle Guglie di Cristallo, a cui entrambe appartenevano. Uno dei giuramenti fatti dal clan al Regno di Alshain alla sua fondazione, millenni prima, era di fornire un drago come guardiano, guida e maestro a ogni figlio legittimo nato dal re e dalla regina in carica fino al ventesimo compleanno di quel bambino. Due decenni interi.

Cirrus non ebbe il cuore di dire a Lyvni che era stata scelta perché il bambino era un maschio e, in quanto secondogenito, non era in linea di successione al trono. Ad Alshain vigeva un sistema, istituito da Kiseran e dal suo re al momento della fondazione, in base al quale i nuovi re e regine venivano eletti dalla nobiltà in carica. I candidati erano sempre il primo maschio e la prima femmina nati dai monarchi in carica. Il primo principe e la prima principessa.

Grazie a Cirrus, il clan delle Guglie di Cristallo aveva scoperto che il bambino sarebbe stato un maschio. Pertanto, come secondo principe, avrebbe avuto la possibilità di ereditare solo se il fratello maggiore Adakkar fosse morto.

Quando si ha un drago come guardiano e compagno quasi costante, questo non accade con la stessa facilità e prontezza con cui potrebbe accadere in altri regni.

Sia Lyvni sia Cirrus rimasero in silenzio mentre osservavano la procedura. Quel travaglio non era stato lungo per una darkven, visto che era durato solo una decina di ore. *Be', in realtà dieci ore, trentuno minuti e dodici secondi finora,* pensò Cirrus. Poteva anche essere la rappresentante designata del suo clan presso il regno e poteva anche aver stretto amicizia con Arissa, ma comunque. Era un drago ed era annoiata. Lanciare incantesimi cercando di capire perché nella stanza continuasse a fare freddo era l'unico svago che aveva, ma i continui fallimenti nel trovarne una causa facevano infuriare la sua sensibilità draconica.

Tuttavia, annoiata o meno, sarebbe rimasta lì per Arissa, come sua amica.

Soprattutto considerando che il re aveva scelto di non esserci.

Alla fine giunse il momento. L'attenzione di Cirrus tornò a concentrarsi sulla procedura, quando sentì l'arci-guaritrice dire ad Arissa di spingere, e la darkven spinse...

Capitolo 6

<u>15° Drago, 40 AF</u>

Con un ultimo grugnito e un urlo di dolore della madre, il bambino venne al mondo e nelle mani dell'Arci-guaritrice.

Tuttavia, quello fu il momento in cui ogni parvenza di una nascita normale terminò.

Non appena il bambino emerse, una raffica di vento freddo sbucò dal nulla, spegnendo le candele e le torce, facendo tremolare in modo selvaggio le fiamme del camino. Mentre le altre guaritrici si affannavano a riaccendere le candele e le torce, l'Arci-guaritrice si bloccò sul posto, fissando il neonato. Sembrava in tutto e per tutto che avesse visto un fantasma.

Cirrus si concentrò sull'Arci-guaritrice, notando il suo sguardo e la sua espressione inorridita. Seguì lo sguardo della donna verso il fagottino rosa che piagnucolava piano, agitandosi, e vide cosa stava fissando l'altra donna. Gli occhi del bambino brillavano di un azzurro tenue, con fessure simili a quelle di un gatto o di un rettile... o di un drago. Non erano di un celeste chiaro come i suoi, ma di un azzurro zaffiro pieno e intenso. Quasi come guardare in un oceano profondo illuminato dal di sotto.

E la guardavano dritto negli occhi.

Il volto di Cirrus fu attraversato da un'espressione di stupore e si bloccò. Poi osservò, ipnotizzata, come il bagliore negli occhi del bambino scomparve nel giro di pochi battiti. Le sue iridi assunsero un normale, anche se ancora sorprendente, azzurro umano e iniziò a piangere come faceva un umanoide appena nato.

Cirrus si allontanò subito dal muro e decise di dire una vera e propria bugia a un'umanoide per la prima volta nella sua vita. Si avvicinò all'orecchio dell'Arci-guaritrice e sussurrò: «Non preoccupatevi. Non è altro che un effetto collaterale degli incantesimi che ho lanciato per vedere se la magia stava alterando la temperatura. Mi scuso. Avrei dovuto immaginare che c'era la possibilità che ciò accadesse e avvertirvi in modo appropriato.»

L'Arci-guaritrice fece un sospiro di sollievo, accettando con gratitudine la falsità che Cirrus le aveva detto. La donna finì tutto il tagliare, pulire, pesare, misurare e avvolgere il neonato che gli umanoidi dovevano fare. *Molto più facile quando escono semplicemente da un uovo.* Poi lo consegnò alla madre esausta. «È perfetto, Vostra Maestà. Ha tutte le dita delle mani e dei piedi ed è un maschietto sano.»

La regina Arissa Van-Kirith Alshain sorrise stanca al suo nuovo figlio e lo strinse a sé, inclinando la testa di lato finché le loro guance non si toccarono. «Benvenuto al mondo, principe Tamerin Ali di Fumo Alshain» mormorò chiudendo gli occhi e facendo respiri profondi.

La dragonessa riuscì a pensare a una sola parola per descrivere la sua amica in quel momento. *Soddisfatta.*

Qualcosa però la turbava.

Cirrus era assolutamente certa di essere l'unica ad aver visto lo sguardo del neonato lampeggiare di azzurro draconico ancora una volta, mentre un piccolo sorriso gli guizzava sulle labbra. Poi si accoccolò più vicino alla madre e chiuse gli occhi.

Capitolo 7

22° Drago, 40 AF

«Vi prego di capire, *dracen eldaior*. Mi rendo conto che ciò che chiedo va contro la tradizione consolidata» ammise Cirrus esasperata guardando i membri del Consiglio del clan delle Guglie di Cristallo quattro giorni dopo. «Tuttavia, per quanto abile, non ritengo Lyvniinth adatta a questo compito. Istruitela ancora per prepararla a essere la guardiana del prossimo figlio di Arissa, perfino se sarà una bambina. Questo bambino ha bisogno di un guardiano più anziano e più esperto. Ricordate le mie parole. È *speciale*. La sua stirpe ha grande peso su di lui ed è mia convinzione che non sia un semplice umano. O che, se lo è *adesso*, non lo rimarrà.»

Cirrus guardò gli occhi degli altri cinque draghi socchiudersi, così procedette prima che qualcuno di loro potesse zittirla per averli messi in discussione.

Inoltre, devo guadagnare tempo per far sì che questo pensiero attecchisca nel cervello di qualcuno.

Siamo tutti consapevoli che tratti dell'eredità draconica dell'Onorata Kiserianzendyn sono stati trasmessi alla stirpe regnante di Alshain quando fu fondata insieme a re Dothan Primo. Questi tratti saltano fuori occasionalmente in modi nuovi e talvolta del tutto inaspettati.

Tra questi, il più semplice è che la razza della persona con cui il re o la regina procreano non ha importanza. La progenie appare sempre per lo più umana, purché sia legittima. Anche se presenta alcune caratteristiche minori di un'altra razza, come orecchie leggermente allungate o un colore degli occhi strano o più vivace. Sappiamo anche che, se combinato con la genetica dell'altro genitore, questo patrimonio potrebbe conferire loro ulteriori attributi rispetto a un umano base. Forse una migliore visione notturna, una maggiore aspettativa di vita, o resistenza a malattie comuni.

Dico solo che è mia convinzione che egli abbia una quantità maggiore di questa eredità genetica rispetto alle generazioni precedenti, per qualche motivo. Se questo è il caso, vi chiedo di considerare il fatto che avrà bisogno di qualcuno più esperto per guidarlo.»

Quel bambino è diverso. Molto, molto diverso. Riesco a sentirlo.

Dopo alcuni silenziosi momenti di riflessione, Eldaior Ametista rispose per prima. «Abbiamo ascoltato le tue parole, Cirrus. Tuttavia non sei in grado, o ti rifiuti, di darci alcuna ragione salvo la tua intuizione e la tua ferma convinzione di aver visto un lampo di occhi draconici. Ci siamo recati nella capitale, abbiamo reso omaggio alla famiglia e ci siamo presi più del normale tempo a disposizione per controllare il neonato. C'è sangue draconico e magia in lui, come in ogni membro di sangue della sua famiglia. Il suo non è maggiore di quello di tutti gli altri. Oserei dire che potrebbe anche essere inferiore.»

Cirrus studiò ognuno dei cinque *dracen eldaior* del consiglio, o "anziani del clan" in draconico, cercando di discernerne i pensieri. *E di non dire nulla di troppo antagonistico.* Una volta salito al consiglio, un drago rinunciava al suo nome originale per tutta la durata del proprio servizio, che poteva essere piuttosto lungo. Prendeva invece il nome del suo tipo di drago. Incontrò lo sguardo di ciascuno di loro da sinistra a destra, senza cedere. Ametista, Smeraldo, Cristallo, Zaffiro e infine Topazio. Ametista e Zaffiro erano grandi wyrm femmine, mentre Cristallo, Smeraldo e Topazio erano tutti grandi wyrm maschi.

Cirrus aveva corso un rischio calcolato prima, quando aveva chiesto che Lyvni venisse assegnata al prossimo discendente, anche se fosse stata femmina e quindi in linea diretta per il trono. Dopotutto, Smeraldo era diretto genitore di Lynvi.

Il grande wyrm più anziano non la deluse.

Suvvia, non siamo precipitosi» interviene Smeraldo. «Cirrus non è nota per fare voli pindarici. Non solo è molto abile nella diplomazia e nella magia, al di là delle capacità innate di un drago, ma è anche considerata una spadaccina ben addestrata nella sua forma umanoide. È altamente istruita e colta. Se dice che il bambino potrebbe essere speciale, e sembra davvero credere che lo sia, il minimo che possiamo fare è considerare le sue parole con la serietà che meritano. Francamente, se lei ritiene che un drago più anziano ed esperto debba essere nominato guardiano di questo ragazzino, acconsentirò pienamente.»

Tutti e sei i draghi presenti nella stanza sapevano che aveva offerto un sostegno così palese perché dava a sua figlia un cinquanta per cento di possibilità di diventare la guardiana della bambina che sarebbe potuta diventare la prossima regina. Se ciò fosse accaduto, sua figlia avrebbe anche contribuito al suo addestramento, alla sua educazione e al suo accudimento. Quello avrebbe portato a lui e alla sua nidiata grandissimo onore... e l'onore era una forma di valuta per i draghi quando trattavano tra loro.

Inoltre, anche se il ruolo di drago guardiano terminava quando il bambino compiva vent'anni, la maggior parte dei draghi e dei membri della famiglia reale su cui aveva vegliato gli rimanevano accanto per il resto della vita dell'umanoide.

Anche se non era il caso dell'attuale re e del suo ex guardiano, visto che si parlavano a stento.

Cirrus rimase in piedi calma davanti a loro, immobile come una statua, mentre i membri del Consiglio comunicarono per ore sia verbalmente sia mentalmente. Era tedioso e, mentre la maggior parte dei draghi trovava completa soddisfazione nel rimanere immobile per lunghi periodi di tempo, lei aveva sempre sentito il bisogno di fare qualcosa. Inutile dire che stare lì per mezza giornata, mentre i cinque membri del Consiglio esprimevano pro e contro, a volte con comunicazioni mentali che lei non riusciva nemmeno a sentire, aveva annoiato Cirrus a morte.

Alla fine raggiunsero un consenso, dopo quella che sembrò un'eternità.

Uno che Cirrus certo non si aspettava.

Eldaior Ametista fece girare lo sguardo tra i membri del Consiglio e ricevette i loro cenni di assenso prima di voltarsi verso Cirrus. Il drago ametista sollevò la testa e la inclinò di lato. I suoi brillanti occhi viola penetrarono quelli celesti di Cirrus e dichiarò: «Non sei più il rappresentante del clan delle Guglie di Cristallo nel Regno di Alshain. Tu sei da ora nominata guardiana del secondo principe Tamerin Ali di Fumo Alshain, poiché sei tu a credere che ci sia qualcosa di profondamente diverso in lui.

Quando tornerai alla città di Kiserian, ti prego di informare re Dothan che un nuovo rappresentante sarà nominato entro una decina di giorni, e fino a quel momento potrà ancora rivolgersi a te per qualsiasi problema possa insorgere, per il quale necessiti consiglio. La cerimonia di nomina del guardiano del bambino è prevista per domani. Lì gli offrirai una goccia del tuo sangue e gli presterai giuramento. Puoi andare.»

Cirrus restò immobile, esterrefatta. Non *era questo che intendevo! Non voglio essere la guardiana di un bambino umanoide!* Continuò a restare ferma, senza parole, cercando di trovare un modo per cambiare quel risultato.

Sei stata congedata, Cirruskeliazoratrix.» La placida voce di eldaior Cristallo parlò nel silenzio. «Per favore procedi con i nuovi compiti che ti sono stati assegnati.»

Cirrus gemette dentro di sé. *Quando il capo clan ti dice di fare una cosa, tu la fai.* Abbassò il collo e la testa in segno di accettazione e si voltò per uscire dalla camera.

Dritta verso i prossimi vent'anni della mia vita.

Non sarà così male.

Giusto?

Capitolo 8

La storia di Sofia

.

20° Jinn, 1502 DF

«È così che la mia vita cambiò e devo dire che fu davvero per il meglio. Anche se all'epoca non lo pensavo» concluse Cirrus, sorridendo alla sua ospite.

Sofia sobbalzò e si riscosse dalle sue fantasticherie quando si accorse che Cirrus aveva smesso di parlare e la stava studiando. Dopo alcuni istanti di contemplazione silenziosa, rispondendo allo sguardo del drago, *della dragonessa,* pensò correggendosi, le chiese: «Perché è stato meglio così? Non capisco. Siete passata dall'essere ambasciatrice del vostro popolo per l'intero regno a essere... la balia di un bambino?» Non si sforzò di nascondere la confusione sul volto.

Le esperienze che ho vissuto al suo fianco non si sarebbero mai verificate se non fossi stata costretta a prestare servizio come sua guardiana. Oserei dire che molte cose sarebbero diverse ora, se fossi rimasta semplicemente l'ambasciatrice. Ammesso che ci fosse ancora un *ora*.» Cirrus inclinò la testa di lato, lo sguardo distante. «È iniziato come un dovere, ma non è rimasto tale a lungo. Come ambasciatrice, di certo non avrei mai stretto i legami che ho con lui, visto i luoghi che ho visto e non avrei avuto la gioia e il dolore di conoscere e *amare* la famiglia allargata che abbiamo finito per formare» affermò, un'espressione dolceamara sul suo volto.

Credo di capire. Ditemi, si è trasformato in un drago in fretta?» Sofia si chinò sul tavolo nella sua crescente eccitazione e anticipazione.

Cirrus batté le palpebre, poi sbuffò. Sogghignò e alla fine scoppiò in una risata genuina e piena di allegria. «Se solo l'avesse fatto. Tanti dei suoi problemi sarebbero stati risolti molto prima. Certo, poi le cose sarebbero potute andare in modo del tutto diverso.» La dragonessa le rivolse un sorriso caloroso. «E poi, lui che se ne andava in giro come un drago da piccolo? O da adolescente? Quello non sarebbe andato così bene. Doveva imparare la pazienza e una serie di altre cose che gli sono servite per diventare un uomo migliore... e un drago migliore.»

«Non sarebbe bello? Finire in modo diverso, intendo. Considerando che siete entrambi bloccati qui?» si chiese Sofia ad alta voce.

Il sopracciglio destro di Cirrus si alzò. «Primo, cosa ti fa pensare che siamo bloccati in questo posto? Entrambi possiamo andarcene quando vogliamo. Nulla ci impedisce di farlo. Lui si è semplicemente rifiutato di farlo quasi dall'ultima battaglia della... Grande Guerra, mi pare tu l'abbia chiamata?»

«Così la chiamano i libri di fiabe, signora dragonessa» la informò Sofia, rendendosi conto di aver commesso anche l'errore di pensare a ciò come a una fiaba, e non come a storia... come invece era secondo la dragonessa.

E se non sta mentendo, sono seduta di fronte a una delle persone che l'hanno vissuta. Quindi, lei lo saprà bene.

La dragonessa annuì piano. «All'epoca la chiamavamo in un altro modo. Inoltre, l'ultima volta che ho lasciato questo posto, i libri di *storia* ne facevano riferimento come alla Guerra dei Reami.» Cirrus sottolineò il titolo come una gentile correzione, senza mostrarsi turbata per l'errore di Sofia e senza accanirvisi.

Quando è stata l'ultima volta che siete uscita, lady Cirrus?» chiese Sofia con curiosità genuina.

In verità, non ne sono sicura. Se sei disposta a rispondere a un paio di domande, posso almeno restringere il campo.»

Sofia annuì. «Certo. Cosa vi serve sapere?»

«Da quale mondo provieni e qual è la data del sistema di misurazione del tempo più usato lì?»

Sofia le sorrise. «Posso farlo. Vengo da Umbraxia, precisamente dalla città di Tenewren, nel Regno di Lightfell. È l'anno

1502 DF» rispose Sofia.

Cirrus pensò per un attimo. «Be', allora veniamo entrambi da questo mondo. Almeno questo è un bene. Per rispondere alla tua domanda, credo che siano passati circa cinque secoli dall'ultima volta che ho avuto interazioni significative con una persona. Decennio più, decennio meno.

Ho lasciato la grotta e cacciato per noi, ho anche parlato con alcune persone in quel periodo, ma niente di rilevante. Nulla di *sostanziale.* Di certo non sono stata in nessuna città, e nemmeno in villaggi, se è per questo. E dubito che tu voglia sapere di quanti cercatori di tesori mi sono... disfatta durante il mio isolamento autoimposto.»

«Cinquecento anni!» balbettò Sofia. Spalancò gli occhi e si agitò sulla sedia. «E, ehm, no. Non volevo...»

«Come ho detto, decennio più, decennio meno. Forse due.» Cirrus scrollò le spalle mentre un piccolo sorriso malizioso le attraversò le labbra. «Non so cosa dicano i vostri libri o i vostri studiosi, ma DF sta per Dopo la Fine. È stata una *sua* idea. Naturalmente mi ha fatto dire che era per segnare la fine della *guerra*. Quel che realmente intendeva era che era la *sua* fine. A parte me, ha perso tutto nell'ultima... battaglia di quella guerra» concluse con amarezza.

Davvero? Come?»

«Usò la *sua* magia. La cosa che aveva sviluppato intrinsecamente, che va oltre la portata della magia draconica normale, appresa o anche tipicamente sviluppata. E li ha uccisi.»

«Cosa?» esclamò Sofia appoggiandosi allo schienale, sconcertata. «La maggior parte delle fiabe, almeno quelle che piacciono a me, lo ritraggono come un individuo nobile che sacrifica tutto per tenere lontani gli Esterni e il Re del Nulla. Come può essere così nobile, così *buono*, se ha ucciso la sua famiglia, i suoi cari?»

Gli occhi di Cirrus tradirono la sua tristezza. «Lui ha sacrificato tutto per riuscirci.» La testa della dragonessa si inclinò. «Cosa pensi che sia il sacrificio, signorina? Rinunciò a tutto, a tutto ciò che amava, per sigillare le fessure che quegli esseri usavano per entrare nella nostra dimensione. Poi si apprestò a distruggere quelli che erano rimasti qui, in questa dimensione.»

Cirrus si appoggiò alla sedia e continuò. «Devi capire la sua natura. È un maestro del ghiaccio, dell'ombra e del... vuoto. La forma di magia per sua natura più distruttiva che esista. La magia dell'annientamento totale.» Sospirò notando lo sguardo smarrito sul volto di Sofia.

Molto bene, allora. Sembra che tu abbia bisogno di un manuale introduttivo di magia del vuoto. Ne esistono due tipi. Il primo è noto come Vuoto Maggiore. Attinge al vuoto che era già qui prima di tutta l'esistenza e brama con una fame quasi senziente di riportare tutto a quello stato. Uno stato di non esistenza in cui non c'è niente e nessuno. Questa magia è terribile, una rovina... almeno dal punto di vista dell'esistenza. È ciò che esercitava il Re del Nulla.

L'altra forma, il Vuoto Minore, non è altrettanto potente e in qualche modo è più benevola. Tuttavia, solo se usato correttamente e domato da qualcuno con una grande forza di volontà. Altrimenti, è dannoso quanto il Vuoto Maggiore, e permettere al Vuoto Minore di controllare te stesso è la strada per accedere al primo. Usare il Vuoto Minore e non permettergli di controllarti è un'abilità che pochi sono in grado di padroneggiare. Questa è la forma di magia del Vuoto che sviluppò durante i suoi viaggi.»

«Non sono ancora sicura di capire.» La fronte di Sofia si aggrottò. «Capisco i due tipi di magia, ma non riesco davvero ad afferrare la differenza tra le due e da dove arrivano.»

«Vedila in questo modo. Questa è un'estrema semplificazione, ma per il momento dovrà bastare.» Cirrus fece comparire una ciotola apparentemente dal nulla e la posò sul tavolo. «Al di fuori di questa ciotola c'è la magia a cui aveva accesso il Re del Nulla. Il Vuoto Maggiore. La ciotola stessa è... be', l'esistenza. Non sappiamo cosa l'abbia creata, quale sia esattamente il materiale della "ciotola", né come funzioni la barriera che separa le due aree e nemmeno dove si trovi. Ma funziona. Tiene fuori l'estremità divoratrice di tutto.

All'interno della ciotola, proprio ora mentre parliamo, c'è la magia che usa *lui*. Il Vuoto Minore. È una magia molto simile al Vuoto Maggiore, ma non ha fame di consumare il creato. Invece, pur essendo un vuoto, esiste come area in cui far crescere le cose. Funziona come un luogo in cui l'esistenza può... esistere. Consideralo come un Vuoto Maggiore che qualcuno o qualcosa ha sottomesso e calmato. Tale sottomissione lo ha reso un po' meno potente, ma neanche lontanamente così famelico.» Cirrus schioccò le dita e del latte iniziò a riempire la ciotola. «Questo latte è un amalgama. Rappresenta una miscela di astrale, etereo e ombra. Aveva bisogno di quel vuoto per poter esistere. Aveva bisogno di un luogo da *riempire*. Un luogo in cui non sarebbe stato semplicemente annientato e consumato.» La dragonessa schioccò di nuovo le dita e nella sua mano apparve un contenitore pieno di cereali. Lo girò e cosparse la ciotola di cereali.

Sofia aprì la bocca per dire qualcosa, ma la chiuse di scatto quando Cirrus sollevò un sopracciglio.

So che è l'ordine sbagliato, non sono un mostro. Dovevo solo dimostrare un'idea più ampia.»

Sofia ridacchiò. «Oh. Be', allora suppongo che vada bene.»

Cirrus le sorrise. «Continuiamo. I cereali, questi sono la vita. I piani materiali, i piani elementali, gli altri piani interni ed esterni. I luoghi in cui *la maggior parte* degli esseri esiste. Alla fine, potremmo suddividere tutto ulteriormente, ma per ora è sufficiente dire che ognuno di questi cereali può avere una propria cosmologia. Così come può creare collegamenti con altri luoghi.»

Sofia annuì piano. «D'accordo. Ma se tutti i mondi e i piani esistenti sono cereali, perché c'è bisogno di una ciotola? Perché non potrebbe esisterne qualcuno al di fuori della ciotola, nel Vuoto Maggiore?»

Cirrus le lanciò un sorriso. «Bella domanda. La risposta è duplice. Primo, perché non siamo l'unica dimensione. All'interno di questa ciotola ci sono tutti i luoghi in cui maghi, esseri e divinità possono viaggiare con facilità. Per così dire. Ogni cosmologia, ogni pezzo di cereale, ha almeno alcune somiglianze con gli altri, a prescindere da quanto differiscano. Possono essere richiesti incantesimi potenti o mezzi di trasporto speciali per viaggiare tra di essi. Possono avere divinità diverse l'uno dall'altro. Tuttavia, se si ottiene quel mezzo di trasporto o si imparano quegli incantesimi, si può viaggiare dall'una all'altra senza troppi problemi.

Al di fuori di questa ciotola, tuttavia, ce ne sono altre. Possono essere simili a questa o non avere nulla in comune con essa. Uno di questi luoghi è quello da cui provengono gli Esterni.» Riempì un'altra ciotola allo stesso modo della prima e la posizionò su una barriera di forza invisibile sopra la prima. «Per quanto ne sappiamo, sono la dimensione più vicina a noi. Crediamo che la loro ciotola si avvicini e si allontani da noi, ma non abbiamo idea di quale meccanismo lo determini.

Tuttavia, possono accadere incidenti che permettono una frattura tra le nostre ciotole. Oppure, attraverso la ricerca, lo studio e la sperimentazione, un mago può trovare un modo per accedervi con maggiore facilità rispetto ad altre dimensioni più lontane.» Cirrus usò una scintilla di magia per fare un piccolo foro nella seconda ciotola in bilico. Uscendo piano, il latte si spostò ai lati della sua barriera magica prima di rovesciarsi e gocciolare nella prima ciotola sottostante.

Quindi» continuò la dragonessa. «Anche se questa potrebbe non essere l'analogia migliore per descriverla, credo che ti dia almeno un'idea generale delle differenze tra la sua magia e l'altra magia del vuoto, più pericolosa e divoratrice.» Un cucchiaio si materializzò nella mano di Cirrus, che prese un boccone dei cereali dopo aver fatto sparire la ciotola superiore.

Bene. Qual è il secondo motivo per cui tutto ha bisogno della ciotola?»

Cirrus sogghignò. «Inclina la testa all'indietro e apri la bocca.» All'espressione riluttante di Sofia, Cirrus alzò gli occhi al cielo. «Fallo e basta. E chiudi la gola come se stessi facendo dei gargarismi e non volessi ingoiare nulla.»

Sofia annuì e seguì le indicazioni della dragonessa.

Poi andò in panico e chiuse la bocca di scatto, ma non prima che ne uscisse un geyser di latte e cereali. Che finì per gargarizzare quando le riempì spontaneamente la bocca.

La dragonessa scoppiò a ridere mentre Sofia si sforzò di masticare e deglutire. «Volevo che *fingessi* di fare i gargarismi, non che li facessi davvero!»

Sofia deglutì e lanciò un'occhiata alla dragonessa estremamente divertita prima di abbassare lo sguardo sulla sua armatura ricoperta di latte. «Be', avreste potuto avvertirmi.»

Cirrus smise di ridacchiare asciugandosi qualche lacrima dagli occhi. «In realtà, forse è stato meglio così. Cosa vedi quando ti guardi?»

«L'armatura ricoperta di latte e piccole O.»

«E dentro la tua bocca?»

«Niente, ho ingoiato i cereali.»

«Esattamente. Se ti avessi messo in bocca una piccola ciotola, non avresti potuto ingoiarla o spruzzartela tutta addosso. Senza di essa, tu sei il Vuoto Maggiore. Li hai consumati o hai lasciato galleggiare su di te piccoli frammenti, di cui ti libererai a breve. Capito?»

Sofia annuì, mentre la comprensione si faceva largo nel suo sguardo. «Credo di sì. Ora, posso avere il permesso di andarmi a pulire?»

«Non ce n'è bisogno.» Cirrus scosse le dita con un movimento negligente, ripulendo il pasticcio con la magia. «Ti ringrazio comunque per l'intrattenimento mattutino.»

Sofia gemette. «D'accordo» rispose piano, non volendo insultare la dragonessa con la sua domanda successiva. «Ma continuo a non capire perché questo renda accettabile il fatto che lui abbia ucciso la propria famiglia per vincere.»

Cirrus parve pensierosa prima di continuare. «Cercherò di spiegartelo, ma ti prego di capire che non l'ha fatto "per vincere". Quello è un modo troppo semplicistico per descrivere una situazione ricca di sfumature.» La dragonessa si strofinò la guancia e il mento con una mano. «Quei buchi nella ciotola. I portali, i cerchi di evocazione, tutto quanto. Dovevano essere chiusi. Non solo qui in questo mondo, ma in tutta la nostra dimensione. Avevamo reclutato eroi ed eserciti da tutti i mondi, e anche se avevamo ottenuto vittorie, alcune rilevanti, stavamo perdendo. In modo lento, ma inevitabile.

Alla fine, in un modo che non è necessario discutere ora, un membro della nostra famiglia allargata si imbatté in un tomo molto antico. Risalente a un'incursione precedente degli Esterni. Descriveva un modo, una possibilità, per chiudere i portali in modo permanente. Ma richiedeva magia del vuoto, a cui l'autore del tomo e i suoi compagni non avevano avuto accesso.

Il costo era alto, quasi inimmaginabile. Richiedeva che le persone dotate di poteri, care all'incantatore del vuoto, si sacrificassero volontariamente. Egli avrebbe prosciugato la loro essenza vitale, le loro anime... la loro stessa *esistenza* per alimentare l'incantesimo. Avrebbe usato il loro amore, il loro sacrificio e i loro spiriti per sigillare le brecce una volta per tutte.

Oh, quanto hanno combattuto e discusso i familiari. Tutti loro, tutti noi, contro di lui. Loro... *noi* eravamo stanchi di vedere case distrutte, cadaveri giacere nelle strade di mondi morenti. Abbiamo deciso, tutti insieme, che se il nostro sacrificio fosse stato necessario non solo per porre fine a quella guerra, ma anche per evitare che si ripetesse, lo avremmo fatto volentieri.

Alla fine, però, avrebbe dovuto lanciare lui l'incantesimo. Poiché solo lui poteva farlo. Avrebbe dovuto usare la sua magia per strappare le vite di coloro che gli erano più cari. Le vite che più desiderava proteggere. E... alla fine cedette alla nostra richiesta e lo fece.» Cirrus riuscì a malapena a pronunciare l'ultima frase con voce strozzata. Lacrime le rigarono il viso mentre singhiozzava per l'angoscia.

Sofia rimase in silenzio per diversi minuti, mentre la dragonessa sconvolta si riprendeva, non avendo idea se il conforto sarebbe stato accettato, tanto meno apprezzato. Alla fine, sopraffatta, sussurrò. «E voi? Siete ancora qui. Come avete fatto a non farvi colpire?»

Cirrus emise un respiro profondo. «La sua compagna di vita, Amberlyne, decise che qualcuno doveva rimanere per proteggerlo dopo il lancio dell'incantesimo. Con voto unanime, tranne il mio, elessero me. Lo fecero perché ero stata con lui per più tempo, lo avevo aiutato a crescere e perché ero una dragonessa in grado di difenderlo mentre era indebolito.»

«Perché non scegliere la sua compagna di vita? Aspettate... Amberlyne. *Quella* Amberlyne? Arci-guaritrice della Malizia e della Lealtà? Tutti gli orfanotrofi che conosco le rendono *ancora oggi* omaggio ogni giorno durante i pasti» esclamò Sofia.

Cirrus sembrò riprendersi e rivolse a Sofia un sorriso malizioso. «L'unica e sola. Era necessaria per sigillare le spaccature. Lo sapevano entrambi. Lo sapevamo tutti, in realtà. Lei era il collante che univa la nostra famiglia e che li avrebbe legati alle spaccature. Era l'unica che riusciva a comunicare con lui quando si metteva davvero in testa qualcosa. L'unica che poteva convincerlo a cambiare rotta. Alla fine, l'unica che riuscì a convincerlo a eseguire il rituale, anche se ciò significava rinunciare a tutti.»

«Quindi lo fece? Lanciò l'incantesimo, sapendo quanto gli sarebbe costato?»

«Sì» rispose Cirrus. «E non è forse *nobile?* Fare qualcosa per salvare così tante persone a un costo personale così alto? Non potevo sopportare di dire a tutte quelle nazioni, a tutti quei comandanti, cosa era successo a tutti loro, quindi non lo feci. Spiegai con onestà che, sebbene fossimo riusciti a sigillare le fratture, l'impresa era costata la vita di tutti, tranne che la sua e la mia. Non una bugia, ma se da un lato volevo che i loro sacrifici fossero riconosciuti e onorati, dall'altro sapevo che gli storici lo avrebbero condannato per le sue azioni. Non avrei sopportato, non *potevo* sopportare che ciò accadesse. Ecco perché i libri di storia, ora i vostri libri di fiabe, probabilmente menzionano tutti senza indicare una sola volta la vera fine dei nostri cari.»

«Considerando quello a cui hanno rinunciato, non è un pessimo finale per la loro... storia?»

Cirrus annuì subito. «È così, ma almeno la gente sa che hanno dato la vita per raggiungere l'obiettivo. Anche se non capiscono la vera profondità di quel sacrificio. Fare in qualunque altro modo lo avrebbe condannato per la sua scelta per i secoli a venire. Loro non lo avrebbero voluto.»

«Credo di capire» affermò Sofia. «Ma come faccio a convincerlo a parlarmi di tutto questo? Non mi conosce e, dalle vostre indicazioni, sembra che non voglia visitatori.»

Cirrus sospirò. «Sinceramente, non lo so. Speravo che raccontandoti della sua nascita e poi della fine della guerra, avrei potuto essere ispirata...» La dragonessa si interruppe. «Aspetta. Che ne dici se andassimo a casa tua, così potrei vedere il mondo e come è cambiato? Magari qualcosa di cui sarò testimone durante il viaggio potrebbe darmi un'idea su come dovremmo avvicinarci a lui.»

Gli occhi di Sofia si illuminarono e un sorriso le increspò le labbra. «Davvero? Sei disposta ad aiutarmi, non a mangiarmi?»

Cirrus rise. «Credo che abbiamo superato l'idea di mangiarti da un bel po'. È poco elegante mangiare l'intrattenimento.» Sorrise. «E se un essere sconosciuto ti ha dotato di armi magiche di tale fattura, ed è stato nella tua testa a consigliarti la linea d'azione da seguire... be', mi intriga. Consideralo un mistero che vorrei risolvere tanto quanto te.

D'altra parte, il drago di sotto è stato in lutto abbastanza a lungo. È ora che si ricordi di loro e del loro sacrificio, che lo onori e che esca nel mondo. Amberlyne lo prenderebbe a calci nel suo didietro gigantesco per non aver celebrato le loro vite e non aver onorato la loro memoria continuando ad aiutare le persone.» I suoi occhi scintillarono. «Forse non è solo il momento che se ne ricordi lui, ma che lo faccia anch'io.»

Sofia si alzò in piedi, sogghignando. «Quando partiamo?»

Capitolo 9

20° Jinn, 1502 DF

Sofia tremò e trattenne un urlo quando le pareti della caverna intorno a lei si sciolsero come uno sciroppo denso davanti ai sui occhi, prima di scomparire del tutto alla vista. Nell'arco di un battito, una bellissima foresta verde semplicemente... apparve. Farfugliò, si voltò e guardò accanto a sé, concentrandosi sulla dragonessa nel tentativo per lo più riuscito di sedare la ribellione nel suo stomaco. «Pensavo che mi avresti almeno avvertita! Il mago che mi ha mandato sull'isola ha impiegato mezz'ora per lanciare l'incantesimo di teletrasporto. Tu lo hai fatto in... quanto, pochi secondi?»

Cirrus sorrise con occhi scintillanti. «Certo. L'ultima volta che sono stata fuori, ho notato che molti regni avevano posto dei limiti agli incantesimi che i loro maghi erano autorizzati a imparare. Non che alcuni maghi non infrangessero quelle restrizioni e non nascondessero i loro incantesimi e le loro sperimentazioni. Tuttavia, molti iniziarono a rallentare il modo con cui lanciavano gli incantesimi per evitare di attirare le ire delle autorità. Dopo aver insegnato quegli incantesimi agli studenti, questi ultimi diventavano maestri a loro volta. Gli insegnamenti venivano tramandati nello stesso modo, più e più volte. Cinque secoli fa, molti incantatori avevano già rallentato rispetto a millecinquecento anni fa, quando io ero più... attiva.»

Sofia sbatté le palpebre in rapida successione, cercando di capire cosa stesse dicendo l'altra. *La magia non è proprio il mio forte.* «Vuoi dire che gli incantesimi sono fondamentalmente gli stessi, ma il tempo necessario per lanciarli si è allungato rispetto a quello originario?»

«Molto bene, giovane paladina» si congratulò Cirrus. «È

esattamente quello che sto dicendo. O, almeno, era così cinquecento anni fa. I miei incantesimi, però... io non ho mai rallentato il mio lancio. Non c'è mai stato motivo di farlo. Con le mie capacità, anche durante la guerra ero in grado di lanciare incantesimi più in fretta della maggior parte dei maghi. Tutti i praticanti della magia che erano membri della famiglia potevano farlo, sia che fossero maghi arcani, divini o dell'ombra. Nel bel mezzo di una battaglia, lanciare un incantesimo che richiede dieci minuti per fare effetto, ha come risultato molto probabile che i tuoi alleati muoiono nell'attesa.»

Sofia alzò le mani. «Mi sembra giusto. Se avessi aspettato, però, o almeno mi avessi avvertita, ti avrei suggerito di cambiare abito. Non voglio essere offensiva, ma il tuo sembra... datato. Anche se non c'è nessuno, da nessuna parte, che non ti tratterebbe come un membro della nobiltà con quello addosso.»

Cirrus si accigliò. «Tu invece, con un'armatura magica e scintillante, andrai bene?»

«Be', no, probabilmente no. Ma mi sarei cambiata anch'io» si difese Sofia. «Ho dei vestiti nella sacca... La mia sacca! È rimasta nella grotta!»

«Rilassati. Nessuna di queste cose rappresenta un problema, mia cara.» Cirrus schioccò le dita e i suoi abiti e il suo aspetto cambiarono. La dragonessa dall'aspetto elfico era all'improvviso agghindata in pantaloni di pelle nera con rifiniture blu, una camicia celeste scollata e stivali di pelle alti fino al ginocchio, con i capelli legati all'indietro in una coda di cavallo. «Abbastanza bene?» chiese la dragonessa alla giovane, allargando le braccia per l'ispezione.

Sofia sbuffò e scosse la testa per lo stupore. E un po' di gelosia. «Be', non sembri più una nobile. Tuttavia, dubito sinceramente che fallirai nell'attirare l'attenzione. E io?»

«Non devo farti nulla. La tua armatura è incantata» rispose Cirrus. Non ricevendo altra risposta se non uno sguardo vuoto, la dragonessa si avvicinò a Sofia e notò la sua confusione. «Non hai nessuna idea di cosa faccia un'armatura incantata, vero?»

Sofia scosse la testa. «Nessuna. Ho letto di molti tipi diversi di oggetti magici nei libri, ma la mia famiglia poteva permettersi solo piccole cose. Inoltre, non ho mai imparato la magia e non ero particolarmente interessata ai nomi dei vari incantesimi, a meno che non servissero per fare del male a qualcuno. In particolare, a me. Ho imparato qualche nome di altri incantesimi qua e là, cose di uso comune o che i miei amici potevano lanciare, ma no. Niente di simile a questo.»

Cirrus emise un sospiro fin troppo drammatico. «Bene. Chiudi gli occhi e immagina un vestito normale che indosseresti per trascorrere la tua giornata.»

Sofia strinse gli occhi con sospetto. «Finirà in qualcosa di simile all'incidente dei cereali?»

Cirrus ridacchiò. «No. Be', almeno spero di no. Ora potresti per favore seguire le mie istruzioni?» La dragonessa osservò Sofia chiudere gli occhi con scetticismo e arricciare il naso per la concentrazione. «Bene, ora tieni quell'immagine nella tua testa e fanne un'altra accanto. Una con te vestita con la tua armatura.» Cirrus la osservò per un altro minuto. «Ce l'hai?»

Al cenno di Sofia, continuò. «Bene. Sposta l'immagine di te con i tuoi abiti normali sopra l'immagine di te con l'armatura, fondendole piano insieme finché non vedi una sola immagine dei tuoi abiti normali sopra quella dell'armatura. Hai capito?» Un altro cenno. «Ora cancella del tutto l'armatura dall'immagine, prima di lasciare andare dalla tua mente l'immagine rimasta. Sentila fluire su tutto il corpo e nell'armatura.»

Sofia seguì le istruzioni della dragonessa e sentì un formicolio in tutto il corpo. Poi sentì la calda risata della dragonessa in piedi di fronte a lei. Dischiuse l'occhio destro e si concentrò sulla dragonessa molto divertita. *Oh-oh.* Facendo un respiro profondo, aprì l'altro occhio e guardò in basso per vedere l'orrore che era diventata la sua armatura. Era un terribile amalgama di armatura metallica, gonna marrone e camicia bianca. Tutto era fuso insieme nel modo peggiore possibile, come se l'universo stesso avesse cercato di proposito di mettere insieme l'immagine che lei aveva in mente nelle combinazioni più sfavorevoli e inquietanti che potesse trovare.

Diede un'occhiata a Cirrus, la sua voce più acuta a causa del panico crescente, e squittì: «Che cosa ho fatto? Ho rovinato la mia armatura?»

Cirrus alzò una mano in segno di rassicurazione. «No, cara. Le armature incantate possono assumere l'aspetto di abiti normali senza perdere i loro incantesimi o la loro protezione. Riportarle alla normalità è un processo semplice. Chiudi gli occhi, pensa alla tua armatura e rilascia l'immagine. Far sì che si trasformi in abiti normali è più complicato, ma non difficile. Credimi, sei stata brava per il tuo primo tentativo. Proviamo di nuovo.»

Alla fine, dopo circa una decina di altri tentativi, Sofia aveva un forte mal di testa, ma era vestita con quelli che sembravano essere stivali morbidi alti fino al polpaccio, una lunga gonna marrone e una camicia bianca con maniche fluenti. Sebbene sembrassero comuni abiti da tutti i giorni, pesavano ancora almeno venticinque libbre. «Quindi, sono protetta come se indossassi la cotta di maglia, ma sembro indossare i miei soliti abiti?» chiese.

Annuendo e guardandosi intorno, Cirrus rispose assente: «Ehm, per lo più. In effetti, la tua armatura si è trasformata nella forma che desideravi. È diventata i tuoi abiti normali. Suona come il fruscio dei vestiti, non lo sferragliare dell'armatura. Ha la consistenza dell'indumento in cui l'hai trasformata, non del metallo. Profuma di lino, non di olio. Hai colto l'idea. In sostanza, la magia ti permette di ingannare i sensi altrui. Però non perde le sue proprietà, la sua protezione... né il suo peso. Tuttavia, è bene prestare attenzione. Gli incantesimi più potenti che rivelano la vera natura di qualcosa permetteranno all'incantatore di riconoscere l'armatura per quello che è veramente. Inoltre, alcune creature possiedono capacità naturali che permettono loro di percepirla nell'oscurità.» Cirrus si concentrò in una direzione e iniziò a camminare.

«È... fantastico. Anche se una camicia e una gonna di venticinque libbre sono un po' scomode per ballare, credo.»

Cirrus sbuffò. «Ringrazia che ha solo quel peso. Poteva essere d'acciaio, il che l'avrebbe raddoppiato.»

«Aspetta, non è acciaio?»

Cirrus si era allontanata di un passo. Si fermò e tornò indietro, la sua confusione evidente. «No. Pensavi che lo fosse?»

«Sì! Cos'è, se no?» Il tono di Sofia era esasperato.

La dragonessa sospirò. «È una miscela di mythryl e adamantio creata attraverso un processo chiamato "fusiotura".»

«È importante?»

Cirrus annuì. «Direi di sì. È un processo di forgiatura che solo i più grandi maestri possono eseguire. Mescola due o, molto di rado, più metalli insieme. Se eseguita correttamente, la combinazione conferisce all'equipaggiamento che ne risulta i vantaggi di entrambi i metalli.»

«Che significa?»

«Nel tuo caso, la tua armatura pesa quanto il mythryl ma ti garantisce la protezione dell'adamantio.» Senza attendere una risposta e ignorando l'espressione stupita di Sofia, Cirrus si voltò di nuovo. «Allora, vieni? Credo che la tua città sia da questa parte.»

La mia armatura è di mythryl e *adamantio! Non di semplice acciaio, che sarebbe stato comunque abbastanza costoso!*

Sofia si scosse e corse per raggiungerla. «Aspetta! Non puoi saperlo. Non ho ancora capito dove ci hai portate esattamente, e sei stata su un'isola ghiacciata per cinque secoli!» esclamò, facendo emergere un po' della sua frustrazione nei confronti del drago che sembrava onnisciente.

Cirrus ridacchiò. «Vero riguardo l'isola. Anche vera la parte sul "sembrare onnisciente" che hai pensato.» Alle sopracciglia aggrottate di Sofia, la dragonessa sghignazzò. «Posso rilevare i tuoi pensieri superficiali, se voglio. Lo stavo facendo perché non ti conosco ancora bene e non ho idea di quanto tu sia veramente affidabile. Da quello che ho... percepito finora, credo di stare entrando nella fase in cui mi fido di te.»

«Non è un po' invasivo?» Sofia si stupì che il pensiero non la facesse arrabbiare.

La dragonessa annuì. «Forse, ma prendo sul serio la mia sicurezza. E ancora di più quella del mio protetto. Comunque, una cosa che dovresti sapere sui draghi, soprattutto su quelli più anziani, è che siamo tutti almeno un po' arroganti. Con la mia taglia, non ho predatori naturali. Possiedo una grande quantità di conoscenza, un alto grado di abilità magica, e ci vuole un esercito o più per poter anche solo pensare di tentare di uccidermi. Da lì, l'arroganza.» Sogghignò verso Sofia oltre la sua spalla. «Anche se in questo caso, Lightfell, il posto da cui vieni, è il nome del regno sorto circa duecento anni dopo la Grande Guerra da ciò che restava del Regno di Paladaine, nello specifico il ducato di Anduria. Che a sua volta era il regno di Alshain. Che era il mio regno d'origine.

Quindi, sei dello stesso regno di Tamerin e me. Poi, hai parlato della città di Tenewren. Quando si è formata, la capitale di Lightfell aveva due nomi. Il primo si riferiva all'area del castello, che fu ribattezzata Castello Tenebroso in onore di Tamerin. Oppure con il suo nome draconico, Kemuri, che si dà il caso fosse quello con cui lo chiamava la maggior parte dei suoi nemici.» All'espressione sorpresa di Sofia, gli occhi di Cirrus brillarono. «Dubito che ci sentirà pronunciare il suo nome qui. Comunque, la cittadella fu ribattezzata Wrenlen in onore di Amberlyne, il cui simbolo era uno scricciolo con l'agrifoglio, appunto, Wren. Immagino che alla fine gli abitanti della città si siano stancati di chiamarle in due modi diversi e abbiano unito i nomi. Tenebre e Wren... Tenewren.»

Sofia scosse la testa e sospirò. «E sapere da che parte andare è dovuto al fatto che sei già stata in quella zona più volte.»

«No. Be', sì.» Cirrus indicò verso l'alto. «In questo caso, stavo semplicemente seguendo i dirigibili.» Sofia alzò lo sguardo, vide alcuni dirigibili che si muovevano nel cielo cristallino sopra di loro e brontolò. «Be', mia cara, te l'avevo detto. Età. Esperienza. Intelligenza. Abilità. Nel mio caso, una quantità spropositata di bellezza...»

«E un po' di arroganza. Capito.»

All'occhiolino di Cirrus, Sofia non poté fare a meno di ridere e continuare a seguire la dragonessa nella foresta. Verso casa.

Capitolo 10

<u>20° Jinn, 1502 DF</u>

Uscirono dalla foresta con Cirrus in testa, e Sofia quasi le andò a sbattere contro quando la dragonessa si fermò di colpo e si guardò intorno con un sospiro soddisfatto.

Erano ai margini di una vasta pianura punteggiata di cascine. Alla loro sinistra c'erano le pendici settentrionali della parte sud della catena montuosa di Anduria. Massiccia, ripida e frastagliata da cime aguzze, coperte di neve. Sia davanti sia a destra si stagliavano le punte di altre montagne in lontananza. Sofia sapeva che se avessero proseguito per un po' per poi voltarsi, avrebbero visto lo stesso alle loro spalle, o almeno le vette a guardia sopra le cime degli alberi. La prova che quella catena montuosa era un gigantesco cerchio malformato. Molto probabilmente originato dall'impatto di qualche antico corpo celeste caduto dal cielo.

La parte meridionale della catena montuosa, a cui Tenewren era più vicina, era un'enorme foresta con alberi massicci lungo la base, che alla fine lasciava spazio alla grande distesa di pianure e ai loro campi fertili. Numerose fattorie e piccoli villaggi punteggiavano i terreni più piatti.

La capitale di Lightfell, Tenewren, non era ancora visibile, poiché era contenuta in una sezione propria dell'enorme foresta, annidata tra i giganteschi alberi di ishavolia che non crescevano in nessun'altra parte del mondo. La città, poi, si arrampicava sulla montagna, fermandosi infine alla base di un grande castello costruito in parte su un altopiano e per il resto protetto all'interno della montagna.

Sofia superò la dragonessa, sempre più eccitata di tornare a casa, ma tornò sui suoi passi quando sentì Cirrus tirare su leggermente col naso. Si girò e vide le lacrime scorrere sul suo viso. «Stai bene?»

Cirrus ponderò la sua risposta prima di annuire e rispondere con voce distante. «Sì. Questo luogo... anche se Tamerin è nato e ha vissuto nella città di Kiserian, ha passato gran parte della sua formazione da queste parti. Questo luogo, queste terre, hanno avuto un ruolo importante nella sua trasformazione, e non intendo in drago. Su queste montagne è diventato la persona che era all'inizio. In seguito, ritornò e trovò ancora una volta il suo scopo.» Rilasciò un lungo sospiro. «Solo stare qui fa riaffiorare molti ricordi.» Si scosse dalle sue fantasticherie e si asciugò gli occhi. «Dovremmo muoverci, però. Seguimi.»

Sofia annuì e seguì di un passo o due la dragonessa, cercando di capirla. *Arrogante?* Sofia non lo pensava. *Be', non del tutto.* Cirrus sapeva cose. Si atteggiava in un certo modo e, naturalmente, la sua postura e le sue azioni mostravano molto orgoglio. Una parte doveva essere semplicemente dovuta a un drago alle prese con un umanoide, mentre un'altra era la disparità di età e di esperienze.

Mentre camminava dietro alla dragonessa, un pensiero vagante le attraversò la mente. Poteva anche darsi che Cirrus lo stesse usando un po' per mascherare il suo dolore. Fu allora che Sofia si rese conto della situazione. Cirrus aveva parlato della *loro* famiglia allargata. Non solo la famiglia di Tamerin, ma anche la sua.

Forse la dragonessa soffriva degli stessi sensi di colpa e di perdita di Tamerin. Solo che li gestiva un po' meglio, quindi era stata in grado di funzionare più di lui fino a quel momento.

Finora? Millecinquecento anni e lui non si è ancora ripreso.

E la voce nella mia testa mi ha praticamente informata che il mio compito è quello di liberarlo dalle sue sofferenze.

Non per la prima volta, si chiese perché proprio lei. E soprattutto, come?

Dopo circa mezz'ora di viaggio, Cirrus si fermò e sbuffò. «Va bene. I panorami sono ancora spettacolari, ma ne ho avuto abbastanza. Ci vuole troppo tempo per viaggiare così. Tuttavia, non voglio teletrasportarci più vicino senza poter vedere la situazione attuale della città.»

Sofia scosse la testa. «Sono abbastanza sicura che vedere un drago gigantesco volare sopra le loro teste altererebbe significativamente l'umore. Probabilmente non in senso positivo.»

«Non è proprio quello che pensavo.» All'improvviso, come quando si era trasformata da drago in elfa, la donna non era più davanti a Sofia. Al suo posto c'era un bellissimo cavallo bianco con la criniera blu, già sellato.

Sali. Sofia sentì la voce della dragonessa dare direttive nella sua testa.

Senza esitare, Sofia eseguì l'ordine e montò.

* * *

Il viaggio dai margini della foresta, attraverso i campi bellissimi, oltre il fiume, di nuovo nella foresta e fino alle porte della città non durò a lungo. Cirrus non era un semplice cavallo. Era molto più veloce, non doveva mai rallentare dal galoppo per risparmiare energia e sembrava non stancarsi mai. Ben presto si rivelò la bellezza della casa di Sofia. Alti e spessi muri di pietra si snodavano intorno agli alberi di ishavolia e circondavano la città vera e propria. Anche chi non aveva alcuna affinità con la magia poteva percepire la pulsazione profonda e antica dei potenti incantesimi infusi nella pietra. Incantesimi che sembravano essersi a malapena indeboliti da quando erano stati lanciati.

Cirrus si fermò a poca distanza dalla città, dietro al capanno degli attrezzi di una locanda fuori dalle mura, e tornò alla sua forma elfica. «Procediamo?»

Dopo il cenno di assenso di Sofia, l'elfa si avviò verso le porte della città, la ragazza al suo fianco. Avvicinandosi, il volto di Sofia si trasformò in un sorriso enorme. Iniziò a correre verso il cancello. La dignitosa dragonessa si limitò a scuotere la testa, senza cambiare passo.

Cirrus si avvicinò al posto di guardia e vide la giovane paladina impegnata in un'animata conversazione con una mezza orchessa dentro una corazza di cuoio borchiato. La mezza orchessa stava vicino al cancello aperto, ma lontana dai suoi compagni, una spada corta appesa al fianco. «Vedi!» Sofia si girò e fece cenno verso Cirrus. «Te l'ho detto. Ho incontrato una dragonessa e siamo tornate qui per... cercare qualcosa che secondo lei potrebbe aiutarmi nella mia missione! Ti ho detto che non ero pazza!»

Lo sguardo della mezza orchessa passò tra Cirrus e Sofia diverse volte. «Sofi, tutto quello che vedo è un'elfa. Ce ne sono parecchi in città. I fondatori della città erano elfi e felidini, e questo non so nemmeno quanto tempo prima della Grande Guerra. Quindi, continuo a pensare che tu sei pazza. E per la cronaca, per molte più ragioni di questa» rispose la mezza orchessa a bassa voce. «Datti una calmata prima che gli altri ti sentano e pensino che hai bisogno di essere internata. Oltretutto, hai passato mesi e mesi a prepararti, e poi torni dopo due giorni dicendo che hai avuto successo? Neanche per sogno. È impossibile che tu abbia avuto successo senza la nostra banda e nessuno di noi poteva permettersi di venire con te. Per questioni di tempo e soldi.»

Sofia alzò gli occhi al cielo. «Non ho detto di esserci *completamente* riuscita. Non abbiamo finito. Ma è un drago!» Sofia si girò tra le due. «Kotizara, ti presento Cirrus, una dragonessa. Cirrus, questa è una delle mie più vecchie e care amiche, Kotizara.»

Cirrus squadrò la ragazza. Era bella per essere una mezza orchessa. In modo stupefacente. Pelle verde intenso, altezza circa un metro e ottanta, una corporatura più snella e asciutta di quella tipica di una persona con sangue orchesco e lunghi capelli castano scuro raccolti in una treccia intricata. Gli intensi occhi castani della ragazza erano divertiti, sotto le sopracciglia scettiche.

Più importante era il modo in cui era vestita. Una corazza di cuoio borchiato funzionale, di sicuro lo standard delle guardie cittadine, con una spada corta senza ornamenti legata al fianco sinistro e una balestra leggera appesa alla schiena con una cinghia. Sembrava a suo agio e competente nell'uso di entrambe.

«È un piacere» affermò Cirrus alla fine, facendo un inchino formale all'altra.

«Ehm... anche per me?» rispose Kotizara, sul suo volto era

evidente la confusione per quella formalità. Guardò di nuovo Sofia. «Be', la tua nuova amica ha un sacco di buone maniere, questo è certo. Non credo che nessuno si sia mai inchinato a me.» Sbuffò. «E "una delle tue amiche più care"? Siamo in tre, questo mi rende una delle tue *uniche* amiche, Sofi!»

Sofia strinse gli occhi e inclinò la testa all'indietro, naso all'insù in segno di finta indignazione. «Sono selettiva nelle mie frequentazioni. Tutto qui» decretò, facendo ridere sia Cirrus sia Kotizara.

La mezza orchessa sbuffò di nuovo. «Sì, certo. Non ha niente a che vedere con il fatto che siamo cresciute troppo cattive per i bravi bambini e troppo brave per i bambini cattivi. Comunque.» Kotizara sorrise, offrì la mano a Cirrus e se le strinsero. «Se sei una nuova amica di Sofi, allora piacere di conoscerti.»

«E se tu sei una delle sue più vecchie amiche, anche se ce ne sono solo tre...» Gli occhi di Cirrus si illuminarono di un leggero azzurro, mostrando la pupilla a fessura verticale di un drago, prima di tornare normali. «Allora ci si può fidare di te per mantenere i suoi segreti.»

Gli occhi di Kotizara si spalancarono e il sorriso svanì. «Tu. Lei. Io. Ma...» balbettò, poi si ricompose e si chinò verso Cirrus, abbassando la voce a un sussurro. «Sei davvero un drago? Senti, fa' attenzione lì dentro. La gente lo scopre e una folla ti assale pretendendo aiuto per cose, mentre altri vorranno scuoiarti per componenti magici. Reali e immaginari.» Guardò con severità Sofia e con la stessa voce aggiunse. «Personalmente, la porterei in città e poi in casa tua. Capite cosa vi serve da lì e vedrò se io e il resto della banda possiamo procurarvelo.»

«Va bene, Koti» rispose Sofia. «Grazie per la dritta. Penso che sarà quello che faremo. Raggruppali, se riuscite a rintracciare la palla di pelo, e venite dritti da me per cena.»

«Non c'è problema. Dovrei incontrarla comunque più tardi, quindi faremo così.» Kotizara si raddrizzò e alzò la voce. «Piacere, Cirrus. Benvenuta a Tenewren!» Si fece da parte e fece loro cenno di superare il cancello aperto.

Capitolo 11

20° Jinn, 1502 DF

Varcare i cancelli ed entrare nella città era quasi sempre uno shock per chi non la conosceva. Era una vista impressionante anche per Sofia, che lo aveva fatto centinaia di volte.

Come la maggior parte delle città, le strade erano fiancheggiate da case e negozi e la gente camminava di fretta per sbrigare le proprie commissioni quotidiane o il proprio lavoro.

Tuttavia, le similitudini finivano lì.

Perché Tenewren non era solo costruita *in* una foresta, ma *con* la foresta.

Una antica, fatta di alberi davvero immensi, per essere precisi. Gli alberi di ishavolia erano solo una delle tante specie che prosperavano nella zona, ma erano massicci. In media, erano alti tra i duecentocinquanta e i trecentocinquanta piedi, con basi larghe dai trentacinque ai cinquanta. Alcuni erano anche più larghi. E la città li usava a proprio pieno vantaggio.

Perché le strade non erano situate solo a terra.

Una persona non faceva molti affari con i negozi di lusso e non sceglieva nemmeno di vivere a Tenewren se aveva paura dell'altezza. Dopo il livello al suolo, che raccoglieva la maggior parte dei magazzini e dei negozi comuni, la città saliva e saliva... e saliva. Le sezioni più alte della città boscosa raggiungevano i venti piani, con gli individui più ricchi e i migliori negozi situati ai livelli più alti.

Molte delle case dei residenti permanenti iniziavano dal secondo livello e salivano su. Il livello della casa di un individuo non era solo un segno dello status, ma anche una forma di valuta sociale. Ciò non significava che non esistessero numerose case per le classi inferiori o per i viaggiatori situate al livello del suolo. C'erano, ma la maggior parte di esse si trovava più vicino alla montagna.

La sorprendente città boscosa era stata resa possibile dalla magia di druidi e maghi al lavoro in concerto alla sua fondazione per far crescere gli alberi in maniera connessa. Non avevano solo intrecciato i rami, creando ponti e rampe tra gli alberi, ma avevano anche aperto spazi per vivere e lavorare al loro interno. E da allora gli alberi, i druidi e i maghi avevano continuato a lavorare insieme per far evolvere la città.

Naturalmente, io vivo qui e non mi piacciono le altezze...

Quello era solo ciò che si vedeva entrando dalle porte orientali della città. Sofia sapeva che l'altro lato della città era ancora più splendido e sospettava che lo sapesse anche Cirrus. La porta occidentale era vicina al fiume, con i suoi numerosi moli e gli alberi di ishavolia più alti. Poi c'era la porta settentrionale, con i portali per i viaggiatori in arrivo o in partenza, e la stazione ferroviaria energetica. Il treno magico, alimentato dall'energia dei piani elementali, seguiva uno dei percorsi di quelle che venivano chiamate "pietre ferroviarie" per portare le persone in tutto il Regno di Lightfell e persino in uno confinante.

Se le storie sono vere, una volta viaggiava molto più lontano.

Infine, la parte Sud della città emergeva dalla foresta e si arrampicava sul fianco della montagna verso il castello, con la porta meridionale che separava il passo tra le due. Negli ultimi cinquecento anni erano stati fatti molti lavori di edilizia sulla montagna per ospitare un numero sempre crescente di dirigibili magici e Sofia non vedeva l'ora di mostrare la zona a Cirrus.

Speriamo che questo la sorprenda.

«Allora, da che parte è casa tua? È probabile che i miei fenomenali poteri draconici potrebbero scoprirla, ma alla fine sarebbe più veloce se me la indicassi tu» osservò Cirrus con un sorriso.

Sofia annuì entusiasta. «Senza dubbio. Da questa parte. È a circa trenta minuti a piedi verso Sud. La nostra casa è annessa alla grande biblioteca, dato che i miei genitori la gestiscono. La biblioteca stessa è costruita in parte all'interno della montagna.»

«Mmh. Ricordo una biblioteca nella zona di cui parli» affermò titubante la dragonessa. «Era di dimensioni solo moderate e non aveva un domicilio annesso.»

Alla pausa della dragonessa a Sofia sorsero delle domande, ma ignorò la cosa. «Penso che i lavori di ampliamento li abbiano iniziati prima dell'ultima volta che sei uscita, ma non sono stati terminati prima di circa quattrocento anni fa.»

«E i tuoi genitori sono i custodi?»

Il sorriso di Sofia si allargò. «Sì. L'hanno ripristinata e hanno ricevuto una commissione, poi uno stipendio per mantenerla in funzione. Da quello che mi hanno detto, era un relitto quando l'hanno visitata prima che io nascessi. Hanno deciso di sistemarsi e rimetterla in sesto.»

«Cosa facevano i tuoi genitori prima di allora?»

«Erano studiosi itineranti. La loro specialità era la Grande Guerra, credici o no. Probabilmente il motivo per cui mi ha sempre interessato tanto.»

Cirrus inclinò la testa. «I figli sembrano o seguire le orme dei genitori o tentare di andare nella direzione completamente opposta.»

«Be', non sono una studiosa, ma di certo mi piace leggere. Crescere in una biblioteca è un posto meraviglioso per farlo.»

«Immagino di sì» rispose la dragonessa.

* * *

Sofia e Cirrus avevano percorso circa metà del tragitto, per lo più superando magazzini, allontanandosi dalle vie principali, quando sentirono echeggiare da un vicolo vicino un rumore che suonava sospetto, come un pugno contro la carne. Un grido acuto e penetrante seguì l'impatto. D'istinto Sofia posò immediatamente la mano sull'elsa della spada. Dopo un altro tonfo, la estrasse con rapidità e si voltò verso il vicolo, passando dal passo normale a uno scatto.

Sofia sentì Cirrus sospirare, si guardò alle spalle e vide la dragonessa scuotere la testa. «Fantastico» mormorò. «Un'altra che si butta a capofitto verso il pericolo. Sto diventando troppo vecchia per questo...» Lanciò uno sguardo al cielo, alzò la voce e continuò con un: «Perché non potevi essere il tipo calmo e introspettivo che valuta la situazione prima? Sarebbe stato chiedere troppo?» Dopo un altro sospiro più forte, Sofia sentì Cirrus iniziare a seguirla.

Non si accorse che un attimo dopo la dragonessa si fermò a una buona distanza dietro di lei.

Né notò le quattro vedette che si erano concentrate su di lei mentre correva verso l'alterco e che avevano iniziato a strisciare in avanti per appostarsi dietro di lei.

Sofia si fermò sbandando all'ingresso del vicolo tra due grossi tronchi d'albero e si fermò per qualche istante, per seguire il consiglio di Cirrus. Vide una sagoma avvolta in abiti multicolori rannicchiata a terra e quattro individui torreggiare su di essa. «... i tuoi soldi. Non valgono la tua vita, amico» abbaiò una delle sagome in piedi, dando una spinta al corpo con uno stivale.

Mentre l'uomo riportava il piede indietro per dare un calcio alla sagoma gemente, Sofia scattò nel vicolo con passi decisi. «Allontanatevi subito» ordinò con voce ferma.

I quattro si voltarono per guardarla in faccia. Due umani, un orco e un elfo. L'orco era il più grosso, ma uno degli umani non era tanto più piccolo. Quest'ultimo aveva un volto sfregiato, un naso rotto fin troppe volte e un'espressione piatta e ostile sul viso. «Obbligaci, ragazzina» sogghignò. Tutti e quattro avevano armi. Tre di loro già le brandivano, mentre il quarto, quello che aveva parlato e che era chiaramente il capo, estrasse il suo spadone.

«Sono un ex membro della guardia cittadina.» La voce di Sofia si incrinò. «E, ehm... sono ben addestrata al combattimento.» Sofia provò imbarazzo per l'impressione che doveva aver fatto, mentre gli altri si avvicinavano, ridacchiando.

Non è una buona cosa mostrarsi deboli di fronte a predatori come questi, pensò.

Sciacalli, sussurrò una voce nella sua testa.

Indurì la voce. «Siete in arresto.»

I loro sghignazzi si trasformarono in vere e proprie risate. «Vattene, tesorino.» Gli occhi del capo si spostarono per dare un'occhiata alle sue spalle. «Dovresti prestare più attenzione la prossima volta. Se ce ne sarà una. Non si ottengono *donazioni* da nessuno alla luce del giorno senza uno che ti guardi le spalle. O meglio, più di uno.» Sofia sentì rumore di stivali alle proprie spalle, si voltò di scatto e vide gli altri quattro tagliagole. Non appena la sua attenzione non fu più concentrata su quelli davanti, il capo gridò: «Prendetela! Ma non fatele troppo male. Sono sicuro che possiamo trovare un uso per lei... o vari usi.»

Sofia vide quelli dietro di lei scattare in avanti. Piroettò in avanti verso gli aggressori più vicini in tempo per abbassarsi e schivare un colpo di mazza dell'altro umano. Finì la flessione, tirandosi su e a sinistra, portando la spada in alto con entrambe le mani. La scagliò verso la base della mazza che l'aveva mancata per un pelo, sperando che la forza aggiuntiva delle sue gambe la deviasse almeno più in alto e le concedesse un momento per pensare alla sua prossima mossa. Nel migliore dei casi, avrebbe potuto fargli cadere l'arma di mano.

Tutti, soprattutto Sofia, rimasero di stucco quando la sua spada entrò in contatto con la mazza e la tagliò di netto.

I due terzi superiori della mazza continuarono il loro corso, rimbalzando sul terreno e poi sull'albero con dei tonfi secchi. L'umano colto di sorpresa perse l'equilibrio e incespicò in avanti continuando a ruotare, presentandole il didietro.

Anche Sofia si era sbilanciata, ma si corresse più in fretta. Inciampò di un solo passo prima di voltarsi e sollevare il piede destro per sbatterlo più forte che poté sul sedere dell'umano. Il colpo mandò l'uomo barcollante a sbattere di faccia contro lo stesso albero contro cui era rimbalzato il pezzo della sua mazza. Tuttavia, il suo volto impattò con uno scricchiolio nauseante invece che con un tonfo legnoso.

Avendo visto uno dei suoi uomini a terra, il capo sbottò: «Non importa. Uccidetela se dovete!»

Il calcio di Sofia la fece ricadere contro l'albero mentre l'orco e l'elfo la caricavano, il primo brandendo un'ascia da battaglia arrugginita e il secondo una spada corta abbastanza nuova.

La guardia cittadina mi avrà anche addestrata bene, ma questi tipi sono stati in combattimenti veri prima d'ora.

Sono nei guai.

«Pararti la schiena va benissimo, ma avere spazio di manovra sarebbe più vantaggioso in situazioni come questa» sentì dire in tono impassibile alla dragonessa.

«Ci sto lavorando, lucertolona!» Sofia gridò di rimando.

Si spinse via dall'albero e affrontò i due, girando, ruotando e parando come meglio poté. Dopo quella che sembrò un'eternità, ma che era stata a malapena una trentina di secondi o giù di lì, i tre si allontanarono, con il respiro pesante e senza che nessuno di loro avesse portato a segno un colpo.

Non male, tutto sommato.

Durante quel momento di tregua, Sofia si accorse con stupore che erano ancora solo tre contro uno, anche se il capo stava ancora indietro.

Dice molto il fatto che io veda il rapporto tre a uno come una cosa positiva.

Azzardò un'occhiata alle sue spalle e vide Cirrus starsene tranquilla e ferma, a esaminarsi le unghie della mano sinistra, mentre gli altri quattro tagliagole sembravano bloccati sul posto con occhi terrorizzati.

«Presterei attenzione se fossi in te, Paladina» osservò Cirrus.

«Potresti aiutarmi, sai!» ansimò Sofia a denti stretti. Lo sforzo e l'adrenalina del suo primo *vero* combattimento avevano superato il suo senso di autoconservazione nei confronti del drago, per il momento. Si girò verso i suoi avversari nell'ultima frazione di secondo per deviare un colpo più veloce della spada corta dell'elfo .

«Ti farei un grande torto se lo facessi» la rimproverò la dragonessa. «Sei in grado di gestirli. Inoltre, ce n'erano otto. Mi sono già occupata dei miei quattro.» La sua voce si abbassò fino a diventare quasi un ringhio. «E se sanno cosa è bene per loro, scapperanno quando l'incantesimo sarà svanito.» La sua voce riprese un tono allegro. «Gli altri sono tuoi. Non vorrei privarti dei tuoi compagni di gioco.»

«Compagni di gioco! Loro. Stanno. Cercando. Di. Uccidermi!» riuscì a sputare Sofia tra una parata e l'altra.

«E stanno fallendo, cara. Questa è la parte più importante» rispose Cirrus, impassibile.

Durante un altro momento di tregua, Sofia sentì un sussurro nella sua testa che sembrava la voce di Cirrus. *Segui le mie istruzioni, giovane paladina.*

L'interferenza provocò un'imprecazione scioccata da parte dell'aspirante paladina. La sua spada si abbassò, concedendo una frazione di secondo ai suoi avversari per approfittarne.

Cosa che l'elfo fece. Il suo successivo affondo superò le sue difese e centrò la camicia proprio sopra il cuore.

Gli occhi dell'elfo si sgranarono quando la lama si spezzò. Un solido *clang* metallico risuonò nell'aria quando colpì il pettorale, non la camicia di stoffa che si aspettava, l'incantesimo tremolò per qualche istante per la forza dell'impatto.

Mentre l'elfo guardava confuso la punta della sua spada, Sofia iniziò a ricevere le istruzioni di Cirrus e a seguirle al meglio delle sue capacità.

Ora, ruota il braccio e cala la spada direttamente sulla sua.

Sofia lo fece, osservando stupita come il filo della sua spada si illuminò di rosso nel momento in cui i metalli entrarono in contatto, solo un'esitazione momentanea prima di tagliare di netto l'acciaio dell'elfo con uno sforzo appena superiore rispetto a quello richiesto per la mazza di legno.

Fai un passo in avanti con il piede sinistro e ruota a sinistra, nel raggio d'azione dell'orco.

Sofia lo fece, l'ascia del bruto sibilò nello spazio che lei aveva occupato un attimo prima.

Ruota all'indietro più veloce che puoi e ficcagli l'elsa nello stomaco!

Sbatte l'elsa contro il ventre dell'orco. Un gemito e un'esplosione di alito fetido la ricompensarono. L'ascia cadde a terra e l'enorme umanoide dalla pelle verde cadde in ginocchio.

L'elfo guardò l'orco inginocchiato, la sua lama spezzata sull'acciottolato, poi il suo capo, prima di girarsi e correre via dal vicolo tanto in fretta quanto gli consentivano i suoi piedi agili.

Il capo rimase semplicemente in piedi in un silenzio sorpreso.

«Bene» affermò Cirrus. «È stato rinfrescante. Giusto perché lo sappiate, al momento non abbiamo tempo per avere a che fare con le autorità. Vi chiedo di lasciare gentilmente a terra le armi e le monete. Poi, naturalmente, potete andare.» Agitò una mano con un movimento vago verso gli altri quattro, rimuovendo il suo incantesimo. Gettarono subito le armi a terra prima di seguire l'esempio del loro amico elfico e fuggire dal vicolo.

«E se... e se non lo facessi?» squittì il capo con un filo di voce.

«Be', in questo caso, la mia amica vorrebbe portarti alle autorità» rispose Cirrus con calma, prima di darsi dei colpetti sulle labbra con l'indice sinistro. «D'altra parte, io non ho alcun desiderio di essere coinvolta con loro in questo momento. Quindi, dato che sono io ad avere priorità sulle decisioni, molto probabilmente la scavalcherò. Ti colpirò con una palla di fuoco...» La dragonessa sollevò la mano a coppa e sopra di essa si formò una palla di fuoco bianco quasi incandescente. «Ti ridurrò in cenere e poi proseguirò con la mia giornata.»

Dopo aver visto l'espressione scioccata di Sofia, continuò. «Naturalmente, porgerò le mie più sincere condoglianze ai tuoi scagnozzi qui.» Fece un gesto verso l'orco e l'umano svenuto. «Per averli privati della tua stellare capacità di comando.»

Il capo lasciò cadere lo spadone e un sacchetto di monete.

«Eccellente» osservò Cirrus. «Siete congedati. Tu e l'orco, tirate su il vostro amico e filate via. Non fatevi mai più ritrovare da me a fare questo genere di cose. Ne sarei molto dispiaciuta.»

Annuendo, il capo tirò in piedi l'orco e insieme trascinarono per le caviglie il loro amico svenuto via dal vicolo.

Sofia scosse la testa e si avvicinò alla forma rannicchiata a terra. «Stai bene? Hai bisogno di un guaritore?»

«Sofia?» rispose una voce anziana e tremante, mentre la sagoma vestita di arcobaleno alzava lo sguardo.

«Thep? Sei tu?» Sofia offrì una mano all'anziano per aiutarlo a rimettersi in piedi.

«Sofia!» Thep la abbracciò dopo aver accettato con gratitudine la sua assistenza. L'uomo sorridente si sporse all'indietro, stringendole ancora le braccia. «I tuoi genitori hanno detto che non sapevano quando saresti tornata, anche se immaginavano ci sarebbe voluto un bel po' di tempo. Ed ecco che sei stata via solo un paio di giorni! Hai trovato quello che cercavi?»

«Ho iniziato. Ho incontrato la mia amica qui e siamo tornate per dare un'occhiata a certe cose. Magari controllare la biblioteca dei miei genitori. Cirrus, questo è Thep. Gestisce il forno più vicino alla biblioteca e ha sempre dato a me e ai miei amici dei pasticcini gratis quando ci vedeva fuori a giocare.» Sofia sorrise con calore all'uomo.

«Onorata di conoscervi, buon uomo.» Cirrus inclinò il capo con cortesia, aggrottando leggermente le sopracciglia.

«Anche io, milady. Anche io! Se non foste passate entrambe di qua, non so quando quei furfanti si sarebbero fermati. E vi *regalavo* pasticcini perché non continuassero a sparire per colpa di Koti! Non ho idea di come abbia sempre fatto, ma so che era lei.» Quest'ultima frase la pronunciò scuotendo stancamente la testa.

Sofia gli fece un sorriso. «Non confermerò né smentirò il coinvolgimento della mia amica in "missioni di liberazione pasticcini" che potremmo o meno aver intrapreso.»

«Mmh» rispose Thep. «Comunque, hai detto che ti stavi dirigendo verso la biblioteca? Ti spiace se un vecchio si unisce a voi?»

Sia Sophia sia Cirrus scossero la testa. «Più siamo meglio è, buon uomo» disse Cirrus.

Capitolo 12

20° Jinn, 1502 DF

Il resto della camminata richiese più tempo del previsto, poiché il loro passo rallentò per agevolare il fornaio. Di tanto intanto, l'uomo guardava ancora Cirrus con la coda dell'occhio dopo che lei gli aveva curato le ferite. Tuttavia, con grande gioia di Sofia, indicò alla dragonessa vari edifici, attività commerciali e luoghi di interesse man mano che si avvicinavano alle montagne e alla sua casa.

Quando furono vicini alla destinazione, Thep indicò il fianco della montagna e le banchine per dirigibili costruitevi di recente, una caratteristica a cui Cirrus sembrava essere molto interessata. «Quei moli sono stati terminati, oh, un centinaio anni fa, forse un po' di più. Il mio Gammy mi ha sempre detto quanto fossero utili per il commercio. Non sono molti i gruppi di banditi che possono permettersi di impiegare un dirigibile, mi sa.»

«Gruppi di banditi?» chiese Cirrus, intrigata.

«Sì.» Sofia rabbrividì e distolse lo sguardo dai dirigibili che andavano e venivano. «Predoni, mostri e cose di questo genere sono stati in costante aumento negli ultimi duecento anni, più o meno. Questo è il motivo per cui Lightfell ha ripreso la vecchia usanza di richiedere il servizio militare per quattro anni a partire dai quattordici anni.»

Cirrus si voltò verso di loro. «Il requisito di servizio della vecchia Alshain, poi Paladaine?»

Thep sorrise e annuì. «Esatto! Non mi aspettavo che sapessi nulla di tutto ciò. Diamine, se non fosse per i genitori di Sofia, io di certo non lo saprei. È piuttosto divertente sedersi con una torta o un dolce e ascoltarli parlare dei vecchi tempi. Molta gente viene a sentirli raccontare storie 'na volta al mese nella piazza vicino a casa nostra.» Fece un cenno di assenso con la testa. «Devi essere molto colta per una della tua età.»

Sofia quasi si strozzò con la sua stessa saliva, ma Cirrus si limitò a ricambiare il sorriso dell'uomo con uno smagliante dei suoi. «Puoi dirlo forte. Comunque, mi stavi parlando dei mostri, dei predoni e così via?»

Thep continuò. «La capitale è abbastanza ben isolata qui con le montagne, gli alberi, i fiumi e tutto il resto. Non hai davvero nulla di cui preoccuparti, milady.»

Cirrus annuì. «Apprezzo le tue rassicurazioni, buon uomo. Dato che sono nuova a Lightfell, sapresti dirmi quanto è grande questo regno? Sono abbastanza aggiornata sulla geografia, ma non su chi rivendica cosa.»

Thep la guardò, strofinandosi la peluria sul viso per qualche minuto pensandoci. Alla fine scrollò le spalle, facendo frusciare l'abito arcobaleno e scintillare i fili metallici ricamati. «Difficile dirlo, in realtà. Lascio la politica, i confini e cose del genere a chi di dovere. Ma, ah, sai Andros...» La sua fronte si aggrottò. «Andelin... Andurasin...»

«Anduria?»

Thep puntò un dito verso la dragonessa schioccando il dito medio e il pollice. «Quello! Conosci il ducato di Anduria dei vecchi tempi?»

«Abbastanza.»

Il vecchio fornaio le sorrise. «Molto colta davvero. Tu e Sofia qui farete sicuramente amicizia in fretta. 'Sta ragazza ha un appetito vorace per la lettura. Comunque, il regno di Lightfell rivendica tutto l'antico ducato e forse circa cinquanta o cento miglia di distanza dalla base delle montagne in ogni direzione. A parte il regno di Aelirwen a Sud-est. Anche loro rivendicano le montagne. Controversie di ogni tipo a riguardo.»

«Quindi i nani di Rokspoke e gli elfi scuri di Nythsera fanno parte di Lightfell?»

Thep chinò il capo e lo scosse. «M'ero dimenticato di quella gente. No, loro rivendicano il loro spazio nel sottosuolo. Non hanno molto a che fare con noi qui su in superficie. C'hanno i loro problemi, mi sa.»

«È probabile.» La dragonessa annuì con fare evasivo e si rivolse a Sofia. «Forse avremo tempo di indagare sui mostri e su queste cose quando avremo finito.»

Il sorriso di Sofia si allargò. «Mi piacerebbe. Potremmo davvero aiutare qualcuno.»

Thep agitò un dito con gentilezza mentre riprendevano a camminare, la loro destinazione visibile. «Non mettetevi solo troppo nei guai. Sofia qui è brava con la spada, ma certi di quei mostri sono enormi. Fanno uno spuntino di due signorine come voi, in un battibaleno.»

«Lo terremo sicuramente in considerazione, buon uomo.» La dragonessa gli rivolse un sorriso.

Sofia gemette.

Thep si limitò a ridacchiare. «Come no. Tutti voi giovani pensate di essere invincibili. Fate solo attenzione, è tutto quel che chiedo.»

«Lo faremo» gli assicurò Sofia fermandosi a metà strada tra il forno e la biblioteca. «Dovresti seguire il tuo stesso consiglio, però. Quei tizi potrebbero tornare se ti riconoscono.»

Una risata a pieni polmoni sostituì la precedente risatina del vecchio fornaio. «Sofia, mi stupirei se avessero già smesso di correre dopo la paura che gl'ha messo la tua amica!»

Cirrus sorrise e fece un cenno di assenso. «Il minimo che potessi fare.»

Thep sorrise e smise di camminare. «Vabbè, qui è dove ci dividiamo. Voglio ringraziarvi ancora per il vostro aiuto oggi e per aver assecondato un vecchio accompagnandomi a casa. Mi hai sicuramente salvato le chiappe. Per quanto riguarda il minimo che uno possa fare...» Si girò verso Sofia. «Di' ai tuoi genitori che manderò del pane fresco appena sfornato per cena e dei biscotti per dessert.» Quando Sofia aprì la bocca, lui scosse la testa e alzò una mano per anticiparla. «No, non accetto un no come risposta! Come ha detto la signora lì, è il minimo che possa fare.»

Sofia cercò di trattenere il sorriso dal suo volto. «Oh, sono d'accordo! Volevo solo chiederti se avevi del pane o dei biscotti di baccastella.»

Lui rise e scosse la testa. «Tu e la tua baccastella. Non ho nessuno dei due.» Al broncio della ragazza, sorrise. «Però ho una *torta* di baccastella con glassa al cioccolato. Può bastare?»

«Benissimo» si entusiasmò Sofia, un luccichio negli occhi.

Thep chinò il capo a entrambe, congedandosi e dirigendosi lungo la strada verso il forno. «Allora. "Lucertolona"?» iniziò la dragonessa, rivolgendo lo sguardo a Sofia.

Sofia arrossì dalla punta delle orecchie tonde alle estremità delle unghie dei piedi. «Ehm, già. Scusa per quello. Accetteresti "la foga del momento" come ragione valida?»

Cirrus sbuffò, poi sorrise. «Lo farò. Tieni presente che se un altro drago lo sentisse, potrebbe non... anzi, permettimi di modificare la frase in forse *non* la accetterebbe come una ragione valida, né come una giustificazione.»

«Capito. Scusa.»

Cirrus indicò un grande e imponente edificio parzialmente inglobato nel fianco della montagna. «È lecito pensare che sia la biblioteca? È certamente più grande dell'ultima volta che sono stata qui.» Al cenno di Sofia, la dragonessa strinse gli occhi e scrutò in alto. «È un drago quello avvolto intorno alla cima?»

«Sì, è così. Dovrebbe essere Kemuri, il Signore dei Draghi, in base alle descrizioni trovate nelle leggende. Ehm, libri di storia. Comunque si voglia chiamarli.» Sofia scrollò le spalle.

«Quella cosa è... ehi. No. Non ci si avvicina per niente. Anche rimpicciolendolo per adattarlo, non gli assomiglia affatto. Niente lunghe corna incurvate all'indietro a forma di khopesh. Mancano le creste della spina dorsale lungo la schiena. E gli occhi non catturano nulla della sua brillantezza. L'intelligenza. L'intensità. L'umorismo che sembrava sempre racchiuso in essi. Come se fosse coinvolto in qualche grande scherzo di cui nessun altro era a conoscenza.» Cirrus sospirò. «No. Tutto sbagliato.»

«Cirrus, si sono basati su brevi descrizioni. Da libri. Che sono stati scritti e riscritti chissà quante volte...» Sofia smise di parlare.

Fu il turno di Cirrus di arrossire e abbassare la testa. «Scusa. Hai ragione. Non lo conoscevano.» La dragonessa incontrò lo sguardo di Sofia con un'occhiata di intensità sorprendente, studiandola. «Ma tu, Paladina. Tu lo conoscerai.»

Sofia deglutì a fatica. «Ah, già. A proposito, perché non entriamo, così ti presento i miei genitori?»

Camminarono fianco a fianco fino alla modesta casa attaccata al lato destro della biblioteca. Sofia aprì la porta ed entrò senza fermarsi. Cirrus si trattenne per guardare la statua del drago e lanciarle un'occhiataccia. «Mamma, papà! C'è nessuno?» chiamò la giovane donna.

Cirrus sorrise per la rapidità con cui il rumore delle persone che si muovevano al piano di sopra si fermò, per poi riprendere. Piedi si diressero verso il punto in cui la dragonessa immaginò ci fossero le scale. I suoi sospetti furono subito confermati quando, un attimo dopo, una voce femminile chiamò da sopra. «Sofia? Sofia! Sei tornata!» Una donna umana di mezza età, con i capelli castano scuro lunghi fino alle spalle striati di grigio qua e là, praticamente volò giù dalle scale verso Sofia. Avvolse la giovane donna in un abbraccio che sembrava non volesse lasciare andare mai più.

La madre di Sofia non aveva la faccia di una che stava inerte tutto il giorno seduta in biblioteca a girarsi i pollici. Era abbronzata, con lievi rughe d'espressione intorno agli occhi e alle labbra. E di certo non aveva nemmeno il corpo di una persona che oziava. Era di altezza media e la sua corporatura diceva che aveva praticato attività fisiche per tutta la vita e che aveva deciso di continuare a farlo anche con l'età. Sembrava un'atleta matura, una che forse aveva raggiunto il suo periodo d'oro cinque anni prima e che non aveva mai voluto smettere.

Quando finalmente si ritrasse per guardare la figlia, il volto le si illuminò. Quelle rughe d'espressione si intensificarono a testimoniare con quanta profondità e fervore lei amasse. I suoi occhi scintillanti dicevano che viveva la vita al massimo e non desiderava altro che trascorrere il tempo sorridendo e ridendo.

Dietro di lei c'era un uomo umano di circa la stessa età. Era alto, più o meno sei piedi, il suo corpo meno tonico di quello della moglie con una pancetta leggera ma non troppo pronunciata. Tuttavia, sembrava ancora in grado di tenerle testa e non era estraneo al duro lavoro fisico. Attese con impazienza il proprio turno con la figlia, allungando di tanto in tanto la mano per trarsi indietro i corti capelli castani un po' radi finché la madre di Sofia non la lasciò andare. A quel punto, non perse tempo, allungò le braccia e la strinse in un abbraccio che la sollevò da terra. «È bello riaverti a casa! Eravamo preoccupati per te» le disse trattenendo le lacrime agli occhi.

Insieme a un leggero sguardo di confusione.

Senza dubbio perché sua figlia sembra pesare venticinque libbre in più del normale.

A parte quello, i suoi occhi non erano meno amorevoli e protettivi di quelli della moglie.

Mi piacciono, pensò Cirrus.

Sofia arrossì e guardò i genitori dopo che il padre la rimise a terra. «Dai. Sto bene. E sono stata via solo un paio di giorni.» Fece cenno a Cirrus. «Ma cavoli, oh cavoli, se non ho una storia da raccontarvi! Questa è la mia nuova... amica, Cirrus. Lei è...»

«Emozionata di conoscervi entrambi» la interruppe subito Cirrus. «Vi prego di accettare i miei complimenti per aver cresciuto una figlia fantastica. È stata una compagna meravigliosa da quando ci siamo conosciute. Incredibilmente utile.» Lanciò un'occhiata a Sofia e osservò la neofita paladina sobbalzare leggermente mentre le inviava i suoi pensieri.

Non ancora. Diremo loro chi e cosa sono stasera, dopo l'arrivo dei tuoi amici. Non ho desiderio di ripetere lo stesso "sorpresa, è un drago" più volte oggi. Lo shock, la negazione, la dimostrazione, la loro frustrazione e infine l'accettazione. Lo faremo una volta sola, quando i tuoi genitori e i tuoi amici saranno tutti presenti.

Sostenne lo sguardo di Sofia finché la giovane non annuì. Un leggero disappunto vibrò sulle sue labbra.

«Ehm... grazie» rispose esitante la madre. «È bello sapere che le nostre lezioni non sono andate del tutto sprecate» prese in giro la figlia.

«No di certo.» Cirrus si fece avanti e offrì la mano a ciascuno di loro. «Mi ha anche parlato della meravigliosa biblioteca in cui è cresciuta e mi ha accennato che avremmo potuto darci un'occhiata. Magari anche vedere alcuni dei vostri tomi più vecchi.»

Sofia annuì mentre Cirrus fece un passo indietro. «Sì. Le ho detto che potremmo esplorare la biblioteca, poi dare un'occhiata alla mia collezione personale. Magari anche la vostra, se va bene?» buttò lì Sofia.

«Certo.» Sua madre trascinò la parola. «Non sarà un problema se farai attenzione.» I suoi occhi si ingrandirono. «Oh! Scusate, dove sono le mie buone maniere? Sono la madre di Sofia, Vendra, e questo è mio marito Konrad.» Vendra presentò entrambi con cortesia.

Cirrus percepì scetticismo e diffidenza nella voce della donna.

Non posso biasimarla. Sono certa che in seguito le cose cambieranno.

Forse.

«Cirrus, e come ho già detto, è un piacere conoscervi entrambi. Sofia ha detto che avremmo dato un'occhiata alla biblioteca, possibilmente cenato insieme, e dopo di che risponderò a tutte le vostre domande. Vi presto il mio giuramento» dichiarò Cirrus con rispetto.

Konrad la fissò intensamente per qualche istante. «Vi prendiamo in parola. Che ne dite di decidere dopo se darvi accesso o meno alla nostra collezione personale? Affare fatto?»

«Affare fatto.» Cirrus sporse una mano e strinse nuovamente quella di Konrad.

«E, Sofia. Cos'è successo alla tua armatura?» Konrad studiò attentamente la ragazza.

«Uhm. Be', a proposito. A quanto pare, è magica. La sto indossando ora. È incantata, quindi...»

«Incantata!» esclamò Vendra. «Sai quanto costa un'armatura del genere?»

Konrad posò una mano rassicurante sulla spalla della moglie. «Lasciale andare avanti. Alla fine scopriremo chi l'ha mandata.» Il suo sguardo rimase su Cirrus.

«Ah, mi sto facendo un'idea. Se vuoi seguirmi, Cirrus.» Sofia sembrava leggermente imbarazzata. Cirrus aggrottò le sopracciglia e seguì la paladina attraverso la sala principale fino alla porta privata della famiglia, nella biblioteca. Sofia la aprì e fece cenno di precederla all'altra donna, che sogghignò quando la giovane urlò alle sue spalle, come se l'avesse ricordato in quel momento, chiudendo la porta. «Oh, vengono anche i miei amici. E Thep manderà del pane, una torta e dei biscotti. Potremmo o no avergli salvato la vita, non ne sono sicura. S*ono* sicura che vi racconterà tutto. Ci vediamo a cena!» Finì di chiudere la porta, interrompendo la risposta sbigottita di sua madre.

«Molto simpatico. Non credi che verranno a interrogarti a riguardo?» Cirrus inclinò la testa, esaminando la giovane.

«No. Aspetteranno che Thep venga da noi e gli chiederanno spiegazioni. Per loro, esaminare queste pergamene e questi tomi è come...» Sofia cercò le parole.

«Un'esperienza religiosa?»

Sofia sbuffò. «Forse non a quei livelli, ma abbastanza vicino. Non ci disturberanno. Inoltre, mia madre starà cercando con frenesia di mettere insieme qualcosa per la cena, ora che ha ospiti in arrivo, mentre mio padre starà sulla porta a dirle di calmarsi e a ricordarle che ha già sfamato i miei amici centinaia di volte.»

«E poi cosa?»

«Mia madre lo colpirà con qualcosa di morbido, si daranno un bacio e lui inizierà a tagliare verdure mentre lei preparerà il resto del cibo.»

«Sembra che tu l'abbia già visto una o due volte.»

«Forse.»

Sofia la condusse attraverso alcuni corridoi fino a raggiungere un'enorme sala fiancheggiata da grandi scaffali di legno che gemevano sotto il peso di grossi e spessi libri rilegati in pelle. Cirrus sospirò guardando tutti i tomi. «Amo studiare, ma se questi sono i vostri libri di storia... io l'ho vissuta. Oltretutto, non credo in questi che troveremo qualcosa che ci aiuti a tirare fuori l'altro "lucertolone" dal suo tedio.»

Sofia arrossì. «Ho chiesto scusa. E sono d'accordo, probabilmente non ci riusciremo.» Fece un cenno intorno a sé. «Ho pensato che potessi almeno dare un'occhiata a questi e magari farti un'idea di come viene vista la storia oggi. Così avrai un termine di paragone per confrontarla con quello che hai vissuto tu per davvero. Potrebbe darti un'idea di come la gente ha interpretato ciò che è successo.» Fece una finta espressione altezzosa a Cirrus.

«Bene, bene. Non male» le disse Cirrus. «Spero che tu capisca che non ho nulla contro i tuoi genitori. Sono orgogliosa, e questa parola non rende davvero l'idea, di chi e cosa sono, e non ho problemi a rivelarlo. Tuttavia, non voglio ripetere questa conversazione un sacco di volte oggi.»

«Lo capisco. Sono solo delusa di non averglielo potuto dire subito.»

«In più, probabilmente è meglio non pubblicizzarlo, almeno non a persone che non siano i tuoi genitori e i tuoi amici, finché non riesco a capire meglio la situazione. Non voglio dover uccidere un mucchio di persone» affermò Cirrus.

Sofia iniziò a ridere, poi si ricompose e deglutì a fatica quando capì che Cirrus non stava scherzando. «Aspetta, tu non uccideresti un gruppo di persone per il solo fatto di *sapere* che sei un drago, vero?» chiese.

«No, non ucciderei la gente perché *sa* cosa sono. Tuttavia, mi difenderei da chi mi attaccasse. In modo letale. Cosa che, secondo la tua amica, potrebbe accadere se lo scoprissero» rispose Cirrus.

«Oh. Capisco anche questo, suppongo.»

«D'altra parte, sono una dragonessa ed è passato molto tempo dall'ultima volta che ho saccheggiato una città. Chi sa quanto sono arrugginita?»

Sofia sbatté le palpebre, incerta se stesse scherzando o meno.

Quando Cirrus semplicemente ricambiò il suo sguardo, con un’espressione che non lasciava trasparire nulla, Sofia fece spallucce e iniziò a tirare giù i tomi che pensava le potessero interessare.

Capitolo 13

<u>20° Jinn, 1502 DF</u>

Cinque ore e decine di risposte sferzanti dopo, Cirrus alzò lo sguardo verso Sofia. «Come? Come hanno potuto sbagliare così tanto? Questa è la nostra patria! Avrei pensato che *almeno* in questo posto avessero le informazioni giuste!» Cirrus chiuse di colpo un altro libro e lo fissò, sembrando contemplare seriamente di ridurlo in cenere.

O meglio, di ridurre *anche quello* in cenere.

Sofia alzò le mani sperando di scongiurare ogni piromanzia imminente. «Non lo so, signora dragonessa. Non per cambiare argomento, ma non ti sta forse venendo fame? La cena dovrebbe essere pronta a breve. Forse, dopo aver mangiato, i miei genitori potranno darci qualche delucidazione.»

Spero prima che tu decida di trasformare altri libri in legna da ardere, aggiunse senza parlare.

Sofia trasalì di fronte allo sguardo tagliente della dragonessa e si ricordò troppo tardi che Cirrus non solo *poteva* ascoltare i pensieri di Sofia, ma lo stava facendo attivamente. «Mi dispiace. Speravo che questo libro fosse migliore e non ti offendesse tanto quanto l'ultimo.» Guardò con attenzione la macchia carbonizzata e fuligginosa sul pavimento che un tempo era un enorme libro di storia.

Cirrus chinò il capo e un'espressione colpevole le balenò sul viso. «Non è colpa tua, e va leggermente meglio. Uso questo termine in senso lato. Per quanto riguarda l'altro, mi sono già scusata e mi sono offerta di risarcire i tuoi genitori per il libro. Non avevo il diritto di distruggerlo. Tuttavia, anche se potrei ripararlo, non lo farò. L'audacia di quell'autore di chiedersi se la guerra fosse stata colpa di Kemuri!»

La sua voce si alzò di tono guardando le poche ceneri rimaste.

Fece un respiro profondo e si ricompose. «Sì, sono d'accordo che è una buona idea. Prendiamoci una pausa da tutto questo.» Indicò la pila di libri che Sofia aveva raccolto. «Mangeremo con la tua famiglia e i tuoi amici. Poi potremo svelare loro il nostro segreto e forse tutti insieme potremo pensare a qualcosa per far sì che il sedere squamoso di Kemuri si interessi al mondo e si muova di nuovo.»

Si alzò e le due si diressero verso la porta che separava la biblioteca dalla residenza. Sofia fece per afferrare la maniglia, poi balzò all'indietro quando quella si aprì di scatto. Un'esuberante palla di pelo bianco e grigio, con un vasto eccesso di energia, si precipitò all'interno, direttamente su Sofia, che la prese e la avvolse in un abbraccio.

«Ehi! Che cosa credi di fare, essere troppo cresciuto...» La nuova arrivata si interruppe prima che i suoi occhi azzurri, irritati e lampeggianti, si sollevassero per vedere Sofia che la fissava. «Sofia! Koti mi ha detto che eri tornata! Le ho detto che non le avrei creduto finché non avessi visto con i miei occhi! Vabbè, credo che lei avesse ragione e io torto. Non che succeda spesso, ma suppongo di dovergliene una d'argento ora. La pagherai tu però. Sei tornata troppo presto! Avevo detto che avresti resistito almeno una decina di giorni senza di noi. Mmh.» La nuova arrivata si alzò in punta di piedi e baciò la punta del naso di Sofia.

Cosa che riuscì a fare solo perché la paladina si era chinata.

Sofia rise e l'abbracciò più forte. «Anche per me è bello vederti, Zixne! Pagherò il tuo debito. Mi dispiace che tu abbia perso la scommessa. Inoltre, tutti sono troppo cresciuti rispetto a te.» All'improvviso, un pensiero la colpì. «Aspetta, pensavi che sarei durata solo una decina di giorni? Era *questa* la scommessa? Non se avessi avuto successo?»

Zixne fece spallucce. «Certo. Koti aveva detto meno di dieci giorni. Corym pensava che avresti resistito un mese. Io ho scelto la via di mezzo.»

«Io... non so cosa rispondere. Avete scommesso sul mio

fallimento?»

«Senza venire con te ad aiutarti. Dovresti considerarlo un complimento per le tue capacità di selezione amici.»

Sofia arricciò il naso. «Già. Questo mi fa sentire molto meglio.» Guardò la sua più vecchia amica.

Zixne era una felidina leonevosa, il nome dato a un umanoide felino. Per quanto ne sapeva Sofia, c'erano numerosi *tipi* di felidini. Ognuno corrispondente a ogni tipo di grande felino da caccia. I leonevosi erano chiamati così perché assomigliavano maggiormente ai leopardi delle nevi, e Zixne non faceva eccezione.

Era alta poco più di quattro piedi ed era ricoperta da una soffice pelliccia bianca come la neve che le correva lungo il lato inferiore delle braccia, le attraversava lo sterno e scompariva nella corazza di pelle nera che indossava con il corsetto slacciato in alto come al solito, mostrando un accenno del petto. La pelliccia bianca le saliva anche dal quest'ultimo attraverso la parte anteriore del collo e la parte inferiore del mento.

Al contrario, i lati superiori delle braccia e del viso erano di un bel grigio, quasi argento scuro. I capelli erano un misto di grigio, bianco e nero, tagliati molto corti stile pixie. Tutto ciò, insieme alle rosette nere e ai segni sul viso, la rendevano un bellissimo esempio della sua razza.

Stava anche saltellando da un piede all'altro, mentre Sofia la stringeva.

Ancora più importante era il modo confortevole in cui si muoveva, anche con un falcetto appeso in un fodero sulla schiena, un chiaro segnale per chiunque prestasse attenzione che non era semplicemente un bel faccino.

«Bene» annunciò Zixne. «La cena è pronta e tua madre ha detto di prendervi e trascinarvi via. E voglio quella torta! L'avete vista? È bellissima, ed è una torta di baccastella! Per tutti i draghi, che hai fatto per farti dare da Thep una torta di baccastella?» Le parole le ruzzolarono dalle labbra.

«Be', potremmo averlo salvato da una rapina» le disse Sofia, e gli occhi di Zixne si ingrandirono. «Non preoccuparti, stiamo bene. Lui sta bene. È tutto a posto. Zixne, posso presentarti Cirrus? Cirrus, questa è Zixne, un'altra delle mie amiche.»

Cirrus inclinò la testa. «È un piacere incontrarvi, Zixne. Non vedo l'ora di conoscervi meglio.»

«Però! Formale. Fa' provare.» Zixne si schiarì la gola e parlò con una finta voce spocchiosa. «Un piacere conoscervi anche per me.» Si voltò verso Sofia, che si era sbattuta una mano in faccia e aveva fatto un passo indietro. «Ho fatto giusto?»

Sofia trasalì e gemette. «No, Zix. Non hai "fatto giusto". Tu...» Sofia scosse la testa. «Non importa. Non lo so. So solo che sicuramente non era giusto.»

«Oh. Be', ho cercato di essere formale come un elfo.» Sporse la mano verso Cirrus. «Piacere di conoscerti. Io sono Zixne, puoi chiamarmi Zix, e non sono "un'altra" amica di Sofia. Sono la sua prima e migliore amica.»

Cirrus ridacchiò scuotendo la testa e la mano di Zixne. «Piacere di conoscerti, Zixne. Come ha detto Sofia, mi chiamo Cirrus.»

Sofia si rivolse a Cirrus con uno sguardo dispiaciuto. «Scusa. I miei genitori dicono che Zixne è... ingestibile.»

Zixne fece un ghigno. «Non posso dire che abbiano torto.»

Sofia diede un colpetto all'orecchio dell'amica. «Forza. Andiamo a mangiare.»

Le tre donne entrarono nella sala da pranzo, dove l'aria traboccava di aromi meravigliosi. Sul tavolo erano disposti vassoi di vari cibi, che circondavano il centrotavola. Una torta a tre strati, ricoperta di cioccolato e decorata con pezzi di baccastella rosa e rossi.

So che all'interno c'è quel meraviglioso ripieno di baccastella rossa. Sofia stava quasi sbavando mentre il suo sguardo si concentrava sul dolce.

«Thep ci ha raccontato quello che hai fatto, signorina» esordì Konrad. «Innanzitutto, lasciami dire quanto siamo orgogliosi di te. Tuttavia, magari la prossima volta sii più cauta. Voi due contro otto tagliagole? Avreste potuto essere uccise entrambe!»

La madre di Sofia si limitò a fissarla con occhi stretti e labbra serrate.

«Fidati, papà. Stavamo bene e non abbiamo mai corso un vero pericolo. Ti prometto che ti spiegheremo dopo aver mangiato.» Sofia indicò con un gesto un giovane elfo seduto accanto a sua madre. «Oh, Cirrus, quello è il mio amico Corym Passofosco. È uno stregone.»

Il giovane elfo si alzò e si inchinò profondamente. Alto più di cinque piedi, era snello, come molti stregoni, ma con una muscolatura ben definita visibile all'interno della veste aperta, di taglio militare, viola e nera. I suoi lunghi capelli dorati erano legati in una coda di cavallo. Non una sola ciocca cadde fuori posto quando si inarcò nel suo inchino e lo mantenne per trenta secondi. «Non sono uno stregone, Vostra Signoria. Almeno non ancora. Al momento solo un mero apprendista.» Si raddrizzò, ma i suoi occhi grigi rimasero concentrati sul pavimento mentre concluse nel suo tono più formale. «Desidero che sappiate che è il più grande onore della mia vita avervi incontrato, lady Dragonessa.»

Sofia sbatté le palpebre, mentre sua madre, suo padre e Zixne sgranarono gli occhi guardando tra Corym e Cirrus. Nel frattempo, Kotizara si coprì la bocca per bloccare una risata, che uscì come un suono strozzato e soffocato.

Sofia si avvicinò all'orecchio di Zixne e mormorò: «*Quello* è il modo giusto di farlo.»

«Cosa mi ha tradito, giovane apprendista?» gli chiese Cirrus.

«Ebbene, lady Cirrus. Innanzitutto, il vostro nome, pur non essendo sconosciuto agli elfi, è ancora piuttosto insolito. Molti non desiderano rischiare di suscitare le ire di un eroe della Grande Guerra, se mai dovesse tornare. In secondo luogo, i vostri capelli e occhi azzurri corrispondono alle descrizioni che sono state tramandate di generazione in generazione. Terzo, anche come apprendista stregone, la vostra sola presenza... provoca un formicolio. Sento spilli e aghi sulla mia pelle, così vicino a voi. Infine, ho aiutato Sofia nel fare le sue ricerche. Dai tomi, dai manoscritti e simili, era evidente che l'isola verso cui stava viaggiando era stata di una certa importanza nella Grande Guerra. È partita e ritornata con una persona come... be', voi» rispose con calma.

«Quindi, era una supposizione» affermò Cirrus.

«Be', sì, ma basata sulla mia istruzione. E a giudicare dalla vostra risposta, chiaramente corretta.» Non c'era arroganza nel suo tono. Era una semplice dichiarazione di fatto.

Cirrus inclinò la testa in segno di accettazione. «Bravo, giovane elfo.» La dragonessa guardò i genitori di Sofia seduti a tavola, poi Zixne in piedi accanto a lei, tutti a bocca aperta. «Be', speravo di fare questa conversazione dopo aver mangiato. Ciononostante, tutto sommato, potremmo anche farla a questo punto.» I suoi occhi si illuminarono di azzurro e le pupille mutarono nelle fessure verticali da rettile. Piccole e lucenti scaglie azzurre apparvero sotto i suoi occhi prima di diffondersi sulle guance e poi sul viso e sul collo. «L'apprendista stregone ha ragione. Sono una dragonessa. Per essere precisi, il mio nome completo è Cirruskeliazoratrix, e sono davvero uno degli eroi... be', una delle *eroine* della Grande Guerra.

Ora, vorrei approfittare di questo momento per sottolineare quanto l'aspetto e il profumo di tutto il cibo sia fenomenale. Soprattutto la torta, che non mangio da oltre cinque secoli. Dovremmo sicuramente sederci e mangiare prima che si raffreddi. Dopodiché, risponderò alle vostre domande il più possibile.» Cirrus prese una sedia e si sedette, sporgendosi in avanti per prendere del cibo.

«Sembra il mio tipo di piano.» Kotizara si gettò sul cibo che aveva impilato nel piatto durante la dichiarazione di Cirrus.

Sofia scrollò le spalle e fece la stessa cosa, Corym ne seguì l'esempio in fretta. Esitanti, anche gli altri iniziarono a riempire i loro piatti.

La cena iniziò in silenzio, l'unico rumore il tintinnio degli utensili, siccome nessuno sembrava sapere cosa dire. La maggior parte di loro non sapeva nemmeno se era autorizzata a dire qualcosa.

Alla fine Cirrus sospirò e si guardò intorno. «Va bene. Immagino che si possa iniziare la discussione ora, mentre mangiamo. Altrimenti, tutta la vostra trepidazione non otterrà altro risultato che farvi venire un bruciore di stomaco. Allora, chi è il primo?»

Dopo qualche istante in cui tutti si guardarono a vicenda, Vendra si voltò verso Cirrus. «Va bene, comincio io. È chiaro che mia figlia vi ha incontrata sull'isola. Quanto tempo siete stata lì? Che cosa avete fatto?»

«Abbastanza facile. Sono lì dalla fine della Grande Guerra. Di solito me ne andavo per un po'. Un mese o due al massimo, poi tornavo. Tuttavia negli ultimi cinque secoli non me ne sono mai andata. Quanto a ciò che ho fatto... ho fatto la guardia al Signore dei Draghi Kemuri. Sì, vive ancora, anche se non è attivo.» Quando Zixne rimbalzò sulla sedia e iniziò ad aprire bocca, Cirrus proseguì con: «Inoltre, sospetto che lo incontrerete tutti. Probabilmente presto, più che tardi.»

Dopo che lo strillo entusiasta di Zixne ebbe riecheggiato in tutta la sala da pranzo, seguì una rapida e concitata conversazione tra i commensali.

Quando? Presto.

Perché? Sofia deve svegliarlo per farsi raccontare la sua storia.

Com'è? Difficile da spiegare, ma lo conoscerete voi stessi.

Zixne, ripetutamente: Non possiamo andare adesso? No, come ho detto, presto.

Dopo un breve periodo di varie domande che ruotavano intorno agli stessi temi generali, Cirrus alzò la mano. «Va bene, va bene. Capisco la vostra eccitazione. Davvero. Tuttavia, ogni cosa ha un tempo e un luogo. In questo momento, dobbiamo trovare qualcosa che lo interessi abbastanza da farlo uscire dal suo torpore. Credo che insieme saremo in grado di trovarla. Altrimenti, è molto probabile che non riconoscerà la vostra presenza, o sarà... estremamente irritabile se lo farà.»

Sofia rabbrividì. *Già, non facciamolo. Irritare un drago più grande di Cirrus? Non contate su di me.*

Non puoi sfuggire così facilmente. Le sussurrò nella testa la flebile voce che sentiva.

Sofia alzò gli occhi al cielo irritata e decise di non degnare la voce di una risposta, riportando invece la sua attenzione sulla conversazione in corso.

Konrad strinse gli occhi guardando la dragonessa. «D'accordo. Di solito, ci vorrebbe molto per convincermi. Tanto che la trasformazione stessa potrebbe non essere sufficiente. Tuttavia, Corym tende a non parlare se non ha valutato attentamente ciò che sta per...»

«Zixne parla più che a sufficienza per tutti noi» intervenne Kotizara, guadagnandosi una linguaccia da parte della leonevosa.

«...dire e se non ritiene che sia corretto» concluse Konrad pacato, ignorando l'interruzione. «A questo punto, l'unica cosa che credo possiamo fare è fidarci che voi siate chi dite di essere.»

«Fidati, papà.» Sofia esplose in una risata. «Se l'avessi vista nella sua forma di drago, non ne dubiteresti.»

Konrad annuì. «D'accordo. Con tutto quello che è stato detto, come possiamo aiutare? Siamo solo due bibliotecari e quattro giovani adulti. Voi e Kemuri... siete delle leggende. Leggende vive e vegete. Non vedo che tipo di impatto possiamo avere su questa faccenda.»

Cirrus si picchiettò leggermente le labbra con un dito, il mento poggiato sul palmo della mano. «Credo che questo sia parte del problema. Respiriamo entrambi, ma né io né lui *viviamo.* Almeno non nel vero senso della parola, che non sia pura biologia. Sarò onesta con voi. Non so esattamente cosa faremo, né come lo faremo.

Quello che posso dirvi come minimo è questo. Sofia è speciale. *Sente* una voce. Ne sono certa. Sospetto di sapere a chi appartiene, anche se non capisco come possa accadere.» Cirrus si rese conto di ciò che stava facendo e tolse rapidamente la mano dalla bocca. «Sofia ha detto che la voce le aveva detto che doveva raccogliere la storia di lui, registrarla, e che questo gli avrebbe fatto ricordare tutto ciò che aveva dimenticato. Credo che "lui" sia Kemuri. A questo punto, non sono sicura di cosa abbia dimenticato di preciso, che dovrebbe ricordare se lei gli pone delle domande e annota le risposte. C'è un aspetto importante qui di cui non sono a conoscenza. Lui conosce la sua intera vita. Il meglio che posso fare è interrogarlo a riguardo.

Quando sarà sveglio.»

Accigliata, Vendra si alzò e si diresse verso il corridoio, chiamando distrattamente alle sue spalle. «Vi prego di scusarmi. Ci vorrà solo un minuto.» Sofia sentì i passi della madre salire le scale prima che la donna tornasse qualche minuto dopo, stringendo al petto quello che sembrava un diario rilegato in pelle nera e blu.

Fece un respiro profondo e lo porse con esitazione a Cirrus. «Non c'è nulla di scritto qui dentro. Mio marito e io... be', l'abbiamo trovato nelle rovine della città di Kiserian quasi vent'anni fa, durante uno scavo archeologico. Il nostro ultimo, in effetti. Era insieme a un altro tesoro inestimabile. Non abbiamo idea di cosa sia fatto, ma credo che possa essere importante. Abbiamo provato più volte a scriverci sopra, ma le pagine non accettano alcun tipo di inchiostro. Nemmeno inchiostri magici. Almeno non quelli a cui abbiamo accesso e che abbiamo provato.»

Cirrus allungò verso il diario una mano che tremò leggermente avvicinandosi. Sofia sapeva per istinto che la dragonessa percepiva la magia emanare dal libro.

Poi fu il turno di Sofia di rabbrividire quando la mano della dragonessa si chiuse intorno a esso, e sentì di nuovo distintamente la voce di Cirrus nella sua testa. Eppure, in qualche modo, ebbe l'impressione di non doverla sentire.

Sogno! Be', sospettavo che, in qualche modo, in qualche maniera, fosse opera sua.

Sofia sobbalzò e si raddrizzò sulla sedia quando Cirrus voltò occhi azzurri leggermente luminosi nella sua direzione, sollevando un sopracciglio per la sorpresa. Scelse di non dire nulla per poi tornare al libro che aveva in mano.

La dragonessa lo girò piano, quasi con reverenza, per guardare la copertina. Su di essa c'era una testa di drago con ampie corna a forma di spade khopesh, goffrata con un misto di argento e oro. Argento e oro veri, non inchiostro. Gli occhi del drago erano focalizzati, con un po' di irritazione, su un piccolo scricciolo dorato appollaiato sulla punta del naso del drago.

Cirrus rise. «Ecco, questa... *questa* è una rappresentazione di Kemuri.»

La dragonessa cercò in una sacca e tirò fuori una penna stilografica magica. Aprì il libro e provò a scrivere, ma non apparve nessuna parola. Nemmeno un graffio del passaggio della penna. «Le pagine sono un tipo di carta che usavamo durante quella che voi chiamate la Grande Guerra. Incantate per permettere solo a certe persone di scriverci sopra e a volte anche leggerle. La usavamo per assicurarci che certe informazioni non fossero false. La mia penna, però, avrebbe dovuto scrivere su qualsiasi carta. L'inchiostro è una miscela magica che include un po' del mio sangue. Questo libro non è destinato a me.» Lo porse a Sofia. «Prova a scrivere quello che ti ho detto sulla sua nascita.»

Sofia prese con cautela il libro, con uno sguardo che oscillava tra la reverenza e quello che la gente riservava per un cobra fermo in mezzo alla strada.

«La penna.» Cirrus le porse lo strumento.

Sofia prese la penna con esitazione. Con un respiro profondo, aprì il diario e iniziò a scriverci. Sgranò gli occhi quando le parole fluirono sulla carta. La sua mano iniziò a muoversi più veloce mentre inscriveva la storia che Cirrus le aveva raccontato con accuratezza quasi perfetta. Gli altri osservarono in silenzio sbalordito mentre lei scriveva pagine e pagine di informazioni praticamente in pochi istanti.

In meno di dieci minuti, aveva raccontato la storia della nascita di Kemuri sulle pagine del diario con un luccicante inchiostro blu acceso.

«Come?» balbettò lei.

«Penna magica» rispose Cirrus. «Prende i tuoi pensieri e li mette su carta. Desideravi raccontare la storia, quella che ti ho narrato, e così hai fatto. Inoltre, Ci vorrebbe un bel po' di tempo per trascrivere lunghe conversazioni a un ritmo normale, quindi la penna accelera il tutto. In questo modo, le nostre spie potevano scrivere in modo rapido e preciso, senza che la loro mente cosciente interferisse e potesse apportare modifiche a ciò che veniva riportato.»

«Notevole» affermò Konrad senza fiato. «Sembrerebbe che abbiate ragione, Signora Dragonessa. La nostra Sofia è *molto* speciale.» A un cenno della moglie, continuò. «Siamo disposti a fare tutto il possibile per aiutarla, perché è nostra figlia. Non posso però parlare a nome di tutti gli altri qui.»

«Certo che aiuteremo Sofi! Ha bisogno di noi! Sono sinceramente sorpresa che sia arrivata così lontano senza che noi fossimo lì ad aiutarla» rispose entusiasta Zixne.

Sofia si commosse quando la madre girò intorno al tavolo, si fermò dietro di lei e poi la avvolse in un abbraccio. «Cosa dobbiamo fare?» chiese Vendra.

«Il diario e la penna raccoglieranno le storie su di lui e le osservazioni di Sofia, e registreranno le informazioni. Suppongo che il passo successivo sia quello di ascoltare più storie. Anche se ci sono storie che solo lui può, o almeno *dovrebbe* raccontare, credo che la sua prima infanzia sia, e vi prego di scusarmi per questo, un libro aperto. Io ero presente e credo di poter raccontare i momenti salienti dei suoi primi anni di vita tanto quanto lui. Se non meglio» spiegò Cirrus.

Sette persone sorrisero e annuirono. «Vi prego di farlo, lady Cirrus» la invitò Corym. «Non vedo l'ora di sentir parlare di lui da qualcuno che lo ha conosciuto davvero.»

«Molto bene, allora. Qualcuno tagli la torta, perché sembra mi stia fissando, implorando di essere mangiata.» Cirrus si voltò verso Sofia. «Per ora tu ascolta semplicemente. Poi la penna ti assisterà nel trascrivere in seguito. Ora, da dove cominciare?» Cirrus rifletté per qualche istante prima di ridacchiare. «Ah, lo so. C'è stata la prima volta in cui l'ho trapassato di proposito con una spada...»

Capitolo 14

La storia di Cirrus

<u>19° Mari, 35 AF</u>

Cirrus iniziava a sentirsi frustrata. Per una dragonessa nota per la sua pazienza e la sua lucidità, quello era tutto dire. *Qual è l'espressione umanoide? Vedere rosso? Giuro, se me lo chiede un'altra volta, o peggio se ne lamenta, vedrò rosso, eccome. Sua!* I suoi istinti draconici più profondi e feroci si risvegliarono, tornandole in primo piano nella mente.

L'oggetto della sua ira attuale, e più frequente, a essere onesti, era l'intelligente bambino umano di cinque anni, con corti capelli biondo scuro e penetranti occhi azzurri, che stava di fronte a lei. Stringeva una spada nella mano destra e uno scudo nella sinistra, entrambi di dimensioni perfette per lui.

«Ma Cirrus» si lamentò ancora Tamerin. Con voce piagnucolosa, anche in quel caso. «Hai detto che ci saremmo esercitati con le armi. Perché dobbiamo parlare di magia nel frattempo? Io non conosco la magia! Guarigione, vita, richiamare i morti, resurrezione. Non sono un guaritore e non lo sarò mai! Non ho bisogno di conoscerla!» concluse in tono petulante.

Anche se il broncio è adorabile. Il pensiero balenò nella mente di Cirrus, prima che il temperamento in espansione esponenziale lo schiacciasse.

Alla fine, sbottò. Il lato draconico si fece strada a tutta forza nei suoi sensi decidendo di trattarlo come un drago tratterebbe i suoi piccoli.

La dragonessa gli scostò rapidamente sia la spada che lo

scudo... e lo trapassò.

Occhi sgranati per il dolore e la sorpresa, il bambino tossì sangue e lottò per respirare. Le armi gli caddero dalle dita intorpidite, mentre Cirrus si inginocchiò e si chinò verso di lui, appoggiandogli la testa sulla spalla e la bocca accanto all'orecchio. «Carissimo. In questo momento stai morendo. Uno degli incantesimi curativi o di guarigione porrà rimedio non appena ritirerò la mia lama. La possibilità di successo dura fino a circa un minuto dopo la morte.

Se dovessi decidere di lasciarti morire, un incantesimo di vita o di rianimazione lanciato nei primi dieci minuti ti riporterà in vita, anche se saresti ancora vicino alla morte e in estremo bisogno di cure. Inoltre, se eri portatore di malattie o disturbi, o se avessi subito danni causati dalla magia a una qualsiasi delle tue capacità primarie, questi rimarrebbero. In più, ho bisogno del tuo corpo come fulcro per l'incantesimo. Quindi sarai stanco e affaticato per un numero di minuti pari a quello in cui sei stato morto prima di riacquistare il pieno uso e controllo delle tue facoltà.

Un incantesimo per resuscitarti dal mondo dei morti ti riporterà da noi, a patto che tu non sia morto da più di trenta giorni, ma questo limite si basa sul potere dell'incantatore. Più a lungo rimani morto, più potente deve essere l'incantatore per riportarti indietro. A differenza dell'incantesimo della vita, resuscitare i morti riporta in vita senza alcuna ferita. Anche se, come nel caso dell'incantesimo della vita, le malattie e i danni magici alle capacità restano. Il tuo corpo è ancora necessario e non tornerai del tutto in te, poiché il tuo fisico ha bisogno di tempo per riacclimatarsi alla vita. Ogni giorno si recupera un po' di questa fragilità, ma più a lungo si è stati morti, più tempo ci vuole per tornare in piena forma. Un buon modo per stimare questo aspetto è che per ogni giorno in cui sei stato morto, hai bisogno di un giorno per riprenderti.»

Estrasse la lama, baciandolo sulla guancia mentre si alzava. Un delicato e leggero bagliore blu passò dalle sue labbra a lui e gli si diffuse nel corpo, riempiendolo di un piacevole calore curativo. E, soprattutto, cancellando la ferita.

Tamerin la fissò con occhi enormi, mentre la mano schizzò al petto cercando un buco. «Cirrus, non l'hai mai fatto prima. Solo piccole ferite da allenamento. Questo fa davvero male!»

«Ma cosa hai imparato?»

«Che sei più brava...» Tamerin si interruppe di colpo e Cirrus gli fece cenno di continuare. Sapeva che ogni volta che lei faceva qualcosa di troppo draconico, c'era più di una lezione da imparare. «Le differenze tra gli incantesimi per riportare in vita le persone. Essere sempre pronti a tutto quando ci si allena. E... uhm, non sono sicuro» ammise.

«Sì alla prima e alla seconda. Anche se dovresti sforzarti di essere sempre pronto ad affrontare trucchi e inganni, soprattutto al di fuori dell'addestramento. Inoltre, ci esercitiamo con armi vere, perché imparerai come funziona quando sarai veramente ferito e sanguinante, non solo ammaccato. Tua madre e io ci siamo allenate insieme in questo modo. Inoltre, i draghi che stanno vicino ai loro piccoli per insegnare loro e aiutarli a crescere tendono a usare un approccio molto "pratico". Uno che non è sempre gentile.» Gli sorrise con calore e imitò la sua voce lamentosa di prima. «Cos'altro pensi che *io* stia cercando di insegnare a *te*? Non credi che ci sia dell'altro?»

Tamerin arrossì. «Sì, Cirrus. Mi stavo lamentando e ti chiedo scusa. Non lo farò più.»

«Non fare una promessa che non puoi mantenere. Inoltre...»

«È necessario il linguaggio formale quando si ha a che fare con i draghi... e con i diplomatici. Come una persona di sangue draconico, e come principe, dovrei prendermi il tempo di scegliere con cura le mie parole e ridurre al minimo le forme contratte, se non eliminare del tutto» rispose Tamerin in tono solenne.

«Perché?» chiese lei.

«Prendendomi il tempo di eliminare le forme contratte e cercando di dire le cose in modo più formale, mi guadagno la reputazione di una persona che riflette prima di parlare» rispose.

«Eccellente. Impari davvero qualcosa di ciò che insegno almeno» lo prese in giro. Gli lanciò con indifferenza due incantesimi per pulire il sangue e riparare la camicia.

«Cirrus, che mi dici degli altri incantesimi per riportare in vita le persone?» chiese alzando lo sguardo verso di lei.

«Oh, ora ti interessa?» Gli sorrise con ironia.

Il giovane principe arrossì. «Ehm... sì. Immagino che gli incantesimi avranno un certo impatto sulla mia vita e sul mio benessere.»

La dragonessa rise. «Sì, è così. Molto bene. Ce ne sono altri tre, escludendo la necromanzia e il riportare i morti alla non-morte. In questo momento ci stiamo concentrando solo sul riportare in vita una persona. La resurrezione è la prossima nell'elenco e funziona su persone morte fino a quindici anni prima. Ancora una volta, si basa sul potere magico dell'incantatore. Si ritorna senza ferite, malattie o danni alle proprie capacità. Inoltre, per questo incantesimo c'è bisogno solo di una parte del tuo corpo. Circa la metà. La magia ripristinerà il resto e contemporaneamente riparerà il decadimento e la corruzione di ciò che era già presente. Di nuovo, dopo il ritorno sei debole e fuori forma per un po' di tempo. Eri *morto* e ci vuole circa una decina di giorni ogni sei mesi di decesso per riprendersi.

La resurrezione perfetta ti farà tornare in vita se sei morto da un massimo di sessant'anni, in base al potere dell'incantatore. Niente ferite, malattie o danni alle capacità. Questo incantesimo è estremamente potente, poiché non è necessaria alcuna parte del corpo perché abbia successo. L'incantatore deve solo essere in grado di identificarti in qualche modo senza il minimo dubbio. Un oggetto personale di grande importanza, l'ora e il luogo della data di nascita o morte, il tuo vero nome... cose del genere. Con questo incantesimo, ci vuole circa una decina di giorni per ogni due anni in cui sei stato morto per tornare al tuo potenziale precedente.

L'ultimo è un incantesimo *centum heroicis*. Incantesimi di resurrezione personali che arci-guaritori incredibilmente potenti *inventano*. Gli individui creano i propri incantesimi che possono aumentare notevolmente il lasso di tempo in cui l'incantatore può tornare indietro e riportarti in vita. Tuttavia, ognuno di questi avrà diversi pro, contro e requisiti decisi dal creatore dell'incantesimo, quindi non posso darti dettagli su nessuno di essi.

Una cosa da ricordare per ognuno di loro, però. Lo spirito dell'individuo deve essere *disposto* a tornare. È in grado di capire la disposizione generale dell'incantatore e se si allinea o meno con lo spirito. Infatti, se il defunto ha una familiarità più che discreta con l'incantatore, sa *con esattezza* chi sta cercando di riportarlo indietro. Ci sono pochissimi modi per costringere il vero spirito del morto a tornare senza il suo consenso. Questo discorso è per un'altra volta.»

«Ma esistono dei modi?»

Cirrus annuì. «Nella magia, come nella maggior parte della vita, per ogni regola c'è un'eccezione.»

«Sono necessari componenti materiali specifici per ogni incantesimo?»

Cirrus inclinò la testa. «In effetti, sì. Ognuno richiede una gemma di valore crescente.»

Tamerin si accigliò. «Il valore viene assegnato dalle persone che la desiderano. Allora come funziona? Cosa impedisce a qualcuno di dire: «Questo minuscolo pezzo di quarzo vale un miliardo di monete d'oro!» e poi usarlo per l'incantesimo?»

Cirrus esultò dentro di sé, ma si limitò a rivolgere al ragazzo un sorriso caloroso. «Eccellente. Nel caso delle gemme, il "valore" di cui parlo non viene assegnato loro solo perché qualcuno lo decide. Esso è solo rappresentativo di elementi come le dimensioni, l'uniformità del colore, la chiarezza, la forma, la rarità e altri fattori. Il modo in cui la pietra è stata tagliata non ha alcuna rilevanza però. Stiamo parlando solo delle sfaccettature naturali della gemma. Poi, come per tutti gli altri incantesimi, gli incantatori possono imparare a ridurre il costo di mana e materiali. Non stiamo ancora approfondendo così tanto la teoria magica.»

Tamerin annuì piano, assorbendo le informazioni. «Bene, credo di aver capito cosa intendi. Posso fare altre domande non legate agli incantesimi?»

Cirrus annuì. «Sempre.»

Il secondo principe sorrise. «Hai detto "danni alle mie capacità". Che cosa significa? In cosa è diverso dal subire ferite normali?»

Cirrus sorrise. Le piaceva la sua sete di conoscenza. Era molto... draconico. A volte aveva semplicemente bisogno di fargli superare il muro dell'infantilismo. *Devo continuare a ricordarmelo. È un umanoide di cinque anni, non un draghetto di cinque anni. Anche se mi ricorda molto più il secondo che il primo.*

«Noi definiamo alcune caratteristiche di ogni persona, come la forza, la destrezza o l'intelligenza» gli disse. «Ce ne sono alcune altre, ma è sufficiente dire che incantesimi come le maledizioni o creature come i vampiri possono danneggiarle direttamente. Quindi, è necessario del tempo o un incantesimo di ripristino per guarirle.» Gli tese le braccia. «Sai, sei una gioia quando decidi di voler imparare. Dovresti farlo più spesso. Hai altre domande?»

Tamerin arrossì e corse tra le sue braccia. Lei lo sollevò, facendolo girare. Lui la guardò con espressione seria dopo aver smesso di ridere. «Cirrus, perché mia madre sta avendo il bambino al castello di Anduria invece che a Kiserian?»

Cirrus appoggiò la testa sopra la sua. «Be', carissimo, come sai, questa gravidanza è stata dura per tua madre. È stata piuttosto male e la nostra guarigione non è stata di grande aiuto. Il castello di Anduria, il punto più a sud di Alshain, è sempre stato sotto l'amministrazione di chi sposa il re o la regina di Alshain, oppure del fratello o della sorella di quel re o di quella regina. Il primo principe o la prima principessa che non eredita il trono. La decisione finale spetta al sovrano in carica.

Tuo padre aveva solo fratelli. Pertanto, Arissa è diventata automaticamente duchessa di Anduria e regina di Alshain quando ha sposato tuo padre. Deve prendere decisioni per questo ducato, viaggiare è stato difficile per lei e i guaritori le hanno raccomandato di non usare la magia del teletrasporto. È stato meglio per lei venire e rimanere qui. Siamo qui per sostenerla.»

«E oggi siamo qui sotto a fare addestramento con le armi invece che storia perché...?» Spostò la testa all'indietro per guardarla.

«Perché il parto è previsto da un momento all'altro e tu non sei necessario per quello, né hai bisogno di essere presente. Quindi...» Lasciò la frase sospesa in aria, punzecchiandolo sul naso. «Per quale altro motivo pensi che siamo venuti qui?»

Tamerin la fissò prima di alzare gli occhi al cielo. «Così mi sarei distratto facendo qualcosa di fisico invece di guardare un libro.»

«Esatto.» Gli pungolò di nuovo il naso. «Non pensare nemmeno per un momento che non percepisca la tua agitazione e la tua energia nervosa.»

Tamerin sorrise, si strofinò il naso, poi la fissò negli occhi, l'espressione più seria che lei avesse mai visto su quel giovane viso. Una che non aveva mai visto su nessuno di così giovane. «Mia madre starà bene, Cirrus?»

Cirrus inspirò piano, cercando di capire come meglio affrontare l'argomento con lui. «Per quanto mi riguarda, credo che ce la farà. Tua madre è un'elfa scura incredibilmente forte e molto testarda. Tuttavia, non ci sono garanzie nella vita e sono certa che questo sarà un travaglio difficile. Qualunque cosa accada, però, io sarò *sempre* qui per te, Tamerin.»

Si accoccolò contro di lei. «Ti voglio bene, Cirrus. Io...»

La porta dell'area di addestramento si spalancò con un tonfo, colpendo il muro di pietra e rimbalzando, e una guaritrice vi si precipitò attraverso. La mano destra di Cirrus era già incandescente, una sfera bianca e luminosa si librava sopra il palmo aperto e irradiava calore. Nello stesso istante, spostò Tamerin sul braccio sinistro e lo allontanò lontano dalla porta, preparandosi a difendere il suo protetto e a incenerire l'intruso.

«Lady Cirrus! Noi...» La guaritrice si interruppe vedendo la sfera che brillava incandescente. Deglutì e continuò. «Abbiamo bisogno del vostro aiuto. Il bambino è nato ma non respira e la regina non risponde.»

Cirrus non si preoccupò di perdere tempo a seguire la guaritrice o di dire una parola. Lei e il suo protetto sparirono e riapparvero un attimo dopo nelle stanze della regina.

I suoi occhi si posarono dapprima sulla sagoma più grande del letto. La pelle di Arissa, di solito di un viola intenso, scuro e vibrante, appariva pallida e sbiadita. Il cuscino e il letto erano impregnati di sudore, anche se le guaritrici avevano usato incantesimi di pulizia. *O almeno sarà meglio che lo abbiano fatto.* Non c'era alcun vero movimento da parte dell'elfa, se non un debole respiro ogni pochi secondi.

Posò Tamerin a terra, si voltò e vide Lyvni in piedi dietro un gruppo di guaritrici che lanciavano incantesimi frenetici su qualcosa che giaceva nella culla. Si avvicinò, afferrò la spalla di Lyvni e la fece girare. «Vai dalla regina. Io controllerò la bambina.»

Lyvni annuì, borbottò qualcosa di incoerente e si diresse verso il letto della sovrana.

Cirrus si schiarì la gola. «Scusate. Spostatevi. Lasciatemi controllare.» Quando nessuna delle guaritrici si voltò neanche di un soffio verso di lei, ne spinse via due con modi bruschi e fece un passo avanti nello spazio appena creato. Abbassò lo sguardo e aggrottò le sopracciglia, mentre le poche speranze che nutriva si affievolivano e morivano.

L'esserino giaceva lì, senza respirare. Cirrus ripassò la sua litania di incantesimi. Cura le malattie, purificazione il sangue, neutralizzazione di veleni, guarire, vita. Nulla fece muovere la piccola. Guardò le guaritrici e scosse la testa.

In meno di sessanta secondi, sapeva che ci sarebbe voluto un miracolo per rianimare la piccola.

Poi, inaspettatamente, un miracolo avvenne.

Tamerin era riuscito a infilarsi tra tutte, in modo da trovarsi tra Cirrus e la culla. Mentre lacrime scendevano piano sul volto di lei e cadevano sulla testa del bambino, lui alzò le braccia. Senza pensarci e in cerca di conforto, lei lo sollevò, permettendogli di guardare in basso e di vedere quella che sarebbe stata la sua sorellina. Le altre guaritrici si erano voltate e allontanate, piangendo per la perdita. Cirrus lanciò un'occhiata distratta al suo protetto e poi di nuovo alla piccola sagoma senza vita, prima di restare senza parole.

Gli occhi di Tamerin erano concentrati su di lei e brillavano di un profondo azzurro zaffiro. Le sue pupille erano un vuoto senza luce che catturava l'anima e che sembrava attirarla.

Ed entrambe erano fessure rettiliane, draconiche.

Cinque anni. In cinque anni, non aveva visto un solo segno a conferma che non avesse solo immaginato quegli occhi quando era nato. Ormai non c'erano più dubbi. Quelle fessure verticali lasciarono Cirrus e si concentrarono sulla bambina con un'intensità che lei poteva percepire fisicamente, anche se Tamerin non stava fissando lei. Sporgendosi sulla bambina, Cirrus sprigionò un rapido impulso di quella paura che è il diritto di nascita di tutti i draghi, nel tentativo di assicurarsi che le guaritrici non si voltassero.

Poi abbassò il bambino verso la culla in modo che potesse raggiungerne l'interno, senza sapere perché lo stava facendo.

Lui appoggiò con delicatezza la mano destra sul petto della bambina senza vita, sopra il suo cuore fermo, e parlò con un tono basso, quasi ringhioso, che Cirrus non aveva mai sentito prima da lui. «*Tha feum agam ort piuthar leanabh. Thig air Ais thugam.*»

Cirrus trasalì alle sue parole. *Ho bisogno di te, sorellina. Torna da me.* In draconico. Di cui lei gli aveva insegnato solo una manciata di parole.

La temperatura intorno a loro sembrò scendere di venti gradi in meno di un secondo, quando la sua mano prima scintillò, poi si illuminò di una tonalità di azzurro come i suoi occhi. Un attimo dopo, gli occhi della bambina si aprirono di scatto, anch'essi di un azzurro intenso, ma più vicino al colore del cielo. Con le stesse pupille a fessura. Il bagliore della mano del suo protetto e degli occhi della bambina si spensero in fretta, mentre dalla bocca della piccola uscì un pianto stridulo, più simile a quello di un uccellino o di un cucciolo di drago che a quello di un neonato umano. La temperatura tornò alla normalità con la stessa rapidità con cui era scesa e la bambina iniziò a piangere sul serio.

Per fortuna con una voce umanoide.

Le guaritrici si voltarono verso la culla sconvolte, guardando la bambina e poi Cirrus, che scrollò le spalle in modo vago. «Ho fatto l'ultima cosa che mi è venuta in mente. Abbassare la temperatura e poi alzarla il più in fretta possibile per dare uno shock al suo sistema. Non chiedetemi come ha funzionato, perché non ne ho idea. Sono solo contenta che sia successo» mentì loro con franchezza.

Poi sentirono tossire dal letto. Cirrus allontanò Tamerin dalla culla e dalle guaritrici indaffarate, si voltò verso il letto e vide Arissa faticare per tirarsi su.

«La mia bambina? La mia bambina sta bene? Ho pensato... ho pensato di aver visto me stessa e lei... stavamo galleggiando. Io... non so cosa sia successo...» Arissa si interruppe confusa.

Cirrus fece avvicinare Tamerin e lo mise accanto alla madre, a cui il bambino si aggrappò subito. Mise a tacere ogni domanda di Lyvni con uno sguardo e un rapido cenno della testa. Chinandosi, accarezzò la fronte della regina con il dorso delle dita. «La bambina sta bene, Arissa. Sembra completamente sana ora. Ha tutte le dita delle mani e dei piedi. Ha avuto un problema con il primo respiro, ma come potete sentire tu e tutti gli altri nel castello, non sembra più essere un problema.» Cirrus fece un sorriso ironico all'amica.

La porta si aprì sbattendo e mettendo a tacere ogni risposta di Arissa. Cirrus chiuse gli occhi e fece un respiro profondo prima di voltarsi. Re Dothan e il principe ereditario Adakkar entrarono nella stanza come se la possedessero. *Cosa che suppongo tecnicamente sia così,* ammise Cirrus tra sé.

«Come avete potuto deludermi? La mia bambina è nata mort...» Il re rimase di sasso, un'espressione di confusione gli comparve sul volto.

«Come stavo spiegando alla regina, Vostra Maestà, la prima principessa ha avuto dei problemi a fare il suo primo respiro. Potete sentire che sono stati risolti» riferì Cirrus in tono blando.

Re Dothan sbatté le palpebre verso di lei, poi verso la culla, poi di nuovo verso Cirrus. «È... è meraviglioso! Ed è una femmina? Ora abbiamo una prima principessa?»

«Sì, Vostra Maestà, ora avete una figlia» esordì la capa guaritrice. «Come ha detto lady Cirrus, ci sono state delle complicazioni con il parto, ma lei...»

«Ma lei è qui. La principessa ereditaria! Un giorno gioioso, di sicuro. La chiameremo Erissan» la interruppe il re, per poi essere interrotto a sua volta quando una voce esausta intervenne.

«Krystal. Krystal Goccia di Pioggia. È il suo nome» sussurrò il principe Tamerin.

«Non sei tu a decidere il suo nome, fratello» gli disse Adakkar con un ghigno.

Come sogghigna alla maggior parte delle cose, il piccolo ingrato, pensò Cirrus.

«No, ma siamo nel castello che *io* governo per consuetudine e legge. Si dà il caso che a me piaccia il nome Krystal Goccia di Pioggia Alshain. Pertanto, questo è il suo nome per mio decreto» interloquì una voce diversa, debole e stanca, dal letto.

Sia il principe ereditario sia il re guardarono la regina Arissa. «Amore mio» esordì il re in tono di ammonimento. «Sei sicura di non desiderare il nome che ho scelto? Onora entrambi...»

«Allora dallo per gioco al figlio di una delle tue amanti!» scattò Arissa con rabbia. «Francamente, sono troppo stanca per i convenevoli o la diplomazia. Il suo nome è Krystal Goccia di Pioggia. È quello che le ho assegnato ora e la discussione finisce qui.» Gli occhi esausti della regina lampeggiarono di irritazione fissando il marito.

Il re alzò le mani in segno di sconfitta. «Come desideri, amore. Krystal Goccia di Pioggia sia, e farò spargere la voce. Tuttavia, credo che l'esaurimento di questa gravidanza ti stia ancora influenzando. Forse sarebbe meglio chiamare altre nutrici e infermiere per assisterti. Almeno finché non starai meglio» aggiunse in tutta fretta il re, quando gli occhi della regina si strinsero in un'espressione pericolosa.

«Non c'è niente che mi farebbe più piacere che aiutare in questo compito» si offrì Adakkar.

Cosa che causò a Cirrus una preoccupazione indefinibile.

«Lo farò io» rispose la voce stanca di Tamerin.

Re Dothan lo schernì. «Sei solo un bambino.»

«Lasciate fare a me. Posso chiamare le nutrici. In ogni caso, non solo *anche* Adakkar è un bambino, ma ha anche troppi compiti da svolgere come principe ereditario . Voi siete il re. Madre non sta bene. Resto io» concluse con uno sbadiglio.

«Mmh... così sia. Tu troverai delle nutrici, e la cura della bambina sarà tua responsabilità fino a quando non lo farai.» Il re si voltò per andarsene, senza mai rivolgere più di uno sguardo alla figlia appena nata. Di certo senza tentare mai di prenderla in braccio o di andare al fianco della moglie. Lanciò un'occhiata a Cirrus. «Immagino che il clan delle Guglie di Cristallo nominerà presto un guardiano.» Afferrò il primogenito per la spalla. «Vieni, Adakkar. Li vedremo domani, una volta sistemato questo disastro.»

Cirrus alzò gli occhi al cielo alle sue spalle, mentre Lyvni, la guardiana già nominata, si limitò ad alzare un sopracciglio smeraldino.

«Sì, padre» rispose obbediente il bambino dai capelli scuri, lanciando uno sguardo illeggibile alla culla.

Le guaritrici iniziarono a pulire la piccola Krystal e poi la stanza. Prima di andarsene, controllarono tutto e tutti un'ultima volta, poi finirono di consegnare la piccola alla regina Arissa, che si addormentò a metà della prima poppata, lasciando a Cirrus il compito di finire tutto.

Cirrus mise la bimba nella culla e la spostò al lato del letto. Poi rimboccò le coperte a madre e figlio. Il bambino si era addormentato appena il padre se n'era andato e non si era più mosso.

Dopo aver scostato i capelli di Tamerin dal volto, si girò per andarsene e si fermò quando sentì la voce assonnata del bambino chiedere: «Cirrus? Tu e Lyvni mi aiutate a prendermi cura di lei? So che non è compito vostro, ma...»

«Certo, mio caro» rispose lei.

«Bene. Perché non c'avevo riflettuto proprio a fondo» mormorò, addormentandosi di nuovo con un russare sommesso che fece sorridere la guardiana.

«No, non lo hai fatto. Ma hai fatto bene. Alla fine, solo questo conta» sussurrò Cirrus in una stanza occupata solo da lei e da tre nobili addormentati.

Scelse con grazia di non svegliarlo e ricordargli la grammatica.

Capitolo 15

29° Mari, 35 AF

Cirrus era frustrata, del tutto.

Lei e Lyvni si trovavano nelle sale del consiglio del clan delle Guglie di Cristallo esattamente dieci giorni dopo, cercando di spiegare cosa era successo alla nascita di Krystal. Senza successo, poiché nessuna delle due era del tutto sicura di ciò che era accaduto. Dopo sei ore di discussione, non avevano fatto alcun progresso apprezzabile.

Ah, pensò Cirrus. *Di sicuro sto passando troppo tempo in mezzo ai non-draghi. Sei ore non dovrebbero infastidirmi così tanto... ma lo fanno.*

Davvero, davvero tanto.

«Il ragazzo, Tamerin, è un drago, così come la sua nuova sorella, Krystal. Non sono semplicemente *di sangue draconico* come le generazioni precedenti della famiglia reale. Lo ripeto. Sono. Completamente. Draghi. E sospetto che, essendo questo il caso, lo sia anche il principe ereditario Adakkar» disse Cirrus per quella che sembrava la centesima volta.

O è la millesima? Be', suppongo di aver aggiunto la parte su Adakkar questa volta.

«È la prima volta che accennate a sospetti sul principe ereditario , *lady* Cirrus. Posso ricordarvi che Eldaior Xarianyldron è stato il guardiano scelto di quel bambino per dieci anni. In tutti questi anni, non ha visto alcuna prova di un maggior grado di abilità draconiche nel primo principe» annunciò Topazio in tono sprezzante.

Cirrus strinse gli occhi. *Perché, quello...*

Aprì la bocca per ribattere sull'uso da parte di Topazio del titolo di umanoide che le era stato conferito, così come sulla sua opinione sulle capacità generali di Xarian, ma Zaffiro alzò una zampa anteriore per impedirglielo. «Comprendiamo le tue preoccupazioni, *Eldaior* Cirrus.» La dragonessa blu brillante lanciò un'occhiata di sbieco a Topazio. «Davvero. Tuttavia, per vostra stessa ammissione, né voi né Lyvni siete sicure di ciò che è accaduto in quella stanza. Numerosi esseri potrebbero essere entrati. Forse anche uno dei Sovrani dei Draghi.»

Topazio sbuffò. «Potrebbe essere stato Ultimatus, per tutte le informazioni concrete che ci avete fornito.»

Cirrus riuscì a stento a tenere a freno il suo temperamento. Lei e Topazio non andavano d'accordo da quando lei gli aveva detto senza mezzi termini che non era interessata alle sue avances. Forse aveva ferito il suo ego il fatto che una dragonessa di cinquecento anni, all'epoca, avesse mandato gambe all'aria un drago di duemila. Be', allora era molto più avventata. «Innanzitutto, non sarebbe preoccupante per tutti voi, anche *se* fosse stata qualche altra creatura potente a nutrire un interesse così profondo per la bimba? A tutti gli effetti, una bimba *deceduta*?»

Alzò la zampa anteriore destra quando Topazio si mosse per parlare. «Vi direi di dedicare a questo pensiero il tempo e la riflessione che merita. Tuttavia, sono certa che nessun altro essere è intervenuto. È stato il mio protetto, e solo il mio protetto, parlando. In una lingua che non dovrebbe conoscere in modo innato se fosse *solo* di sangue draconico. Anche se è una lingua che conoscerebbe se fosse un *drago*, dato che tutti noi nasciamo con questa conoscenza. Nel caso l'abbiate dimenticato, *Eldaior* Topazio. Inoltre, è stata la sua magia. Ho passato quasi ogni ora di ogni giorno intorno a lui. Potevo praticamente assaporare la sua essenza su di essa.»

«Eldaior Cirrus ha ragione, consiglieri.» Lyvni prese la parola, una delle poche volte in cui si era espressa durante la riunione, scegliendo invece di affidarsi a Cirrus come guida. La dragonessa smeraldo più giovane guardò suo padre. «Ero al fianco della regina, cercando di assisterla su richiesta di Cirrus. Ho sentito l'ondata di magia e il cambiamento di temperatura. Proveniva dal ragazzo, non da una fonte esterna. Inoltre, anche se è vero che non sono stata vicino al ragazzo quanto Cirrus, sono stata in sua presenza per molte ore mentre lei mi istruiva su ciò che avrei dovuto fare come guardiana della principessa ereditaria. Ha ragione. La magia aveva il suo *sapore*. Ed era molto potente.»

«Eppure non ha mostrato alcuna altra capacità draconica dopo questo episodio, come già detto. Inoltre, il ragazzo non sembra nemmeno ricordare di aver toccato la bambina, né tanto meno di aver lanciato una magia. Come lo spiegate?» chiese Zaffiro alle due dragonesse.

Cirrus si accigliò. «Non ho una spiegazione. Né per il ragazzo, né per la bambina, né per la situazione nel suo complesso. È quasi come se fosse un drago, ma quella parte di lui si stia nascondendo in qualche modo. Anche da me. Esce solo quando *essa* decide di farlo.»

Topazio alzò gli occhi al cielo. «Sapete quanto sembra ridicolo? In qualche modo, incredibile, il cucciolo di umano è in realtà un drago, ma sua la parte draconica è in grado di nascondersi da uno dei membri più dotati di questo clan? Non solo, riesce anche a non farsi scoprire dall'intero Consiglio delle Guglie di Cristallo? Francamente, sarebbe più gradevole credere che sia stato davvero Ultimatus a compiere questo "miracolo".»

«Ascoltami bene, pomposo...»

«*Basta!*» ruggì Cristallo, il *Dracen Prin-Eldaior*, o capo del consiglio, nella lingua draconica. Non aveva detto quasi nulla, non solo durante quella riunione, ma anche in quella di cinque anni prima.

Interessante, pensò la dragonessa di diamante, facendo attenzione a schermare i suoi pensieri.

«Topazio» esordì il capo clan, il suo tono pieno di minaccia implicita. «Il disprezzo tra te e Cirruskeliazoratrix è ben noto. Tuttavia, ti *asterrai* dall'invocare ancora il nome del Primo Drago durante questo procedimento. Sono stato chiaro?»

«Certo, Mia Zanna» rispose Topazio abbassando la testa in segno di sottomissione.

Cristallo tenne gli occhi puntati su Topazio ancora per qualche battito, assicurandosi che l'altro comprendesse appieno il disappunto del suo capo clan. Infine, rivolse il suo sguardo bianco e luminoso a Cirrus e continuò. «Lady Cirrus, tratterai questo consiglio con la deferenza che merita. Topazio è uno dei tuoi Artigli e, anche se non sei obbligata a fartelo piacere, così come non lo è lui, lo tratterai con rispetto. Soprattutto mentre svolge i compiti di cui è stato insignito. Capito?»

«Sì, Mia Zanna» rispose Cirrus, abbassando a sua volta la testa in segno di sottomissione.

«Bene. Allora abbiamo raggiunto un'intesa. Per quanto riguarda il primo principe, parlerò personalmente con Xarianyldron per sapere se è stato testimone di qualcuno di questi *avvenimenti* da parte del suo protetto. Comunque, alla fine è un punto irrilevante. Cirruskeliazoratrix e Lyvniinth, entrambe ritenete che ci sia qualcosa di strano nei vostri protetti. Il Consiglio vi ringrazia per aver portato la questione alla nostra attenzione. Tuttavia, poiché non abbiamo ancora prove concrete e non abbiamo rilevato nulla quando abbiamo controllato i bambini in questione, al momento non vi è alcuna azione da prendere.

Oserei dire che non avremmo comunque la possibilità di farli entrare nel clan contro la volontà dei loro genitori, a causa degli accordi stipulati tra noi e il regno di Alshain quando Kiseriazendyn si è sposato con la loro famiglia reale, così tante ere fa. Pertanto, il Consiglio vi incarica entrambe di continuare con il vostro ruolo di guardiane dei bambini come se nulla fosse. Tenete gli occhi aperti e, se dovessero verificarsi altre strane manifestazioni, scrivete le vostre osservazioni e presentatecele. Saremo noi a decidere se ciò giustificherà un'ulteriore indagine o il vostro possibile ritorno in queste stanze per un consulto. Avete compreso i nostri desideri?»

«Sì, Mia Zanna» risposero all'unisono entrambe le dragonesse.

«Eccellente. Siete entrambe congedate. Tornate ai vostri incarichi» concluse Cristallo, mandandole formalmente per la loro strada.

Cirrus e Lyvni si avviarono insieme, camminando in silenzio fino a raggiungere il Ponte delle Gemme che separava la porta tra il loro semi-piano e il mondo materiale di Umbraxia. Una volta arrivate, entrambe le dragonesse tirarono simultaneamente un sospiro di sollievo prima di trasformarsi nelle loro forme umanoidi, Cirrus nella sua forma elfica dai capelli blu e Lyvni in quella di umana dai capelli verdi.

Cirrus guardò giù verso il bellissimo ponte costruito con gemme inestimabili che scintillavano in un arcobaleno di colori, ogni gemma all'apparenza illuminata dall'interno. «Be', poteva andare meglio» commentò infine.

«E sarebbe potuta andare molto, molto peggio» rispose Lyvni. «Non erano lì. So cosa ho provato, quindi anche se non l'ho visto, ti credo. Abbiamo bisogno di prove, però. Almeno, ne abbiamo bisogno se hai intenzione di insegnare a Tamerin segreti draconici.»

Cirrus scrollò le spalle. «Posso insegnargli quello che desidero. Tecnicamente, non ci sono disposizioni che lo vietino. Il Consiglio si limita a... disapprovarlo.»

«Fai attenzione a non spingerti troppo in là con il Consiglio. Altrimenti, la loro "disapprovazione" potrebbe trasformarsi nella tua rimozione come guardiana. È già successo in passato» la ammonì Lyvni.

Cirrus sbuffò. «Solo una volta. E quel principe stava cavalcando il suo drago guardiano per saccheggiare una città a pochi regni di distanza solo perché l'altro signore lo aveva insultato. Nessuno dei due era molto centrato. Dovevano essere separati.»

«Vero. Eppure...»

Cirrus sospirò. «Hai ragione, però. Devo fare attenzione a ciò che gli insegno. Se in qualche modo è un cucciolo di wyrm che indossa già una veste umana, voglio che impari ciò che gli serve sapere il prima possibile. Se non lo è, però... alcune di quelle informazioni potrebbero fargli del male forse.»

«C'è una cosa del tuo incarico su cui ha colto perfettamente nel segno. È speciale. Anche se non è un drago, è estremamente intelligente e coordinato per la sua età» fece notare Lyvni.

«Lo so. Il suo vocabolario, quando decide di usarlo, è migliore della metà dei diplomatici del regno» osservò Cirrus con orgoglio.

«Be', dovremmo tornare indietro. Sembra che d'ora in poi passeremo un bel po' di tempo insieme, Cirrus» sdrammatizzò Lyvni.

Cirrus le sorrise. «Non vedo l'ora.» Poi sollevò un sopracciglio. *Come mi è sfuggito quel commento? È colpa del mal di testa che mi provoca la presenza di Topazio.* «Aspetta: «Abbiamo bisogno di prove?".»

Lyvni sorrise. «Be', Tamerin ha detto che si sarebbe occupato di Krystal, e lei è la mia protetta. Pertanto, sarebbe nel mio interesse osservare anche il giovane gentiluomo. Nel caso in cui intorno a lui accadesse qualcosa di insolito che potrebbe causare problemi alla mia protetta. Giusto?»

Cirrus rise e strinse la spalla di Lyvni. «Sì, immagino di sì. Grazie.» Si voltò di nuovo verso il sentiero tempestato di gemme. «Vogliamo vedere in cosa siamo andate a cacciarci?»

Lyvni annuì. «Assolutamente.»

Le due camminarono fianco a fianco sul ponte, attraverso il cancello magico, e verso il loro destino.

Capitolo 16

12° Saehr, 30 AF

«Tamerin, per favore, metti via i tuoi soldatini. Lyvni sarà qui con tua sorella tra pochi minuti. In questo modo, potremo accompagnarti tutte all'incontro con tuo padre, poi tu e tua sorella potrete giocare. Anzi, forse ci fermeremo nel tuo negozio preferito a prendere un giocattolo nuovo» disse Cirrus al giovane principe con un caldo sorriso.

Ne meriterà sicuramente uno dopo un incontro con suo padre. Soprattutto uno a cui deve andare dietro richiesta formale della sua presenza.

«Posso finire questo? Sto guardando le prime fasi della Battaglia di Zeliopolis, cercando di capire perché il nostro esercito ha virato verso sud invece che verso ovest.» Il ragazzino alzò gli occhi dal punto in cui stava sistemando i suoi soldatini esattamente nelle posizioni indicate nel libro di storia che Cirrus gli aveva dato. Sembrava avere già un talento naturale per la comprensione delle tattiche e gli piaceva usare i soldatini per capire se le cose sarebbero potute essere fatte in modo diverso.

Cirrus lo trovava non solo adorabile, ma anche impressionante. Molto impressionante. A prescindere dalla sua età, il principe aveva davvero trovato alcuni problemi tattici e errori in battaglie precedenti che gli stessi capi militari esperti avevano sottolineato negli anni successivi, discutendo di quelle stesse battaglie e di ciò che si sarebbe dovuto fare diversamente.

«Temo di no. Riesco a percepire Lyvni in fondo al corridoio adesso e ci stiamo avvicinando rapidamente all'ora che tuo padre ha ordinato nella sua convocazione» rispose Cirrus. «In ogni caso, non ti accontenteresti di superare semplicemente le prime fasi, e lo sai. Vorresti percorrerle fino alla fine.»

Tamerin storse le labbra di lato, sospirò e inclinò la testa in segno di assenso, allo stesso tempo si sentì bussare alla porta principale delle stanze del secondo principe. A un'occhiata di Cirrus, alzò le mani in segno di sconfitta e iniziò a riordinare i soldatini, mentre lei andava alla porta così che potessero uscire.

Poco tempo dopo, Cirrus e Lyvni camminavano dietro i loro protetti, sorridendo loro mentre si dirigevano verso un incontro con il re attraverso i corridoi del castello di Kiserian. Tamerin, dieci anni, teneva per mano la sorellina mentre lei gli raccontava felice di una farfalla che aveva inseguito la mattina presto, scuotendo l'altra mano per mimare come avesse continuato a volare via.

Una farfalla che Lyvni si assicurò che tutti sapessero che la giovane principessa stava inseguendo mentre avrebbe dovuto lavorare alle sue lezioni.

Anche Krystal era una meraviglia. Una pallina di energia dai capelli castano chiaro e dagli occhi azzurri, sempre desiderosa di sapere cosa succedeva intorno a se'. Cirrus sospettava che fosse intelligente almeno quanto Tamerin. Odiava anche ammettere che forse lo era ancora di più.

E suppongo sia una cosa buona, ponderò Cirrus. *Non siamo mai riusciti a trovare tutori aggiuntivi per lei, quindi è molto utile che la nostra giovane principessa abbia sviluppato la sua mente in maniera così rapida.*

Sebbene la salute della regina Arissa fosse migliorata dopo il parto, nessuna magia sembrava in grado di guarirla del tutto. Cirrus aveva cercato e provato tutto ciò che le era venuto in mente. Arrivò persino a contattare fate, djinn, draghi di altri mondi... e in un caso, una vera e propria divinità, che non esisteva su Umbraxia.

Alla fine, non ha portato ad alcun risultato. Niente. Nulla. Zero. La regina poteva ancora camminare, ma solo per poco tempo prima di essere troppo stanca per continuare. Ormai utilizzava per lo più una sedia a rotelle.

Tamerin, però. Era stato meraviglioso con la sorellina appena arrivata. Aveva aiutato in ogni modo possibile. Non solo aveva imparato a prendersi cura di lei, aveva sorpreso Cirrus con la sua dedizione. Se avesse continuato così, i due avrebbero avuto un legame eccezionalmente forte.

Così dissimile dal fratello maggiore.

Cirrus si distolse dalle sue riflessioni quando girarono l'angolo e una voce maschile eccessivamente forte proclamò: «È questa la principessa ereditaria? È assolutamente adorabile!»

Cirrus trasalì e fece un lungo sospiro di sofferenza. Aveva già visto la parte successiva di quella scena almeno una decina di volte. *Perché le persone sentono il bisogno di toccare ciò che non è loro? Suppongo che riceverà una rapida educazione... come gli altri prima di lui,* pensò.

Si allontanò di qualche passo e osservò la scena svolgersi nello stesso modo prevedibile di quegli incontri precedenti.

Un grosso gentiluomo in abiti eleganti, che Cirrus credette di riconoscere come un visconte del regno, si chinò verso Krystal e le diede un pizzicotto sulla guancia. L'uomo emise subito un forte grido di dolore e cadde in ginocchio mentre il principe Tamerin ritrasse la mano dal punto in cui aveva colpito i nervi peroneali della gamba del gentiluomo. *Con rapidità e successo*, pensò Cirrus con orgoglio.

Quando la sua guardia fece un passo avanti, l'uomo iniziò: «Tu piccolo...»

«Visconte» interruppe Tamerin con voce ferma e fredda, fermando la guardia con uno sguardo. «Non metterete, né ora né mai, le mani sulla principessa ereditaria. Non le piace che le vengano pizzicate le guance. È inaccettabile allungare le mani su un qualunque bambino senza l'esplicito permesso dei genitori, soprattutto sulla principessa ereditaria. O nel suo caso, dato che né il re né la regina sono presenti, della sua guardiana. Posso garantirvi che lady Lyvni non vi concederebbe tale permesso.»

Tamerin fece un leggero passo in avanti e di lato per mettersi parzialmente tra il visconte e sua sorella. «Inoltre, sembra che vi abbia interrotto prima che abbiate avuto la...» fece una pausa, cercando una parola. «Temerarietà di completare l'insulto che stavate per offrire al secondo principe di questo vostro regno. Vorreste prendervi un momento per ricomporvi e poi completare la vostra frase precedente?»

Il visconte strabuzzò gli occhi e spalancò la bocca. Approfittò del momento concesso per calmare il proprio respiro, gli occhi si muovevano avanti e indietro mentre cercava di comporre una risposta, prima di tentare finalmente di alzarsi, fallendo. «Vi chiedo scusa, giovane principe.» L'uomo fece un sorrisetto. «Tuttavia, il colpire ingiustamente un nobile di alto rango vi vedrà molto probabilmente punito.»

Tamerin sospirò e alzò gli occhi al cielo. «Non stavate forse ascoltando? O forse sono passato per sbaglio a un'altra lingua? Sono fluente in molte. Avete toccato la principessa ereditaria. Vi ho colpito per averlo fatto. Eravate voi a necessitare un rimprovero, e ora ciò è stato fatto. Se *io* non l'avessi fatto, sarebbe toccato alla sua guardiana. Ricordate *cosa è* la sua guardiana, vero?»

Il visconte alzò lo sguardo e si concentrò su Lyvni, i cui occhi brillavano di un intenso verde smeraldo, le pupille verticali in bella vista. Lyvni gli rivolse un sorriso affamato e dentato. «Dovreste ascoltare il principe. Meglio lui che io.»

Il visconte sbiancò.

«Ehm, Vostra Eccellenza, avete una riunione a breve. Forse sarebbe meglio se ci avviassimo» affermò la guardia.

«Sì, sì. Credo che abbiate ragione. Le mie scuse a tutti voi per questa... sfortunata interazione» intonò il visconte, cercando di recuperare un po' di dignità.

Tamerin inclinò la testa e acconsentì. «Scuse accettate, Vostra Eccellenza. La vostra gamba impiegherà un po' di tempo per tornare normale, al massimo un'ora visto che ho colpito solo con la mano, ma migliorerà senza bisogno di guarigione magica.» Si spostò intorno al nobile e alla sua guardia, tenendo ancora una volta la mano di Krystal e continuando a posizionarsi tra loro e lei. Non si voltò per tornare al fianco della sorella finché Cirrus e Lyvni non li raggiunsero oltrepassando i due uomini.

«Tamerin» esordì Cirrus un minuto dopo. «Non puoi continuare a colpire chiunque tocchi tua sorella senza permesso. Puoi avvertirli prima. Sai... parlare con loro?»

Lui scosse la testa con veemenza. «No. Lei non è un giocattolo. Una bambola da accarezzare. È una persona. E *mia* sorella. Inoltre, non colpisco *tutti.* Non ho mai colpito nessuna delle guaritrici, dei membri della nostra famiglia allargata, né nessun altro che si suppone abbia il permesso o il compito di toccarla. I nobili e i cortigiani possono stare alla larga» concluse con decisione.

Lyvni si mise a ridere e Cirrus le lanciò un'occhiataccia.

«Cosa?» chiese Lyvni con innocenza. «Ha ragione, e lo sai. Sarà anche un modo poco ortodosso di dissuadere la gente dal toccarla, ma non si può negare la sua efficacia. Ancora un po' e sono sicura che la voce si diffonderà a un numero sufficiente di persone. Questo non farà altro che rendere più facile il mio lavoro» concluse con un sorriso.

«Bambini. Tutti voi.» Cirrus sbuffò e scosse la testa mentre proseguivano verso la loro destinazione, la sala riunioni privata del re.

Tuttavia, fece fatica a trattenere il sorriso dal suo volto.

Arrivato alla porta, Tamerin fece un profondo respiro preparatorio prima di allungare una mano e bussare. Una delle guardie del re aprì la porta e, vedendo chi era, fece cenno ai quattro di passare senza pensarci due volte. «Siete attesi e potete procedere nella prossima stanza.»

I quattro entrarono nella lussuosa sala riunioni privata di re Dothan e o trovarono seduto dietro una scrivania enorme, a spostare documenti. *Non ero nemmeno sicura che sapesse leggere. Anche se spostare cose sulla scrivania non è proprio la stessa cosa,* pensò Cirrus con sdegno.

«Tamerin, avvicinati. Il resto di voi può accomodarsi su uno dei divani» commentò il re senza alzare lo sguardo. Tamerin eseguì l'ordine, stando in piedi in silenzio davanti alla scrivania di legno intarsiato per cinque minuti buoni, finché il re non smise di rimescolare fogli e lo guardò. «Sei a conoscenza del perché sei stato convocato?» chiese con tono formale.

«No, Vostra Maestà» rispose il ragazzo con altrettanta formalità.

«Molto bene. Arriveremo al motivo principale per cui ho richiesto la tua presenza tra un momento. Prima, però, credo che sia giunto il momento di trovare una balia adatta a prendersi cura di tua sorella. Devi iniziare i preparativi per il servizio militare, come richiesto al secondo principe, e non avrai certo il tempo di occuparti di una bambina durante l'addestramento» affermò il re.

«Con tutto il rispetto, Vostra Maestà, troverò il tempo. La mia formazione sotto Dracmaor Cirrus è stata molto accurata e penso che continuerà a esserlo. Non credo che si possa trovare un guardiano migliore. Sotto la sua tutela, le mie prestazioni sono migliori di quelle di qualsiasi nobile o soldato della mia età che stia seguendo un addestramento preliminare. In effetti, a meno che non abbia letto male o frainteso i dispacci dell'addestramento, il mio rendimento mi colloca nel primo due per cento rispetto a chi ha quattro anni più di me» si difese Tamerin.

Cirrus gongolò in privato per l'espressione momentaneamente stupita del re. *Forse dovresti prestare più attenzione al tuo secondogenito. È una spada affilata.*

Il re si riscosse prima di cercare un fascicolo sulla scrivania e di prendersi qualche minuto per leggerlo e rileggerlo. Dopo aver consultato i fogli all'interno, si accigliò verso il figlio quando capì che il ragazzo aveva ragione. «Comunque sia, pensi davvero che sia nell'interesse non solo della principessa ereditaria, ma anche del regno, che tu resti il suo tutore?»

«Credo che tra le conoscenze e la diplomazia che mia madre è ancora in grado di fornire, insieme all'assistenza di lady Cirrus e lady Lyvni, la principessa ereditaria sia ben curata e protetta» rispose semplicemente il principe.

Il re si pizzicò la radice del naso prima di consultare un orologio.

«Molto bene, per ora. Rivedremo la questione più avanti. Non finisce qui. In questo momento, tuttavia, è più importante proseguire prima che arrivino gli altri.» Il re fissò Tamerin, che non si ritrasse.

Sono così orgogliosa di lui! Il cuore di Cirrus salì tanto in alto quanto il suo volo.

«Conosci il ducato di Voloran?» chiese il re.

Tamerin annuì, sorprendendo ancora una volta il padre. «Il ducato di Voloran è un ducato indipendente, che non giura fedeltà a nessuno dei regni circostanti, anche se in un lontano passato è stato uno stato vassallo sia di Alshain sia di Emporia. Condivide i confini con il nostro regno sul margine orientale e meridionale. Quest'ultima parte è quella in cui tocca i Monti di Anduria. La maggior parte dei suoi confini settentrionali e occidentali toccano il regno di Emporia. In precedenza, circa trecentosettanta anni fa, condivideva parte del confine sud-occidentale con un altro regno, ma quel regno si è unito a Emporia.

È noto per la lavorazione del metallo e per le gemme estratte dalla sua porzione di montagne, oltre che per le vallate fertili che producono una grande quantità di alimenti grazie ai fiumi e ai torrenti di montagna che attraversano il territorio. Sarebbe difficile da conquistare in una campagna militare, o almeno lo sarebbe la capitale, a causa della sua posizione ai piedi delle montagne e dei sentieri scavati al loro interno. Per tutte queste ragioni, resta indipendente da entrambi i regni più grandi che la circondano. C'è qualcos'altro che desiderate sapere?» domandò Tamerin.

Il re sbatte le palpebre. «Io... sì. È corretto.» Strinse gli occhi sul figlio con sospetto. «Sei sicuro di non conoscere il motivo per cui ti ho convocato?»

«Giuro di no, Vostra Maestà.»

«Bene, allora mi congratulo con la tua insegnante. Ti ha davvero istruito bene.» Dothan concesse un'occhiata a Cirrus prima di voltarsi di nuovo verso Tamerin. «A causa dei tempi turbolenti in cui pare stiamo entrando, il duca di Voloran, Dryon Artiglio di Notte, ha deciso che potrebbe essere nel suo interesse unirsi al nostro regno. Sai qual è uno dei modi migliori per suggellare una simile alleanza?»

«Attraverso un matrimonio tra membri di entrambe le famiglie» rispose subito Tamerin, non capendo dove il padre volesse andare a parare.

Lyvni lanciò un'occhiata a Cirrus, le cui narici si erano spalancate per la rabbia. La dragonessa di diamante capì perfettamente dove il re voleva arrivare con quella convocazione.

Non le piaceva neanche un po'.

Cirrus guardò Lyvni e scosse la testa una volta, indicando che non era compito di nessuna delle due interrompere, per quanto lo desiderasse. Ancora una volta prese seriamente in considerazione l'idea di mangiare il re, e di andare nell'Abisso Infinito con l'indigestione a vita che era certa un tale atto le avrebbe causato.

«Esattamente così, ragazzo mio!» Il re si congratulò con lui con quella che era finta allegria e approvazione. «Si dà il caso che il duca abbia una figlia...»

«Lady Sirena Artiglio di Notte» intervenne Tamerin.

«Proprio così, proprio così.» Il re annuì. «Bene, qualche giorno fa abbiamo organizzato un incontro privato tra tuo fratello e sua figlia per definire la proposta di fidanzamento. Non è andata bene. Quei due erano come l'olio e l'acqua. Io e il duca abbiamo cercato di farli tornare insieme, ma la figlia ha rifiutato categoricamente di avere a che fare con il principe Adakkar. Ho cercato di trovare qualche altra considerazione per convincerlo a unirsi a noi, ma tutto è stato rifiutato. Si stavano preparando a partire quando, secondo le voci, la figlia gli ha chiesto perché non poteva essere presentata a te.

Sono rimasto scioccato quando ho saputo che suo padre aveva persino preso in considerazione la sua richiesta, e ancora di più quando mi ha detto che sarebbe stato disposto a concludere i negoziati con un fidanzamento tra voi due, ragazzo mio. Quindi, sei qui per incontrare la persona che sarà, ammesso che andiate d'accordo meglio di lei e Adakkar, la tua nuova fidanzata» concluse il re con un sorriso grandioso.

Tamerin sbatté le palpebre confuso. Prima che potesse dire una parola, si sentì bussare piano alla porta che separava la sala riunioni dalla sala d'attesa.

«Entrate!» esclamò il re con allegria.

La porta si aprì ed entrò una bella giovane felidina pantheran di circa dodici o tredici anni, seguita da vicino da un pantheran che, era evidente, era suo padre. Era alta per la sua età, anche se i corpi dei felidini maturavano più in fretta degli umani. Era alta circa cinque piedi e tre pollici, ricoperta di lucida pelliccia nera, i lunghi capelli neri raccolti in trecce intricate avvolte da nastri d'argento le ricadevano fino a metà schiena. Aveva occhi profondi e scuri, le iridi quasi nere come le pupille, macchie d'argento le uniche cose che sembravano separare le due cose. Si fermò davanti alla scrivania del re, accanto a Tamerin, e fece un inchino grazioso. «Vostra Maestà» salutò, la voce piena di fusa di eccitazione.

Cirrus gemette. Il suo protetto era molto giovane. Eppure era un ragazzo e aveva l'età giusta per notare le ragazze, anche se credeva ancora che avessero i pidocchi. E quella era una felidina bella e aggraziata.

Molto pericoloso.

«Giovane lady Sirena! Duca Dryon! Vi presento il secondogenito, Tamerin» annunciò il re.

Cirrus notò che non aveva detto "mio" figlio e mise quell'affronto nello scrigno traboccante di disprezzo e insulti di cui avrebbe voluto un giorno rendere conto a quell'uomo.

Sirena si voltò, incrociando lo sguardo con quello di Tamerin. «È un piacere e un onore conoscervi. I servitori del castello parlano bene di voi.»

«Ah... anche voi, mia signora» rispose Tamerin balbettando. «Io... voglio dire, anche per me è un piacere conoscervi. Ehm.. un onore conoscervi. Non ho sentito la servitù del castello parlare di voi» concluse un po' debole.

«Bene.» Re Dothan guardò il duca Dryon. «Perché non mandiamo questi due in un'altra stanza a parlare e a conoscersi, mentre lady Cirrus e lady Lyvni portano la principessa ereditaria altrove? Poi io e voi potremo finalizzare i nostri negoziati e darvi il benvenuto in famiglia.» Era chiaro che aveva già liquidato Tamerin e Sirena come irrilevanti.

«Mi sembra una buona idea, Vostra Maestà» rispose il duca. «Sirena, le guardie qui fuori scorteranno te e il principe in una stanza, così potrai vedere se vai d'accordo con lui un po' meglio di quanto hai fatto con suo fratello. Sii gentile!»

Tamerin si riscosse e si grattò la testa. «Ehm, in realtà ho promesso alla principessa ereditaria Krystal che oggi avrei giocato con lei prima di ricevere questa convocazione. Non voglio infrangere una promessa fatta a lei.»

Re Dothan lo guardò accigliato e le sue labbra si strinsero in una linea sottile. «Principe Tamerin, ci sarà tempo per giocare con tua sorella più tardi. Adesso hai un altro compito da svolgere. Uno che il tuo re ti ha assegnato.»

Sirena si inserì con facilità nella conversazione prima che Tamerin potesse replicare. «In realtà, adoro i giochi e la principessa ereditaria è adorabile.» Tamerin strinse pericolosamente gli occhi a quella parola.

Ecco il mio ragazzo. Cirrus soffocò un sorriso.

Sirena, tuttavia, non se ne accorse o non vi diede importanza. «Perché non la portiamo con noi mentre parliamo?» Girò la testa verso il re. «Sono sicura che non sarà un problema. In questo modo potremo parlare, conoscerci, fare qualche gioco e il principe non verrà meno alla promessa fatta alla principessa ereditaria. Né si opporrà al suo re.»

Cirrus sorprese Sirena a calpestare rapidamente e con grazia le dita dei piedi di Tamerin, la parte superiore del suo corpo immobile.

Già. Pericolosa.

«Ah... già... sì. Credo che andrebbe bene» balbettò Tamerin, tornando a guardare il re. «Sarebbe un compromesso accettabile?»

Dothan sospirò e gli fece cenno di andare. «Sì, fate pure. Forse ti sarà più utile imparare dalla tua futura fidanzata a scendere a compromessi» affermò il re prima di tornare a guardare il duca.

Tamerin prese Krystal per mano e la condusse fuori, con Sirena proprio alle loro spalle. Ebbe solo un secondo per lanciare uno sguardo preoccupato in direzione di Cirrus e Lyvni.

Le due dragonesse seguirono i bambini fuori dalla sala riunioni, poi si fermarono e presero posto nella sala d'attesa, dato che non avevano avuto il permesso di accompagnarli.

Lyvni aprì e chiuse la bocca più volte, cercando di trovare le parole giuste da dire alla dragonessa che era la sua mentore.

Cirrus scosse la testa. «Non desidero discuterne. Le guardie saranno fuori dalla stanza. Non verrà fatto alcun male a Tamerin o a Krystal.»

«Stavo per chiedere della questione del fidanzamento, non della loro sicurezza.»

«E non voglio *assolutamente* parlare di quello.»

Lyvni annuì e accettò la *non*-allusione, mantenendo la conversazione incentrata su questioni riguardanti il proprio addestramento.

Cosa per cui Cirrus la ringraziò in silenzio.

I bambini tornarono più di cinque ore dopo e ciò che Cirrus vide le fece quasi uscire gli occhi dalla testa. Entrarono nella sala d'attesa con lady Sirena con su un braccio la principessa ereditaria Krystal, la bambina chiaramente felice, mentre l'altra mano era ben stretta in quella del principe Tamerin.

«Cirrus. Lyvni» esordì Tamerin. «Credo che i nostri genitori potrebbero essere in grado di definire gli accordi. Sirena è... be', andiamo molto d'accordo.»

Cirrus annuì. «Va bene, allora. Entrate e diteglielo. Noi saremo subito dietro di voi.»

Lyvni sollevò le sopracciglia a Cirrus mentre passavano, e la dragonessa di diamante scosse la testa incredula. «Non lo so, quindi non chiedere» fu tutto ciò che riuscì a dire alla smeraldo.

Tamerin e Sirena bussarono, entrarono nella sala riunioni quando fu loro ordinato e diedero la buona notizia ai loro padri.

Capitolo 17

22° Mari, 28 AF

Il principe dodicenne Tamerin Alshain infilò con rabbia gli indumenti in una sacca di conservazione, il volto contratto in una smorfia furiosa. «Stupido. Scemo. Ridicolo. Idiota.» Ogni parola era enfatizzata da un altro gomitolo di vestiti che spariva all'interno della sottile pelle nera. L'incantesimo assicurava che la stella cavalleresca lavorata con eleganza sul davanti non si gonfiasse mai.

Cirrus e Sirena sedevano tranquille sulle sedie nella camera da letto del principe, osservandolo con crescente divertimento.

«Tamerin, è tuo padre. Per non dire che è il re» gli ricordò Sirena con gentilezza, cercando senza successo di reprimere un sorriso.

«Lo so. Tuttavia, questa informazione al momento non cambia nulla!» ribatté.

«Carissimo, fermati. Fermati un attimo e fai un respiro profondo» gli disse Cirrus.

Sirena sorrise ancora. «E risparmia al resto del tuo guardaroba la stessa ignobile sorte a palla.»

Cirrus poteva non aver apprezzato la ragazza all'inizio, ma doveva ammettere che la giovane felidina le era diventata cara. Sirena era sveglia, fiera e una buona... no, una *ottima*, compagna e alterego per il suo protetto. La giovane donna non permetteva al principe di farla franca o di sottrarsi ai suoi doveri. Non che lui cercasse di farlo spesso. Be', la parte del "sottrarsi ai doveri". Cercare di farla franca... quello sì. Spesso. Molto, molto spesso.

La parte migliore della giovane pantheran era che Sirena una volta aveva detto a Tamerin, senza mezzi termini, che la loro amicizia sarebbe finita se avesse usato di nuovo la voce piagnucolosa e petulante da principino. Quel tono di voce irritava il suo udito sensibile e le faceva venire il mal di testa. Fu l'ultima volta che Cirrus sentì quella voce da lui, e per quello la dragonessa le sarebbe stata grata per sempre.

Dopo la conferma del fidanzamento, il padre di Sirena l'aveva mandata a soggiornare al castello di Kiserian per familiarizzare con i vari nobili, i reali e i lavoratori del castello. Sarebbe stato importante per il suo futuro come fidanzata del secondo principe. I due bambini avevano legato in fretta e di solito trascorrevano qualche ora al giorno in compagnia l'uno dell'altra. Soprattutto la sera, dopo le lezioni e gli allenamenti di Tamerin e gli studi di magia di Sirena. Cirrus era convinta che un giorno la giovane sarebbe diventata una maga formidabile.

Soprattutto perché continua a cercare di estorcermi segreti magici.

Tamerin guardò la sua fidanzata e le mostrò la lingua.

«Molto maturo, mio giovane principe. Sono certa che gli ufficiali comandanti della tua nuova caserma saranno sbalorditi dalle magistrali capacità di tirar fuori la lingua.» Sirena continuò la sua bonaria presa in giro, il sorriso sul suo volto talmente largo da snudare i denti.

«Capisci che tutte le nostre serate di gioco, le uscite di nascosto in città...» Tamerin si bloccò quando si rese conto di ciò che aveva ammesso.

«Oh, per favore.» Cirrus alzò gli occhi al cielo. «Non sono solo una dragonessa, ma anche una spadaccina, una maga e una guaritrice perfettamente addestrata. Credevi davvero di poter uscire di nascosto e che io non lo sapessi?»

A quel punto, Sirena non riuscì più a contenere le risate. Si piegò in due, solo il suo incredibile equilibrio le impedì di cadere dalla sedia.

Tamerin gemette e abbassò la testa. «Immagino di no. Suppongo che non siamo stati così furtivi come pensavamo.»

«Al contrario. Siete riusciti entrambi a superare le guardie del castello, a uscire dal cancello, a entrare in città e a *tornare* senza essere catturati. Non è un'impresa da poco. Per quanto mi riguarda, ho pensato che fosse un buon allenamento per voi.» Cirrus sorrise.

Non che vi abbia mai perso di vista dopo le vostre fughe.

Tamerin sospirò e si buttò sul letto. «Tutto questo è ridicolo, però. Non voglio far parte delle Prime Guardie Alshainiane.»

«Sono un'istituzione militare altamente rispettata» gli ricordò Cirrus con gentilezza.

Tamerin la schernì. «Dalla nobiltà, che non vuole vedere i suoi preziosi figli e figlie subire più di una scheggia nel dito. Non sono altro che un reggimento cerimoniale glorificato, eccessivamente popolato da adolescenti che sanno a malapena quale estremità di una spada impugnare e quale conficcare in qualcosa.»

«Non sono così male» esordì Cirrus, prima di annaspare nel tentativo di trovare un'argomentazione valida contro la valutazione di Tamerin.

Mandarlo lì è davvero uno spreco.

«Oh? Ho l'opportunità di passare sei mesi in caserma per "conoscere come vivono i soldati normali".» Tamerin sbuffò. «Dato che sono tutti figli di nobili o di mercanti, la loro caserma è praticamente una tenuta privata all'interno delle mura della città vecchia. Hanno un menu a ogni pasto, seduti, serviti da camerieri. *Camerieri,* Cirrus! Con cibo preparato da cuochi di alto livello! Il che tende a significare porzioni troppo piccole per sostenere una persona *veramente* attiva. Come dovrei imparare come vivono i "soldati normali" stando lì, per l'Abisso? Sarebbe più utile per me alloggiare in un luogo di vacanza!» disse, fumando di rabbia.

Sirena fece un respiro profondo e finalmente smise di ridere. Dopo essersi asciugata qualche lacrima dalla pelliccia del viso, lo guardò. «Non sarà così male.» Al suo sguardo piatto, ridacchiò di nuovo e alzò le mani. «Va bene, va bene. Forse lo sarà. Ma farai delle conoscenze che potranno aiutare *tua sorella* quando sarà più grande.»

Accigliato, Tamerin strinse le labbra e le fece cenno di continuare.

«Senti, questo tipo di incontri non fa per te. Lo sai tu, lo so io e lo sa anche Cirrus. Tuttavia, quelli sono figli di persone influenti. Quindi, a prescindere dall'età e dalla forma fisica in cui si trovano, sono o diventeranno a loro volta persone influenti. Conoscerli non ti farà male. Può infastidirti, certo, ma pensa a quanti di loro potrai piacere *tu*. E a quanto questo potrà aiutare *tua sorella* quando sarà il momento per i *nobili,* alcuni dei quali potrebbero essere questi bambini quando arriverà il momento, di decidere chi governerà dopo. La tua bella, intelligente, premurosa e gentile sorella, o quel cretino arrogante di tuo fratello» concluse Sirena, tendendo le mani di lato e inclinando la testa.

Tamerin sospirò. «Vero... forse. Immagina però tutti i problemi che posso causarle se non piaccio a loro.»

«A me sei piaciuto, mio principe.» Sirena fece l'occhiolino e scosse le orecchie.

«In realtà, gattina, credo che sia stato il contrario. A *me* sei piaciuta *tu*. E più che altro perché sei stata gentile con mia sorella.» Tamerin ricambiò il sorriso.

Gli occhi di Sirena si allargarono e la sua postura cambiò quando il peso del corpo si spostò. «Ti ho detto di non chiamarmi così» si scagliò contro di lui, con gli occhi lampeggianti.

«Impediscimelo.» Nei suoi occhi si accese un luccichio malizioso.

Sirena si lanciò, le sue gambe atletiche le permisero di sollevarsi dalla posizione seduta sulla poltrona e di saltare direttamente verso principe sorridente.

Cirrus sospirò e li guardò giocare. Tamerin era più piccolo per il momento, ma mostrava la possibilità di sviluppare una corporatura leggermente più alta e asciutta della media. Sirena, pur essendo più alta e atletica, forse non lo superava di molto nel peso... ed era surclassata di molto nell'addestramento agli scontri corpo a corpo. Si rotolarono sul letto, facendosi il solletico e lottando per dieci di minuti, finché Tamerin decise di farla finita e la strinse da dietro in una presa da cui lei non riuscì a liberarsi, i loro volti uno accanto all'altro.

Poi, mentre Tamerin sorrideva per il proprio successo, Sirena ottenne la vittoria decisiva.

La pantheran girò la testa, gli occhi scuri ampi e luminosi, e lo fissò negli occhi. Si chinò verso di lui, sembrando intenzionata a baciarlo, cosa che fece. Tuttavia, non appena le loro labbra si sfiorarono, lei sollevò la testa e lo leccò direttamente sulla radice del naso, sulla fronte e giù da una guancia. Lui mollò la presa al tocco della sua lingua ruvida, per non parlare dello shock di pensare che lei stesse per baciarlo per poi vedersi leccare il viso.

Sirena ne approfittò e rotolò fuori dalle sue braccia, attraverso il letto. Cadde dal letto in piedi, ridendo. «Continua a chiamarmi "gattina" e ce ne saranno altri in arrivo!»

Tamerin la guardò, smarrito. Girò la testa e guardò Cirrus con sguardo implorante.

«Non coinvolgetemi in questa storia, bambini. Sirena ha detto il suo "mio principe", tu il tuo "gattina". Direi che siete alla pari, ma lei ha vinto questa battaglia. È evidente» concluse Cirrus, facendo passare lo sguardo tra di loro.

«Ecco» si compiacque Sirena.

Tamerin dondolò la testa in segno di finto dispiacere. «Bene. Questa l'ho persa. Ma, seriamente, cosa faccio se non piacerò? Sarò un enorme ostacolo per Krystal, e nessuno di noi lo vuole.» Le guardò con impazienza. L'espressione di chi conosce i propri limiti e si rende conto di essere nei guai fino al collo.

«Cirrus ti ha insegnato bene. Conosci diversi stili di combattimento. Giochi, e vinci, partite di tattica contro chiunque sia disposto ad affrontarti. Persino Lyvni perde con costanza contro di te, e lei è una dragonessa. Sei molto colto e parli in maniera forbita. Sai persino, oserei dire, *come* essere diplomatico. Anche se non lo fai con nessuno, se non con i nostri padri.» Sirena gli rivolse un sorriso affettuoso e gli scompigliò i capelli. «Ce la puoi fare.»

Sì, lei è ottima per lui.

«La tua fidanzata ha ragione. Sii semplicemente te stesso. Piacerai, o non piacerai. Ce ne occuperemo in ogni caso.

Preoccuparsi non serve a nulla» le fece eco Cirrus.

«Bene. Voi due avete ragione. Non voglio che Adakkar sia al comando, tutto qua. Mai. Sirena ha ragione. È un idiota, e lo è anche il suo guardiano Xarian. Per non parlare dell'Alto Mago Rothio, che sta sempre intorno o a loro due o a mio padre» si sfogò Tamerin.

«L'Alto Mago è uno dei principali tutori magici di tuo fratello. Si occupa anche in parte dell'istruzione di Sirena» rispose Cirrus con diplomazia.

«Già. Non è cattivo. A volte può essere inquietante, ma tutto lì. Sai come diventano quei maghi incredibilmente potenti.» Sirena lanciò un'occhiata di lato a Cirrus.

«Non mi stuzzicare, bambina. Se lottiamo, ci teletrasporterò nelle pianure e mi trasformerò. Puoi provare a fare il solletico a un drago di trenta metri con scaglie di diamante. Sai, finché non deciderò che abbiamo finito e ti mangerò.» Cirrus le sorrise con affetto.

«Commento ritirato, lady Cirrus» rispose Sirena con altrettanto calore, alzando le mani in segno di finta resa.

Tamerin sorrise a entrambe. «Noto che non avete detto nulla su mio fratello o sul suo drago.»

Cirrus scosse la testa. «Non spetta a me giudicare tuo fratello, anche se ammetto di condividere alcune delle tue preoccupazioni. Xarian, però... Diciamo che mi piacerebbe eliminarlo prima che abbia la possibilità di riprodursi. Non ho idea di come sia stato scelto come guardiano.»

Tamerin fece un gesto con la mano che diceva chiaramente: «Vedi, te l'avevo detto" senza neanche dire una parola.

Una bussata alla porta della suite principale interruppe la conversazione sul fratello di Tamerin e i suoi compari, seguita dalla sua apertura senza alcuna esitazione. Una voce chiamò: «Rinny, Rinny! Ho appena sentito la notizia! È fantastico. Non vedo l'ora di vederti in uniforme!» Una bambina di sette anni balzò nella camera da letto. Senza fare un passo falso o una pausa, saltò direttamente sul letto e tra le braccia aperte e pronte di suo fratello.

«Krystal Goccia di Pioggia Alshain. Un po' di decoro quando

entri nella suite di tuo fratello, per favore» implorò una voce debole e stanca.

«Prego, entrate, Madre. Lyvni. Siamo in camera da letto, così posso fare i bagagli.» Tamerin continuò a stringere forte la sorella.

Pochi istanti dopo, Lyvni entrò nella camera da letto, spingendo la sedia a rotelle su cui sedeva la regina Arissa Van-Kirith Alshain, che stringeva in grembo una scatola incartata. La regina sembrava avere uno dei suoi giorni migliori, anche se la piccola palla di effervescenza dagli occhi azzurri la stava chiaramente consumando.

«Madre.» Tamerin posò Krystal sul letto e scivolò via per andare ad abbracciarla. «Cosa ci fai qui?»

«Ti saluto, naturalmente» rispose lei con calma, i suoi profondi occhi rossi studiarono il suo viso.

«Sarei venuto nelle tue stanze dopo aver fatto le valigie» annunciò lui, continuando a stringerla.

«Ho viaggiato fin qui da Anduria per poter passare la giornata con tua sorella mentre tu salutavi la tua fidanzata e la tua guardiana. Non pensavi che dopo un congruo periodo di tempo mi sarei recata più lontano, nelle tue stanze, per darti qualche consiglio?» Arissa gli accarezzò la guancia. «Sono così orgogliosa di te. Sono così orgogliosa di come hai aiutato a crescere Krystal. E mi dispiace tanto di non averti potuto addestrare io stessa come si deve.»

«Mamma... non hai deluso né Krystal né me, ti sei ammalata. Non è colpa tua. Entrambi capiamo cosa puoi o non puoi fare e tu mi hai insegnato molto, quindi non preoccuparti. Ti prometto che ti renderò orgogliosa.» Tamerin le baciò la guancia e si alzò.

Arissa guardò Cirrus e, al suo cenno, tornò a guardare Tamerin. «Ho fatto fare qualcosa per te. Per aiutarti a tenerti al sicuro.» Gli porse la scatola. «Ti prego, prendila e fa onore a essa e a me, figlio mio.»

Tamerin prese la scatola e la pose sul letto, iniziando a scartarla. Avendo la loro curiosità la meglio sulle buone maniere, Krystal e Sirena si avvicinarono il più possibile. Sollevò il coperchio della scatola e trovò una camicia di maglia di ferro. Cirrus sorrise sentendo la magia che emanava da dove era seduta.

Non c'è da stupirsi, visto che Lyvni e io abbiamo aiutato la regina a incantarla.

Tamerin la tolse con reverenza dalla scatola e la sollevò. Le maglie di metallo incredibilmente piccole erano così nere che sembravano assorbire la luce naturale e la trama così intricata e flessibile che sembrava scorrere come acqua tra le sue dita.

«Non pesa quasi niente» ha detto.

«È mythryl d'ombra. Altamente incantata per forza, discrezione, protezione e durata.» Tamerin si voltò verso Arissa mentre continuava. «Tu sei il secondo principe, destinato a far parte dell'esercito di Alshain. In particolare, sembri destinato a esserne un capo, o *il* capo. Ti ho osservato, anche quando non sapevi della mia presenza. Non hai mai amato le armature più pesanti e hai sempre preferito affidarti alla tua mobilità e destrezza. Coloro che ti amano, coloro che sono in questa stanza, hanno dato ciascuna qualcosa di sé per crearla. L'armatura che hai in mano ti aiuterà a dissipare colpi che potrebbero trapassare una corazza d'acciaio. Tieni presente che non è impenetrabile, ma ti proteggerà nel modo migliore che siamo riuscite a immaginare.»

Tamerin la lasciò cadere sul letto e si precipitò dalla madre, abbracciandola, seppellendo il viso tra il collo e la spalla. «Grazie. Grazie a tutte voi.»

Cirrus osservò come Sirena raccolse la cotta di maglia alla ricerca di qualcosa. Alla fine trovò quello che cercava e un sorriso le illuminò il volto. Cirrus sapeva senza guardare cosa aveva individuato la giovane. Un pezzo di cordoncino d'argento intrecciato con uno blu contenuto nella trama metallica, proprio dove sarebbe stato il suo cuore. Proveniva dal nastro che aveva portato tra i capelli il giorno in cui lo aveva incontrato, intrecciato con quello che Krystal amava usare per i propri capelli, nel tentativo di imitare la ragazza più grande.

Sirena posò l'armatura sul letto e portò una mano a coprirsi la bocca commuovendosi per la premura della regina e delle due dragonesse.

«Sembra che la tua promessa sposa abbia trovato il tuo nastro e quello di tua sorella direttamente sul tuo cuore. Il loro amore sarà sempre lì a proteggerti.» Arissa gli accarezzò i capelli mentre le sue lacrime le inumidivano il colletto della camicia. «Lyvni ha dato dodici gocce del suo sangue per la forgiatura, una per ogni anno in cui ti ha conosciuto. Cirrus ha filato il filo di diamante. Un anello in ogni sezione del disegno è stato realizzato con quello. Il resto è il mythryl d'ombra con cui era stata realizzata la mia armatura.

Non entrerò mai più in battaglia. So che è così. Perciò la mia armatura è stata forgiata di nuovo per proteggere te, figlio mio. Le sue dimensioni si adatteranno per essere sempre giuste per te. Qualunque danno si riparerà da solo, con il tempo. C'è un'armatura intera. Tuttavia, ho portato su solo la camicia. Il resto ti aspetta nella carrozza che ti porterà in caserma.»

Tamerin si alzò e le guardò. «Non ho parole. Grazie a tutte voi.»

Tutte gli sorrisero.

«Non preoccuparti per Sirena e Krystal» continuò Arissa. «Cirrus, Lyvni e io ne abbiamo discusso. Dato che Cirrus avrà più tempo libero mentre ti allenerai con la Prima Armata, noi tre prenderemo Sirena come apprendista non ufficiale. Faremo in modo che diventi una maga potente. Ricorda, hai sei mesi di tempo, poi tornerai a continuare il tuo addestramento con Cirrus, perché so che è un'istruttrice di gran lunga migliore di chiunque altro. Sappi che verremo a trovarti ogni volta che ci sarà permesso.»

Sirena si asciugò di nuovo la pelliccia del viso. «Ricorda, rendici tutte orgogliose. Non vedo l'ora di vantarmi con tutti i miei amici di quanto stai andando bene. Di come il mio promesso sposo sia il miglior guerriero di tutti!»

Capitolo 18

<u>15° Shaita, 27 AF</u>

A Tamerin, di fatto, non andò benissimo.

Non gli andò nemmeno bene. O benino. O semplicemente nella media.

In effetti, definirlo un disastro assoluto e senza attenuanti potrebbe dare alla cosa una sfumatura fin troppo positiva, pensò Cirrus.

I sei mesi mutarono in quattordici a causa delle "azioni disciplinari" che dovevano essere intraprese.

Si era fatto qualche amico nella Prima Guardia Alshainiana. Ma solo qualcuno. La maggior parte degli altri lo odiava, alcuni con una passione che rasentava il sacro. Specialmente gli ufficiali in comando. Tamerin non poteva fare a meno di mettere in discussione i loro metodi di addestramento e la loro forma fisica generale. Non riusciva proprio a trattenersi dal ridere in faccia ai suoi ufficiali in comando quando gli dicevano di smettere di praticare in privato i kata e le forme con le armi. O quando cercavano di "aggiustare" il suo stile di combattimento.

E certo non mancò di ricordare loro che era il loro principe, quando formò un piccolo gruppo di altri figli di nobili che la pensavano come lui, che volevano davvero imparare a combattere, e iniziò ad addestrarli "fuori servizio".

Sarebbe potuto andare tutto bene se si fosse semplicemente accontentato del promemoria e non avesse scelto di concludere dicendo loro che avrebbe fatto quello che gli pareva nel suo tempo libero.

Che, di conseguenza, fu molto limitato.

Tutto ciò, rafforzato in aggiunta da un editto scritto a mano dal padre in persona.

La cosa contribuì alla sua reputazione di spaccone tra i Primi. Un bambino impossibile e testardo con cui trattare. Qualcuno che non poteva, o meglio non *voleva*, essere educato. Il che, a sua volta, contribuì a un suo atteggiamento ancora peggiore, seguito da una maggiore disciplina. Un soggiorno più lungo per "riabilitazione". Atteggiamento ancora peggiore. Un circolo vizioso senza fine.

Una cosa a cui ho il vago sospetto che il principe ereditario abbia in qualche modo contribuito, pensò Cirrus con tristezza.

Tutto aveva raggiunto il suo apice un mese prima, quando la Prima aveva ricevuto una vera e propria missione. Erano stati inviati nei boschi a nord della città di Kiserian per occuparsi di quello che si supponeva fosse un gruppo di banditi che stava predando le poche spedizioni tra Alshain e il regno di Vainterra a nord.

A quanto pareva, almeno da quel che aveva capito Cirrus, i Primi erano arrivati nella foresta solo per scoprire che non si trattava di banditi. Si trattava di una tribù di quaranta o cinquanta troll che si era trasferita nella zona. Troll che, a quanto sembrava, non erano in vena di parlare. Dalle voci che circolavano, sembrava che il cavaliere maresciallo al comando della Prima avesse cercato di parlare con loro, si fosse avvicinato troppo e fosse stato strappato dalla sella e assalito da un gruppo di troll arrabbiati e affamati.

Da lì, i cavalieri comandanti avevano ordinato alle loro forze di attaccare all'istante. Cosa che avevano fatto in un disastro disordinato e ammassato. Ad aggravare il loro errore, l'avevano fatto avendo pochissimo supporto magico. La maggior parte dei maghi, anche quelli nati in famiglie importanti, venivano addestrati dalle gilde piuttosto che dalla Prima, e poi assegnati a un incarico.

A peggiorare le loro cantonate, sembrava che i comandanti della cavalleria avessero dimenticato o non avessero mai saputo che i troll si rigeneravano. Da quasi tutto. A meno che non fossero eliminati con fuoco o acido.

Perché conoscere le debolezze di creature alte tra gli otto e i nove piedi, le cui forti mani hanno dita dotate di artigli affilati come rasoi che amano usare per sventrare le persone prima di divorarle vive e urlanti, dovrebbe essere un'informazione importante da insegnare in un istituto militare?

Pertanto, dopo aver subito numerose perdite, era arrivato l'ordine di ritirarsi e abbandonare il campo in attesa di poter tornare con i rinforzi dalla capitale del ducato di Diondair.

A quel punto le informazioni diventavano oscure, con resoconti contrastanti. Nemmeno Cirrus era stata in grado di ottenere la verità, poiché aveva dovuto affidarsi alle testimonianze dirette di diversi amici di Tamerin e mettere insieme le loro storie. A quanto pareva, Tamerin aveva detto in faccia ai suoi capi che erano degli incompetenti e si era rifiutato di abbandonare il campo. Di lasciare che coloro che erano caduti fossero divorati.

La maggior parte dei quali lo odiava.

In base a ciò che era riuscita a capire, Tamerin aveva riunito le circa due dozzine di amici che si era fatto, e aveva fatto voltare i loro cavalli ed estrarre le lance. Dopo aver fatto loro spezzare le punte metalliche, aveva fatto accendere il fuoco all'unico amico mago che lo aveva seguito, il figlio di un barone che non aveva voluto farlo entrare nella gilda. Mentre il mago eseguiva l'ordine, Tamerin aveva fatto avvolgere a tutti gli altri le estremità di legno delle lance spezzate in qualsiasi brandello di stoffa riuscissero a trovare, prima di ordinare loro di dare fuoco alle armi.

Poi aveva dato loro ordine di estrarre dalle borse o sacche le torce che tutti dovevano portare con sé. Dopo aver acceso anche quelle, aveva informato tutti dell'unico piano che all'apparenza aveva saputo escogitare con così poco preavviso. Avrebbero cavalcato a ondate di tre cavalieri, uno in punta e gli altri due leggermente indietro su ogni lato, arrivando a ondate da direzioni diverse. Ognuno di loro avrebbe infilzato un troll con una lancia infuocata tenendo la torcia con l'altra mano, agitandola verso gli altri nella speranza di dissuadere un attacco laterale.

Suppongo sperasse che i troll, non essendo tra gli avversari più intelligenti, continuassero a girarsi a con ritardo e a reagire ai cavalieri precedenti, che la loro rabbia per le fiamme li rendesse determinati a cacciarle. In quel modo, l'ondata successiva di cavalieri, caricando da un'angolazione diversa, avrebbe incontrato meno opposizione da parte dei troll distratti.

Da quello che le era stato detto, e considerando il fatto che erano sopravvissuti, aveva funzionato.

Non alla perfezione, ovvio. Alcuni dei troll erano riusciti ad abbattere qualcuno dei suoi amici, ma in quel primo passaggio avevano colpito, ferito in modo grave e persino ucciso molti troll. Al che, il principe era smontato da cavallo per qualche motivo e aveva ingaggiato i troll in un'aspra gara di corsa, usando una spada e una torcia infuocata, supportato dai ragazzini nobili che alla fine ne avevano avuto abbastanza.

I racconti che Cirrus sentì in seguito furono ancora più vaghi, se possibile. Con molta probabilità a causa della natura frettolosa dello scontro e del minor numero di persone che avevano assistito alle varie parti.

Una storia raccontava di come Tamerin aveva tagliato i tendini del ginocchio di un troll, per poi sbattere la propria spalla contro la sua in modo che la creatura cadesse a faccia in giù in una grande pozza d'acqua stagnante. Dopodiché, aveva ordinato ad altri due di gettargli sulla schiena e poi sul collo dei tronchi caduti, facendo annegare la creatura.

Si sarebbe rianimato anche da lì, a patto che qualcuno gli avesse tirato fuori la testa, ma era una soluzione pratica vista la situazione.

Un altro raccontò che Tamerin aveva consapevolmente attratto un troll in un mucchio di alberi caduti insieme.

Uno dove stava riposando un'orsa grizzly.

Una mamma orsa grizzly molto grande e all'improvviso molto arrabbiata che aveva deciso che era della massima importanza proteggere i suoi cuccioli vulnerabili.

Un'orsa con cui, come il troll imparò a sue spese, non avrebbe mai dovuto confrontarsi.

Il troll può rigenerarsi mentre l'orso no, ma a quanto pare il troll ha deciso che la discrezione era più importante del valore ed è fuggito dopo pochi minuti di lotta con Mammina. Ma come faceva Tamerin a sapere che era lì? E perché l'orsa non aveva considerato lui una minaccia?

A un certo punto, Tamerin era finito per scontrarsi in combattimento con il capo tribù dei troll. I suoi amici le dissero che girava, si contorceva e colpiva il gigantesco troll con raffiche di colpi che non riuscivano a seguire, tutto ciò mentre loro e gli altri troll stavano stupiti a guardare i due.

La lotta era terminata quando il capo dei troll ferito era riuscito ad afferrare Tamerin e a sollevarlo verso la bocca. Tuttavia, invece di godersi uno spuntino veloce, il principe gli aveva infilato una torcia infuocata nell'esofago aperto prima di decapitare la creatura mentre strillava in agonia.

Poco ortodosso ma efficace.

A quel punto, gli altri troll avevano ululato di angoscia ed erano fuggiti dal campo di battaglia, dissolvendosi nella foresta.

Tamerin e i suoi amici rimasti avevano raccolto i morti e curato i feriti e i moribondi in quella foresta per più di un giorno, finché il resto della Prima non era tornato con un'unità di combattimento vera e propria.

Solo per trovare i troll sconfitti.

Poiché i morti erano figli di vari nobili, i guaritori da combattimento avevano lanciato vari incantesimi per ripristinare le loro vite, seguiti dai feriti che furono riportati in piena forza con la magia, sia incantesimi sia pozioni. Alcuni feriti minori furono guariti con vari elisir alchemici non magici.

Dopo che i morti e i feriti erano stati curati, con stupore dei suoi amici, Tamerin fu messo agli arresti per aver disobbedito a un comando diretto. Alla fine, fu espulso dall'unità con disonore e gli fu ordinato di scontare un mese nelle prigioni della Prima. Non proprio un brutto posto, ma comunque.

Anche se è interessante notare che tutti gli amici che lo avevano seguito hanno abbandonato l'unità e sono tornati alle loro case nel momento in cui è stato condannato.

Il padre di Tamerin era furioso. Suo fratello sembrava contento, mentre Krystal e Arissa volevano solo abbracciarlo. Sirena fumava di rabbia, dicendo che la Prima non lo meritava, mentre Lyvni pensava che sarebbe stato bello riaverlo a casa.

E ora, eccomi qui, sotto la pioggia fuori dalla caserma della Prima Guardia Alshainiana ad aspettare che esca il mio principe in disgrazia. La sua punizione per aver fatto la cosa giusta è finalmente terminata.

I cancelli della tenuta si aprirono e ne uscì il principe tredicenne incappucciato e ammantato. Andò direttamente da Cirrus con una falcata determinata e l'abbracciò forte, stringendosi a lei.

«Ssh. Si risolverà tutto, mio caro» gli disse Cirrus stringendosi al petto la testa del ragazzo.

«Non è questo, Cirrus. Sono più arrabbiato che triste. Anzi, furioso. Ho avuto molto tempo per pensare in quella *cella*.» Ridacchiò. «Quelle persone sono per lo più degli stupidi, a parte qualche perla brillante. Stupidi cerimoniosi che non avrebbero dovuto essere mandati fuori da questa caserma per fare qualcosa di più faticoso che marciare in una parata. Ma siamo stati mandati fuori. Solo perché ci sono piccoli problemi che si stanno manifestando ovunque, e noi eravamo gli unici qui.» Si staccò da lei e la guardò. «So che tutti vogliono vedermi, ma avevo fissato un incontro con il re non appena fossi stato rilasciato. Ho una proposta da fargli.»

«Sei sicuro che sia saggio, carissimo?» chiese Cirrus, colorando la voce di preoccupazione. «Forse dovresti prima vedere tutti gli altri perché ti aiutino a ritrovare te stesso.»

«No. Ora o mai più. Mentre mio padre è arrabbiato per la mia disgrazia e mio fratello gongola per la sua vittoria.» Tamerin la guardò e lei vide l'acciaio nei suoi brillanti occhi blu. «Adakkar ha mandato entrambe le unità di combattimento fuori dalla città per fare dei giri nel regno due giorni prima che arrivasse il messaggio da Vainterra che chiedeva di esaminare la situazione nei boschi. Poi, invece di chiedere ai ducati interessati di inviare truppe, ha ordinato alla Prima di occuparsene. Ha organizzato tutto lui, Cirrus. Non so come o perché, ma so che l'ha fatto.»

Cirrus inclinò la testa. «Non ho intenzione di discutere con te. Anche se non ho idea di come tu abbia scoperto questa informazione mentre eri in prigione, so che non devo mai dubitare di te quando sei così convinto di qualcosa.»

«Grazie, Cirrus.» Le sorrise. «È ora di andare.»

Cirrus usò un incantesimo per asciugare entrambi dopo averli teletrasportati al castello. Il suo volto si allargò in un sorriso quando Tamerin si tolse il mantello, mostrando di indossare la cotta di maglia che avevano realizzato per lui. Lo seguì mentre attraversava veloce il castello, i tacchi degli stivali risuonavano contro la pietra per i suoi passi decisi.

Dopo aver raggiunto la sala riunioni del padre, il suo protetto bussò due volte e fece un passo indietro, in attesa di essere ammesso. Rimasero lì per mezz'ora, il cipiglio di Tamerin si inaspriva a ogni ticchettio dell'orologio situato sopra la porta, finché una guardia reale non aprì la porta e li fece entrare senza dire una parola. Un'altra guardia li condusse in silenzio attraverso la sala d'attesa, bussò una volta alla porta della sala riunioni, poi la aprì senza attendere una risposta dall'interno. Le uniche parole pronunciate da entrambi furono per annunciarli a chi si trovava all'interno.

Mi stupirei del trattamento silenzioso nei nostri confronti, ma è chiaro che il re vuole mostrare il suo disappunto nei confronti del figlio mediano. Cirrus scosse la testa e sospirò.

Cirrus seguì Tamerin all'interno, un solo passo dietro di lui, e si guardò intorno nella stanza. Re Dothan era seduto dietro la scrivania, come previsto.

Inaspettatamente, il principe Adakkar era seduto subito alla destra del monarca.

Adakkar era un bel giovane che aveva festeggiato il suo diciottesimo compleanno circa un mese prima.

Cirrus si immobilizzò. *Un mese. Adakkar ha festeggiato il suo compleanno cercando di far uccidere Tamerin? O almeno di farlo cadere in disgrazia?* Il pensiero le balenò in testa. *Qualcosa su cui riflettere un'altra volta. Concentrazione. Tamerin è entrato nella tana di un vampiro affamato.*

I capelli scuri del primo principe, lunghi fino alle spalle, erano acconciati in maniera impeccabile; i riccioli corvini erano pettinati all'indietro e le punte si arricciavano leggermente. Aveva le labbra ferme in un ampio sorriso, mentre gli occhi scuri erano freddi e calcolatori. Appena Cirrus lo guardò, non poté fare a meno di notare che i suoi occhi facevano sembrare il suo sorriso quello di un drago affamato. Uno che osserva la sua preda e si diverte troppo a vederla contorcersi per divorarla. Come sempre, indossava gli abiti più raffinati che il denaro potesse comprare, prediligendo i neri e i rossi di Alshain.

In piedi alle spalle di Adakkar c'era Xarian, il suo drago d'onice guardiano, nella sua forma umanoide di dracokith, simile a un drago umanoide bipede.

Questo è Xarian. Incredibilmente discreto. Quasi quanto una mazza sul cranio, pensò irritata Cirrus. In quella forma, il drago raggiungeva facilmente i sette piedi e mezzo di altezza, con il corpo ricoperto di sottili, scintillanti scaglie nere. Mentre i suoi occhi profondi rimanevano impassibili, il resto del corpo tradiva la sua felicità. Il suo muso squadrato e pieno di denti affilati era piegato in un ghigno, mentre la coda sventolava allegramente avanti e indietro.

La quarta persona che li attendeva era quella che Cirrus non riusciva mai a capire.

L'Alto Mago Rothio Kolzeluv pareva essere un uomo umano sulla sessantina, con una lunga barba grigia attorno a labbra sottili. La manica della lunga veste da mago ricadde, rivelando il suo braccio sottile, quando sollevò la mano destra per grattarsi il lungo naso aquilino con dita altrettanto lunghe ma agili. La veste era di velluto grigio scuro. Vari simboli arcani ornavano le spalle, i polsini e l'orlo in pelle marrone scuro. Chiusure di platino intarsiate, ognuna con la forma di una testa di chimera diversa, tenevano chiusa la veste.

L'uomo si illuminò quando Cirrus sbatté le palpebre e cambiò la sua visione per vedere le emanazioni magiche. Non solo i suoi vestiti, ma anche il suo stesso corpo era molto incantato. *Anche se suppongo che sia prevedibile da parte dell'Alto Mago di un regno antico e potente. Però...*

I suoi occhi erano privi di emozioni, ma a differenza di Xarian, anche tutto il resto di lui lo era. Teneva il corpo e il viso del tutto immobili, senza che nulla potesse tradire le sue emozioni o i suoi pensieri. Era il tomo più chiuso che Cirrus avesse mai visto. *E ho visto tomi sigillati per magia da divinità di altri mondi.*

Ciò che la preoccupava di più erano le sue difese magiche. Erano abbastanza buone da impedire a lei stessa di usare incantesimi o qualsiasi altro tipo di magia per cercare di leggergli il pensiero senza che lui se ne accorgesse. *Il che è assolutamente da evitare quando si ha a che fare con altri maghi.*

Soprattutto quelli che sono i più vecchi amici del re e si trovano direttamente alla sua sinistra durante una riunione formale.

«Be', se non è il mio disgraziato secondogenito, principe Tamerin» affermò re Dothan con tono piatto. «Non ho molto tempo e, a essere sincero, la tua vista mi scoraggia, visto che hai fallito in modo così spettacolare. E in pubblico. Quindi, andiamo al sodo. Perché hai richiesto questo incontro? Cos'è che vuoi?»

Cirrus si controllò prima di fare un passo avanti. *Arrogante, insignificante piccolo...*

Il principe Tamerin sembrò non essere turbato dalle parole del padre. «Molto bene. Farò in fretta. La Prima non è una vera unità militare. Non per metterla troppo sul sottile, ma non sanno quello che fanno.»

Adakkar lo schernì. «E tu lo sai, caro fratello? Dimmi, quale *vera* esperienza di combattimento hai? Devo aver sbattuto le palpebre ed essermi perso le tue numerose vittorie.»

«Ne ho solo una, perché quella *è stata* una vittoria» rispose con calma Tamerin. Poi fece un sorriso malizioso. «Tuttavia, con cinque anni in meno, è una in più di te.»

«Fai tacere il tuo cucciolo, Cirrus. O lo farò io» minacciò Xarian.

«Toccalo, e ti strappo le corna dalla testa e te le ficco in gola, draghetto» ribatté Cirrus con più di una punta di calore.

Non mi piace affatto.

L'Alto Mago Rothio alzò la mano dalle dita lunghe per evitare qualsiasi risposta da parte di Xarian. «Siamo andati rapidamente fuori tema e il tempo del re è prezioso. Posso chiedervi di arrivare al punto, principe Tamerin?» Si chinò in avanti, sembrando generalmente interessato. Almeno un po' più del normale.

Tamerin si prese un momento per sorridere al fratello e a Xarian, irritandoli ancora di più, prima di voltarsi verso Rothio e il re. «Grazie, Alto Mago. Come dicevo, non sono una vera unità militare. Sembra anche che io abbia qualche problema ad accettare ordini da alcuni individui. So che il passo successivo, di solito, è quello di vedere quali altre unità militari sarebbero disposte ad accogliermi, ma desidero saltare questo passaggio.

Voglio creare una mia forza militare. Un gruppo per lavori speciali. Un gruppo abbastanza grande per portare a termine tali lavori, pur rimanendo abbastanza piccolo da essere mobile e reattivo quando necessario. I rampolli di nobili e mercanti con cui sono riuscito a fare amicizia si sono già offerti di fornirmi il sostegno finanziario per avviare l'unità, anche se la maggior parte di loro spera di non vedere mai più un combattimento.»

Cirrus lo fissò, sbalordita.

Gli altri lo guardarono con espressioni diverse. Adakkar sembrava pensieroso, Xarian sembrava impaziente, Dothan sembrava disgustato e Rothio sembrava... be', Rothio. Insipido.

«Assolutamente no, ragazzo.» Dothan scosse la testa disgustato. «Inoltre, dopo il tuo recente fallimento, mi stupisce che possa anche solo *pensare* che io approvi la creazione di un tuo gruppo militare. Soprattutto uno con te al comando.»

«Un momento, padre» intervenne Adakkar nel silenzio. «Forse

dovreste ripensarci. È possibile che sia adatto al ruolo proposto. Inoltre, non è che ci sia un mucchio di unità che vogliano accoglierlo con i suoi precedenti disciplinari. Alla fine, se fallisce, non ci costa nulla. Mentre se ha successo, può solo portare gloria alla famiglia e al regno.»

Re Dothan studiò il principe ereditario Adakkar per qualche istante, accarezzandosi il mento, prima di annuire piano. «Forse.» Si voltò di nuovo verso Tamerin. «È questa la tua intera proposta? Creare una tua... forza militare per risolvere rapidamente i problemi che insorgono nel regno?»

Tamerin annuì. «Sì, mio re. Almeno le basi. C'è dell'altro, ma posso farvi avere la proposta completa scritta e nelle vostre mani entro domani pomeriggio. Ci sono banditi, non morti, troll, attacchi di animali... numerosi problemi sembrano insorgere non solo ad Alshain, ma anche nei regni circostanti. Il nostro popolo soffre e ha bisogno di aiuto, e a volte organizzare e inviare le nostre forze militari richiede troppo tempo.

Mia madre mi ha sempre insegnato che il nostro primo dovere è proteggere la gente comune che non solo governiamo, ma serviamo. Loro sono la nostra linfa vitale. Continuando l'analogia, queste situazioni ci stanno piano dissanguando. È auspicabile che questo gruppo fornisca una risposta più rapida. Una che ci permetta di valutare il problema, di fermarlo se possibile o, come minimo, di arginarlo fino a quando non sarà possibile inviare una forza più grande per intervenire.»

Il re annuì piano. «Non sono sicuro di essere d'accordo con la totalità dei tuoi sentimenti, ma poiché tuo fratello è il prossimo re, o *probabilmente* il prossimo re, dovrei dire, dovrà affrontare la maggior parte delle ripercussioni di questa decisione. Pertanto, lascerò che sia lui a decidere se andare avanti o meno con questo... progetto.» Si voltò e guardò Adakkar.

Adakkar fece subito un cenno di assenso, senza che i suoi occhi calcolatori lasciassero mai quelli di Tamerin. «Sì. Credo che non ci sia nulla di male nel permettergli di creare la squadra. Purché sia certo di voler essere messo in una situazione di estremo pericolo come quella in cui si troverebbe questo tipo di gruppo.»

«Ne sono certo.» Tamerin sorrise, senza che i suoi penetranti occhi azzurri lasciassero mai quelli del fratello.

«Molto bene, allora. Ti avverto, però. Anche se puoi questo gruppo, non avrai accesso al meglio del meglio. Non ti farò sottrarre i migliori soldati alle loro unità solo per riassegnarli alla tua personale» ammonì il re.

«Che ne dite di quelli con problemi disciplinari?» chiese Tamerin.

Tre di loro risero, mentre Rothio rimase impassibile. Il re si asciugò gli occhi. «Certo, figliolo. Se vuoi prenderti gli scarti, come te, sentiti libero. Tieni presente che creerai un gruppo destinato a fallire.»

«Grazie, Vostra Maestà» rispose Tamerin. «Ho il vostro permesso?»

«Concesso.»

Tamerin e Cirrus uscirono dalle stanze private del re senza dire altro. Sentirono le risate dietro di loro quando chiusero le porte e iniziarono la lunga camminata di ritorno verso le sue stanze.

A metà strada, Cirrus gli pose una mano sulla spalla e lo fermò. «Sei sicuro di volerlo fare? Forgiare la propria unità e averne il comando è una responsabilità enorme. Sei certo di essere pronto?»

Tamerin fece un respiro profondo e scosse la testa. «No, non ne sono sicuro. Quello di cui sono sicuro è che ho fatto un gran casino nella Prima. Non mi sono fatto quegli amici di cui Krystal avrà bisogno. Dato che i nobili sanno quanto noi due siamo uniti, se non apprezzano me, non apprezzeranno nemmeno lei. Devo fare qualcosa per cambiare la situazione. Per riparare al mio errore. Se funziona, questo gruppo risolverà un sacco di problemi nel regno. L'onore per me sarà onore per lei, soprattutto perché i nobili conoscono anche il mio rapporto... *conflittuale* con Adakkar.»

Cirrus aggrottò le sopracciglia ma annuì. «Forse. Il piano potrebbe funzionare. Ma ci sono molti "se". Ricorda che la mia capacità di interferire direttamente nella tua vita è limitata. Non posso farlo per proteggerti in una battaglia che hai scelto di intraprendere di proposito. Che è più o meno la definizione di ciò che sceglierai di fare.»

«Innanzitutto, sì, ci sono. Ed è per questo che avrò bisogno di tutto l'aiuto possibile da parte tua e delle altre.» Le sorrise. «Per quanto riguarda il resto... lo so, ed è per questo che lo comunicheremo nel modo più indiretto possibile. È per questo che non sei potuta venire dai troll. Ed è anche per questo che devo trovare il meglio del meglio per questo gruppo. Senza dare nell'occhio» sorrise ancora di più.

Cirrus strinse gli occhi con sospetto, ma alla fine non riuscì a trattenersi dal sorridergli, il suo entusiasmo era contagioso. «E, di grazia, come pensi di farlo? Soprattutto visto che il re ti ha vietato proprio questo.»

«Che ne dici di aspettare, e io lo proporrò a tutte voi nello stesso momento per vedere cosa ne pensate? Non vorrei rovinare la sorpresa.» Le fece l'occhiolino.

Oh, oh, pensò la dragonessa. *Conosco quello sguardo.*

Capitolo 19

30° Shaita, 27 AF

Era evidente che le reazioni immediate non furono quelle che Tamerin si aspettava dalle persone più vicine a lui quando presentò la sua grande idea su come formare il nucleo della sua unità. All'inizio pensarono che fosse fuori di testa. Sirena arrivò addirittura a chiedergli se uno dei troll avesse cenato con il suo cervello e nessuno se ne fosse accorto.

Cirrus si strozzò con un sorso d'acqua quando Krystal, di otto anni, gli diede un calcio nello stinco e lo chiamò stupido.

Con pazienza, Tamerin discusse con Krystal, Sirena, Arissa, Lyvni e lei stessa, presentando i propri punti e controbattendo ai loro finché, una dopo l'altra, ammisero di aver capito la sua logica. Il piano era audace e non era mai stato tentato prima, per quanto ne sapevano. Tutti, anche Tamerin, erano d'accordo con quello.

Tuttavia, alla fine, concordarono che poteva essere la sua migliore possibilità di trovare individui altamente qualificati, date le restrizioni imposte dal padre.

Fu così che Cirrus si trovò seduta di fronte a Tamerin poco più di dieci giorni dopo, con una piccola pila di cartelle sul tavolo tra loro, pronta a vedere cosa aveva trovato.

«Non c'è molta scelta, mio caro.» Abbassò lo sguardo sulla manciata di fascicoli.

«Non ho bisogno di molte scelte. Solo le migliori» rispose.

«E tu pensi che questi lo siano?» Cercò, senza riuscirci, di non sembrare scettica.

Tamerin espirò. «Sì, credo che queste siano le scelte migliori. Hanno tutti un talento incredibile. Ognuno di loro ha una litania di problemi disciplinari. Tuttavia, se si legge tra le righe e si controllano tutti i registri dei loro... incidenti, sembra che fossero nel giusto e che siano stati calpestati a causa dei loro ufficiali superiori.»

«Va bene, allora.» Cirrus si rassicurò facendo un respiro profondo. «Vediamo cosa hai trovato.»

Tamerin le sorrise, aprì la prima cartella e iniziò a leggere. «Elysoun Piuma Vivace, guaritrice dotata, gryphlin di centoquindici anni. Piume rosse, nere e viola, pelliccia bianca e nera.»

Cirrus sobbalzò per la sorpresa. I gryphlin, in pratica, erano grifoni umanoidi. Erano ricoperti da una pelliccia morbida e lanuginosa, ma avevano piume che si mescolavano ai peli sulla testa, intorno agli occhi, lungo i lati del collo, sulle spalle, lungo la parte esterna delle braccia e sul dorso delle mani. Avevano anche becchi affilati e uncinati in grado di strappare e lacerare la carne... e di spezzare le ossa. Per non parlare degli artigli affilati come rasoi su mani e piedi.

Cirrus sapeva che i loro antenati, molto tempo prima, erano una razza di grifoni magici e mutaforma che si erano accoppiati con una tribù di barbari. Per la maggior parte, erano conosciuti come una razza contemplativa data la loro aspettativa di vita leggermente superiore a quella della maggior parte degli elfi, a eccezione dei darkven. Tuttavia, quando se ne faceva arrabbiare uno, specialmente calpestando i valori fondamentali dell'individuo, esso si trasformava in un nemico dalla ferocia eccezionale, che non si sarebbe arrestato davanti a nulla per ottenere la vittoria. Inoltre, a differenza di molti elfi, sembravano non stare mai fermi a rilassarsi, andando sempre oltre e sforzandosi di migliorare se stessi. Non fermandosi davanti a nulla per raggiungere la vittoria.

Erano noti per il valore che attribuivano ai legami all'interno del clan, che vi fossero nati o che fossero stati adottati, più che il loro nucleo familiare o i suoi membri. Il che significava che chi era nato o *adottato* da quel gruppo, gli avrebbe dimostrato parecchia fedeltà. «Però! D'accordo. Non vedo l'ora di sapere che cosa è successo per far sì che la sua fedina penale sia stata così lunga da renderla disponibile per il tuo gruppo» osservò Cirrus secca.

Tamerin le sorrise. «Aspetta e vedrai.» Si schiarì la gola e continuò.

Metà Mari, 27 AF

Elysoun era una guaritrice così dotata che il suo clan si era reso conto di non poterla più aiutare a far progredire la sua conoscenza delle magie mistiche. La sua dote era così formidabile che li aveva lasciati di fronte alla scelta poco invidiabile di affidarla al *direttuarit* del clan, il capo guaritore, decisamente troppo presto, o di permetterle di partire e sperimentare il mondo troppo presto. Alla fine, erano stati costretti a concludere che avrebbe dovuto essere esonerata dalle normali restrizioni di viaggio imposte dal suo clan, impedendo ai giovani gryphlin di partire fino al loro centocinquantesimo anno.

Era accaduto cinque anni prima.

Cinque anni da quando aveva lasciato la zona d'origine del suo clan, situata sulle montagne di Anduria tra i ducati di Geardta, Nythsera e Anduria stessa, e si era arruolata presto nell'esercito degli Alshain per i dieci anni di servizio obbligatorio richiesti alla sua razza.

Lei scosse la testa disgustata, gli occhi argentei da rapace si strinsero e il becco fece qualche scatto di fastidio.

Cinque anni di continue promesse che sarebbe stata mandata alla Gilda dei Guaritori della città di Kiserian per essere addestrata a tecniche di guarigione avanzate. Promesse che sembravano venire costantemente infrante quando i suoi superiori trovavano utilizzi migliori per le sue capacità già considerevoli, cosa che gli anziani del suo clan insistevano non fosse mai successo prima.

Non si lamentava perché usava i suoi poteri di guarigione per aiutare i fratelli e le sorelle che servivano nell'esercito accanto a lei. Aveva semplicemente raggiunto un punto in cui aveva bisogno di qualcuno di più esperto che la guidasse lungo il cammino, in modo da poter continuare a migliorare le capacità personali di guarigione e le magie.

Quando il mese precedente aveva tirato fuori le promesse non mantenute, solo *per la quinta o sesta volta*, pensò disgustata, il suo superiore aveva insistito che ne aveva avuto abbastanza. Le aveva comunicato che l'avrebbe assegnata alla guardia personale del barone Rahe nel ducato di Canthorne per i successivi sei mesi, poiché una delle sue guaritrici era al momento indisposta.

Indisposta. Elysoun sbuffò, facendo svolazzare le piume del collo per l'irritazione. *Quando sono arrivata, ho scoperto che la mia predecessora aveva scoperto di essere incinta ed era stata costretta a prendere un congedo.*

In quel momento, invece di curare in combattimento, stava all'interno della grande sala da ballo del barone con alcune delle sue guardie domestiche, osservando qualche centinaio di ospiti simili a pulcini troppo pasciuti. Di tanto in tanto doveva usare la sua magia per purificare qualche damerino che aveva bevuto troppo.

Sembra che il dovere chiami ancora una volta, pensò con scherno, scorgendo un giovane barcollare verso il bancone, il volto verdastro e le labbra serrate che indicavano che si stava preparando a vomitare.

Eppure continua a bere alcolici, come se non capisse la causa del suo malessere.

Sospirò e si diresse verso di lui, facendosi strada tra la calca dei corpi. La sua mano iniziò a brillare d'oro mentre compiva i gesti corretti e mormorava l'incantesimo per purificare il corpo dell'uomo da tutte le tossine.

Tanto vale usare l'incantesimo più potente e neutralizzare tutto. Chissà se l'incantesimo minore per purificare l'alcol o le droghe funzionerà con la quantità che di sicuro ha ingerito?

La parte peggiore di tutta la situazione era che erano sempre arrabbiati che avesse rovinato loro la "sbronza".

Si fermò dietro al gentiluomo mentre iniziava ad avere conati di vomito, lanciandogli l'incantesimo di nascosto e osservando il bagliore dorato scomparire nella sua schiena. Non appena l'incantesimo svanì e lui smise di avere conati, lei si voltò di scatto e iniziò ad allontanarsi, senza dire una parola.

«Ehi!» sentì l'uomo chiamarla alle sue spalle. «Cosa credi di fare?»

Si voltò e inclinò la testa, valutandolo con i suoi occhi predatori. «Eliminare l'alcol, e chissà cos'altro, dal vostro organismo prima che voi non solo mettiate in imbarazzo voi stesso, ma anche il vostro ospite, vomitando su tutto il bancone.»

«Non stavo per vomitare! Mi sentivo bene, uccellino! Non avevi il diritto di lanciarmi un incantesimo» ribatté con rabbia.

«Non sono "uccellino".» Sono la Caporale Guaritrice Elysoun Piuma Vivace. Ho il dovere di usare i miei incantesimi per *assistere* chiunque ritenga che sia troppo intossicato per comportarsi in modo appropriato. Ho ritenuto che voi foste uno di quegli individui. Se la mia valutazione non è stata corretta, mi scuso» rispose, ignorando l'insulto e voltandosi per tornare al suo posto.

«No, non puoi ancora andartene! Non sei stata congedata! Rog. Rog! Vieni qui un attimo, per favore!» chiamò l'uomo.

Elysoun sospirò. Rog, altrimenti noto come lord Roger Rahe, il figlio del barone. Riusciva a tollerare a malapena quel damerino donnaiolo di vent'anni.

Non che io sia una che ama i pettegolezzi e le dicerie, ma i lavoratori della tenuta sostengono che sia stato lui a ingravidare la mia predecessora, per poi negare di essere a conoscenza dell'accaduto, infangando così il suo onore.

«Guaritrice Elysoun. Una parola?» lo sentì dire da dietro.

Facendo scricchiolare il becco per l'irritazione, girò sui tacchi e lo guardò. «Sì, lord Rahe? Come posso essere utile? Avete bisogno delle mie capacità?»

«Potete dirmi cosa è successo, dottoressa?» chiese con gentilezza.

Il che le fece arruffare le piume per il sospetto.

«Il gentiluomo sembrava essere intossicato al punto da stare per rigurgitare sul bancone. Ho usato la mia magia per purificare il suo sangue, neutralizzando tutte le sostanze estranee presenti. Egli mi ha poi informato che la mia osservazione era sbagliata e che stava bene. Mi sono scusata per il mio errore, ho cercato di tornare al mio posto e lui vi ha convocato» rispose in modo conciso.

Lord Rahe si avvicinò di più e lei strinse gli occhi d'argento. «Be', sembra che abbiate lanciato magia su qualcuno che non aveva bisogno del vostro... tocco.» Le sorrise. «Tuttavia, credo che io e il mio amico possiamo dimenticare il fatto che non abbiate chiesto se stava bene prima di lanciare un incantesimo su di lui. Voglio dire, se foste intenzionata a fornire un "servizio" usando quelle "capacità" che mi avete offerto in caso di necessità.»

Elysoun lo guardò confuso. «Temo di non capire, lord Rahe. Se né voi né il vostro amico avete bisogno di essere curati, non so che aiuto posso darvi.»

«Forse un tipo di guarigione speciale. Una per noi due soli.» Lord Rahe si avvicinò così tanto che quasi si toccarono, quando il suo amico sorrise e fece un passo avanti a sua volta.

«Continuo a non capire che cosa richiedete. Quale "guarigione speciale?"» chiese, la confusione evidente nel suo tono.

Lord Rahe lanciò un sorriso all'amico prima di voltarsi verso di lei. «Oh, un tipo molto speciale. Vi toglierà dal servizio di guardia per il resto della notte» concluse con la mano sinistra e le afferrò il posteriore.

Gli occhi di Elysoun si strinsero in modo pericoloso e il suo becco schioccò più volte per la rabbia, mentre le piume della sua testa si sollevavano di poco. Ci volle un attimo prima che il suo sdegno le permettesse di parlare. «Rimuovete la mano, lord Rahe. Prima che la rimuova io al vostro posto.»

«Oh, andiamo, uccellino. Sarà solo un po' di divertimento per me e il mio amico. Come ho detto, abbiamo bisogno di un tipo speciale di guarigione e ci piacerebbe averla da te.» Sorrise al suo amico, che si mise alla sinistra di Elysoun. Poi si avvicinò con la mano destra e le afferrò il seno.

Elysoun emise uno starnazzo scioccato prima di entrare in azione. La sua mano destra si sollevò, rompendo la presa sul suo posteriore, poi si mise di traverso e strappò l'altra mano dal suo seno. Sfruttò lo slancio per farlo ruotare di centottanta gradi come se stessero ballando, tutto mentre l'altra mano gli passava davanti e si abbassava. Continuò a piegargli il braccio destro all'indietro, poi portò la mano di lui al becco e gli staccò prontamente l'anulare della mano incriminata.

L'arrogante piccolo signorotto emise un grido agghiacciante.

Il suo amico si mosse in avanti, il braccio teso all'indietro, preparandosi per colpirla. Prima che potesse sferrare il colpo, il piede di lei balzò in alto, gli artigli lo afferrarono al petto e scavarono solchi sanguinolenti nel suo bel vestito. La potenza del colpo lo fece ruzzolare all'indietro contro uno dei tavoli arredati con ricchezza lì vicino. Vi sbatté contro di schiena prima di cadere a terra, trascinando con sé la tovaglia.

Ciò ebbe l'effetto aggiuntivo di far cadere tutte le stoviglie pregiate sia su di lui sia sul pavimento, mandandole in frantumi.

La sua mano terminò la discesa e fermò gli artigli intorno a quella che, immaginò, *lui* pensava fosse una parte pregiata della propria anatomia. «Non ti è stato dato il permesso di toccarmi, sciocco. Ti avevo avvertito.» Strinse la presa mentre lui mugolava di dolore.

«*Cosa significa tutto questo?*» urlò il barone Rahe accorrendo, mentre il resto delle sue guardie convergeva sulla scena.

«Vostro figlio mi ha toccata in modo inappropriato. Due volte. L'avevo avvertito che ci sarebbero state delle conseguenze dopo la prima volta» dichiarò Elysoun con la voce più calma che poteva mantenere.

«*Liberatelo immediatamente!*» sbraitò il barone Rahe . Fece un cenno verso di lei. «Guardie, arrestatela! Ha aggredito un nobile!»

«Mi ha aggredito lui per primo, Vostra Eccellenza» ribatté lei, mentre la rabbia e la sicurezza svanivano dal suo tono per essere sostituite dalla confusione. Inclinò la testa e liberò il signorotto, spingendolo in avanti mentre le guardie si muovevano per circondarla.

«Mi ha staccato il dito a morsi!» gridò lord Rahe, porgendo la mano sanguinante al padre.

«Guariscilo. Ora» ordinò il barone, fissandola.

Alla fine qualcosa scattò in Elysoun. Tutti i ritardi nella sua formazione. Tutte le promesse non mantenute. Essere riassegnata lì solo per aver ricordato ai suoi superiori quelle promesse. Ora le veniva negata la possibilità di difendersi. «No. Non lo curerò. Può marcire. E anche tu, per averlo difeso. Se mai lo rivedrò, lo infilzerò con uno spiedo, lo arrostirò sul fuoco e finirò il lavoro!» Sputò ai piedi del nobile mentre le guardie avanzavano e le mettevano le catene ai polsi.

Elysoun fu condotta fuori dalla sala da ballo con le mani incatenate dietro di sé, ma a testa alta, per attendere il processo.

30° Shaita, 27 AF

Cirrus fissò Tamerin con occhi spalancati mentre terminava. «Davvero? Sai che sono pienamente d'accordo con la regola del "non toccare", visto che l'hai imparata da me. Ma quella è la tua guaritrice?»

«Già. La sto facendo portare al castello per un colloquio. Arriva domani» rispose.

«Credevo che avremmo discusso di ognuno di loro prima di mandarli a chiamare.» chiese Cirrus.

«Be'... sì. Il piano era quello. Ma ho dovuto cambiarlo all'ultimo minuto. Così li ho mandati a chiamare tutti. Ho pensato che se qualcuno di loro non fosse stato giusto, avremmo potuto rimandarlo indietro.» Posò nervosamente il dossier di Elysoun ed evitò gli occhi della dragonessa.

Cirrus li assottigliò. «Dimmi. Perché hai dovuto cambiare il piano all'ultimo minuto?»

«Be', la maggior parte di loro era già stata giudicata colpevole ed era già stata condannata alle prigioni o ad altre punizioni che dovevano ancora essere eseguite. A nessuno di loro, però, era stato ancora tolto l'obbligo di servizio» rispose con tono mite.

Penso che per ora ignorerò le "altre punizioni". Lasciamogli credere che mi sia sfuggito.

«Ho... capito. Quindi, li hai mandati a chiamare per

interrompere il procedimento prima di perdere accesso a loro perché sarebbero stati cacciati dal servizio.» Cirrus si chinò sul tavolo e lo costrinse a guardarla negli occhi. «Esattamente quanto sono messi male gli altri?»

Tamerin si schiarì la gola. «Forse sarebbe meglio se li esaminassimo? In questo modo, potrai vedere con i tuoi occhi. Non sono *cattivi*, solo... alcuni problemi. Per lo più con l'autorità, e non diresti che io sono *cattivo* perché ho avuto lo stesso problema. Sono le persone giuste per questo lavoro. Lo so. Lo sento» insistette, l'intensità della voce era palpabile.

Cirrus si appoggiò allo schienale. «Molto bene, continuiamo. È ora di vedere quali altri... individui interessanti hai scoperto.»

«Va bene, allora.» Tamerin le sorrise. Il nervosismo svanì quando prese la cartella successiva. «Nitasha Brezza d'Inverno, dotata maga del ghiaccio, wildven di settantacinque anni.»

Metà Saehr, 27 AF

Tasha lanciò un'occhiata ai vari soldati della guarnigione del ducato di Lyconet a cui la sua gilda l'aveva aggregata un mese prima. Stavano tutti preparando l'equipaggiamento per fare un raid contro un trafficante di droga che operava in città da... *chissà quanto tempo.* L'elfa selvatica sospirò ascoltandoli chiacchierare e ridere. Invidiava il loro facile cameratismo. Difficile da ottenere per lei, visto che era uno dei maghi che le gilde assegnavano di volta in volta, non in modo permanente, a un'unità militare.

Sospirò. Era più di quello. Stava sorvegliando il luogo da venti giorni ormai.

Studiandolo.

Insieme alla coppia che vive sopra un altro magazzino tre porte più in là. Diamine, quanto sono eccitati.

Scosse la testa piena di capelli bianchi come la brina, al momento tirati indietro in una coda di cavallo, riprendendo la concentrazione, e continuò a osservare i preparativi. Ogni gruppo contava una trentina di persone, ma la sua parte avrebbe attaccato i trafficanti nel loro stesso magazzino. Un modo sicuro per farsi ammazzare. Si concentrò sul suo ufficiale in comando. «Cavaliere comandante, non finirà bene. Quell'uomo è noto per impiegare numerosi maghi e alchimisti. Molti dei nostri che entreranno cadranno, e quei maghi e alchimisti faranno del loro meglio per assicurarsi che non potremo riportarli indietro.»

Il cavaliere comandante ringhiò sottovoce qualcosa che lei non riuscì a capire e si voltò verso di lei. Senza dire una parola, le passò oltre, facendole cenno di seguirlo in un ufficio privato. Dopo che fu entrata, sbatté la porta.

«Smettila di contestare ogni ordine davanti agli altri soldati! Quante volte te lo devo dire?» Lui scosse la testa e alzò una mano quando lei aprì la bocca per ribattere. «Ora, per la centesima volta e forse anche di più, sergente maga, il tuo compito è quello di usare la tua magia a nostro sostegno. Non di lamentarti delle possibili perdite. Il duca ha dato il via libera a questo piano e, poiché questa è la sua capitale, seguiremo i suoi ordini. Funzionerà e fermeremo questa operazione di contrabbando» affermò brusco il cavaliere highven.

Tasha sospirò e scosse la testa. *Sembra che sia sempre così. I nostri cugini elfi alti guardano dall'alto in basso noi elfi selvatici. Solo perché viviamo così vicini alla natura e non desideriamo costruire grandi città, non significa che non siamo istruiti. Di certo non significa che non riusciamo a vedere ciò che sta proprio di fronte al nostro naso.*

«Signor cavaliere» disse con esitazione, mentre un'idea la colpiva. «Avete detto che devo usare la mia magia a vostro sostegno, giusto?»

Il cavaliere abbassò la testa e mormorò un'altra imprecazione sottovoce. «A sostegno della missione, non mio personalmente, ma sì. Sei una maga. Hai la magia. Userai quella magia per aiutarci a difenderci e a proteggerci quando entreremo. C'è qualcosa che ti confonde?»

«No, signor cavaliere.» Esitò. «E se invece riuscissi a entrare e a usare la mia magia per distrarre prima quelli all'interno? Farli riunire tutti in una stanza e non prestare attenzione alle porte?» incalzò, mentre i dettagli del piano andavano a posto nella sua testa.

Be', l'intera idea è piuttosto assurda, ma è tutto ciò che ho. Inoltre, dovrebbe funzionare bene.

Il cavaliere comandante strinse gli occhi. «Questo... be', potrebbe essere utile. Avevo capito che il tuo punto forte fosse la magia di evocazione, però, in particolare il ghiaccio elementale. Non l'illusione o l'incantesimo» rispose lui con aria interrogativa.

Agganciato, pensò lei, prima di sorridergli. «È così, signor cavaliere. Ma ho anche accesso a qualche magia di illusione. Vi prometto che se rimandate l'operazione di... oh, diciamo due ore, posso darvi una finestra in cui nessuno vi presterà attenzione» gli disse entusiasta, spostando il peso sulle punte dei piedi.

«E se morissi?» chiese.

«Be'... allora mandate a chiamare un altro mago. Ma credetemi. Gliela farò pagare prima che mi facciano fuori» promise.

«Cosa ti servirebbe?"

«Cento monete d'oro e nessuna domanda, cavaliere.» Gli fece un sorriso raggiante.

«Bene.» Il comandante si avvicinò a una scrivania e tirò fuori una borsa per contare i pezzi d'oro. «Hai due ore di tempo. Come faremo a sapere quando li avrai distratti?»

Lei sorrise versando l'oro nel suo borsello, poi si voltò verso la porta. «Non preoccupatevi. Lo saprete."

Meno di un'ora dopo, dopo un giro in un bordello e un rapido cambio di vestiti e capelli, Tasha si fermò davanti alla porta del magazzino bersaglio, accompagnata da altre cinque brave donne. «Siete pronte?» chiese, guardandosi intorno.

«Per quella cifra, sorella, siamo pronte per qualsiasi cosa tu voglia» rispose un'umana alta dai capelli rossi. Tutte le altre annuirono con entusiasmo.

«Ricordate, quando sarà il mio turno, assicuratevi di andare ai lati della stanza. Il più lontano possibile dal centro. Capito?» Ai loro cenni di assenso, Tasha si voltò verso la porta e bussò.

Pochi istanti dopo, un'asticella di legno della pesante porta d'acciaio si aprì e un paio di occhi da orco iniettati di sangue fecero capolino. «Che vuoi?» chiese con voce burbera e baritonale.

«Salve, buon uomo, siamo un regalo per la serata da parte del Sussurro di Velluto. La proprietaria desidera accattivarsi i favori vostri e del vostro capo, così ha mandato noi.» La voce di Tasha vibrò dolce nella notte, quando fece un passo indietro, accostando la gamba di lato in modo che si potesse vedere attraverso la spaccatura della lunga vestaglia di seta.

Al nome dell'attività, l'orco mosse la testa avanti e indietro, cercando di vedere meglio tutto e tutte all'esterno. Il suo sguardo restò puntato sulla gamba tatuata di Tasha con i suoi disegni tribali geometrici, poi scivolò piano su per il corpo fino ai disegni sul viso, concentrandosi sulle labbra nere, gli occhi azzurri come il ghiaccio e i capelli bianco-argentei, intrecciati con abilità.

Gli mancò il respiro per un battito prima che le serrature venissero girate con uno stridio metallico, seguito da una pesante sbarra di legno che veniva fatta scivolare via. «Entrate che fa freddo, signorine!» L'orco aprì la porta e fece loro cenno di entrare.

Tasha fece scorrere un dito sul lato del suo viso verde e sfregiato. «Grazie. Vuoi farci strada? Sono sicura che sarai il loro eroe per averci fatte entrare.» Ridacchiò.

«Già... già! Da questa parte.» L'orco si voltò e le condusse attraverso un'altra porta, poi più avanti nel magazzino. Le sette donne lo seguirono cominciando a sentire della musica provenire da sotto.

Da sotto? Tasha gemette dentro di sé quando le sue orecchie sensibili captarono musica e altri suoni di baldoria da quello che era chiaramente un seminterrato non previsto nei piani originali del magazzino. *E uno che non avevo modo di scoprire che esistesse. Almeno non in modo ufficiale. Con i miei precedenti problemi, questa volta non ci ho nemmeno provato. Stupida.*

Oh, be'. Non cambia molto il mio ruolo in tutto questo, suppongo. Avrò semplicemente bisogno di un po' più di magia.

Tasha e le altre donne furono condotte giù per una rampa di

scale e attraverso un'altra porta con due guardie all'esterno. Le guardie rimasero a bocca aperta quando videro chi stava scendendo dietro l'orco. «Capo» chiamò felice l'orco quando entrarono nella stanza fumosa. «Arriva un regalo da un'attività che vuole trattarci bene!»

Un uomo umano alto e troppo muscoloso dall'altra parte della stanza si alzò e iniziò a dirigersi verso di lui. I subalterni si tolsero rapidamente di mezzo, il tutto senza una sola parola o un gesto da parte sua. «Bene, bene. Che cosa abbiamo qui?» chiese, con la sua voce profonda e risonante che fece correre un brivido lungo la schiena di Tasha.

Peccato che debba ucciderlo, pensò.

«Be', signore, la proprietaria del Sussurro di Velluto vorrebbe porgere i suoi omaggi al vostro gruppo. Spera di poter concludere qualche... accordo con voi per alcuni dei vostri prodotti» gli disse Tasha con la stessa voce sensuale che aveva usato con l'orco.

L'uomo rise, il suono si propagò rapidamente al resto della quarantina di persone che Tasha poteva vedere, scatenando le loro stesse risate. Nessuno osava ridere più forte del loro capo.

Ci sono più persone di quante i servizi segreti ci abbiano fatto credere. Meraviglioso.

«Ci credo che lo spera.» L'uomo sorrise a Tasha, scrutandola e leccandosi le labbra. «Sono sicuro che potremo trovare qualcosa per lei. Qual è l'offerta, esattamente?»

«Noi, dalla sera fino all'alba, per dimostrare l'apprezzamento per la vostra disponibilità ad ascoltare personalmente la sua offerta. A vostro piacimento, naturalmente» mentì Tasha senza perdere un colpo.

«Oh? Per fare cosa?» Fece un sorriso più ampio e raccolse il mento di Tasha nella sua grande mano.

«Qualsiasi cosa. L'unica avvertenza è che desidera che ognuna di noi balli per voi e per i vostri uomini. Dopo che una di noi avrà finito, serviranno da bere mentre la successiva salirà sul palco. Poi, dopo che io mi sarò esibita per ultima, saremo a vostra disposizione per fare ciò che vorrete.» Tasha spostò la testa per baciargli il palmo della mano.

«Perché non iniziare subito, wildven?» Le fece scivolare la mano sulla guancia per accarezzarle l'orecchio sensibile.

Tasha rabbrividì e premette l'orecchio contro il suo tocco. «La nostra Madame desidera che tutti voi vediate *tutto* ciò di cui sono capaci le sue signore. Il suo locale ha una reputazione da mantenere. Non siamo semplicemente uno dei bordelli comuni.» Sogghignò alle ultime parole.

«Mmh... mmh. Bene, allora. Puoi sederti con me mentre guardiamo le tue amiche esibirsi» ordinò.

Annuendo, Tasha indicò alle ragazze di iniziare a ballare, mentre lei andò con il capo, prendendo in silenzio il posto indicato sulle sue ginocchia. Guardarono le altre ragazze ballare, ognuna spogliandosi fino ad avere addosso pochissimi vestiti, prima di denudarsi del tutto. Per tutto il tempo, l'uomo le accarezzò le gambe attraverso la vestaglia, la guancia, i capelli, le orecchie... ovunque lei gli permettesse di arrivare con successo.

Ben presto fu il suo turno. Dentro di sé trasalì, rendendosi conto che le altre ballerine avevano finito troppo in fretta. Non rimaneva abbastanza tempo al cavaliere comandante per arrivare e completare il suo... salvataggio. La sua danza sarebbe terminata circa cinque minuti prima dello scadere delle due ore.

Non c'è tempo per preoccuparsi di questo ora. Immagino che avrò bisogno di un finale tempestoso.

Tasha si alzò, aprì la vestaglia di seta e la lasciò cadere sul trafficante di droga. Rimase immobile, permettendo a tutti di ammirare la sua forma, racchiusa in un corsetto blu intenso e in una gonna corta nera e blu, come quella che indossavano le pixies, le driadi e le ninfe vicino a casa sua. Si sottrasse alla presa dell'uomo con un occhiolino e iniziò a battere piano sul pavimento con il piede, battendo le mani man mano che gli uomini nella stanza prendevano il ritmo che lei voleva.

Iniziò una danza lenta e sensuale, scandendo di tanto in tanto un nuovo ritmo più veloce che gli uomini dovevano seguire. Quando iniziò a girare e a fluire più veloce, in una danza che le aveva insegnato una ninfa dei boschi, fece un gesto plateale con le mani. Due sfere bianco-bluastre si formarono sopra i palmi tesi. Fece uno spettacolo di sfarfallii di magia bianca e blu tra le sfere, lungo le braccia e intorno al corpo in un vortice di colori ghiacciati.

Le altre sei ballerine si spostarono ai lati della sala.

Quando si avvicinò al gran finale, fece un cenno al capo dei trafficanti, sfuggendo alla sua presa con una risatina maliziosa mentre lui la inseguiva sorridendo.

Quando ritenne di essere nel punto in cui si trovava il maggior numero di persone nel suo raggio, lasciò che lui la prendesse e le cingesse la vita con le mani. Ammiccò ancora una volta e spostò le braccia sulle sue spalle, le mani che quasi si toccavano dietro la sua testa. Si chinò verso il suo orecchio sinistro, baciandogli la guancia nel frattempo, e sussurrò: «*Congelotar.*»

Poi batté le mani.

Un'ondata di energia si sprigionò dalle sfere combinate, scese lungo le braccia ed esplose dal corpo in una scarica di energia glaciale. Immediatamente, tutte le bevande nel raggio di una trentina di metri da lei si trasformarono in ghiaccio solido.

La maggior parte delle persone non se la passò molto meglio quando l'ondata di energia gelida passò su di loro. Il gelo si formò su ogni parte del corpo esposta, gli occhi si congelarono e alcuni caddero semplicemente a terra morti, quando l'incantesimo ghiacciò il sangue che avrebbe dovuto scorrere nelle loro vene.

Tuttavia, alcune persone avevano oggetti magici che le proteggevano in qualche modo dalle ondate di energia fredda emanate dal suo corpo. Purtroppo, uno era il capo dei contrabbandieri, al quale aveva permesso di mettere le mani sui suoi fianchi.

Oh, be'. Non c'è tempo per rimuginare sugli errori del passato, pensò mentre la presa di lui si stringeva, la magia fredda sembrava causargli solo un lieve disagio.

Lei si sporse all'indietro e guardò nei suoi occhi furiosi mentre lui cercava di romperle il bacino a mani nude. «Mi dispiace. Niente di personale. Sei solo il cattivo.» Lei alzò le spalle. «*Escilla.*»

Poi lo colpì all'inguine con un ginocchio ricoperto di ghiaccio solido e frastagliato.

Quando lui si piegò in due, lei gli sbatté la fronte contro il naso, sentendo uno scricchiolio soddisfacente. L'uomo la lasciò all'istante e indietreggiò barcollando. Lei stessa scelse di saltare all'indietro, evitando per fortuna un dardo di balestra, e portò i piedi in alto, sferrandogli un doppio calcio nel petto e lanciandosi lontano da lui allo stesso tempo. Quando l'uomo cadde, lei gridò: «Andate dietro il bancone!»

Le ballerine che aveva ingaggiato corsero verso il bar, gli altri trafficanti le ignorarono per scagliarsi contro la maga.

Contro di lei.

Tasha colpì il pavimento e vi rotolò sopra, spingendo la mano verso l'esterno e facendo un movimento di taglio gridando: «*Helanta!*» Un'esplosione bianco-bluastra si sprigionò dalla sua mano, seguendo la traiettoria del movimento e lasciando il pavimento ricoperto di ghiaccio spesso alcuni centimetri in un'ampia e crescente area triangolare.

Alcuni dei contrabbandieri che stavano cercando di alzarsi ricaddero subito a terra. Altri, che avevano usato le proprie armi per tirarsi su, le trovarono bloccate nel ghiaccio o, in alcuni casi, frantumate dal freddo. In un caso fortunato, be', fortunato per Tasha, non per lo scagnozzo, l'energia gelida penetrò nella sua spada di metallo, attraverso la mano non protetta, e nel corpo. iniziò ad avere delle convulsioni. «Bonus!» urlò Tasha. «Ricordate, signori, di rivestire sempre le vostre else!»

Mentre finiva di rotolare, notò un'area laterale dove il pavimento ghiacciato non era arrivato. Alcuni trafficanti si stavano raggruppando lì, preparandosi ad attaccarla. Pessima idea. Mosse le dita della mano destra in un gesto complicato e gridò: «*Hielanza*» chiudendo le dita a pugno e affondandolo verso il pavimento sotto di loro.

All'istante, il pavimento di terra compattata esplose verso l'alto, e quattro gigantesche lance di ghiaccio scattarono a infilzare gli uomini secondo lo schema che aveva visualizzato prima di lanciare l'incantesimo.

Sentì dei colpi provenienti dal piano superiore e sperò che fossero arrivati i rinforzi. Si alzò in piedi, ansimando, e corse verso il bancone dietro di lei, solo per inciampare quando il capo le afferrò la caviglia. Cadde, sbattendo la testa contro una sedia. La sua vista si offuscò.

Scalciò e sentì la gamba non trattenuta colpire qualcosa. Dopo un grugnito di dolore, si liberò di nuovo e riprese il suo scatto verso il bancone, quella volta a quattro zampe. Quando cercò di alzarsi, sentì le mani dell'uomo chiudersi intorno al suo collo e aiutarla a sollevarsi in posizione eretta.

È stato terribilmente gentile da parte sua, pensò intontita un attimo prima che la parte superiore del suo corpo venisse sbattuta sul piano del bancone. «Oh, ecco perché.» Gemette perdendo il fiato, e sforzandosi di inspirare più aria.

Mentre la sua vista si affievoliva, cercò di afferrare tutto ciò che poteva per fuggire. Ma l'umano era molto più grosso, furioso e aveva chiaramente imparato dal primo colpo all'inguine. Il suo cervello annebbiato si rese conto che l'uomo si trovava un po' di lato rispetto a lei.

Stava per perdere i sensi quando sentì uno strano tonfo unito al suono di un vetro che si frantumava e si accorse di poter respirare di nuovo all'improvviso. Trangugiando aria, alzò lo sguardo per trovare la rossa con in mano una bottiglia rotta. Il liquido che avrebbe dovuto cadere a pioggia intorno a loro era ancora solido a forma di bottiglia. «Ah. Bello» fu tutto ciò che riuscì a mormorare mentre delle mani le afferravano le braccia per trascinarla oltre e dietro il bancone.

A quel punto, la porta della stanza si spalancò e la voce del cavaliere comandante urlò: «Ritiratevi! Siete in arresto per l'autorità della Corona di Alshain! Voi... Ma che diavolo?» concluse a fatica, mentre entrava in quel che restava della stanza.

Il ghiaccio ricopriva quasi tutto all'interno. L'improvviso calo di temperatura aveva fatto sì che alcuni dei bicchieri più fragili si frantumassero. Tuttavia, il loro contenuto manteneva ancora per lo più la forma, mentre iniziavano a trasformarsi piano in fanghiglia, la magia gelida che li aveva solidificati stava svanendo dal piano materiale e tornava da dove Tasha l'aveva evocata. I ghiaccioli giganti avevano cominciato a svanire. Uno si era spezzato a metà, la parte superiore ancora infilzata in un trafficante.

Solo pochi uomini erano ancora in grado di opporre resistenza. Vedendo tutti i soldati riversarsi nella stanza, scelsero invece di gettare le armi.

Il cavaliere comandante si diresse verso il bancone, l'unica vera copertura della stanza. Rallentò molto i movimenti, calpestando il ghiaccio che si stava sciogliendo. Dopo essersi soffermato sulla testa svenuta del trafficante, chiamò con voce eccezionalmente alta: «Sergente maga! Dove sei? Stai bene?»

«Qui dietro, signore» rispose Tasha.

Girò intorno al bancone per trovarsi sette signorine che lo guardavano, la maggior parte con addosso solo dei sorrisi.

Tasha salutò con la mano. «Visto, cavaliere? Ve l'avevo detto che avrebbe funzionato.» Gli sorrise, poi batté il pugno alla rossa.

30° Shaita, 27 AF

Cirrus sbatté le palpebre, aspettando che Tamerin continuasse. Quando non lo fece, scosse la testa. «Aspetta... È tutto qui? Sembra che sia stata molto brava. Un po' più di addestramento e forse non sarebbe stata buttata a terra. Per cosa è stata punita?»

Tamerin arrossì del rosso più acceso che avesse mai visto. «Umm... non per quello che è successo in battaglia. Per quello ha ricevuto un encomio.»

«Allora per cosa?» Cirrus batté i palmi delle mani sul tavolo per l'esasperazione.

«Ah. Be', il ehm...»

«Sputa il rospo!»

«La, ah… La festa non autorizzata che ha organizzato dopo la retata.» Il suo volto arrossì ulteriormente.

Una tonalità di rossore in più e potrebbe prendere fuoco da solo. Credo di sapere dove si andrà a parare, ma per tutti i draghi, glielo farò dire.

Cirrus strinse gli occhi. «Quale festa?»

«Lei... be', ha pensato che essendo le signorine già pagate, ha organizzato... ehm, una festa con loro per tutti i membri della sua unità. A quanto pare, la cosa è sfuggita di mano. Molto fuori controllo. C'è un rapporto qui.» Il suo volto diventò di un cremisi brillante come la squama di un drago rosso, mentre si schiariva la gola. «Dice... ah, che loro, ehm...»

Va bene, è ora di lasciarlo stare, suppongo.

Cirrus alzò le mani. «Non importa. Non ho necessità né voglia di saperlo. Gli elfi selvatici sono ben noti per le loro inclinazioni e... per i loro incontri.» Strinse gli occhi su di lui. «Hai perso il cervello. Credo che Sirena avesse ragione. Uno dei troll l'ha mangiato. So, e spero che lo sappia anche tu, che ai felidini è permesso avere più compagni, ma pensi davvero che Sirena vorrà un'elfa selvatica come quella che hai descritto sempre al tuo fianco nei tuoi viaggi? E tu! Come facevi a sapere cosa descriveva quel rapporto?»

«All'inizio non sapevo cosa significassero alcune parole, ma so come usare il dizionario e fare ricerche incrociate nella nostra biblioteca... me lo hai insegnato tu. Quanto a Sirena, capirà se mi vuole al sicuro. Nitasha è di gran lunga la migliore maga nella pila dei "problemi disciplinari". Gli altri non le tengono testa.» Le labbra di Tamerin si incurvarono verso l'alto in un sorriso rocambolesco e sbilenco. «Parlando per luoghi comuni, ovvio. Sai, maga del ghiaccio e tutto il resto.» Allo sguardo piatto di Cirrus, si affrettò a proseguire. «Che tu ci creda o no, la maggior parte dei migliori maghi delle nostre forze armate di norma non sono dei trasgressivi.»

«Va bene, va bene. Sia come sia. Mi riservo comunque il diritto di porre il veto dopo il colloquio» annunciò Cirrus. Al cenno di accettazione di Tamerin, continuò. «Allora, altri tre, giusto?»

«Sì» rispose subito il giovane.

Troppo in fretta. Gli occhi di Cirrus si strinsero per il sospetto.

Dopo aver visto il suo sguardo, Tamerin proseguì. «Questi tre si conoscono. In effetti, l'azione disciplinare contro di loro deriva dalla stessa battaglia. Probabilmente riconoscerai una di loro.»

«Chi?»

«Be', mia cugina di primo grado. Kathis Valasantil shozo Van-Kirith.»

Cirrus sbuffò, poi scoppiò a ridere. «Kathis Valas? Non ti sopporta! L'ultima volta che vi siete trovati insieme nella stessa stanza, ti ha minacciato di estrarti le interiora, di legarle a diverse travi e di lasciare che tua sorella usasse ciò che rimaneva come altalena! Stai scherzando o sei del tutto suicida?»

«Avevo nove anni. E, a essere del tutto onesti, mi irritava la rapidità con cui mia sorella si era avvicinata a lei. Potrei *o non potrei* averle corretto la bevanda con la polvere più piccante che avevo trovato in cucina. Quindi, forse mi meritavo la sua... ira.» Tamerin scrollò le spalle.

«Ah. In realtà non lo sapevo, il che significa che non ha detto a tua madre quello che è successo. Bene. Parlami di questi tre. Soprattutto perché non avevo sentito che tua cugina fosse nei guai.»

Tamerin annuì e stese gli altri tre fascicoli sulla scrivania, aprendoli. «Bene, allora. Abbiamo Kathis Van-Kirith Valas, combattente altamente qualificata, una darkven di novantadue anni. Timber Ombrastella, arciere e fabbricante di trappole, un lowven di centoventitré anni. Rasze Valshiir, combattente eccezionalmente forte, tigron di sedici anni.»

Inizio Shaita, 27 AF

In piedi, in biancheria intima, con il suo fisico tonico, alta cinque piedi e sette pollici e con la pelle nera come la mezzanotte in bella mostra, Kathis puntò con calma gli occhi dorati sul tavolo per un ultimo controllo delle armi e delle armature disposte sopra. Le *sue* armi e armature. Lame medie gemelle darkven, presenti. Bretelle di coltelli da lancio, presenti. Balestra a mano e vari dardi, presenti.

Pugnali da stivale e foderi speciali, presenti. Stiletti, presenti. Scudo a goccia darkven, presente. Cotta di maglia e sottocotta di mythryl d'ombra, presente. Corazza di cuoio indurito per le gambe, presente. Annuendo una volta, dopo essersi assicurata che tutto fosse pronto, allungò le mani dietro la testa per intrecciare i lunghi capelli bianchi come la neve prima di indossare l'armatura e le armi per il combattimento imminente.

Kathis aveva finito con le gambe. Gli stivali di pelle, gli schinieri, le ginocchiere e i cosciali al loro posto, insieme ai coltelli da stivale nei foderi fissati all'esterno delle calzature. Stava per indossare il gambeson, quando la porta si aprì di scatto, rimbalzando sul muro e colpendo l'intruso, suscitando un'imprecazione stupita. Lei sospirò e finì di sistemare con calma l'indumento imbottito prima di alzare gli occhi dorati verso il nuovo arrivato. «Hai novità, Rasze?»

Il nuovo arrivato indossava un'armatura a piastre completa, potenziata con la magia, al momento senza elmo. Era alto un piede in più rispetto a Kathis, con braccia probabilmente spesse quanto le gambe di lei. Ora si stava strofinando la pelliccia nera, arancione e bianca del viso dove la porta l'aveva colpito, gli occhi verdi scrutavano la stanza per trovarla. «Sì.» La voce profonda riverberò sulle pareti di pietra. «Timber è appena tornato dall'esplorazione. Ha detto di dirti che aveva buone notizie, ma prima doveva lavarsi.»

«Lavarsi?» chiese Kathis con curiosità, prendendo la cotta di maglia, il passo successivo per prepararsi.

«Già. Sembrava che si fosse infilato in qualche fogna o simili. In verità, aveva anche la stessa puzza» rispose Rasze, storcendo il naso.

Lei annuì. «Vai ad aspettarlo. Non appena si sarà ripulito, portalo qui. Non abbiamo molto tempo. Il Barone generale come si chiama ci farà uccidere in un assalto frontale al castello. Per quanto mi riguarda, non desidero la nostra morte oggi. Ho cercato di ricordare a quell'uomo che solo perché la maggior parte dei non-morti è senza cervello non significa che lo siano tutti.» Si sistemò l'usbergo di cotta di maglia roteando le spalle.

«Pensi che ti ascolterà? Che ci lasci fare usando qualunque cosa

Timber abbia trovato?»

«No. Penso che sia uno sciocco arrogante che è fuori dal campo da almeno due decenni e non avrebbe dovuto avere il diritto di rispolverare il suo grado militare per poter prendere il comando di questa missione. Detto questo, giocherò la mia ultima carta, se necessario. Non ho intenzione di morire e di tornare come cadavere barcollante a causa della stupidità di quell'uomo. Vai. Portami Timber» concluse.

Quando Rasze tornò con Timber, Kathis aveva finito di indossare le sue armi. Spade appese basse sui fianchi, stiletti incrociati con la punta in alto sulla schiena, coltelli da lancio attaccati alla parte inferiore di ogni parabraccio e su ogni coscia, balestra a mano ad altezza reni con dardi nascosti in vari punti. Quando entrò, lei stava camminando su e giù lungo il tavolo. «Finalmente. Che cosa hai trovato, amico mio?» Si fermò e si girò verso di lui.

L'elfo basso sorrise prima di allungare la mano per grattarsi la nuca sotto la piccola coda di capelli castani lunghi fino alle spalle. Il suo corpo asciutto era un po' più alto di Kathis e al momento era vestito con un'armatura di pelle nera ornata da borchie di metallo nero opaco. Le due lame corte elfiche gli poggiavano sul fianco sinistro, una faretra e un arco legati alla schiena. Sbatté le palpebre dei suoi penetranti occhi grigio acciaio guardandola con espressione ironica. «Grazie per l'esplorazione, Timber. Non posso credere che tu abbia trovato un modo alternativo e elusivo per entrare nel vecchio *castello*, Timber. Sono così felice che nessun non-morto ti abbia visto e *mangiato*, Timber. Oh, non è niente, mia impavida comandante. Sto solo facendo la mia parte.»

Kathis sospirò. «Sono contenta che tu sia ancora vivo. Non credo che avremo tempo per le nostre solite battute, però. Anche se lo definirei *furtivo*, non elusivo.»

«Furtivo, allora.» L'espressione di Timber si fece sobria. «Suppongo che le battute possano aspettare, anche se presenterò un reclamo formale. Al mio comandante. Sai, *tu.*»

Kathis gli rivolse uno sguardo piatto.

«Va bene, allora. Il vecchio castello si trova su una collina. Sul lato nord è esposta una parte di un vecchio sistema fognario, probabilmente a causa di una frana avvenuta qualche tempo fa. Entrate, seguite il sistema fognario per un po' e alla fine c'è una breccia nella muratura. Sembra una combinazione tra la frana di cui prima e le radici che vi sono cresciute attraverso nel corso degli anni. È un passaggio stretto, soprattutto per il peloso qui, ma si può fare. Il passaggio conduce a una vecchia armeria nel cortile. Non sono riuscito a vedere bene, ma credo che sia sul lato est.

Il cancello del castello è rivolto a sud, insieme al verricello della saracinesca. Se riusciamo a far entrare una forza, *dovremmo* essere in grado di colpire il cancello da dietro. Il peloso usa il verricello per aprire la saracinesca mentre noi lo proteggiamo, permettendo al resto delle forze di entrare a frotte. Distruggiamo i non-morti del cortile, poi pensiamo a come prendere la fortezza. A quel punto saremo almeno dentro le mura principali.» Scrollò le spalle. «Mi dispiace, non sono riuscito ad andare oltre. Troppi non-morti. È abbastanza?"

«Perfetto.» Kathis sorrise. «Andiamo a parlare con Sua Eccellenza e vediamo se possiamo fare in modo che questa sia una vittoria per la nostra parte invece che un massacro per la loro.»

Venti minuti e una gara di urla dopo, Rasze stava fisicamente trattenendo Kathis dal saltare addosso al generale barone Gathar con l'espediente di sollevarla semplicemente dal pavimento. Quell'uomo pomposo e sovrappeso non aveva idea di quanto fosse vicino alla morte.

Se il solo sguardo di Kathis fosse riuscito nell'intento, il suo cranio avrebbe presto preso fuoco.

«Obbedirete ai miei ordini, comandante Valas, al meglio delle vostre capacità. Questo è il mio piano, e funzionerà!» Il barone sottolineò ogni parola della sua dichiarazione battendo il pugno sul tavolo. «Abbiamo tenuto conto di ogni eventualità! Il castello è in completo abbandono e questo necromante ha avuto a disposizione meno di venti giorni per rafforzarlo. Non avremo problemi a sfondare il cancello, poi a prendere la fortezza. Abbiamo un battaglione di soldati, maghi e guaritori della gilda aggiuntivi e la mia guardia personale. Quasi mille uomini!»

Kathis rispose a denti stretti. «Mille. Uomini. Morti. Abbiamo a che fare con un necromante, sciocco. Avete presente la magia? A meno che non abbiate informazioni che noi non abbiamo, dobbiamo presumere che abbia accesso a incantesimi per aiutare a riparare il castello. Ancora una volta, vorrei menzionare il *necromante.* Ha avuto quasi venti giorni di lavoro con operai che non si stancano mai, non hanno mai bisogno di mangiare. Non hanno mai bisogno di *fermarsi!*»

«Non-morti senza cervello che possono svolgere solo i compiti più semplici.» Il barone ignorò le sue affermazioni con un gesto.

«Non potete saperlo! Timber ha detto di aver visto alcune serie di occhi rossi incandescenti, il che significa che probabilmente il tizio ha almeno alcuni cavalieri della morte. Sono intelligenti e in grado di ottenere un lavoro migliore dai normali non-morti controllandoli da vicino. Non c'è bisogno di dire che i cavalieri della morte richiedono anche armi magiche per essere danneggiati con facilità, il che significa che la maggior parte dei nostri soldati avrà un effetto minimo. Inoltre, non abbiamo idea delle condizioni in cui si trovano attualmente il cancello e la saracinesca. Fate riferimento a tutta l'argomentazione sulle riparazioni magiche e sul mai stancarsi che ho fatto un minuto fa.»

«Allora forse il vostro esploratore avrebbe dovuto controllare quelli, invece di curiosare dall'altra parte.»

Kathis strinse i denti e ignorò l'insulto. «Il nostro piano è migliore. Voi li distraete da davanti, mentre io introduco in modo elusivo una compagnia di truppe all'interno e prendo la porta da dietro, liberandovi la strada.»

«Visto?» sussurrò Timber a Rasze. «Ho detto che era un'azione elusiva.»

«Farete a modo mio» rispose con fermezza il barone generale, lanciando un'occhiataccia alla lowven.

Kathis sospirò. Guardò Rasze alle sue spalle, che la rimise a terra al suo cenno.

Certo, solo dopo che Timber gli ha dato il via libera.

Si riaggiustò l'armatura prima di tornare a guardare il barone. Si odiava per quello che stava per fare, ma se non l'avesse fatto ci sarebbero stati altri mille cadaveri animati in giro. Tra cui il suo e quello dei suoi amici.

«Sono la nipote della regina Arissa Alshain e la nipote della granduchessa di Nythsera. È mia convinzione che mi farete uccidere con questo piano insensato. Vi chiedo di fare una delle due cose. O sottomettete il vostro piano alla regina per approvazione o mi permettete di prendere il mio plotone e di seguire il consiglio del mio esploratore. Se sceglete la seconda opzione, ci intrufoleremo nel cortile, prenderemo la guardiola e vi faremo entrare.»

Il barone strinse gli occhi, rendendosi conto di quanto fosse scivoloso il terreno politico su cui si trovava quando si trattava dei parenti della regina. Gli elfi scuri erano noti per essere... permalosi quando si trattava delle loro famiglie. «Non posso concedervi il plotone, comandante Valas. Ho bisogno di loro per il nostro approccio, soprattutto se voi fallite. Tuttavia, se siete così sicura del vostro piano, vi permetterò di prendere una squadra, scelta da voi dal vostro plotone, per tentare questa missione discreta. Devono offrirsi volontari per l'incarico. Voglio che si sappia che sconsiglio vivamente questa missione secondaria. State indebolendo il nostro approccio principale senza motivo.»

«Prendo nota» ribatté secca Kathis. «Raduno la mia squadra e parto subito.» Chiuse la mano sinistra e la portò attraverso il corpo fino alla spalla destra nel saluto di Alshain. Dopo aver girato sui tacchi, uscì dalla stanza con Timber e Rasze alle calcagna. «Timber, raduna gli altri nove che possiamo prendere. Almeno un guaritore e un mago. Poi incontriamoci fuori. Dobbiamo muoverci.»

«Nessun problema, Kathis. Per fortuna non ci ha permesso di scegliere tra tutti i membri del battaglione. Ci sarebbero volute ore per selezionare i volontari» osservò Timber, sorridendo.

Rasze sbuffò. «Bah. Troppi nobili negli altri plotoni. Avrebbero *accecato* i soldati comuni col loro bagliore per sottometterli. Sai che pensano che li faremo ammazzare.»

«Solo se decidiamo di farlo» rispose Kathis. «Prendi le nostre reclute, Timber. io e Rasze selleremo dei cavalli.»

«Ah» brontolò Rasze. «Tutti i cavalli mi odiano.»

Kathis sbuffò. «Non odiano *te,* mio amico troppo grande. Odiano solo il tuo peso.»

Rasze si fermò e le sbatté le palpebre un paio di volte, mentre lei continuava a camminare. «Ehi! Mi stai dando del grasso? L'armatura e la pelliccia mi fanno sembrare... paffuto» si difese accelerando il passo per raggiungerla.

Un'ora dopo, si stavano infilando nel vecchio sistema fognario, i cavalli legati a un migliaio di iarde di distanza dalla galleria scoperta. Dopo un'altra ora, si trovarono in piedi davanti alle pietre rotte, a scrutare la vecchia armeria poco illuminata. Kathis guardò il buco e poi di nuovo Rasze. «È stretto. Pensi di farcela?»

Rasze esaminò il foro. «Sì. A malapena, però. Forse sarebbe meglio se prima mi togliessi la corazza. Posso farla passare e rimettermela dentro l'armeria.»

Kathis annuì. «Fallo. Timber, prima tu. Io ti seguirò. Rasze, una volta entrati, passaci l'armatura e passa tu stesso. Il resto di voi, date una spinta a quell'enorme posteriore se ne ha bisogno, poi raggiungeteci. Si sta facendo tardi e l'esercito dovrebbe arrivare presto. Preferirei chiudere la faccenda prima che faccia troppo buio.»

«Il mio posteriore non è enorme» mormorò Rasze. «Quella è solo la coda.»

Tutti ridacchiarono mentre Timber e Kathis si arrampicarono senza problemi attraverso il buco, voltandosi per prendere la corazza, lo scudo e l'elmo di Rasze. Lui ce la fece contorcendosi, girandosi e dimenandosi, lasciando dietro di sé un po' di pelliccia e di sangue e staccando alcune rocce nel passare.

Mentre si rimetteva la corazza, Timber sibilò da dove aveva appoggiato l'orecchio alla porta di legno marcio. «Sento combattere fuori. Dobbiamo sbrigarci.»

I due successivi ad attraversare il varco furono il mago e il guaritore, seguiti subito da altri due prima che si sentisse un rumore insopportabile. Una parte del muro crollò, ostruendo il buco e investendo la stanza di una nuvola di polvere di pietra.

Kathis fece per dare un calcio alle macerie prima di ripensarci. «Tutto bene lì dentro?"

«Siamo a posto. Be', a parte il fatto di respirare polvere antica. Qual è il piano?» disse una voce dall'altra parte.

«Cercate di trovare un'altra via d'accesso. Dobbiamo colpire subito la guardiola. Non abbiamo tempo per spostare queste pietre» rispose Kathis.

Dopo aver ricevuto il loro assenso, si voltò e vide che Timber la fissava. Alzò un sopracciglio. «Siamo pronti? Avremo una sola possibilità.»

Lei annuì e i sette sgattaiolarono attraverso la porta marcescente e iniziarono a dirigersi verso sud, tenendosi stretti al muro del cortile. Videro i non-morti nel momento in cui uscirono. Centinaia di loro, anche se per fortuna sembravano essere per lo più zombie e scheletri. Erano vicini alla guardiola in lontananza o si muovevano in quella direzione.

Be', siano ringraziati di draghi per le piccole fortune.

Kathis si rivolse al mago, al guaritore e ai due soldati che avevano attraversato il varco con loro. «Ho bisogno che voi quattro colpiate qualcosa verso nord. Qualcosa di grande. Altrimenti, non c'è modo di superare quella massa.»

«Nessun problema, comandante» rispose il mago. «Qualche palla di fuoco ben piazzata e sono sicuro che riusciremo a catturare la loro attenzione. Solo non metteteci troppo a far entrare i nostri amici, o siamo finiti.» Kathis annuì e i quattro si avviarono.

Kathis, Timber e Rasze si nascosero come meglio poterono. Poco tempo dopo, un'esplosione enorme rimbombò sul lato nord del cortile. Masse di non-morti si voltarono verso il rumore e iniziarono a barcollare in quella direzione. Kathis contò fino a sessanta dopo che la massa più grande li ebbe superati, poi guardò i suoi amici. «È ora di fare quello che facciamo.»

I tre lasciarono lo scarso riparo che avevano, dirigendosi veloci verso la guardiola. Arrivarono a poco meno di metà strada prima di sentire una voce rauca dichiarare: «Eccoli. Intrusi. Fate che si uniscano ai nostri ranghi.»

Si voltarono verso la voce e videro una figura in armatura nera, gli occhi rossi brillavano dietro la visiera dell'elmo, la spada puntata direttamente su di loro. Un cavaliere della morte. Diversi non morti si voltarono alla magia contenuta nel suo comando. Uno alla volta, poi due, poi in massa. Guardarono direttamente verso di loro e iniziarono ad arrancare in avanti.

Kathis prese il comando, la sua lama media sfrecciava a destra e a sinistra, ogni colpo mirato a un braccio o una gamba. Non doveva ucciderli... o meglio, ri-ucciderli. Solo assicurarsi di poterli superare. Alcune armi vecchie e arrugginite riuscirono a colpirla, ma lei le deviò facilmente con lo scudo.

Dietro di lei, Timber scoccò diverse frecce, mirando agli zombi barcollanti, prima di essere costretto a rimettere l'arco in spalla ed estrarre le corte lame elfiche. Parò con facilità i colpi dei non-morti, lenti e privi di volontà, ogni riposta staccava sapientemente qualche pezzo da uno scheletro o da uno zombie.

Rasze sferzava grandi archi falcianti con quella che per la maggior parte delle persone sarebbe stato uno spadone, brandendolo con una sola mano. Ogni colpo si schiantava contro i non-morti e ne faceva volare alcune parti. Quando si avvicinavano a sufficienza per colpirlo, egli incassava il colpo direttamente sullo scudo, poi lo spingeva in avanti, scaraventando i non-morti all'indietro con la pura forza.

I tre fecero grandi progressi, colmando la distanza che li separava dalla guardiola. L'area intorno a loro era diventata in fretta una discarica di braccia, gambe e altre parti assortite, che si contorcevano.

Kathis colpì la testa di uno scheletro davanti a sé, poi dovette fare un salto indietro, il suo scudo si alzò appena in tempo per bloccare un colpo della figura corazzata di nero. La forza potenziata dalla magia della creatura la fece indietreggiare di un altro piede.

«Morirai e ti unirai alle nostre legioni come faranno i tuoi amici là fuori» raspò la voce secca e morta.

Kathis rispose con un'espressione esasperata e lasciò che la spada rispondesse per lei. Sfrecciando alla sinistra della figura, si lasciò cadere in una scivolata, mentre il cavaliere della morte la colpiva, angolando lo scudo per deviare il colpo invece di subirne il pieno impatto. Come un serpente, sferzò la spada contro il suo ginocchio, sentendola colpire. La figura fece un passo zoppicante verso quel lato. Lei balzò in piedi e via dalla traiettoria del colpo di ritorno del cavaliere, costringendolo a continuare a ruotare alla sua sinistra.

Con cortesia, lui lo fece.

Grosso errore. La darkven sorrise.

Pochi battiti di cuore, *almeno dei miei*, e una mezza dozzina di parate dopo, nessuno dei due aveva messo a segno un altro colpo. Kathis si portò in posizione, la gamba destra dietro di sé, e parò un altro colpo con lo scudo, preparando la spada.

Rasze si lanciò a tutta velocità da dietro contro il cavaliere della morte, facendosi strada con lo scudo. Timber era proprio dietro di lui e sferrava colpi su colpi ai non-morti minori che li circondavano, proteggendo i fianchi del tigron. Il cavaliere della morte fu catapultato in avanti come Kathis aveva previsto. La forza del colpo alla schiena gli fece schizzare la spada fuori posizione. Kathis angolò lo scudo per intercettare qualsiasi colpo potesse tentare, poi si spinse più forte che poté con il piede destro, puntando in avanti la spada.

Lanciò un bacio al volto coperto dalla visiera del cavaliere della morte, mentre la spada gli si conficcava nel petto.

La luce rossa brillò più intensa per un momento, prima di spegnersi per sempre, gli incantesimi magici sulla lama di Kathis avevano tagliato i legami di potere che lo tenevano ancorato alla sua non-vita. Anche se la creatura avesse avuto una fiala per lo spirito, non sarebbe tornato per giorni, come minimo.

I non-morti nelle vicinanze esitarono, poi si mossero senza meta mentre il controllo del cavaliere della morte scivolava via. Sarebbe durato solo pochi istanti prima che tornassero a eseguire i loro ordini precedenti, ma ciò concesse loro un po' di respiro.

«Ci sei andata vicino, oh eccezionale.» Rasze esaminò il graffio che il colpo di Kathis aveva lasciato sul suo scudo quando aveva trapassato il cavaliere della morte.

Prima che l'altra potesse rispondere, Timber gridò. «Indietro!»

Tutti e tre balzarono indietro all'istante quando una linea di energia verde colpì il terreno dove si erano trovati un attimo prima. Sfiorò il cavaliere della morte e iniziò a consumarne l'armatura.

Kathis cercò la fonte della magia e alla fine individuò una figura vestita di bianco in piedi in cima alla sporgenza marcescente dove un tempo sarebbero stati agganciati i cavalli. La guerriera schivò un altro raggio e notò un non-morto minore in avvicinamento. «Rasze! Dobbiamo abbattere quei non-morti, presto!» gridò.

Rasze si voltò verso una delle bancarelle fatiscenti che fiancheggiavano il cortile. Rinfoderò la spada, lasciò cadere lo scudo e, con un grugnito di sforzo, strappò dal terreno uno degli spessi supporti di legno. Nel frattempo, Timber scagliava una freccia dopo l'altra verso la figura incappucciata, costringendola a schivare o a usare la magia per deviare i dardi.

Kathis gridò: «Ora!»

Il tigron sollevò la pesante trave sopra la testa, poi si slanciò in avanti, scagliandola contro un gruppo di non morti minori con effetto devastante.

La trave si schiantò contro i non-morti, polverizzando quelli su cui atterrò. L'inerzia la fece continuare a rotolare in avanti, spezzando le gambe di numerosi scheletri che non erano abbastanza intelligenti per togliersi di mezzo. Rasze tornò verso ciò che restava della bancarella e strappò l'altro palo di sostegno, voltandosi in tempo per vedere una palla di fuoco che si dirigeva verso di lui dalla cima della stalla.

Kathis lo guardò fare un passo avanti, brandendo la pesante trave di legno contro il proiettile rosso fiammeggiante. Lo deviò leggermente di lato, mentre la trave prendeva fuoco a causa dell'energia magica. La palla di fuoco esplose mancando il bersaglio, distruggendo un gruppo di non-morti. I raggi dell'esplosione però surriscaldarono il lato sinistro dell'armatura di Rasze e lo ustionarono. Ruggì per il dolore ma, invece di allontanarsi, corse verso il mago, rallentando solo perché un gruppo di non-morti gli si parò davanti.

«Rasze! Ho bisogno di un passaggio al tre!» Kathis urlò.

Annuendo, Rasze scagliò la pesante trave infuocata contro i non-morti che si stavano ammassando, mandandone in frantumi due e facendo indietreggiare gli altri. Quando sentì la sua amica gridare tre, usò la forza bruta per costringere l'estremità più lontana della pesante trave a sollevarsi. La angolò verso la postazione del mago, mentre un'ombra nera gli sfrecciava alle spalle, saltava sulla trave, correva sull'improvvisata rampa infuocata e sorvolava le teste dei non-morti per atterrare rotolando in cima alla struttura traballante. Rasze portò a termine il colpo, rilasciando il proiettile infuocato contro un altro gruppo di non-morti ed estraendo di nuovo la spada.

Kathis balzò in piedi dopo aver rotolato, voltandosi di scatto verso il nemico, la sua spada sibilò nell'aria e mancò di poco la testa del mago che stava barcollando lontano da lei verso il bordo della struttura. Non appena alzò la mano verso di lei, due frecce spuntarono dal suo corpo, una dal petto e l'altra direttamente dalla bocca.

«Finalmente! Dobbiamo raggiungere la guardiola! *Ora!*» gridò Timber, mettendosi l'arco in spalla e allungando di nuovo le mani verso le spade.

Kathis iniziò a saltare da una bancarella all'altra, la sua leggerezza e destrezza elfica le uniche cose che impedivano alle strutture fatiscenti di crollare. Rasze e Timber la seguirono veloci a terra, il primo brandendo la spada con grandi colpi a due mani, mentre le due lame gemelle del secondo fendevano sopra, sotto e ai lati della lama più lunga e pesante di Rasze.

Arrivarono in gran fretta alla guardiola. Tra loro e la porta si trovava una gran parte dei non-morti, richiamati dal cavaliere della morte e già danneggiati o distrutti.

Rasze non rallentò neanche, schiantandosi contro la porta

marcescente, ma ancora formidabile, della guardiola e abbattendola con un tonfo sonoro. Cadde prono sopra di essa.

Anche Timber non si fermò. Corse direttamente sul corpo prono dell'amico, le sue spade sistemarono i quattro scheletri all'interno in un lampo.

Kathis saltò dalla cima della bancarella più vicina e atterrò ancora una volta in rotolata prima di balzare in piedi e colmare la distanza rimanente dalla porta caduta. Smembrò i pochi scheletri rimasti tra lei e l'ingresso. «Alzati, dormiglione! Devi sollevare quella saracinesca!» gridò dall'esterno.

Rasze si alzò a fatica, passando accanto a Timber mentre l'elfo tornava fuori. Fece girare il verricello arrugginito e sollevò la saracinesca di circa un piede, prima che smettesse di girare e si bloccasse. «Non si muove! Gli ingranaggi sono troppo arrugginiti!» urlò.

«Devi fare qualcosa. I non-morti delle torri laterali stanno arrivando! Sono sicura che le nostre truppe all'esterno se la stanno vedendo brutta!» gridò Kathis.

Rasze si riscosse, con gli occhi stretti e le narici aperte, e strinse la catena di ferro arrugginita nel guanto d'acciaio. Girandosi, si chinò, mise la spalla sotto la catena e si raddrizzò. Ruggì e tirò la catena una mano per volta. Le maglie arrugginite stridevano sulla sua armatura d'acciaio mentre avanzava piano e la saracinesca iniziava a sollevarsi. Un piede e mezzo. Due piedi. Due piedi e mezzo...

Con i muscoli gonfi all'interno dell'armatura d'acciaio, Rasze costrinse la saracinesca a sollevarsi fino a cinque piedi prima di fermarsi. «Più di così non va, oh straordinaria! Di' loro di abbassarsi!»

Kathis si separò da Timber, che si rintanò nel portone della guardiola per tenere lontani gli avversari e proteggere Rasze, mentre il tigron teneva aperta la saracinesca. Lei corse a tutta velocità verso il cancello appena aperto, facendo roteare lo scudo contro la schiena di un altro incantatore la cui attenzione era concentrata sul lanciare incantesimi alle truppe in avvicinamento. Si lasciò cadere in una scivolata a piedi uniti, mentre con la mano sinistra estraeva l'altra spada. Entrambe le lame colpirono di lato e frantumarono le ossa delle gambe degli scheletri al suo passaggio.

Usò lo slancio in avanti per rimettersi in piedi dall'altra parte della saracinesca, lasciando cadere la spada appena sguainata, alzandosi e sostituendola con la balestra a una mano. Si girò subito e colpì in faccia il mago barcollante per il colpo di scudo.

«Forza! Muovetevi!» urlò alle truppe dietro di lei, molte delle quali esultarono riconoscendo la sua treccia bianca e il suo corpo corazzato di nero.

Soldati, maghi e guaritori si spinsero in avanti e le passarono accanto, infilandosi sotto la saracinesca parzialmente sollevata e attaccando i non-morti che stavano affluendo dalle torri laterali e nel cortile.

La lotta fu breve e molto cruenta. I non-morti non chiesero né concessero la benché minima pietà, né lo fecero i vivi. I non-morti, pur essendo superiori in numero, erano del tutto inadeguati a difendersi negli spazi aperti del cortile. Dalle torri emerse anche una manciata di altri maghi e altri due cavalieri della morte, ma i soldati alshainiani li travolsero in poco tempo.

Mentre la battaglia nel cortile si concludeva, Kathis e Rasze ripresero l'equipaggiamento abbandonato e attesero che Timber perlustrasse la zona in cerca di una facile via d'accesso al torrione. Mentre i due guardavano dal basso le proibitive porte di ferro, Rasze sorrise. «Posso abbatterle. Sembra che abbiano fatto molte riparazioni alle porte stesse, ma guardate i lati. Non hanno toccato i cardini. Che tristezza. Mi basta un ariete o qualcosa di pesante per abbatterle.»

«La tua testa è abbastanza?» Kathis gli sorrise.

«Probabilmente, oh degnissima di nota» rispose lui, ricambiando il sorriso.

«Eh. Mi piacevano di più "eccezionale" e "straordinaria". Quello fa sembrare che la mia storia sia finita, ma ho ancora una battaglia da vincere.» Gli fece l'occhiolino.

«Ah. "Tu" hai una battaglia da vincere. Be', vai pure. Non ho problemi a sedermi qui, mezzo arrostito, finché non finisci» ribatté il tigron.

Prima che potesse rispondere, udirono lo scalpiccio di stivali sulla ghiaia del cortile. Si voltarono e videro il buon barone generale Gathar avvicinarsi con alcuni dei suoi ufficiali, che esaminavano con disprezzo parti del corpo in precedenza rianimate.

Kathis e Rasze si scambiarono un lungo sguardo, prima che quest'ultimo scrollasse le spalle massicce. «Tanto vale andargli incontro. È chiaro che sta venendo da noi.»

Kathis scosse la testa. «No. Lascialo venire qui. Sarà anche meschino da parte mia, ma è l'unico modo per dimostrare il mio... disappunto per le sue capacità di comando.»

«Davvero? Sono sicuro che si potrebbero trovare altri modi.»

«Forse, ma sono ancora meno gentili.»

Dopo qualche istante, quando Timber si era riunito a loro, il barone disse: «Non che non avremmo vinto la battaglia comunque, ma ottimo lavoro. Ho deciso di lasciare a te gran parte della gloria per il successo della nostra missione e ti menzionerò in modo significativo nel mio rapporto.»

Kathis scosse la testa. «Successo? Abbiamo ancora una fortezza piena di non morti e un necromante chiaramente esperto. Inoltre, chissà quanti altri maghi ci sono lì dentro? Oltretutto, potete tenervi la gloria. Io voglio solo uscire da qui senza andare in giro a penzoloni mugugnando in cerca di cervelli.»

«Dettagli.» L'uomo ignorò le sue preoccupazioni. «Non c'è dubbio che ci prenderemo la giornata. Soprattutto con il mio piano modificato.»

Kathis osservò l'altro guardare i suoi ufficiali scelti, tutti nobili, che annuirono in accordo con lui.

Leccapiedi, con menti a malapena più funzionali di questi non-morti, che si credono migliori della gente comune che li serve, pensò con uno sbuffo. *Ricordo quando ero piccola. I nobili facevano ciò che era meglio per tutti, non solo per loro stessi. Le cose sono cambiate da quando quel pallone gonfiato ha sposato mia zia.*

«Ditemi. Qual è il piano magistrale che avete escogitato?» chiese, purtroppo incapace di trattenere il disprezzo dalla sua voce.

Il barone si accigliò al suo tono. «Semplice. Accerchieremo la fortezza e assedieremo questo necromante. Dopo qualche giorno, assalteremo la fortezza, abbatteremo le porte e distruggeremo il necromante e i suoi schiavi.»

Kathis lo guardò sbigottita. Rasze e Timber si scambiarono un'occhiata e si allontanarono di qualche passo dall'amica, intuendo la sua esplosione imminente. Non gestiva bene l'incompetenza più assoluta. «Tutto qui? Il vostro piano? Davvero?» Il suo tono grondava sarcasmo. «Loro. Sono. Non-morti! Non hanno bisogno di riposo!» La voce di Kathis si alzava a ogni sillaba, attirando l'attenzione dei soldati vicini. «Non hanno bisogno di cibo! Tutte cose di cui *noi* abbiamo bisogno!

Siete davvero così maledettamente incompetente da non capire tenere all'erta le nostre truppe e farle dormire a turni per *giorni* accanto a un torrione infestato da non-morti è un'idea di merda?» Il suo volume continuava a salire mentre i soldati chiamavano quelli più lontani. Tutti quelli che potevano, iniziarono a convergere verso la conflagrazione. «Per non parlare del fatto che, anche se questo piano ridicolmente incompetente avesse in qualche modo uno straccio di possibilità di successo, noi *non siamo* attrezzati per un assedio!»

Il barone la guardò a bocca aperta, con gli occhi fuori dalle orbite. «Io...»

«STA' *ZITTO!»* gli urlò in faccia Kathis. «Tu, ingordo, imbellettato, ridicolo damerino! Non dovresti stare su un campo di battaglia! Cosa volevi suggerire? Di indebolire le forze all'assedio della fortezza per mandarle a fare provviste?» All'espressione dell'uomo, Kathis si mise le mani sugli occhi e se le tirò giù per il viso. «È così! Quindi il tuo piano è quello di indebolire in qualche modo i nostri nemici, che non hanno bisogno di mangiare o dormire, privandoli di cibo e riposo? Nel frattempo, le nostre truppe, che *hanno* bisogno di mangiare e dormire, si affamano e si stancano. Be', le truppe che intendi far restare qui, almeno. Gli altri se ne vanno a fare una passeggiata in città per comprarci *da mangiare!»*

Alla fine, il barone trovò la voce e le urlò contro. «Non mi importa di chi sei parente! Come osi parlarmi in questo modo? Ti farò mettere ai ferri e trascinare in città dietro a un cavallo! Faremo a modo mio. Non ho bisogno del tuo contributo, né lo voglio. E questo è quanto!» La sua voce diventò un latrato. «Se dici un'altra parola contro di me, ti farò frustare finché non ti si staccherà la pelle dalla schiena.»

Gli occhi di Kathis si appiattirono, la sua voce perse ogni inflessione, rendendo Timber e Rasze tesi. «È questa la vostra ultima parola, Vostra Eccellenza?»

«Sì, comandante Valas.»

«Molto bene. Siamo in ballo, balliamo, suppongo. Rasze, ti serviva un oggetto grande per un ariete. Eccolo qui.»

Il barone sbatté le palpebre confuso, mentre Rasze la guardava. «Sei sicura? Credo che nemmeno tua zia sarà in grado di tirarci fuori da questa situazione, se lo faccio.»

«Eseguiamo gli ordini e moriamo in quel torrione, oppure salviamo queste truppe e affrontiamo la corte marziale. Mi sta bene tirare i dadi» rispose lei con calma.

Timber annuì a Rasze. «Dovevo immaginare che prima o poi sarebbe successo.»

Rasze fece un respiro profondo. «Sì. Ma sono così giovane, con un futuro così luminoso davanti a me. Oh, be'. Non sarei neanche lontanamente bello come zombie con tutte le chiazze di pelo cadenti. Va bene, oh miracolosa.» Si rivolse al barone. «Mi dispiace per questo, Vostra Eccellenza. Vorrei dirvi che questo farà più male a me che a voi... ma cerco di non mentire.»

Rasze afferrò il barone balbettante con entrambe le mani, lo sollevò, si voltò e corse verso le porte del mastio prima ancora che gli altri ufficiali si rendessero conto di ciò che stava accadendo. Timber lo seguì da vicino.

Mentre Rasze correva, Kathis alzò la voce per farsi sentire da tutti, ma concentrò il suo sguardo dorato sugli ufficiali. «Ora sono io al comando. Se non vi piace, peggio per voi. Andremo in quella fortezza e uccideremo il necromante. *Adesso.*» I soldati comuni applaudirono e la maggior parte di loro si voltò e si diresse verso la fortezza.

Uno dei nobili ufficiali la guardò. «Non la passerai liscia. Ti costerà la testa. Lo sai, vero?»

Eppure nessuno di loro è disposto a incrociare le lame con me.

«Meglio la mia che quella di tutti i presenti con il piano di quell'idiota. Nessuno di voi ha voluto parlare, così l'ho fatto io» rispose Kathis.

Anche se la mia testa mi piace molto dove sta'. Zia Arissa, spero davvero che tu possa tirarmi fuori da questa situazione...

Si voltò e scattò in avanti, chiamando alle sue spalle: «Ricordate, nei vostri rapporti, che le *mie* truppe hanno seguito i *miei* ordini. Non hanno alcuna colpa.»

Non funzionerà, ma è il minimo che possa fare. Mi dispiace, ragazzi.

Un forte schianto risuonò quando Rasze colpì una delle porte con il barone balbettante teso tra lui e i battenti. Rimbalzarono dalle spesse porte di legno, ma il danno era stato fatto. I cardini di ferro che collegavano il legno alla pietra non erano stati riparati in modo adeguato, né con la magia né con la manodopera, e gli anni di disuso e abbandono erano del tutto evidenti. Un urlo straziante risuonò mentre si allontanavano. La porta vacillò nel suo telaio prima di decidere finalmente una direzione e cadere verso il cortile.

Non appena Rasze rimbalzò e cadde sulla schiena, Timber spinse via il barone gemente, afferrò il braccio dell'amico e tirò, dimostrando la forza dei suoi muscoli tesi. Con l'aiuto di Timber, Rasze riuscì a trarsi in salvo dalla pesante porta di quercia.

Sua Eccellenza, tuttavia, non fu altrettanto fortunato.

Mentre il tonfo della porta che cadeva echeggiava nel cortile, gettando polvere in aria, Kathis gridò: «*Carica!*»

L'intero esercito seguì il suo comando, anche gli ufficiali. Anche se ci fu un momento di indecisione da parte loro, mentre fissavano la massa in aumento.

I combattimenti all'interno del mastio furono brutali. Il necromante aveva alle sue dipendenze più maghi del previsto e un'altra manciata di cavalieri della morte magici. L'esercito si riversò nelle stanze, per lo più avendo vita facile con i non-morti minori e sopraffacendo i maghi e i cavalieri della morte per questione puramente numerica. Molti dei guaritori dell'esercito consumarono la loro magia al punto che alcuni non poterono più continuare e dovettero essere portati via.

Alla fine, raggiunsero l'ultimo piano e non trovarono ancora alcuna traccia del necromante. Mentre l'esercito cercava ovunque nel castello fatiscente, Kathis rimase nella stanza più alta del mastio, guardando fuori dalla finestra, con i suoi due amici più cari.

«È sempre stata solo una possibilità, Kathis.» Timber ispezionò la stanza. «Abbiamo scommesso che il necromante sarebbe stato ancora qui, ma non avevamo modo di sapere se potesse teletrasportarsi. Di certo non avevamo abbastanza maghi per ancorare l'intero castello e impedirlo.»

«Lo so.» Sospirò. «Abbattere il necromante avrebbe potuto mitigare parte della nostra punizione, però. Così com'è, abbiamo assalito un barone e disobbedito a un ufficiale in comando... o meglio, a *tutti* i nostri ufficiali in comando. E se da un lato abbiamo conquistato il castello, abbiamo perso il premio. Me ne assumerò piena responsabilità. Farò il possibile per distogliere l'attenzione da voi due.»

«No, oh incredibile. Ci siamo dentro insieme. Io l'ho aggredito e Timber ha lasciato che venisse schiacciato. È quello che è. Non eravamo obbligati a farlo.» Rasze scrollò le spalle massicce. «È stato divertente, però» sorrise.

Kathis gli rivolse un piccolo sorriso prima di tornare a guardare fuori dalla finestra. «Bene. È ora di andare a consegnarci...»

«Trattieni questo pensiero.» Timber si concentrò su una parete. «Questa si apre. Trovate l'innesco.»

Kathis e Rasze iniziarono a esaminare tutto. Tuttavia, come

previsto, fu Timber a trovare la piccola leva nascosta nella pietra dietro un dipinto. La premette e la porzione di muro scivolò senza rumore all'indietro e di lato.

Kathis gli diede una pacca sulla schiena. «Ottimo lavoro! Andiamo?"

Timber e Rasze annuirono, il primo scivolando di lato per evitare la pacca sulla spalla di Rasze. «Potrei aver bisogno di quel braccio, peloso» disse scherzando, gli occhi grigio acciaio che scintillavano.

Rasze abbassò la testa in un inchino beffardo. «Come dite voi, maestro esploratore.»

I tre scrutarono nell'oscurità. Gli occhi di Kathis passarono subito alla visione notturna del suo retaggio, mostrando ogni dettaglio in precise sfumature di bianco, grigio e nero. Una scala scendeva verso destra, facendo una curva evidente prima di scendere ancora.

Timber e Rasze potevano vedere più lontano degli umani con livelli di luce inferiori, ma Kathis sapeva che nessuno dei due sarebbe stato in grado di vedere dopo aver superato la prima o la seconda curva. «Bene. Io, Rasze e poi Timber. Aggrappatevi con delicatezza alla persona di fronte a voi, e io ci guiderò verso il basso. Lo faremo con attenzione e, quindi, in silenzio. Non mi interessa quanto tempo ci vorrà.» Ai loro cenni di assenso, inclinò la testa. «Andiamo.»

Scesero nel buio pesto per circa venti minuti prima di raggiungere una porta. «Porta di ferro. Chiusa a chiave. Puoi scassinarla, Timber?» sussurrò Kathis.

«Certo. Non ho bisogno di vederla... solo di toccarla e di ascoltare. Comunque, ho un po' di alchimia che mi aiuterà. Datemi un secondo per superare il carro parcheggiato davanti a me, però.»

«Possiamo smetterla con le battute sulle taglie? Sono proporzionato molto bene.»

«Certo, per una balena. Oh, e cerca di trattenere il respiro. Sembri un mantice» mormorò Timber passando davanti a Rasze e tirando fuori una fiala di liquido da una delle sue numerose sacche. Da un'altra, estrasse un pizzico di una sostanza polverosa, che aggiunse alla fiala. Dopo averla tappata e agitata un paio di volte, dalla provetta di vetro emanava un tenue bagliore blu. Esaminò la serratura per qualche minuto prima di annuire pieno, estrarre il suo kit e mettersi al lavoro, tenendo la fiala tra le labbra.

«Solo un secondo...» mormorò, e Rasze e Kathis prepararono le armi.

La serratura si aprì con uno scatto morbido.

E un'esplosione di elettricità blu e bianca scaturì dall'interno del meccanismo di chiusura, da una trappola magica che Timber non era stato in grado di vedere ed evitare nella luce flebile. L'elettricità lo scaraventò contro le scale. Tra le convulsioni, morse la fiala e si imbrattò le labbra con il delicato intruglio blu fluorescente.

Il lowven sprofondò a terra, immobile.

«Visitatori. Che cosa pittoresca» disse una voce maschile secca e polverosa dall'interno della stanza.

Senza aspettare istruzioni, Rasze buttò giù la porta a calci e si precipitò nella stanza, ruggendo.

Kathis distolse lo sguardo dalla sagoma dell'amico caduto. Tuttavia, prima che potesse entrare nella stanza, udì un rumore di legno che si frantumava, seguito subito da un incantesimo mormorato, un'esclamazione di sorpresa, e poi da un impatto misto a rottura di legno e caduta di oggetti.

Fece un respiro profondo ed entrò nella stanza, spada e scudo pronti.

Un tavolo in frantumi occupava il centro della stanza. Fiale, libri ed esperimenti erano sparsi sulle sue macerie o giacevano sul pavimento dove erano rotolati. Opera di Rasze, senza dubbio. I suoi occhi trovarono la sua grande sagoma accasciata contro la parete più lontana, sepolta sotto gli scaffali caduti e il loro vecchio contenuto, un'ammaccatura nella parete di pietra dove aveva impattato. Le ci volle solo un attimo, poi il suo sguardo si posò finalmente sull'altro individuo nella stanza.

La sua forma cadaverica era alta quanto Rasze. Era vestito con abiti tarmati e consumati e teneva un bastone ornato nella mano sinistra. Lo sguardo di Kathis risalì lungo il corpo e si concentrarono sul viso. La pelle avvizzita e sottile come pergamena era estremamente tesa sul cranio, la bocca senza labbra ferma in un ghigno ampio e macabro. Le orbite degli occhi avvampavano, ognuna contenente una fiamma maligna, tremolante e di un malaticcio colore giallo-verde.

Non un necromante. Un lich, pensò Kathis, il cuore che affondava.

«Una cosa devo dirla» continuò la voce secca, grondante di allegria malvagia. «Tu e i tuoi due amici avete di certo dimostrato quanto siete abili e pieni di risorse. Potrebbe valere la pena di perdere gli altri miei soci quando vi unirete a me.»

«Non succederà.» Kathis entrò piano nella stanza, gli occhi dorati non lasciarono mai quelli verde malato e fiammeggianti dell'altro.

«Coraggio, giovane darkven. I tuoi due amici sono a terra e sei rimasta solo tu. Che speranze hai?» rispose il lich.

Quella di poterti trattenere abbastanza a lungo per inventarmi qualcosa, pensò Kathis.

Guardò il tavolo in frantumi, in cerca di ispirazione, e la trovò su un foglio di pergamena, coperto per metà da un libro antico. L'unica parte che si vedeva era il fondo di una lama di spada e quella che sembrava parte di un teschio posizionato come una guardia a croce. «Che cos'è quel simbolo?» Inclinò il mento in quella direzione.

Lo sguardo del lich si spostò sui resti del tavolo, poi tornò su Kathis. «Il simbolo di uno molto più potente di me.»

«Su questo siamo d'accordo. È il simbolo di Zeliothor Koluv, vero? Il necromante che controllava gran parte di questa terra prima di essere battuto e distrutto dai fondatori della famiglia regnante quasi tremila anni fa. Giusto?» chiese, prendendo tempo e avvicinandosi.

«Una studentessa di storia. Sì, lo è. E anche battuto, sì. Distrutto? No, non proprio. Bandito sarebbe una parola migliore» rispose il lich.

«È tornato?» chiese lei incredula.

«Così farei la spia. Non preoccuparti. Avremo molto tempo per discutere di queste cose dopo che ti avrò trasformata in un cavaliere della morte» concluse.

«Be', posso almeno sapere il tuo nome? Sai, prima di iniziare con gli inchini forzati e lo strisciare?» chiese, avvicinandosi sempre di più e tendendo i muscoli delle gambe.

Il lich emise una risatina polverosa. «Sono conosciuto come lord Khaadax.»

«Mmh. Ti rendi conto che sei il signore di un castello che potrebbe essere abbattuto da un vento forte, vero? Inoltre, non hai più molti schiavi al tuo servizio.» Fece spallucce e gli rivolse un sorriso mieloso.

«Suppongo che allora dovrei iniziare ad acquisire schiavi *migliori*, non è così?» rispose lui. Gli occhi fiammeggianti tradivano la sua crescente irritazione nei confronti di Kathis.

«Suppongo di sì.» Si era avvicinata il più possibile. Scattò in avanti, affondando la spada, solo per vederla deviata dal bastone di lui. Il colpo potente le intorpidì la mano e la spada le volò via, finendo nell'angolo.

«Su, su. Non c'è bisogno di violenza. Non vorrei danneggiare troppo la mia nuova bella serva.» Colpì con la parte inferiore del bastone lo scudo, scaraventandolo di lato. La forza della guerriera non era sufficiente per competere con il potente non-morto.

Fece appena in tempo a recuperare l'equilibrio e ad afferrare la spada legata al fianco quando vide il lich formare una sfera di fiamme giallo-verdi sopra la mano destra e lanciarla con noncuranza contro il suo petto. La sfera le colpì l'armatura e emanò dei nauseanti filamenti di magia che le si avvolsero attorno al corpo.

Kathis fu scaraventata all'indietro e atterrò sulla schiena, in preda alle convulsioni, sentendo l'energia drenante e carica di negatività risucchiarle la vitalità e la forza di volontà. Il braccio con cui teneva lo scudo giaceva inutile al suo fianco. Non aveva più la forza di muoverlo.

Il lich si fermò con calma ai suoi piedi, sovrastandola. Dopo qualche istante, abbassò lo sguardo e si concentrò sui suoi occhi.

«Non avevi alcuna possibilità, elfa scura. La mia specie si riprenderà queste terre e non c'è nulla che avresti potuto fare per fermarci.»

«Non. Fare.» gemette Kathis a denti stretti. Ruotò la caviglia destra, la molla all'interno del fodero, appositamente progettato e legato allo stivale, scattò, attivando e liberando la lama del pugnale dal fondo. Alzò il piede e infilò il pugnale nello stomaco del lich, cogliendolo di sorpresa. Il lich indietreggiò di qualche passo a causa del colpo e la lama scivolò fuori dalla ferita.

Scosse piano la testa verso di lei. «Come ho detto, abile e piena di risorse. Tuttavia, in ultima analisi, inutile.» Evocò un'altra sfera di fuoco. «In realtà non ho bisogno che tu sia viva per iniziare la tua trasformazione. È semplicemente più divertente così. Alla fine, non ho idea di cosa speravi di ottenere se non dolore e morte.» Ritrasse il braccio, preparandosi a lanciarle contro una seconda sfera di energia magica strappa-vita

«Distrazione.»

Rasze, ripresosi dall'uso che il lich aveva fatto di lui per ridecorare la stanza, ruggì afferrando il retro della veste del non-morto. Sollevò il mostro sopra la sua testa prima di spostare la presa e cadere in ginocchio, quindi fece abbattere la spina dorsale della creatura sull'altro ginocchio.

Che era racchiuso in un acciaio incantato con la magia.

Al suono della spina dorsale del lich che si spezzava come un ramoscello, Kathis sorrise, il suo spirito si sollevò. Rotolò e cercò con disperazione di rimettersi in piedi.

Rasze ebbe il tempo di un'imprecazione sbigottita prima di essere messo a tacere. Un tocco della mano cadaverica del lich bloccò i muscoli del tigron, paralizzandolo. «Mi divertirò a prendermi tutto il tempo necessario per finirvi prima di riportarvi indietro come schiavi del mio volere!» strillò il lich, lottando per raggiungere una fiala che giaceva sul pavimento.

Mentre la sua mano stava per avvolgerla, una freccia scoccò dall'ingresso, trafiggendo la fiala, che esplose in una pioggia di liquido e cristallo. Kathis sollevò la testa e vide Timber appoggiato all'ingresso, con l'arco in mano. Incontrò gli occhi dell'amico con uno sguardo di gratitudine, che lui ricambiò con un sorriso stanco, mentre lei si alzava a fatica.

Il lich urlò e iniziò ad artigliare il pavimento, cercando di raggiungere alcune delle altre fiale che erano state sul tavolo. Timber ne infranse altre due con le frecce, prima di cadere in ginocchio, esausto. Fu abbastanza perché Rasze si riprendesse abbastanza e si aggrappasse alla parte inferiore delle gambe del lich, costringendo la creatura a spostare la sua pesante mole per farsi strada con gli artigli sul pavimento.

Kathis si tirò in piedi. Senza preamboli, estrasse uno degli stiletti che portava in fondo alla schiena, barcollò verso il lich e cadde in avanti. Il suo slancio fece passare la punta attraverso la parte posteriore del cranio della mostruosità e la inchiodò a terra.

Khaadax si agitò, emettendo un urlo da spaccare i timpani, prima di restare finalmente in silenzio. Il bagliore ardente dei suoi occhi si attenuò e poi si estinse.

I tre amici si guardarono l'un l'altro. A uno di loro sfuggì una piccola risatina, poi tutti scoppiarono in una risata incontrollata. Rimasero seduti lì, troppo esausti per fare altro che attendere il loro destino.

Fu così che i soldati inviati a cercarli li scoprirono. Insanguinati, picchiati e in preda alle risate.

30° Shaita, 27 AF

Cirrus guardò Tamerin. «Hanno ucciso un barone.»

Tamerin sorrise. «Già. L'hanno schiacciato come una frittella. I guaritori, però, sono riusciti a rimetterlo insieme.»

«Sembri deluso» osservò con un sopracciglio inarcato.

«Lo sono. Se lo meritava» rispose il ragazzo.

«Tamerin...»

«No, Cirrus. Alcuni dei nostri nobili stanno venendo meno ai loro doveri. In modo spettacolare, a mio parere. Quello era chiaramente incompetente, e anche se gli altri ufficiali nobili sapevano che i suoi ordini erano sbagliati, erano troppo spaventati da ciò che avrebbe fatto loro per parlare. Questo è inaccettabile.» Gli occhi di Tamerin si strinsero. «Quindi sì, sono contento che lo abbiano schiacciato e deluso che i guaritori lo abbiano rimesso in sesto. Avrebbe dovuto farsi da parte. Senza Kathis, Timber e Rasze, ci sarebbero un mucchio di nuovi non-morti e un lich ancora in quel castello.»

Lei strinse le labbra. «Vero. Continuo a cercare di far emergere alcune delle tue emozioni umane, ma sembra che privilegi quelle draconiche.»

«Non è una brutta cosa.»

Lei allungò un braccio sul tavolo e appoggiò la testa sulle mani. «Questo è ancora da vedere. Va bene, principe Tamerin. È ora di andare a letto. Fatti una bella notte di sonno, poi domattina incontreremo le tue... canaglie e scopriremo se avrai l'inizio di un gruppo per rimettere le cose a posto.»

Capitolo 20

La storia di Sofia

21° Jinn, 1502 DF

Sofia sedeva, attonita, mentre Cirrus terminava il suo racconto e l'ultimo boccone della deliziosa torta di baccastella spariva nella bocca della dragonessa. Era o molto, *molto* tardi, o molto, *molto* presto, a seconda di come la si vedeva. Erano passate ore mentre Cirrus raccontava a coloro che erano riuniti intorno al tavolo la storia della gioventù di Tamerin, il Signore dei Draghi Kemuri.

Cirrus si ricompose prima di dare un'occhiata al tavolo, notando gli sguardi sopraffatti dei suoi spettatori. E notando anche, con più di un interesse passeggero, le loro fette di torta mangiate a metà. Si schiarì la voce, il rumore scosse gli altri dalla loro trance. «Come potete vedere, era un bambino interessante.»

Sorpresa delle sorprese, Zixne fu la prima a ritrovare la voce. «Non puoi fermarti qui! Se tu sei reale e lui è reale... allora anche le altre storie sono reali! Voglio sapere tutto! Raccontaci dei suoi combattimenti con gli Esterni! Raccontaci di...»

Cirrus alzò una mano, mettendo a tacere la leonevosa. «Credimi, vi racconterò molte cose. E sono certa che in seguito colmerò le lacune che lui lascerà. Tuttavia, Sofia non dovrebbe registrare *i miei* racconti *su* Kemuri. Dovrebbe registrare *i suoi.* Volevo solo darle un punto di partenza.»

«Ma hai menzionato le Guardie della Notte! *Le Guardie della Notte!* Non puoi fermare la storia lì!» Zixne mise il broncio.

«Lui sarà la persona migliore per riprendere la sua storia da lì.» Il che ci riporta a una delle domande iniziali. Come possiamo interessarlo abbastanza da far sì che non solo si svegli, ma che si dedichi a Sofia?» chiese Cirrus, guardando intorno al tavolo.

Kotizara scrollò le spalle. «Trovagli una bella battaglia?» La mezza orchessa aggrottò le sopracciglia. «Be', forse no. Immagino che dopo millecinquecento anni sarebbe fuori allenamento.»

«Non sono sicura che un combattimento qualsiasi susciterebbe il suo interesse. Non preoccupatevi però delle sue capacità di combattimento. Come drago, non dimenticherà mai le ore spese in allenamento. La sua memoria muscolare non si deteriorerà mai. Non sarebbe prudente dal punto di vista evolutivo se un drago si assopisse per un secolo per poi svegliarsi quando qualcuno invade la sua tana ed essere incapace di difendersi. Inoltre, anche se in qualche modo fosse riuscito a dimenticare l'addestramento, una lucertola volante di venti metri, il cui respiro può congelare un lago, è più che in grado di sconfiggere qualche misero bandito. Una cosa così semplice non attirerà la sua attenzione.»

«Che ne dite degli dèi?» chiese Vendra con esitazione. «Non credo che siano scomparsi, anche se si sono allontanati. Hanno ancora dei seguaci che possono attingere direttamente al loro potere. Sa uno di loro andasse a parlargli lo interesserebbe?»

Cirrus scosse la testa. «No... anche se per noi erano parte della famiglia. La maggior parte proveniva da mondi morenti e pantheon che gli Esterni avevano devastato.» Un piccolo sorriso sofferente le attraversò il volto. «Erano stati invitati qui direttamente da Kemuri e dalla sua compagna, in realtà. Eppure, alla fine, non hanno dovuto sacrificarsi. Il rimuginare su questo pensiero alla fine lo ha amareggiato. Dopo circa cinque secoli ha smesso di accoglierli per le visite. Anche se ogni tanto io parlo ancora con loro.»

Di fronte ai loro sguardi perplessi, continuò. «Ho detto che erano parte della famiglia. Quindi, sì, esistono. Sì, sono ancora in giro e sì, di tanto in tanto parlo con loro. Sono passati un paio di decenni, però. In ogni caso, agiscono ancora come custodi del nostro mondo. Tuttavia, il fatto di essere qui li addolora anche. Si tengono a distanza non solo perché amavano anche loro la nostra famiglia, e la perdita fa ancora male, ma per rispetto e lealtà verso Kemuri.»

«Non ha senso» sparò Zixne. «Lo amano, lo rispettano e gli sono fedeli, ma non tornerebbero ad aiutarlo?»

Cirrus rivolse un sorriso triste alla leonevosa. «Hai mai turbato o causato involontariamente dolore a qualcuno? Tanto da rendere necessario un periodo di lontananza tra voi prima di potervi ricongiungere?»

«È possibile che di tanto in tanto abbia fatto arrabbiare qualcuno in questo modo.» Lanciò un'occhiata colpevole ai suoi amici. «Eppure, sono passati più di mille anni!»

Cirrus annuì. «Che per gli esseri divini che non invecchiano è come qualche mese o un anno. Gli stanno dando lo spazio che sanno desidera, sperando che ciò lo aiuti a guarire.»

«Forse più tardi, allora?» chiese Vendra.

Cirrus annuì. «Molto probabilmente.» Sorrise a Sofia. «Se riuscirai ad aiutarlo a guarire, non solo ti sarò debitrice, ma scommetto che anche loro proveranno lo stesso sentimento.»

Kotizara sbuffò. «Nessuna pressione, Sofi.»

Sofia guardò la sua amica. «Grazie, Koti. Lo apprezzo molto.»

«I progressi della magia lo interesserebbero?» li interruppe Corym, sembrando speranzoso.

«Non desidero ferire i tuoi sentimenti, giovane Corym, ma la magia che usavamo era molto più potente di quella che percepisco ora intorno a me. A parte le mura della città, naturalmente. Ma sono state costruite ai miei tempi e incantate... be', da me per esempio.» Cirrus gli fece un sorriso dolce.

«Oh. Le mie scuse.» Il suo tono era leggermente sconsolato.

«Non c'è bisogno di scusarsi. Se riusciremo a risvegliarlo e farlo interessare di nuovo al mondo, mi sentirò libera di viaggiare. A quel punto, sarei felice di prendere te e Zixne sotto la mia ala protettrice e di insegnarvi una magia... migliore» rispose, facendolo rallegrare. «Potrei anche degnarmi di farlo se lui decidesse di non far muovere la punta della sua coda troppo cresciuta, ma in quel caso dovremo trovare una soluzione diversa» concluse lei con un sorriso.

L'umore di Corym diventò euforico.

«Non potrebbe dire di no a me!» Zixne sorrise. «Portami a trovarlo e scommetto che si farà in quattro per conoscermi. Io. sono. Fantastica. Per non parlare del fatto che sono morbida, coccolosa e calda. Mi amerà. Andiamo.»

Sofia era rimasta in silenzio, ma sorrise quando la buffonata dell'amica costrinse Cirrus a ridere, insieme agli altri.

La dragonessa si asciugò gli occhi e guardò Zixne. «Ti dirò praticamente la stessa cosa che ho detto a Corym. Non desidero ferire i tuoi sentimenti, ma ha già avuto intorno a sé un sacco di persone carine, morbide, coccolose, calde e fantastiche. Probabilmente ferirebbe i tuoi sentimenti e tornerebbe a dormire. Quindi dovremmo aspettare a presentarvi finché non saremo sicuri di aver trovato il modo perfetto per svegliarlo. In questo modo, non ti insulterà senza volerlo.»

Zixne sporse il labbro inferiore, ma annuì. Poi sorrise. «Pensi che io sia carina? Non l'ho detto io quello!»

Sofia e Cirrus gemettero nello stesso istante.

Kotizara lanciò uno sguardo maligno a Zixne, poi si voltò verso Cirrus. «Forse Zix pensa che se la mettiamo là sotto, lui uscirà per sfuggirle. Insomma, potrebbe funzionare.»

Zixne arricciò il naso e strinse gli occhi prima di mostrare la lingua a Kotizara, mentre tutti gli altri ridevano.

Le risatine di Sofia si spensero, si girò verso Cirrus e alzò le mani. «Che ne dici di un approccio diretto? Magari potremmo attirare la sua attenzione raccontandogli della voce nella mia testa? Di come l'armatura, la spada e lo scudo siano solo... apparsi a un compleanno?» chiese. «Dubito che capiti tutti i giorni che qualcuno si presenti sulla vostra isola con oggetti incantati, avendo sentito una voce nella testa che gli diceva di scrivere la sua storia. In un diario magico che i suoi genitori hanno trovato prima ancora che la persona nascesse. Forse la… ehm, *assurdità* della situazione lo incuriosirebbe?»

«Se non riusciamo a pensare a qualcosa di meglio, forse

dovremo farlo. Tuttavia, sebbene nessuno si sia fatto vivo per un bel po', io mi sono dovuta sbarazzare di numerose persone che sono arrivate affermando di aver sentito delle voci che dicevano loro di trovarlo. A nessuno il mio nome è venuto in mente con la facilità con cui è successo a te... né avevano l'aura che ti circonda, che riesco a percepire ma non a collocare» spiegò Cirrus. «Il che, suppongo, è una cosa buona. Non avresti avuto neanche lontanamente lo stesso sapore di quella torta di baccastella. Ora che l'ho menzionata, se non avete intenzione di finire le vostre fette, le prenderò volentieri io. È passato almeno un secolo dall'ultima volta che ho assaggiato dolci così deliziosi.»

Gli altri iniziarono a far scivolare i loro piatti verso la dragonessa, che stava praticamente facendo le fusa. Iniziò a mangiare i loro avanzi in silenzio, mentre gli altri erano persi nei loro pensieri.

Poi, Vendra e Konrad si scambiarono un lungo sguardo di intesa. Alla fine Konrad sospirò e si alzò. «Quel giorno non abbiamo trovato solo il libro» ammise, gli occhi bassi. «Non volevamo parlarne. Non avremmo mai voluto parlarne, soprattutto ora, visto che non eravamo sicuri di voi, lady Dragonessa. Ma tutto ciò che avete detto... corrisponde a ciò che Vendra e io sappiamo della Grande Guerra e di coloro che vi hanno combattuto.

Eravamo archeologi prima che arrivasse Sofia, e ci siamo ritirati per diventare custodi di questa biblioteca. Ci siamo specializzati nella Grande Guerra e abbiamo fatto scavi in tutto il mondo, anche se la maggior parte di essi si è svolta qui, su questo continente. Il che, suppongo, ha senso se si considera che questo era l'Impero di Paladaine. L'epicentro di tutto.» Guardò Sofia e i suoi amici. «Era quello che alla fine diventò noto come il regno di Alshain, come afferma anche la lezione di storia di lady Cirrus. Tuttavia, mentre Alshain resistette per oltre tremila anni, Paladaine durò solo pochi decenni. Forse a causa della distruzione causata dalla Grande Guerra, soprattutto verso la fine.

Alcune zone sono ancora molto pericolose. Da suicidio, anche dopo millecinquecento anni. Oggetti magici instabili, creature generate dalla magia che fu scatenata, tombaroli... tutti i tipi di pericoli. Io e Vendra eravamo esperti nel gestirli. Eravamo ambiti da qualsiasi gruppo che volesse andare a scavare. Alla fine siamo stati contattati per una spedizione ai resti della città di Kiserian, l'antica capitale di Alshain e poi di Paladaine.» Guardò Vendra, che teneva gli occhi bassi. «Vai avanti e prendi tutto, Vendra. Lady Cirrus deve vederlo.»

Vendra annuì e si alzò piano, lanciando un'occhiata furtiva a Sofia, che la ragazza non capì. «Già, sono d'accordo. Deve vederlo.» Uscì dalla sala da pranzo e tornò qualche minuto dopo portando con sé una culla di legno scuro, così nero che sembrava risucchiare la luce, anche se era striata da venature d'argento scuro che brillavano e scintillavano in diretto contrasto con il resto del legno. La portò e la posò con reverenza davanti alla dragonessa.

«Legno d'ombra.» Cirrus sbatté le palpebre per la sorpresa. «Viene dal Piano delle Ombre. È molto costoso e non è facile da reperire.» Guardò la testiera interna e trovò lo stesso simbolo del drago e dello scricciolo, intarsiato in argento e platino, che decorava il diario. Tuttavia, quell'immagine sembrava guardare all'interno della culla. Come se proteggesse quello che c'era dentro.

Al momento, c'erano solo due cose. In primo luogo, una morbida coperta di un nero intenso. In secondo luogo, al centro della coperta c'era una piccola fiala di cristallo riempita di liquido dorato che brillava con lampi rossi e arancioni.

Cirrus la sollevò con delicatezza. «Mi formicolano le dita» sussurrò. La rimise sulla coperta e guardò i genitori di Sofia. Entrambi la fissarono. «Quella fiala contiene una magia potente. *Molto* potente» rivelò. «Posso dire che ha un qualche effetto polimorfico, ma ci sono altri incantesimi. Anche se per capire quali ci vorrà un po' di tempo perfino per me. Il creatore della pozione era un guaritore o un druido molto abile.»

«Sospettavamo altrettanto. Nessuno degli utilizzatori di magia a cui l'abbiamo portata è riuscito a determinarne gli effetti» rivelò Konrad. «Per questo non abbiamo seguito le istruzioni lasciate con essa» concluse esitante.

«Istruzioni?» chiese Cirrus, guardando di nuovo nella culla per vedere se le fosse sfuggito qualcosa.

«Ecco, lady dragonessa.» Vendra tese un elaborato contenitore per pergamene bianco intarsiato con viti dorate e foglie di agrifoglio che si snodavano dal basso verso l'alto. Sul tappo arrotondato era intarsiata la stessa immagine dello scricciolo della culla e del diario, ma senza il drago.

Cirrus lo prese, togliendo piano il tappo e facendo uscire tra le sue mani una pergamena arrotolata. La srotolò e scoprì che in realtà si trattava di due semplici appunti, entrambi macchiati da quelle che sospettava fossero lacrime. Il primo sembrava essere una pagina strappata da un diario. La lesse una, due, tre volte, prima di guardare con espressione severa i genitori di Sofia.

Scossero la testa. «No» rispose Vendra alla domanda inespressa di Cirrus. «Non abbiamo mai parlato a nessuno delle pergamene. Credo che solo voi, noi due e l'autore li abbiamo mai visti.»

«Ci dirai cosa c'è dentro, Cirrus?» chiese Sofia, la voce piena di curiosità.

«Lo farò. A breve. Prima, però, vorrei sapere come i tuoi genitori sono entrati in possesso di questi oggetti» rispose, dando un'occhiata al secondo biglietto, di una carta intestata che riconobbe.

Una serie di semplici istruzioni.

«Certo» rispose Konrad, facendo un respiro profondo. «Non sono sicuro che sarà interessante come il vostro racconto, e non so se risponderà ad alcuna delle vostre domande, ma forse potrete dire voi a me e a Vendra cosa è successo il giorno in cui li abbiamo trovati. Onestamente, non siamo mai riusciti a capirlo.»

Cirrus annuì. «Penso che sapere come l'avete trovata potrebbe essere molto importante, per molte cose.»

«Da dove cominciare, allora...» Si interruppe, fissando pensieroso il soffitto.

Vendra scosse la testa. «Non complichiamo le cose. Dall'inizio forse sarebbe meglio. Come ha detto mio marito, eravamo archeologi ambiti. Un giorno, eravamo seduti in un caffè qui a Tenewren...»

Capitolo 21

Drago, 1482 DF

Almeno questo caffè è sempre piacevole, pensò Konrad con amarezza, guardando oltre la ringhiera dell'area esterna al piano terra. Fece un respiro profondo e si concentrò sugli alberi immensi e bellissimi. *Meglio di quella biblioteca soffocante, troppo piena di roba e a corto di personale.* Fece del suo meglio per non guardare in direzione dell'edificio.

«Mi chiedo quando troveranno finalmente qualcuno che si occupi di quella biblioteca come si deve» incalzò Konrad, cercando di coinvolgere in una conversazione la moglie distratta, scostandosi i capelli scuri e arruffati dagli occhi. Probabilmente era una causa persa, visto che lei aveva trovato un nuovo tomo da studiare. «Ci abbiamo messo una vita a trovare anche solo questi pochi libri in quel... casino.»

«Mmh? Che hai detto, amore?» Vendra gli lanciò un'occhiata prima di tornare subito al tesoro appena acquisito.

«La biblioteca. Hanno davvero bisogno di qualcuno che la sistemi e cataloghi tutto. Siamo entrati per cercare libri sull'area circostante la vecchia capitale, per la miseria. Non avremmo dovuto impiegare sei *ore* per trovarne qualcuno. E anche così siamo riusciti a trovarne solo cinque.» Guardò storto la biblioteca prima di accasciarsi sulla sedia.

«Sì, be', non è un lavoro per cui siamo tagliati. Gestire una biblioteca? Noioso.» Vendra non si preoccupò di alzare lo sguardo.

«Almeno la biblioteca non cercherebbe di mangiarci, a differenza di quel mimic in cui ci siamo imbattuti nel nostro ultimo scavo.»

Vendra lo guardò, sorridendo a metà e con un sopracciglio

alzato.

«Vabbè. Suppongo che ce ne possa essere uno, o una colonia, in quel disastro di biblioteca» si corresse.

Lei sorrise prima di abbassare lo sguardo e girare una pagina. «Non è stato un viaggio a vuoto, però. Abbiamo trovato un tomo che descrive parte del sistema di caverne sul lato nord-orientale del lago. Si dice che le vecchie Guardie della Notte tenessero lì una nave da guerra. Immagina se fosse sopravvissuta ai terremoti e ai crolli che si sono verificati quando la guerra stava finendo. Hai idea di quali pezzi storici potremmo trovare?» Alzò il libro che stava leggendo. «Ora, dopo aver rovistato un po', abbiamo un libro che mostra alcuni dei percorsi conosciuti all'epoca.»

«Posso immaginare il tesoro che potremmo trovare. I Guardiani della Notte erano noti giocatori d'azzardo.» Si raddrizzò sulla sedia. «Quel libro descrive davvero nei dettagli i percorsi della caverna?»

«Lo fà. Be', in parte» si corresse. «Descrive in dettaglio dove si trova l'ingresso al sistema. Poi descrive alcune delle curve, svolte e dei punti di controllo che l'autore aveva dovuto affrontare per raggiungere il punto in cui, dice, si trovava la nave.»

«E quella persona era stata ammessa laggiù, in una roccaforte dei Guardiani della Notte. Perché, di preciso?» Konrad sollevò un sopracciglio scettico, che lei non poté vedere a causa del libro che li separava.

«Era un mercante assunto per garantire che nella nave ci fossero sempre scorte. È successo non molto tempo dopo che Alshain è diventata Paladaine» rispose. «Pensi che possa essere il Lupo della Notte?» Finalmente lei posò il libro e si concentrò su di lui, mentre il cameriere arrivava con il cibo.

Konrad scosse la testa con espressione esasperata. Sua moglie aveva la capacità straordinaria di sapere con precisione quando sarebbe arrivato un cameriere, e continuava a leggere fino a quel momento. Era un dono, gli diceva sempre. Oh, be'. Almeno quella volta l'aveva invogliata a parlare. «No. E se così fosse, siamo sfortunati. Quella nave è sparita alla fine della guerra. Comunque, se il tizio diceva la verità, potresti aver trovato un sentiero per una zona che forse, ripeto *forse,* è rimasta inesplorata.» Lui inclinò la testa in segno di ringraziamento verso la bella cameriera felidina leonica, quando posò il cibo.

«Desiderate altro?» chiese la cameriera.

«No, non ora, grazie» rispose Konrad, voltandosi verso la moglie mentre l'altra annuiva e se ne andava. «Comunque, non vedo quale utilità possa avere quel libro per noi, anche se fosse vero. Ciò che resta della città di Kiserian è una trappola mortale.»

«Ma non è nella città vera e propria...»

«Trappola mortale, Vendra. Ci sono, *alla lettera*, centinaia, forse migliaia, di trappole incredibilmente letali di ogni tipo che non si sono attivate durante l'ultima battaglia, nascoste in mezzo a ciò che resta degli edifici, tra le macerie e così via.»

Alzò una mano per prevenire le argomentazioni della donna. «Per non parlare delle sacche di varie magie elementali rimaste. Poi ci sono le creature feroci, mutate a causa di quelle stesse emanazioni magiche, e le creature dei piani elementali che vengono a cacciare e a predare *quelle* creature mutate. Banditi. Tombaroli. E altro ancora.» Diede un morso al cibo. «Nessuna di queste cose è limitata all'interno della città, quindi continuo a non capire perché tu ti stia interessando a quel luogo. Potrebbe essere il luogo più pericoloso di questo mondo» concluse tra un boccone e l'altro.

Vendra annuì in segno di assenso. «Lo so. È pericoloso. Molto pericoloso. Ma immagina cosa potremmo fare con una scoperta del genere. Potremmo smettere di scavare per un po'. Potremmo mettere su famiglia.»

«Ammesso che non veniamo mangiati, accoltellati, fulminati, inceneriti o fatti saltare in aria... certo. Il problema è che la bilancia pende verso quel lato dell'equazione, non verso un temporaneo e felice anno sabbatico.» Konrad sbuffò.

«Hai dimenticato sciolti, disintegrati, trasfigurati e un'infinità di altre cose. Se vuoi essere negativo.» Gli rivolse un sorriso. Lo stesso che lo aveva colpito la prima volta.

Sbuffò di nuovo. «E la carta della famiglia? Davvero? Non avevi appena finito di dirmi che occuparsi di una biblioteca sarebbe stato noioso? All'improvviso sei tutta un "potremmo andare e poi avere i soldi per sistemarci per qualche tempo"?»

«Be', sì. Ma un bambino non è una biblioteca. Potrebbe essere divertente. Una nuova avventura.»

«E tu saresti felice con pannolini e pappette? Senza andare per avventure ed esplorazioni?»

Vendra scrollò le spalle, ma non fece in tempo a rispondere che una voce femminile e colta li interruppe alle spalle di lui. «Scusate. Posso unirmi a voi?»

Vendra rivolse un sorriso di benvenuto alla nuova arrivata, indicando una delle altre sedie mentre Konrad si voltò a guardare la proprietaria della voce. La slanciata e splendida elfa alta inclinò il capo in segno di assenso, prima di spostare con grazia la sedia e infilarsi al suo posto prima che lui potesse smettere di guardare e farlo per lei.

Indossava un abito lungo e aderente con un ipnotico motivo rosa scuro sopra un tessuto della stessa tonalità della pelle abbronzata. Una lunga gonna esterna di seta rosa più chiaro le si allargò intorno ai piedi mentre si mosse, poi le coprì le gambe quando vi tirò sopra il lato destro abbassandosi sulla sedia. Riccioli dorati le scendevano liberi lungo la schiena, terminando dietro le ginocchia. Si passò i capelli sulla spalla sinistra appena prima di sedervisi sopra. I suoi ricchi occhi color cioccolato scintillavano di intelligenza.

«Grazie a entrambi per avermi incontrata qui oggi» continuò con il suo tono molto colto.

«Noi... ehm, ci stiamo incontrando qui?» balbettò Konrad rivolgendo uno sguardo sospettoso alla moglie. «Pensavo che stessimo pranzando.»

«Scusa, colpa mia. Non avevo ancora avuto modo di dirti del nostro incontro. Ero assorta nel libro, più tutto il tempo che abbiamo trascorso in biblioteca...» Vendra fece una smorfia smettendo di parlare.

«Ah. Ecco perché mi hai fatto *quel* sorriso. Hai visto che il nostro incontro si stava avvicinando.» Scosse la testa esasperato e rivolse lo sguardo alla nuova arrivata. «Mi scuso per qualunque mancanza di rispetto, milady. Non avevo realizzato che avremmo avuto compagnia. Benvenuta.»

«Le vostre scuse non sono necessarie ma accettate, anche se non avverto alcuna mancanza di rispetto. Anzi, desidero ringraziarvi entrambi per avermi incontrata.» Offrì la mano a Konrad. «Lady Teriani Sacrastella.»

Gli occhi di Konrad si spalancarono stringendole la mano e lanciò un'occhiata alla moglie sorridente. «È un piacere conoscerla, lady Sacrastella. Siete una consigliera di re Meltrex Alshanis, giusto?»

Lei abbassò la testa in segno di ammissione. «Infatti. In realtà sono a capo del suo consiglio consultivo e prossima in linea per diventare Alta Maga.»

«Di nuovo, le mie scuse. Non avevo realizzato nessuna di queste due cose» dichiarò. «Di solito ci fermiamo per poco tempo in biblioteca prima di tornare sul campo. Non abbiamo regolarmente contatti con i reali o l'alta nobiltà.»

«Capisco benissimo.» Guardò lui e Vendra. «Dalla vostra sorpresa, devo dedurre che vostra moglie non ha menzionato il lieto incontro che abbiamo avuto ieri, quando ci siamo imbattute l'una nell'altra?»

«Non ne ho avuto l'opportunità né ieri sera né oggi» rispose Vendra. «Inoltre, sarebbe meglio che ascoltasse la vostra offerta di persona.» Iniziò a dimenarsi sulla sedia, riuscendo a malapena a contenere l'eccitazione.

«Ma certo» La bella elfa rivolse lo sguardo a Konrad. «Sareste disposto ad ascoltare un'offerta da parte nostra?»

«Da parte vostra?"

Lady Sacrastella emise una risata musicale. «Oh, sembra sia il mio turno di scusarmi. L'offerta viene dal re e dal consiglio.»

Konrad annuì piano, chiedendosi in che cosa li avesse cacciati sua moglie. *Comunque, non può far male ascoltarla e magari darle un aiuto. Chissà quando potremmo aver bisogno di un favore... o di una grazia?* «In quel caso, certo, lady Sacrastella.» Sorrise e fece cenno a Vendra. «Soprattutto alla luce dell'entusiasmo di mia moglie.»

«Molto bene. Allora inizio. Siete a conoscenza che re Meltrex è parente di sangue con la famiglia che ha governato queste terre negli ultimi quattromilacinquecento o più anni?» chiese. Al cenno affermativo di Konrad, continuò. «Eccellente. Discende da uno dei rami genealogici a cui non era stata offerta la possibilità di ereditare il trono. Una seconda figlia di molti anni fa. La sua linea è tornata alla ribalta circa trecento anni fa, quando la regina di allora non ebbe figli.

Comunque, negli ultimi due anni, noi del castello abbiamo discusso sulla possibilità di inviare un gruppo nei resti di Kiserian per una missione di accertamento dei dati di fatto e di recupero degli artefatti. Molto di recente sono stati approvati i finanziamenti e si è riunita una forza a questo scopo. Il re desidera trovare oggetti da riportare e aggiungere al museo di Tenewren come segno sia della sua eredità sia del suo impegno di riportarci alla posizione di rilievo e gloria che avevamo prima della Grande Guerra.

Lo so, lo so. Un compito importante, certo, ma uno verso cui desideriamo almeno iniziare a progredire, finalmente.

Per troppo tempo, tutti i regni di questo continente si sono leccati ferite vecchie di secoli e si sono isolati. Crediamo che il tempo per questo stato delle cose sia passato. Vogliamo riportare indietro i manufatti dei nostri giorni di gloria... dei giorni di gloria della famiglia di re Meltrex. Speriamo che questo funga da catalizzatore per la nostra gente per ricordare com'era il nostro regno. Per stimolare il desiderio di riportarci indietro a quel tempo.

La nostra più grande speranza sarebbe che, in caso di successo, i regni intorno a noi ci prendessero come esempio e iniziassero a loro volta una rinascita. Che tutti noi ci risollevassimo collettivamente dalla malinconia che ha attanagliato le nostre terre per quasi quindici secoli. Che tutti i nostri popoli si riuniscano in amicizia e cooperazione, come prima.» Alzò le mani, intrecciando le dita e agitandole.

Konrad esitò. «Un obiettivo nobile, signora. Solo... non sono sicuro di cosa vogliate da noi.»

«Be', non per essere insensibile, ma vi vogliamo entrambi» gli disse, guardandolo negli occhi. «Abbiamo già alcuni archeologi nella squadra, ma nessuno con la vostra reputazione. I vostri benefattori precedenti dicono che non tornate mai da uno scavo senza almeno qualcosa che valga più del loro investimento. Raccomandazioni del genere significano molto per noi. Quando è stato portato alla nostra attenzione che eravate in città, vi ho cercati e ieri ho incontrato vostra moglie. Abbiamo deciso di incontrarci oggi a pranzo per presentare formalmente la nostra offerta. E quindi eccoci qui.»

«Be', sono onorato che la nostra reputazione si sia diffusa così tanto. Non mi ero reso conto che fosse così. Ma la città di Kiserian?» Konrad scosse la testa. «Come ho detto a mia moglie, quel posto è una trappola mortale. I margini esterni? Certo, probabilmente potremmo farcela. Ma sembra che abbiate intenzione di addentrarvi nel profondo della città, magari fino alle rovine del castello stesso. Non ho mai sentito di nessuno che sia arrivato a quel punto e ne sia tornato vivo.»

Teriani inclinò la testa, studiandolo. «In tutta onestà, nemmeno io. Tuttavia, tra quelli che conosco che ci hanno provato, nessuno ha mai inviato un gruppo come questo. Abbiamo quattro storici, dieci archeologi supplementari, centoventi soldati, sei maghi e dieci guaritori. Centocinquanta persone, più voi. Nessun gruppo che io conosca è entrato con più di trenta persone.»

Konrad e Vendra si scambiarono uno sguardo, scettico quello di lui, supplichevole quello di lei. Sospirò piano, sapendo di aver già perso, ma cercando di trarne il meglio. «Un gruppo del genere può attirare gli abitanti peggiori. È possibile che il numero alto renda solo tutto più difficile. Per amor di discussione, comunque, diciamo che siamo interessati. Qual è la vostra offerta?»

L'elfa sorrise, i denti bianchi brillarono quando la luce del sole li colpì. «Cosa vorreste?»

«Cinquantamila ori. A testa.» Le sue parole suscitarono uno sguardo stupito da parte di Vendra. Erano abbastanza per comprare una piccola tenuta con una bella casa, due volte.

Abbastanza alto da far sì che Vendra si arrabbi con me se perdo questa opportunità... ma non mi piacciono i rischi associati a quel posto.

Lady Teriani Sacrastella, invece, non batté ciglio.

«Fatto. La spedizione parte tra tre giorni.» Teriani si alzò, aggirò la sedia e si chinò in avanti, entrambe le mani sullo schienale. «Non avete proprio idea del vostro valore, vero?» Allo sguardo scioccato di Konrad, sorrise e continuò. «Avremmo pagato il doppio per farvi intraprendere questa missione per noi. La possibilità di far crescere il nostro regno e di riallacciare i legami con chi ci circonda è molto più importante dell'oro.» Si voltò per andarsene, ci ripensò e tornò verso di loro. «Tuttavia, voglio che vi sentiate apprezzati e non come se ci stessimo approfittando di voi. Pertanto, se avrete successo, mi assicurerò personalmente che riceviate un bonus basato sul valore percepito di ogni pezzo che recuperate. Potete fidarvi della mia correttezza.»

Konrad e Vendra annuirono muti, troppo sorpresi per parlare.

«Bene, buona giornata a entrambi e buona fortuna per la vostra ricerca. Non vedo l'ora di vedervi tra tre giorni, prima della vostra partenza, per firmare il contratto. Farò in modo che il contratto e il luogo della vostra partenza vengano inviati nella vostra stanza alla locanda della Fenice Oscura più tardi in giornata. Fino a quando non ci incontreremo di nuovo, che le stelle vi benedicano.» Si voltò e si allontanò senza attendere una risposta.

Ci vollero alcuni minuti prima che la notizia si imprimesse nella mente di Vendra e Konrad. Alla fine, Konrad sbatté le palpebre, scosse la testa per schiarirla e guardò sua moglie. «Abbiamo appena accettato di andare a scavare a Kiserian ?»

Vendra annuì. «Sì. Ti ha chiesto quanto sarebbe costato, tu le hai dato il prezzo e lei ha accettato. Noi...» Si interruppe, gli occhi le si sgranarono quando capì cosa significava. Fece un sorriso che le illuminò il viso come un'alba. «Andiamo nella città di Kiserian!» gridò, attirando l'attenzione degli altri avventori. «Non vedo l'ora! Dobbiamo andare subito a fare acquisti! Dobbiamo iniziare a prendere le cose che ci serviranno. Ci vediamo al nostro solito negozio di abbigliamento!»

Balzò su dalla sedia, raccogliendo maldestramente i libri che avevano preso in biblioteca quella mattina, e che ora sembrava una vita prima. «E i soldi! Tutto quell'oro, Konrad! Ti rendi conto di cosa possiamo farci? Ci vediamo là dopo che hai pagato il conto!» Si strinse per passare in fretta oltre la ringhiera, poi praticamente saltellò in strada.

Konrad rimase seduto sbattendo le palpebre, osservando la figura della moglie allontanarsi finché non svoltò una curva e scomparve. Fece cenno alla cameriera e poi un sospiro. «Già» mormorò sottovoce. «Sono un sacco di soldi. Sempre che non finiamo in pasto a qualche mostruosità.»

* * *

«Correte! È cibo ora e lo saremo anche noi se non ce ne andiamo da qui!» urlò Konrad agli altri membri del suo gruppo, facendo girare la moglie per un braccio e spingendola con passi incerti davanti a sé.

Ormai era un gruppo composto da uno storico e da un altro archeologo.

Dopotutto, l'ultima delle nostre guardie al momento si sta facendo mangiare da un ragno gigante, pensò mentre la paura lo attanagliava.

Oppure no...

Gemette quando il ragno, dopo averlo sentito, rivolse verso di lui il suo sguardo lucido, alieno e dagli occhi neri. Lasciò cadere i resti senza testa della loro ultima guardia e ruotò il corpo massiccio verso il gruppo in fuga.

Gli ho detto di non entrare in quell'edificio. Mi ha ascoltato? Certo che no. Voglio dire, chi è l'esperto di questi posti? pensò Konrad con amarezza.

Loro cinque, tutto ciò che era rimasto del gruppo di venti persone dopo che il gruppo principale si era diviso in precedenza, anche quello contro il consiglio di Konrad e Vendra, avevano proseguito su insistenza dello storico. A chi importava che avessero perso delle persone a causa delle trappole? Che una specie di verme gigante avesse trascinato una delle loro guardie nel terreno prima che qualcuno potesse anche solo battere ciglio, figuriamoci reagire? Che il fianco di un edificio avesse ceduto solo perché qualcuno vi si era appoggiato? Continua! Anche se ha schiacciato l'unico chierico, lasciando gli altri senza una fonte importante di guarigione magica. Per non parlare degli ulteriori vari e altrettanto *meravigliosi* contrattempi.

L'idiota sentiva che eravamo vicini alla vecchia caserma dei Guardiani della Notte. Tanto valeva continuare a caricare, no?

Com'era naturale, quando si erano fermati davanti all'ennesimo mucchio di detriti per consultare una vecchia mappa, la loro guardia aveva individuato un edificio per lo più intatto che, a giudicare dall'insegna di metallo ossidata, era stato un negozio di ceramiche. Konrad aveva cercato di avvertirlo. Gli aveva urlato di tornare indietro e di non entrare nel negozio. Per quanto lo riguardava, la prima e principale regola dell'archeologia o del saccheggio di tombe era: "Se sembra troppo bello per essere vero, probabilmente lo è"

Almeno l'ottanta per cento degli edifici della città erano distrutti. Probabilmente di più. Rovine, per quanto ben costruite. Gli edifici di Kiserian erano stati costruiti per resistere a molteplici colpi diretti da parte delle macchine d'assedio. Eppure, il passaggio di quindici secoli, tutte le creature e i precedenti cacciatori di fortune avevano avuto il loro impatto. Per non parlare di quello che avevano fatto le battaglie verso la fine della Grande Guerra.

Ciò significava che un edificio per lo più intatto era con ogni probabilità utilizzato da *qualcosa.* In quel caso, il qualcosa era un gigantesco ragno dalla pelliccia ardesia con bande verde scuro che gli avvolgevano il corpo di circa dodici piedi di diametro.

Anche se non ho intenzione di provare a misurare quella maledetta cosa, pensò Konrad senza fiato. *Naturalmente, la cosa peggiore non è il fatto che fosse la tana di un aracnide grande come un carro. Oh, no. Sarebbe stato troppo facile per questa città.*

A Kiserian, perché un ragno gigante dovrebbe produrre solo ragnatele normali?

La guardia aveva ignorato le preoccupazioni di Konrad ed era entrata direttamente nell'edificio. Circa venti secondi dopo, aveva lanciato un urlo e, per metà inciampando e per metà correndo, era uscita dalla parte da cui era entrata. Un filo di tela verdastra era schizzato fuori dalla porta annerita, colpendo le gambe dell'uomo sfortunato e legandole insieme. Appena colpì il terreno di faccia, dei filamenti di fumo emanarono dall'armatura di cuoio delle gambe del soldato. Urlò e si agitò, cercando di liberare le gambe mentre l'armatura cadeva a pezzi.

Konrad aveva alzato lo sguardo in tempo per vedere le enormi zampe emergere dalla porta, poi le aveva osservate con orrore mentre si piegavano, trascinando piano la massa corazzata del ragno attraverso l'apertura molto più piccola, in quel modo irritante che hanno gli insetti e gli aracnidi di ogni luogo.

Il ragno aveva fissato il sui molti occhi sul soldato urlante. Era strisciato in fretta più vicino, con occhi scuri scintillanti e impazienti mandibole schioccanti. Konrad doveva essersi sbagliato. Sembrava quasi che il ragno stesse avanzando verso il poveretto con una gioia maligna che rasentava il sadismo.

Il soldato rotolò su se stesso, guardò il ragno negli occhi ed emise un urlo penetrante di terrore primordiale. Il ragno sembrò non gradire. Agganciò l'uomo sotto le braccia con quelli che sembravano artigli simili a falci attaccati alla parte bassa degli arti anteriori. Sollevò l'uomo indifeso, urlante e piangente, studiandolo con malvagità.

Poi gli sputò un filo di acido direttamente sul viso.

Le urla dell'uomo aumentarono di tono mentre la sua pelle iniziava a sciogliersi. Poi si trasformarono in un gorgoglio che terminò quando il ragno lo tirò tranquillamente verso di sé e gli divorò la testa.

In quel momento, i quattro rimasti correvano il più veloce possibile, e la perfida creatura si avvicinava a loro ogni secondo di più.

Konrad percepì l'istante in cui il gruppo si ridusse da quattro a tre. Il sibilo del ragno che spruzzava il suo acido, seguito da un urlo e dal rumore di un corpo che si schiantava al suolo. Non aveva idea di chi fosse caduto e non aveva tempo di fermarsi a guardare. Poteva solo continuare a mettere un piede davanti all'altro il più in fretta possibile.

D'un tratto, per fortuna, il suo piede colpì qualcosa di scivoloso come il ghiaccio. Inciampò in avanti, cercando di mantenere l'equilibrio. Poteva aver rallentato, ma fu l'esatto momento in cui ragno aveva scelto di scaricare di nuovo il suo acido. Lo spruzzo caustico attraversò l'area che la sua testa aveva occupato una frazione di secondo prima e colpì alcuni detriti, sibilando e ribollendo sulla pietra vecchia.

Konrad riprese l'equilibrio e fu costretto a una svolta brusca a destra in quel che restava di una strada, quando vide sua moglie girare agilmente l'angolo e schizzare in avanti. Più che udire, percepì il ragno lanciarsi in aria e impattare contro il lato di un edificio distrutto, per poi far presa sul terreno e proseguire verso di loro.

Verso la sua preda.

Vendra era forse a quindici piedi avanti a lui e Konrad vide con perfetta chiarezza quando lei calpestò una grata di ferro di quattro piedi. Il metallo arrugginito cedette all'istante sotto il suo peso con un gemito stridente. Lei fece mulinare le braccia, cercando di recuperare l'equilibrio. Non riuscendoci, girò il busto verso Konrad e allungò la mano.

Lui si tuffò in avanti e afferrò la mano tesa di lei. Ma il suo slancio e il peso della moglie li fecero precipitare entrambi nell'oscurità.

Ebbe tempo per un pensiero veloce e fugace. *Dubito che il ragno possa passare da lì.* Poi arrivò l'impatto e la benedetta oscurità.

* * *

Vendra accarezzava i capelli del marito mentre gli cullava la testa in grembo dopo avergli somministrato a forza una pozione curativa. Emise un sospiro di sollievo quando il suo respiro finalmente si regolarizzò. Ne aveva bevuta una lei stessa, ma si era rotta solo un braccio nella caduta, quindi la pozione aveva fatto effetto abbastanza in fretta. Lui, invece, era caduto di testa. Anche se la pozione aveva guarito la ferita, non c'era modo di sapere quanto tempo ci sarebbe voluto prima che riprendesse conoscenza.

Non voglio somministrargli una delle nostre pozioni di risveglio. Ne abbiamo comprate solo due e potrebbero servirci se ci imbattiamo in qualcosa che induce il sonno o l'incoscienza mentre usciamo da questa città abbandonata. Inoltre, anche se non sono una guaritrice, mi sembra che potrebbe essere un brutto colpo svegliarlo con la magia dopo una ferita così traumatica. Meglio risparmiarle e lasciare che si svegli da solo.

Purché non ci trovi nulla quaggiù.

Forse aveva ragione. Questa è stata una pessima idea. Vendra sospirò, continuando ad accarezzare la testa di Konrad e pregando gli dèi, di certo defunti da tempo, che tornasse a stare bene. *La prossima volta, quando ci recheremo in un posto così pericoloso, includeremo delle pietre del richiamo. Decisamente un consiglio da trasmettere ai nostri figli, un giorno. Vale a dire, sempre che riusciamo a trovare una via d'uscita e ad averne.*

Pensando che se qualcosa si fosse nascosto nell'oscurità in attesa di mangiarli, erano già in svantaggio e probabilmente comunque spacciati, Vendra decise di usare un po' di luce per vedere se riusciva a capire dove si trovavano. Cercò nella sacca magica e ne estrasse una lanterna contenente una pietra di luce. Ruotando la base, aprì leggermente l'otturatore, emettendo un fascio di luce bianco-bluastra. La passò sul pavimento, sulle pareti e sul soffitto. Sembrava si trovassero in uno dei vecchi condotti fognari. Per fortuna al momento vuoto e in gran parte asciutto, anche se avrebbe odiato trovarvisi dentro durante un temporale. Quel condotto doveva essere usato per portare i rifiuti ai portali che li smaltivano. Necessario in una città che aveva ospitato ben oltre un milione di persone. Non c'era molto da vedere, a parte la pietra fatiscente e insetti brulicanti. Insetti di dimensioni normali.

Mormorando un'altra preghiera, posò la lanterna, lasciandola leggermente aperta per non restare sola al buio.

Trascorse ore in quel modo, facendo uno spuntino con una barretta presa dalle razioni e giocando con i capelli indisciplinati del marito, osservando i suoi respiri stabilizzarsi a poco a poco e diventare più profondi. Alla fine, il corpo di lui si tese quando aprì le palpebre e iniziò a guardarsi intorno con frenesia, cercando di alzarsi in piedi.

«Calmati. Per ora siamo al sicuro. Come ti senti?»

Konrad gemette. «Come se fossi caduto per alcuni piani in un buco, mentre ero inseguito da un enorme ragno che sputava acido, e fossi atterrato sulla testa. Che suppongo sia quello che è successo?» Alzò lo sguardo e si concentrò sul viso della moglie.

Lei annuì e gli rivolse un sorriso stanco. «In pratica, sì. Felice che la tua memoria sia intatta.» Il suo volto si rabbuiò. «Siamo a corto di due pozioni curative. Mi sono rotta il braccio nella caduta. Ce ne restano ancora dieci.»

«Speriamo di non averne bisogno.» Konrad si stiracchiò i muscoli indolenziti. «Dove siamo? Per quanto tempo sono stato svenuto?»

«Qualche ora. Difficile dirlo quaggiù. Per quanto riguarda il dove... i vecchi canali fognari, a quanto pare. Non *credo* che le catacombe del castello si estendessero così tanto, e i tunnel di fuga probabilmente non erano così grandi. Ma a essere onesti? Chi lo sa.» Scrollò le spalle. «Se te la senti, dovremmo muoverci. Di sicuro abbiamo passato troppo tempo a sembrare cibo fermo. Soprattutto se quel ragno è intelligente e altrettanto stronzo quanto sembrava.»

«Quindi non ero solo io? Anche tu pensavi che si stesse godendo il terrore del soldato?» Si sollevò in posizione seduta e, con attenzione, si sforzò di alzarsi.

«Già. Quella cosa era intelligente. E malvagia.» Rabbrividì mentre si alzava, strofinandosi le gambe intorpidite.

«Concordo. Nella speranza di non essere mangiati e cercando di non dire che te l'avevo detto, quale direzione ci porta fuori di qui?»

chiese lui.

«Va bene, forse avevi ragione. Per quanto riguarda la direzione... non ne ho idea» rispose lei piano.

Konrad restò immobile, a bocca aperta, a fissarla. «Tu... *tu* non ne hai idea?»

Vendra scosse la testa con tristezza. «No. Le fogne, se lo sono davvero, sono un labirinto di percorsi interconnessi. È abbastanza difficile orientarvisi con una mappa affidabile, anche se sapessi esattamente dove siamo finiti. Cosa che non so. Potremmo tornare in superficie...»

«No. Lassù sembrava che le cose cercassero e riuscissero a uccidere uno di noi ogni pochi minuti. Qui sotto, almeno abbiamo passato qualche ora senza che qualcosa cercasse di divorarci» rispose, rabbrividendo mentre ripensava alla guardia senza testa e all'enorme ragno.

«Ma il verme gigante potrebbe infestare questi tunnel.»

«Così come un gran numero di altre cose. Preferisco la dubbia sicurezza di quaggiù ai comprovati campi di sterminio di lassù» concluse lui con un'alzata di spalle, estraendo la spada corta.

«D'accordo. Andiamo da quella...» Alzò il braccio per indicare, prima che un'ondata di spossatezza la travolgesse. Barcollò in avanti mentre la sua vista si annebbiava.

«Stai bene?» chiese Konrad, voltandosi a guardarla, la preoccupazione evidente nei suoi occhi.

«Mmh. Sì.» Scosse la testa per schiarirla. «Credo di essermi alzata troppo in fretta. La caduta, unita ai crampi dovuti al fatto che il tuo testone è rimasto così a lungo sulle mie gambe... per un attimo ho avuto le vertigini. Ora è passato. Perché non proviamo da quella parte?» affermò, indicando.

Nessuno dei due si accorse che era la direzione opposta a quella che aveva suggerito all'inizio.

I due viaggiarono per una buona mezz'ora. Vendra seguiva con sicurezza le curve delle fogne, tenendo la luce brillante davanti a loro. Konrad camminava un passo indietro, nervoso, la spada sguainata.

Sua moglie si fermò così all'improvviso che Konrad quasi le andò addosso. Vendra sollevò la luce e la fece brillare su qualcosa sopra di loro, illuminando un grosso tubo di metallo. La grata si era arrugginita anni prima e i resti avevano sporcato il terreno sotto i loro piedi.

Non era un fatto degno di nota, dal momento che avevano superato numerosi altri tubi simili. Ciò che era curioso, invece, era l'iscrizione nella pietra intorno al punto in cui era incastrato quello specifico tubo metallico.

Che cosa abbiamo qui? L'eccitazione di Vendra per la scoperta del tubo irregolare superò in fretta il suo desiderio di uscire intatta dalla città.

«Che cosa dice? Ti prego, dimmi che è una buona notizia, tipo "per uscire da questa città dimenticata dagli dèi, da questa parte"» commentò Konrad in tono sommesso.

«Sto cercando di capirlo, amore» rispose lei, studiando la scritta. «Dammi un minuto o due. L'incisione è piuttosto consumata.» Strinse le labbra, angolando la luce in modi diversi prima di pronunciare un'imprecazione stupita. «È draconico!» Studiò la scritta per qualche minuto ancora, ridacchiando un paio di volte, mentre Konrad spostava il peso da un piede all'altro e scrutava nervoso l'oscurità intorno a loro.

«Be', che dice?»

«Vediamo. Probabilmente non è perfetto, ma... "Se sei un mostro di merda, vattene. È sempre troppo incasinato pulire dopo di te. Se sei qualcun altro che sta cercando di entrare, vieni su a salutare. Dopo il consueto scambio di convenevoli, ti lanceremo volentieri dal tetto per esercitarci al tiro a bersaglio. Buona giornata o notte. Dopotutto, non sappiamo quando tu stia cercando di fare irruzione".»

Konrad restò immobile e sbatté le palpebre. «Non è possibile che ci sia scritto quello.»

Lei soffocò altre risatine. «No, è così. Davvero. Il mio draconico non è perfetto, ma non potrei essermelo inventata.»

«Chi mai farebbe scolpire una cosa del genere nella pietra

intorno a un tubo fognario? Soprattutto in draconico?» chiese Konrad incredulo.

Lei gli sorrise. «C'è solo un gruppo noto per aver gettato la gente dai tetti e averla usata come bersaglio durante la caduta. I Guardiani della Notte! Questa doveva essere la loro caserma!»

Konrad la guardò sbigottito. «Non può essere. Non è possibile che vi siamo incappati per puro caso dalle fogne.»

«Deve essere così! Dobbiamo andare in superficie e vedere se questa era la loro casa. Se lo fosse... non riesco a immaginare cosa potremmo trovare!» La sua eccitazione ribolliva.

«No... No, no, no. Neanche per sogno. Ricordi cosa c'è sopra di noi? La città della morte? Di ragni grossi come carri che sputano acido!»

«Ma, Konrad...»

«No, Vendra! Enormi. Ragni. Sputa. Acido!» Konrad imprecò sottovoce e si pizzicò la radice del naso. «Hai sbattuto anche tu la testa? Perché sembra che io sia l'unico di noi a ricordare che siamo partiti come un gruppo di venti persone... dopo che gli altri pazzi hanno deciso che dovevamo dividerci, vale a dire. Chissà cosa è successo a tutti gli altri, ma per quanto ne sappiamo, ora siamo rimasti solo in due. Francamente, mi stupisco che tu non sia ancora vedova o che io non sia già vedovo.» Scosse la testa. «Capisci che è un tasso di perdita del novanta per cento solo per il nostro gruppo, vero? Non molto buono. Dovremmo andarcene da qui finché siamo in tempo, e non credo che riusciremo a farlo.»

Vendra gli accarezzò la guancia barbuta prima di sollevargli il mento e guardarlo negli occhi. «Anch'io ti amo. Anch'io non so se riusciremo a uscire dalla città. Ma i Guardiani della Notte erano la forza militare meglio equipaggiata di cui abbia mai letto. Potremmo riuscire a trovare qualcosa che si sono lasciati alle spalle... qualcosa che ci aiuti. Potrebbe essere la nostra unica possibilità» sussurrò.

I loro sguardi rimasero immobili fino a quando le spalle di Konrad si afflosciarono in segno di sconfitta. «Va bene. Ma lo faremo con cautela. *Con cautela,* Vendra!» la ammonì.

Lei annuì. «Sono d'accordo. Seguirò la tua guida.»

«E perché *tu* lo sappia, *so* cosa hai fatto. Non mi hai ingannato.»

Lei si limitò a sorridergli.

I due si insinuarono nei cunicoli fino a trovare un punto di manutenzione vicino con una scala ancora in grado di sostenere il loro peso. L'abilità e l'innato senso dell'orientamento che avevano sviluppato in numerosi altri scavi e sotterranei permisero loro di tenere a mente una direzione generale e la distanza dal tubo.

Konrad riemerse per primo, poi fece un fischio a Vendra, che lo seguì per scoprire che ormai il sole stava calando.

Dobbiamo essere stati in quelle gallerie più a lungo di quanto pensassi, si rese conto Vendra.

I due si fecero strada con cautela attraverso la città in direzione del tubo, passando da un'ombra all'altra in modo lento e furtivo. Dopo quelle che sembrarono ore, ma che forse erano solo quindici o venti minuti, girarono l'angolo caduto di un edificio per guardare dove doveva portare il tubo.

L'edificio era un torrione in miniatura.

Una fortezza in mezzo alla città. Immagino sia questo il motivo per cui non c'erano scale nelle vicinanze, solo il condotto fognario.

Chiunque ne fosse il proprietario, voleva essere in grado di vedere un nemico arrivare.

Occupava un intero isolato. La pietra scura mostrava i segni del tempo, ma neanche lontanamente tanto quanto Vendra pensava avrebbe dovuto. L'edificio si ergeva per cinque piani, con feritoie ben visibili dappertutto. Poteva vedere chiaramente i pali dove un tempo sarebbero erano appesi gli stendardi, anche se quelli si erano deteriorati da tempo. Solo alcuni indefiniti brandelli di stoffa ancora sventolanti in silenzio nella leggera brezza.

Guardò verso il cielo e vide le sagome di diverse armi d'assedio sul tetto, come sentinelle silenziose ferme in piedi, in attesa dell'opportunità di difendere una città da tempo morta e sepolta.

Tornò a guardare in basso, concentrandosi sulle spesse porte di metallo nero piazzate al centro del muro. Il respiro le si strozzò in gola e lacrime le scesero sul viso.

Un attimo dopo, sentì lo stesso brusco respiro provenire da suo marito.

Eccola lì, incastonata nelle porte. Una testa di lupo, tagliata in due dall'apertura, contornata di platino, i lineamenti fabbricati con onice e zaffiri.

Il simbolo dei Guardiani della Notte. Prima di Alshain, poi di Paladaine e, infine, della più grande forza d'attacco militare del mondo.

Riusciva a malapena a distinguere l'iscrizione sopra la porta, ma sapeva a memoria cosa c'era scritto in draconico. *Airson Urram bidh sinn a 'seasamh, airson Ceartas bidh sinn a' sabaid.*

Schierati per l'Onore, Combattiamo per la Giustizia.

Vendra non ricordava di essersi mossa, ma neanche un secondo dopo si trovò davanti alla porta con il marito alle spalle, una mano appoggiata con reverenza sul simbolo a forma di testa di lupo. «È qui. È davvero qui. Siamo qui» sussurrò con tono solenne.

«Non posso crederci» le fece eco Konrad con lo stesso tono. «Come facciamo a entrare? È tardi e non voglio trovarmi fuori quando il sole tramonterà del tutto.» La sua prima regola era dimenticata in quel momento.

«Non lo so. Le serrature che devono esserci su questa porta... la magia, le trappole... non ne ho idea.» Fissò gli occhi del lupo. Spinse e poté giurare di aver visto l'occhio di zaffiro scintillare nella luce che si stava oscurando in fretta, quando la porta di acciaio pesante... no, di *adamantio,* ruotò su cardini silenziosi. Vendra si voltò e scambiò uno sguardo sorpreso con il marito, prima che un movimento alle spalle di lui attirasse la sua attenzione.

Si concentrò sull'area e notò di nuovo il movimento. Poi, come se avesse percepito il suo sguardo, il ragno si alzò. I suoi occhi scuri scintillavano nel sole del tramonto, mandibole contratte per l'impazienza. «Dentro! Ora!» gridò, afferrando il braccio del marito e tirandolo in avanti mentre l'aracnide strisciava veloce verso di loro.

Konrad si lasciò trascinare avanti, essendosi già proteso in quella direzione non appena aveva visto gli occhi della moglie sgranarsi. Quando furono dentro, si girarono verso la porta e cercarono di chiuderla, ma non furono abbastanza veloci. Il ragno colpì con un tonfo sonoro, facendoli scivolare all'indietro di qualche centimetro, mentre una zampa si infilava nell'apertura impedendo loro di chiuderla e sbarrarla. Lottarono invano contro il peso del ragno, cercando di chiudere la porta mentre la mole della creatura li faceva scivolare piano sul pavimento.

All'improvviso, uno squarcio acuto e un lampo accecante di luce bianca e blu riempirono lo spazio, poi la porta si chiuse di schianto. Vendra e Konrad caddero in avanti insieme, atterrando in un mucchio di membra aggrovigliate. Prima che la loro vista si schiarisse, sentirono odore di ozono, carne carbonizzata e peli bruciati.

Vendra sbatté ripetutamente le palpebre, le lacrime le rigavano il viso mentre cercava di scacciare dalla sua vista l'immagine residua viola dell'incantesimo. Quando riuscì a vedere di nuovo, si girò di lato verso un ritmico *tump, tump, tump,* concentrandosi infine sulle convulsioni involontarie della zampa del ragno che colpiva il pavimento dell'ingresso. La zampa era stata tranciata. Lo stomaco le si contorse mentre faceva un balzo per staccarsi dal marito e sfuggire a quella cosa disgustosa.

Fu allora che se ne rese conto.

Poteva vedere. Con le sole feritoie nelle pareti esterne e il cielo sempre più scuro, non avrebbe dovuto essere in grado di farlo. Lasciò che il suo sguardo scorresse lungo la parete, notando le pietre di luce poste a intervalli regolari, che fornivano la luce fioca. Pietre come quella della sua lanterna.

Solo che queste hanno mantenuto il loro incantesimo per millecinquecento anni.

Konrad, avendo finalmente recuperato la vista, guardò la zampa, poi emise il suono di un conato prima di alzarsi e avvicinarsi per porgerle la mano. «Be', è disgustoso. Che è successo?"

«Deve aver attivato qualche sorta di misura difensiva. Una qualche magia nelle porte. Credo sia stata una specie di scarica elettrica.» Vendra fece un mezzo passo verso la zampa mozzata, il precedente disgusto scomparso, mentre la curiosità prendeva il sopravvento.

«Perché noi non l'abbiamo innescato, allora? Siamo entrati» chiese Konrad. «No, lascia stare la zampa. Non sappiamo nulla di quel ragno e di ciò che il suo sangue può fare.»

«Mmh. Va bene, non la toccherò. E mi dispiace. So che te lo sto dicendo molto più di quanto abbia mai fatto prima, ma non lo so. Nessuno dei miei studi, niente di quello che ho letto mi ha preparato per questa città. Soprattutto non per il Mastio dei Guardiani della Notte» rispose, mordicchiandosi il labbro inferiore.

«Lo capisco. Non è colpa tua.» Konrad tornò alla porta e la esaminò. «Be', la buona notizia è che non credo che il ragno possa entrare. Almeno quello che ne rimane. Probabilmente è troppo sperare che lo shock lo abbia ucciso. La cattiva notizia è che se non è morto e ci ha dato la caccia in città in quel modo, è probabile che ci starà aspettando quando usciremo. E sarà incazzato.

Mi preoccupa di più il fatto che, essendosi la porta aperta così facilmente prima, chissà cos'altro potrebbe essere entrato in passato.» Guardò verso l'estremità oscura del corridoio, aggrottando le sopracciglia. «Voglio dire, se qualunque magia difensiva abbiamo attivato non è stata azionata prima che ci riconoscessero...»

Sua moglie scosse la testa. «Non possiamo fare molto per il ragno in questo momento, se non saltare di gioia per il fatto che lui è là fuori e noi siamo qui dentro. Per quanto riguarda la magia, se quella era una misura difensiva, come quasi certamente doveva essere visto che ci ha lasciato passare, supporrei che qualcosa nella porta riconosca gli umanoidi... o forse l'intento di una creatura.»

Konrad fece un rumore evasivo. «Forse. Forse no. Tuttavia, se ci spingiamo oltre, stiamo affidando le nostre vite a congetture piuttosto scarse. Inoltre, se riconosce semplicemente gli umanoidi, potremmo non essere soli.»

«Dobbiamo continuare, Konrad. Guardati intorno. Così tanta magia solo per illuminare il corridoio.» Fece un gesto verso le pietre di luce nelle loro nicchie. «Dobbiamo vedere cos'altro c'è, soprattutto se speriamo di superare quel ragno e uscire dalla città. Inoltre, non credo che qualcuno sia mai entrato qui dentro prima d'ora. Non che io sappia, almeno.»

Annuì piano in segno di assenso. «Odio ammetterlo, visto che sono io quello più prudente.» Quello gli valse un'occhiataccia. «Hai ragione, però. Guarda il fondo delle nicchie.» Passò il dito su una di esse. «Non c'è polvere. Eppure sembra che non ci sia nessuno qui. Sembra...»

«Vuoto. Abbandonato. Solo.» La fronte di Vendra si corrugò per la confusione. «Come può un edificio sentirsi solo?»

«Non lo so, ma hai ragione. Mi sembra che... fosse abituato alle risate.» Scrollò le spalle, scuotendo la testa.

Vendra annuì in segno di assenso. «Allora siamo d'accordo? Proseguiamo e vediamo cosa riusciamo a trovare?»

Il marito annuì. «Sì. Vediamo quali tesori possiamo portare indietro a lady Sacrastella. Sempre che troviamo qualcosa che uccida quel ragno e ci faccia uscire di qui.»

Dopo alcune ore di ricerca, non avevano trovato un bel niente. Niente armi, armature, oggetti magici, pergamene, pozioni... nemmeno mobili. Solo le pietre di luce dall'incandescenza fioca che illuminavano sia il loro cammino sia ogni stanza man mano che si avvicinavano, prima di affievolirsi e spegnersi quando erano troppo lontani. Si erano fatti strada con metodo dall'esterno verso l'interno, piano per piano.

Per fortuna, sembrava che la loro valutazione fosse giusta, il posto sembrava abbandonato.

Si fermarono davanti a una delle ultime porte rimaste da esplorare, scoraggiati dalla mancanza di tesori tangibili da portare ai loro benefattori. Sembrava che qualcuno o qualcosa fosse entrato dopo l'ultima battaglia e avesse fatto piazza pulita.

Ma chi lo farebbe? Si chiese Vendra, non per la prima volta.

Aprì la porta, aspettandosi sempre la stessa cosa, e si limitò a entrare. Notò a malapena il leggero calo della temperatura. La sua mente impiegò qualche istante per registrare ciò che i suoi occhi stavano vedendo.

Quella stanza aveva un pavimento in legno duro. Il legno era nero come la pece, eccetto che per le brillanti venature argentate. Gli stendardi dei Guardiani della Notte stavano appesi accanto al Drago di Paladaine su ogni parete, intervallati da altri che Vendra non riconosceva.

Agrifoglio blu all'interno di una stella cavalleresca d'argento a otto punte... ma non la stella che era abituata a vedere. Foglie di agrifoglio verdi intrecciate intorno a uno scricciolo dorato su sfondo bianco. Una vipera dorata con tre galloni verdi su sfondo nero.

E tanti altri ancora.

Al centro della stanza si trovava un grande tavolo lucido dello stesso legno che poteva ospitare con facilità cinquanta persone o più, tutte le sedie mancavano tranne quella a capotavola all'estremità opposta. A quattro piedi di altezza dal centro del tavolo, un cubo di pietra di nove pollici pieno di iscrizioni ruotava pigramente sul posto, emanando un bagliore fioco e mutevole che variava tra l'azzurro, il blu scuro, il verde e il viola.

Da dove si trovava, paralizzata sul posto da quella visione inaspettata, le sembrò che ci fosse un libro di qualche tipo sul tavolo di fronte all'unica sedia, così come un qualche oggetto che non riusciva a distinguere. Sembrava sfocarsi e ondeggiare ogni volta che cercava di metterlo a fuoco. A pochi piedi dietro la sedia c'era un camino acceso che ardeva con fiamme blu e nere. Qualcosa che pendeva dalla cornice del camino ogni tanto catturava la luce e scintillava.

«Cos'è questo posto?» chiese Konrad senza fiato.

«Non ne sono sicura.» Vendra si diresse verso il centro del tavolo e guardò il cubo girare piano, cercando di leggere le iscrizioni. «Credo che sia una chiave di volta per un praesydial.» Si voltò verso di lui per vedere il suo sguardo interrogativo e roteò gli occhi. «Un praesydial. È un effetto magico incredibilmente potente usato per proteggere una vasta area. Numerosi incantatori si riunivano e lanciavano il rituale insieme a un incantatore centrale che aveva creato il proprio incantesimo *centum heroicis* per produrre gli effetti desiderati.

Ogni praesydial è diverso. Coprono aree diverse e permettono di operare effetti magici diversi, a volte potenziando un potere e limitandone o addirittura vietandone altri. Alcuni di quelli più potenti permettevano a certi individui particolarmente legati al praesydial, o che usavano un oggetto chiave, di accedere ad alcuni incantesimi, anche se l'individuo non era un incantatore. La maggior parte di loro ha la propria magia bloccata in una chiave di volta. Non era necessario, ma ho letto che riduceva notevolmente il potere necessario per crearne uno.»

«E tu pensi che sia una di quelle chiavi di volta? Cosa succede se la portiamo con noi?» chiese Konrad, con gli occhi fissi su di essa.

Vendra emise un sospiro ed esitò. «Non ne sono sicura. Da quello che ho letto, i praesydial con una chiave di volta potevano essere spostati, il che li disattivava, per poi poter essere riattivati in seguito da qualcuno che sapeva cosa stava facendo.» Percorse con passi lenti la lunghezza del tavolo, facendo scorrere la punta delle dita lungo il bordo. Il freddo della stanza si intensificò, raffreddandola, ma non abbastanza da provocare alcun disagio. Si fermò all'estremità opposta e abbassò lo sguardo, scrutando l'oggetto sconosciuto.

Sembrava una piccola statua di pietra di un serpente con le ali, due code supplementari e qualcosa di simile a tentacoli alla base della mascella. «Curioso» borbottò, allungando la mano verso di essa prima di ritirarla e di considerarla irrilevante.

Invece, Vendra aprì il libro rilegato in pelle nera, sfogliando le pagine finché non si rese conto che si trattava di un diario, con l'ultima pagina strappata. Invertì il senso, fermandosi all'ultima annotazione, e iniziò a leggere ad alta voce al marito, che si era avvicinato dietro di lei.

Ho discusso con tutti per giorni e, a prescindere da cosa io dica, si rifiutano di cambiare idea. Continuano a dirmi che se quello che dice Aralael è vero, e da tutte le indicazioni sembra esserlo, stiamo perdendo. Che l'unico modo per proteggere tutti gli altri in questo dannato universo è lanciare l'incantesimo e usare gli spiriti dei miei cari, la loro stessa esistenza, per chiudere i cancelli per sempre.

Distruggendo ciò che amo di più, preservo tutti gli altri.

Quindi, ho l'opportunità di salvare queste persone a costo della mia famiglia? Persone che se fossero rimaste unite, se avessero combattuto insieme dall'inizio, non ci farebbero nemmeno contemplare questa misura drastica? Devo salvare loro e condannare i miei?

Vorrei che non avessimo mai trovato quel maledetto rituale Abissale. Allora non avremmo altra scelta se non continuare a combattere. Perché questo è quello che voglio fare. Continuare a combattere e cercare di dare una svolta a questa guerra. So che potremmo farcela. Ci siamo fatti amici e alleati su mondi di tutto l'universo.

So che potremmo vincere.

Ma la mia famiglia... Sono stanchi di vedere la gente soffrire. Di essere testimoni della morte e della distruzione che questi mostri causano. Continuano a dirmi che anche se non è facile, non sarà mai facile, è la cosa giusta da fare. Rinunceranno non solo alla propria vita, ma alla loro stessa esistenza per porre fine a queste creature.

Quindi, lascio questo diario qui per essere giudicato da coloro che verranno dopo di noi.

Odio tutto questo. Ne odio ogni singola parte. Non voglio fare ciò che è giusto.

Ma lo farò. Lascio questo posto in questo momento come un amico, un fratello, un padre, un compagno. E anche se non tornerò mai più qui, tra poche ore, sappiate che non sarò nessuna di quelle cose. Sarò colui che ha fatto a pezzi i suoi cari per salvare tutti gli altri. E non smetterò mai... MAI... di chiedermi se ne sia valsa la pena.

Perché non credo che lo sarà mai.

Il mio ultimo periodo di servizio,

Principe Tamerin Alshain, Ali di Fumo, Scurastella, Signore dei Draghi Kemuri...

Comunque vogliate chiamarmi, perché, in onestà, a me non interessa più.

Vendra chiuse piano il diario. Le lacrime le rigarono il viso mentre il marito la abbracciava da dietro. Dopo aver preso qualche minuto per ricomporsi, si girò tra le sue braccia per guardarlo in faccia. «È diverso. Leggere dai libri di storia. Questo è stato scritto dalla mano stessa di Kemuri. Posso sentire il suo dolore.»

Konrad annuì. «Anch'io. Essere messi di fronte a una scelta del genere. Non solo di perderli in un combattimento, ma di dover essere quello che... che...» Si interruppe, incapace di concludere.

Vendra annuì e si passò una mano sul viso macchiato di lacrime, poi appoggiò la guancia sul petto del marito.

Rimasero così ancora per qualche minuto, prima che Vendra traesse un profondo respiro e facesse un passo indietro. «Va bene. Torniamo al lavoro.» Si avvicinò al camino e alle strane fiamme blu e nere che vi danzavano. Si chinò e tese le mani verso le "fiamme", udendo il marito inspirare bruscamente quando sentì odore di... neve. «Non ho intenzione di toccarle. Almeno non ancora. Sono fredde, però, quindi almeno abbiamo scoperto perché questa stanza è più fredda del resto della fortezza. È strano. Profumano di neve fresca appena caduta.»

«Già, ma perché sono qui? E che tipo di magia li ha creati perché stiano ancora... bruciando, per mancanza di un termine migliore, quindici secoli dopo?» chiese lui.

«Be', si presume che Kemuri fosse un drago freddo. Forse lo mettevano più a suo agio. Oppure ha pensato che fossero in sintonia con il suo stato d'animo mentre scriveva quello. Quanto a ciò che le fa *bruciare...*» Fece una smorfia al di sopra della spalla. «Ancora non lo so.»

Konrad roteò gli occhi, ma le sorrise a sua volta. «Cosa c'è appeso lì?»

Vendra si raddrizzò e si concentrò sull'oggetto che aveva visto brillare dall'ingresso. «Una collana.» Si avvicinò al ciondolo. «È uno scricciolo d'argento con piccole scaglie di smeraldo come occhi. Piuttosto opaco e consumato. Mi chiedo perché sia appeso qui.»

Si avvicinò per appoggiare il ciondolo sul palmo della mano. Non appena le toccò la pelle, entrambi sentirono un cambiamento sismico nel mondo che li circondava.

Il rilascio dell'antica magia sembrava risalire dalle profondità della terra, passando dentro di loro e raccogliendosi nei loro petti. Diventò più grande alimentandosi di se stessa, fino a far credere loro che li avrebbe fatti a pezzi, prima di esplodere all'improvviso in tutto il resto del loro corpo, incendiando ogni nervo allo stesso tempo. Sembrava cercare qualcosa. Quando lo trovò, ci fu un lampo di luce verde e oro mentre entrambi barcollavano, poi cadevano in ginocchio, respirando a fatica, i corpi formicolanti.

Poi lo udirono.

Il pianto di un neonato.

Quando Vendra riprese fiato, alzò lo sguardo nello stesso istante del marito, sbattendo le palpebre per far andare via i puntini dagli occhi, e si concentrò sul camino.

Le strane fiamme erano scomparse. Al loro posto giaceva una culla dello stesso legno nero e argento del pavimento e del tavolo.

Vendra e Konrad allungarono le mani tremanti e tirarono subito la culla fuori dal camino, preoccupati di cosa sarebbe successo se le misteriose fiamme fossero riapparse. Guardarono con cautela all'interno e si immobilizzarono. Una neonata avvolta nella più lussuosa stoffa nera che entrambi avessero mai visto giaceva all'interno, agitandosi e piangendo. Un astuccio di pergamena bianca intarsiata con viti d'oro e foglie di agrifoglio era stato infilato accanto a lei da un lato, un diario blu e nero dall'altro.

Si guardarono l'un l'altro, poi si misero al lavoro.

Vendra estrasse un contenitore di latte dalla sacca e ne versò un po' in un bicchierino che aveva tirato fuori, ben sapendo che non era il massimo per la bambina ma non avendo altra alternativa. Nel frattempo, Konrad sollevò la bambina e la cullò, dondolandola avanti e indietro canticchiando una ninna nanna, mentre la moglie preparava qualcosa da bere per la piccola. Vendra avvicinò il bicchierino alla bambina, facendone cadere piano un po' nella bocca di quella creatura... no, di quell'umana. Dopo alcuni tentativi falliti, riuscirono a farla bere abbastanza da farla smettere di piangere.

Konrad la porse a Vendra, che procedette a farle fare il ruttino, poi tornò a cullarla mentre lui apriva la custodia delle pergamene. La capovolse e una piccola fiala di liquido dorato gli cadde in mano. La mostrò a Vendra, che scosse la testa, senza parlare, e si accigliò. Poi recuperò due biglietti dall'astuccio, leggendo il primo a Vendra, che lo fissò con occhi spalancati e confusi. Poi le lesse il secondo biglietto:

> *Il suo nome è Sofia Rinttir. L'ho messa qui per nasconderla e tenerla al sicuro finché non sarà il momento giusto per lei per emergere. So chi desidero e spero ardentemente che la trovi. Tuttavia, dovesse questa persona mancare di farlo, per qualsiasi motivo... a chiunque la trovi, sappiate che lei è più di una semplice parte del mio cuore. La amo con* tutto *il mio cuore. Non lo faccio con leggerezza. Mi addolora più di quanto potrei mai spiegare in una lettera. Tutto ciò che vi chiedo è di amarla. Quando sarà il momento giusto, datele le lettere e la pozione. Fino ad allora, posso solo sperare che viva una vita piena di amore. Perché temo che il destino imporrà un cambiamento per lei.*
> *N.*

Vendra guardò il viso addormentato della bambina e si innamorò all'istante. Guardò Konrad, la sua domanda inespressa scritta sul suo viso e nei suoi occhi. Lui sorrise e fece un cenno di conferma. Si abbassò piano accanto a lei, avvolgendo la propria famiglia tra le sue braccia.

Capitolo 22

21° Jinn, 1502 DF

Sofia era intontita, non ascoltava quasi più.

«È tutto, lady Cirrus» annunciò Konrad a bassa voce, studiando il tavolo mentre concludeva il racconto. «Abbiamo deciso di passare la notte in quella stanza prima di cercare di uscire dalla città al mattino. Non sapevamo quanto sarebbe andata bene, soprattutto con una bimba appena nata, ma speravamo di farcela. Non fu necessario, però. Dopo esserci addormentati, successe qualcosa.»

Vendra continuò. «Ci svegliammo fuori dalla città dove avevamo lasciato i nostri cavalli. La culla e tutto ciò che ne faceva parte, compresa la collana, erano a terra accanto a noi. La chiave di volta e il diario di Kemuri erano in un sacco di iuta lì accanto, quasi come se qualcuno avesse impacchettato tutto. Ancora oggi non abbiamo idea di come abbiamo fatto a uscire dalla città. A parte una sorta di magia, s'intende.»

Konrad annuì. «Siamo tornati a Tenewren e io sono andato a incontrare i nostri benefattori, mentre Vendra è rimasta nascosta. Ho consegnato loro il sacco con dentro i tre oggetti che avevamo recuperato. Erano entusiasti dei ritrovamenti. Quando ci hanno chiesto quanto volevamo come bonus, come promesso, ho risposto che volevamo la biblioteca e un piccolo stipendio per farla funzionare. Ho spiegato che dopo tutto quello che ci era successo in quella città, avevamo smesso di fare scavi. Eravamo pronti a sistemarci e a creare una nostra famiglia. Possedere la biblioteca ci avrebbe dato la possibilità di farlo, continuando a fare ricerca e ad aiutare gli altri a uscire e esplorare il mondo. Ci hanno creduto. Abbiamo rilevato la biblioteca e ci siamo sistemati.»

«Ma Sofia non ha una sorella...» Zixne si zittì, i suoi occhi si sgranarono quando Kotizara la fulminò con uno sguardo. «Oh.»

Sofia restò in un silenzio scioccato, sentendo gli sguardi di tutti puntati su di lei. Non aveva nulla da dire. Non aveva una sorella. Significava che... la bambina era lei. Si concentrò sui suoi *genitori*, o su chiunque fossero, mentre gli occhi le si riempirono di lacrime che iniziarono a scorrerle sul viso. «Non sono vostra figlia. Voi mi avete trovata. *Mi avete trovata!*» singhiozzò.

I genitori annuirono con tristezza. Konrad si strofinò gli occhi, poi mise una mano sulle spalle di Vendra mentre iniziò a singhiozzare apertamente. «È vero. Conoscevo un tizio che ha falsificato i documenti di adozione» ammise lui. «Ci siamo comportati come se ti avessimo adottata dopo aver preso possesso della biblioteca. Un modo per sistemarci e dimenticare quello che era successo in quella città. Solo un'altra persona di uno degli altri gruppi è riuscita a uscire ed è finita in un manicomio. Non so dove, né se fosse un uomo o una donna... e nemmeno la sua razza.»

Cirrus porse gli appunti a Sofia. Lei li prese e si sforzò di leggerli tra le lacrime che scorrevano. La pagina frastagliata che era stata strappata da un diario fece sì che il suo stomaco si stringesse e minacciasse di ribellarsi. Le lacrime scesero ancora più veloci quando la lesse una seconda volta, poi una terza, sforzandosi di capire:

A chiunque trovi questo,
Non so cosa riservi il futuro. Ma questa è la mia eredità. La nostra eredità.
Per molto tempo ho protetto i nostri più vulnerabili, coloro che non hanno nulla.
Gli smarriti, i dimenticati, i bambini che non hanno nessun altro che si prenda cura di loro.
Ora, sono consapevole di lasciare questa bambina allo stesso destino, non avendo idea di cosa troverà nella vita.
Non avendo idea dei suoi trionfi o delle sue tragedie.
Ho solo la speranza.

Ho la speranza che, se lo farò nel modo giusto, lei troverà più che felicità.
Troverà l'amore.
Ho la speranza che, se lo farò nel modo giusto, si circonderà di persone che la proteggeranno. Combatteranno per lei.
Troverà una famiglia.
Così tante cose possono andare storte con quello che stiamo per fare.
Ho paura per il futuro se falliamo.
Ho paura per lei.
Se dovessimo fallire nella nostra missione, è mia più sincera speranza che lei accoglierà l'amore che le donate e lo usi per scoprire ancora di più.
Che troverà un'eredità.
Non solo la Nostra Eredità.
La Sua Eredità.

Sofia accartocciò il biglietto e lo lanciò verso il camino, senza accorgersi che si fermò a meno di un metro dall'essere incenerito e fluttuò piano indietro verso Cirrus, le cui dita si stavano agitando. Sofia si alzò in piedi con rabbia, sconvolta dal tradimento di coloro che pensava le volessero bene. Si sporse nella culla, tirando via la fiala e la sostanza dorata.

Coloro seduti attorno al tavolo aprirono la bocca per protestare, ma solo Cirrus riuscì a dire: «Non sappiamo cosa...» prima che Sofia togliesse il tappo e ingurgitasse il liquido con un unico movimento fluido.

Tutti restarono immobili sul posto, incerti sul da farsi.

Sofia sentì un calore diffondersi dalla gola fino al petto, poi verso l'esterno, impregnando ogni parte del suo corpo mentre un bagliore dorato pulsava piano da lei.

Sembra... amore, speranza, felicità. Riconoscimento e accettazione. Come se mi stessero abbracciando dall'interno.

Non provò dolore, quando la sua pelle assunse un tono più chiaro. Alcune lentiggini iniziarono a formarsi sul naso e si diffusero sotto i suoi occhi. I suoi stessi occhi cambiarono dal marrone caldo che aveva conosciuto per tutta la vita a un acquamarina con ardenti macchie rosse e oro. Le orecchie le si allungarono e diventarono leggermente appuntite. Non della lunghezza di un elfo vero, ma definendola con chiarezza come una mezz'elfa.

Mentre il bagliore pulsante si attenuava intorno al resto della sua figura, si illuminò sulla fronte prima di correre giù verso la punta dei capelli, al suo passaggio il castano spento si trasformò in una brillante tonalità ambrata. La miscela di profondi rossi, ori e arancioni rifletteva la luce del fuoco e sembrava incendiarle la testa.

Sofia alzò le mani tremanti davanti al viso, ignorando gli sguardi stupefatti dei suoi cari, rigirandole ancora e ancora. Soffocò un grido strozzato e si precipitò verso la credenza, dove di solito venivano conservate le stoviglie raffinate quando non erano in uso. Si guardò nel riflesso del vetro, girando la testa a destra e a sinistra, con il respiro sempre più accelerato, arrivando al limite del panico.

Vendra le si avvicinò alle spalle, allungando una mano per confortarla, ma lei si girò e allontanò la mano con uno schiaffo. «*No! Non* toccarmi! Tu non sei mia madre. Non so *chi* lo sia. Non so nemmeno chi sono io!»

Fuggì dalla stanza e si precipitò al piano di sopra nella sua stanza. Sbatté la porta dietro di sé e chiuse a chiave, lasciandosi alle spalle amici e parenti sbigottiti.

Si sdraiò sul letto, singhiozzando in silenzio, finché la stanchezza non ebbe la meglio su di lei.

* * *

Sofia si svegliò e scoprì di essere ancora in un sogno.

Si guardò intorno. L'oscurità l'abbracciava da ogni direzione, illuminata solo da puntini di stelle e dalle vorticose nubi multicolori di nebulose e galassie lontane.

Si conficcò l'unghia del pollice sinistro nel polpastrello dell'indice, lottando per svegliarsi.

«Ti assicuro, bambina, sei davvero sveglia. Per modo di dire.» Un delicato tono femminile parlò da dietro di lei, la voce in qualche modo calmò i suoi nervi tesi.

Sofia si voltò piano, scorgendo per la prima volta l'individuo, anche se in precedenza aveva controllato tutto intorno a sé ed era stata certa di essere sola in quel paesaggio bizzarro. La forma della creatura era facile da definire, anche per i segni sui vestiti, ma allo stesso tempo riusciva a essere nebulosa. In qualche modo sfocata, indistinta e incorporea. La figura era probabilmente alta meno di cinque piedi e mezzo stando eretta, anche se era seduta su una sedia semplice che brillava di luminosità tenue, fatta di una vorticosa luce verde e oro.

La creatura indossava una veste verde intenso decorata con fili d'ambra e ricamata con agrifoglio dorato, il cappuccio tirato su e allungato abbastanza oltre il viso da gettarlo nell'ombra. Mentre Sofia la fissava, la luce sembrò schiarirsi in modo quasi impercettibile per rivelare un po' del suo volto, sebbene restasse ancora in ombra. Il volto appariva illuminato dal basso da una luce fioca e dorata, che emanava da una fonte non distinguibile e che lasciava intravedere scorci di lineamenti sorprendenti. Un volto femminile con labbra dorate.

Erano gli occhi... gli occhi di *lei* ad attirare l'attenzione, però. Penetranti occhi verdi, circondati da un ombretto ambrato che sembrava tremolare di una magica luce interiore. Quegli occhi scavavano nel profondo di Sofia, studiandone ogni aspetto, mantenendo lo sguardo sui suoi nuovi occhi acquamarina.

Sofia sapeva che non solo vedevano chi era e cosa aveva fatto, ma percepì che vedevano chi poteva diventare e cosa poteva fare.

Ancora più sorprendente per Sofia: sembravano approvare.

«Prego, accomodati, giovane.» La forma femminile mosse una mano per indicare di fronte a lei, dove si formò un'altra sedia di luce verde e oro.

Sofia annuì. Si spostò in maniera automatica verso la sedia e vi si lasciò quasi cadere sopra.

«Presumo che tu abbia delle domande. Non abbiamo molto tempo... neanche lontanamente abbastanza. E ci sono cose che non posso dirti. Ma chiedi e farò del mio meglio per rispondere a ciò che potrò, per quanto il tempo lo permetterà» le assicurò la figura.

«Chi... chi sei? Dove sono?» chiese Sofia.

«Ah. Chi. Questa è una storia lunga e fin troppo complicata per raccontarla nel tempo che abbiamo a disposizione. Inutile dire che i nomi... cambiano. Cambiano nel corso delle ere, quando le storie vengono tramandate. Li cambiamo noi stessi quando ridefiniamo chi siamo e cosa rappresentiamo. A volte abbiamo nomi diversi per persone diverse, che definiscono il nostro significato per loro. Per te, qui e ora, in questo luogo, puoi chiamarmi Wren. Significa scricciolo, come l'uccellino.»

«Wren» sussurrò Sofia, provando il nome sulle labbra.

Sembra... giusto.

Wren inclinò la testa. «Per quanto riguarda il luogo in cui ti trovi... non è meno complicato. Sei su un confine. Dove il vuoto incontra il mare astrale, l'etereo... e il sogno. Un luogo di potere. Un luogo in cui le speranze vengono definite, poi formate e realizzate.»

La risposta non fece che aumentare la confusione di Sofia. «Perché sono qui?»

«Oh. È abbastanza facile. Ti ci ho portata io» rispose Wren, un rapido sorriso sulle labbra.

Sofia rilasciò un sospiro. «Io... sì. Questo l'avevo capito. Non so come fare... questo.» Fece un cenno intorno a loro. «Intendevo *perché* mi hai portata qui?»

«Domanda migliore» rispose Wren, gli occhi scintillanti di malizia. «Per un paio di motivi, suppongo. Primo, volevo incontrarti. Secondo, posso sentire il tuo dolore e ne conosco la fonte. Terzo... be', hai bisogno di guarire.»

«Non sono ferita, però» argomentò Sofia.

«Sì, lo sei» affermò Wren in tono piatto. «Il tuo corpo potrà non avere ferite. Il tuo spirito, però... Quello che hai trovato ti ha ferita nel profondo e questo necessita una cura. In fretta. Per quanto mi piacerebbe dirti che avrai tutta la vita per guarire da questa rivelazione... non è così. Hai bisogno della verità, della verità vera, o almeno di tutta quella che sei pronta a ricevere, per darti un colpo in testa e rimetterti in carreggiata.»

Sofia aggrottò le sopracciglia e si mosse per alzarsi. «È una questione personale. Non ho intenzione di parlarne con un essere magico luminoso e sconosciuto a caso. Soprattutto con uno che non conosco. Anche se mi ha portato ai confini dell'universo.»

Wren assunse un'espressione esasperata e Sofia fu spinta con delicatezza sulla sedia da una forza invisibile. «Confini dell'universo? Mi piace. Ciononostante, è esattamente quello che farai.» Un sopracciglio sfocato si inarcò. «Permettimi di porti una domanda. Cosa sono i genitori?»

Sofia inspirò profondamente. *Questo potrebbe essere peggio della dragonessa. «*Sono le persone che ti mettono al mondo. Ti crescono.»

«Sì.» Wren sorrise. «I tuoi genitori naturali non potevano occuparsi di te, per quanto desiderassero il contrario. Sebbene Vendra e Konrad non ti abbiano originariamente portata in questo mondo, di certo ti hanno *riportata* in esso. Ti hanno nutrita. Ti hanno vestita. Abbracciata e baciata. Letto storie. Curato i tuoi tagli e le tue ferite. Aiutato a superare i dolori del cuore. Tenuta stretta quando avevi paura. Credimi, non solo sono i tuoi genitori in tutto e per tutto quanto quelli che ti hanno creata, ma lo sono di più. Potrai avere le caratteristiche della tua famiglia di origine ora, ma tu hai la conoscenza e l'educazione di due persone che hanno fatto davvero del loro meglio per te. Faresti bene a ricordarlo.»

Sofia arrossì per l'imbarazzo, abbassando la testa. «Sì, credo di meritarmelo.»

«Non lo meriti come una qualche sorta di punizione o di rimprovero, Sofia» riprese Wren con calma. «Lo meriti come promemoria, un'esperienza di apprendimento. Qualcosa che ti aiuti a vedere l'errore che hai commesso, le persone che hai ferito, e a decidere cosa vuoi fare al riguardo. Qualcosa che ti aiuti a crescere.

A tutti capita di scagliarsi contro le persone nei momenti di debolezza, rabbia o dolore. Spesso i bersagli finiscono per essere le persone a cui si tiene di più, perché sono quelle le cui azioni o parole possono tagliarci più nel profondo. Ma questo sfogo, questo errore, non deve definirti. Invece, rivendica la responsabilità delle tue azioni. Impara da esse e lascia che il modo in cui rispondi al dolore che hai inflitto sia ciò che ti definisce.»

«Come?» chiese Sofia con tono di supplica.

Wren la guardò stupita. «Sai che quello che hai fatto è sbagliato, quindi quando ti svegli, rimedia.»

Sofia annuì e tornò a guardare in alto, le lacrime non versate negli occhi. «Ma perché non me l'hanno detto? Fa così male per quanto tempo hanno fatto finta che fossi loro.»

Il cappuccio di Wren si inclinò e lei sollevò un sopracciglio perfetto. «Non hanno *fatto finta*. Te l'ho detto. Tu *sei* loro. Avevi meno di un giorno quando gli incantesimi furono lanciati su di te per proteggerti e imprigionarti. Per metterti in stasi, dove nessuno avrebbe potuto trovarti finché non fosse stato il momento. I tuoi genitori naturali ti amavano. La cosa più difficile che abbiano mai fatto è stata rinunciare a te, ma era l'unico modo per assicurare la tua sopravvivenza. Anche i tuoi genitori di adesso, però. Ti amano anche loro. Ti hanno vista diventare grande e ti hanno cresciuta da quella bimba in una donna che può trovare e realizzare la sua eredità, come dice la lettera.

Per quanto riguarda il *perché* non te l'abbiano detto... perché secondo te?»

Sofia si accigliò, cercando di raccogliere i pensieri, che correvano ovunque. *I miei genitori naturali mi amavano. Anche Vendra e Konrad, mia madre e mio padre, mi amano. Sono i miei genitori. Che ho pugnalato al cuore con le parole che ho pronunciato.* Si asciugò inutilmente gli occhi. «Non lo so davvero, Wren.»

«Non è mai un segno di debolezza ammettere di non sapere qualcosa» le disse Wren. «Va bene. Ancora qualche domanda da parte mia a te. Avresti creduto loro? Non intendo l'adozione. Non vedo ragione per cui non avresti potuto crederci. Intendo dire *come* sei arrivata a loro. Avresti chiesto. Avresti preferito che ti mentissero?

O pensi che saresti stata pronta per quella risposta? Per la consapevolezza dell'enorme quantità di magia che è stata spesa su di *te* per nasconderti con una serie di condizioni per riportarti indietro? Saresti stata pronta a credere, in qualsiasi momento prima d'ora, che *tu* eri abbastanza speciale perché qualcuno lo facesse? Prima di incontrare Cirrus, una parte di te lo avrebbe mai pensato possibile?»

Sofia rimase seduta, ammutolita. «Io... no. Suppongo di no. Non avrei creduto a tutto questo.»

«Ancora più facile: da bambina saresti stata in grado di tacere e di non raccontare ai tuoi amici i particolari di come i tuoi genitori ti hanno scoperta?»

«Ne dubito. Probabilmente me ne sarei vantata con loro... o con qualcuno, a un certo punto» confermò Sofia.

«E quanto danno, quale grande problema, pensi che avrebbe causato se le persone sbagliate lo avessero scoperto? Come, per esempio, le persone che avevano voluto degli oggetti da quella spedizione?»

«Un sacco. Avrebbero potuto volermi... *prendere*.» Gli occhi di Sofia si allargarono per la sorpresa.

Wren annuì. «Forse ora puoi capire perché hanno aspettato. Comunque, per come la vedo io, nel momento in cui hanno incontrato la tua nuova amica draconica e hanno verificato chi fosse, hanno confessato tutto. Ti hanno detto che sei stata adottata e che sei arrivata da loro grazie alla magia. Poi ti hanno permesso di vedere quelle cose che erano arrivate con te. Non hanno nascosto nulla. Non è passato molto tempo tra quando eri pronta e quando te l'hanno detto, vero?» concluse, le sue labbra dorate sollevate in un sorriso.

Sofia sospirò. «No, immagino di no.»

Wren annuì. «Bene. Comunque, non tutta la famiglia è sangue. A tutti gli effetti, alcuni dei legami più stretti e forti che stringiamo sono quelli che *scegliamo*, non quelli con cui condividiamo il sangue. Loro diventano la nostra famiglia.»

Sofia si morse il labbro superiore riflettendo. «Sì, lo capisco. Ma hai detto che il nostro tempo era limitato, quindi credo che dovrei cercare di imparare che cosa vuoi o hai bisogno che io faccia.»

Wren alzò le spalle. «Ho detto che avrei risposto alle tue domande. Non ho detto che avresti dovuto porle tutte subito. Queste sono le risposte che avevi bisogno di sentire, che tu abbia chiesto ad alta voce o meno.»

«Immagino sia così. Conoscevi i miei genitori?» chiese Sofia a bassa voce.

«Quali?» Wren fece l'occhiolino.

Sofia arricciò il naso. «I primi. I miei genitori naturali.»

«Oh, cielo, sì. Molto bene.» Wren sorrise.

«Puoi parlarmi di loro?» chiese.

«Al momento posso solo dirti che erano entrambi degli eroi. Hanno cercato di fare sempre ciò che era giusto, a prescindere dal costo. Spero che un giorno imparerai molto di più su di loro» rispose Wren.

Sofia aggrottò le sopracciglia per l'ovvia risposta evasiva. «Va bene. Mi hai mandato tu l'armatura e le armi?»

La testa di Wren fece un cenno di assenso. «Certo. Quanti altri esseri incredibilmente potenti hai incontrato di recente?» chiese prima di accigliarsi. «Be', a parte Cirrus. Lei non conta. Non sapeva della tua esistenza finché non ha cercato di mangiarti, quindi non può averle mandate lei.»

«Perché me le hai mandate? Cos'è che dovrei fare?» chiese Sofia, la voce venata di confusione.

«Le armi e l'armatura sono potenti. Non so esattamente cosa succederà, ma ti aiuteranno a proteggerti mentre cercherai di riparare le cose. Cose che quasi nessuno si rende conto siano rotte» chiarì Wren con tristezza. D'un tratto, l'intensità del suo sguardo aumentò e si concentrò su Sofia. «Per quanto riguarda ciò che devi fare, non solo te l'ho già detto, ma hai lavorato per questo ogni giorno da quando l'ho fatto.

È difficile parlare con te, soprattutto quando sei sveglia. Consuma molta energia e io non sono molto... vivace. Se non fosse per la magia insita nella pozione che hai preso, non avrei certo potuto portare qui parte della tua essenza per poter parlare in questo modo. Almeno non ancora.

Ora, ti ho detto di registrare la sua storia e che, così facendo, lo avresti aiutato a ricordare. Non intendevo dire che lo avresti aiutato a ricordare ciò che ha fatto nella sua vita o coloro che ha perso. Non dimentica mai queste cose. Non può. Soprattutto la sua famiglia. Il problema è che quello che ha fatto nel corso dei decenni, dei secoli, per cercare di riparare il suo cuore spezzato è... sbagliato. Invece di cercare di affrontare il suo dolore, di lavorarci su per cercare di guarire, ha lavorato piano per dimenticare i *sentimenti* che provava per la sua famiglia.

Ha lavorato per associare quei ricordi all'apatia, in modo da smettere di soffrire. Questo è uno dei lati pericolosi del possedere la magia del vuoto. Le conosce per nome, può fornirti la loro descrizione, le cose che hanno fatto insieme... ma ha dimenticato i *sentimenti*, le *emozioni* che le hanno accompagnate. È come un guaritore che descrive in modo clinico la malattia di un paziente, invece di un amico, un padre, un compagno, che cerca di confortare il paziente mentre ciò gli viene detto. Ha bisogno di ricordare non *quello* che è stato fatto, ma *come si è sentito* nel farlo.

È questo che voglio da te. Che parli con lui, per tirare di nuovo fuori le emozioni. Farlo *sentire* di nuovo. *Questo* inizierà a sistemare ciò che è rotto» concluse Wren.

Sofia annuì piano. «Credo di aver capito. Puoi dirmi cosa è rotto?»

Wren sospirò. «Sarebbe più facile dirti cosa *non è* rotto. Lasciami semplicemente dire che le cose non sono andate come previsto tanti anni fa. La porta chiusa, bloccata e barricata che pensavamo di lasciarci alle spalle non era così permanente come ci avevano fatto credere.»

Gli occhi di Sofia si allargarono quando il significato di ciò che

Wren stava dicendo la colpì. «Gli Esterni? Sono tornati?»

Wren annuì. «Molto bene. E il loro numero sta aumentando piano e con costanza, aggiungerei.»

«Non c'è nulla che possiamo fare per fermarli, però. La magia è più debole ora. Non abbiamo le risorse e le persone per combattere una guerra contro di loro!» esclamò Sofia.

«Giovane... nemmeno noi all'inizio avevamo molto per fermarli. Inoltre, la magia non è più debole ora rispetto a prima. Se lo fosse, non sarei affatto potuta venire da te. I vostri maghi e guaritori devono soltanto imparare un nuovo modo di praticarla. O meglio, un vecchio modo. C'è ancora molto tempo per tutto questo.»

Wren le sorrise, la luce che le illuminava il volto si schiarì finché Sofia non vide finalmente i lineamenti completi della straordinaria elfa. «Inoltre, avete... lui. Sveglialo. Riportarlo a se stesso. Fagli *provare affetto* di nuovo. Allora avrete più di una possibilità, te lo assicuro. Avrete una gigantesca lucertola affettuosa troppo crescita, feroce, protettiva e devastante che grida vendetta.

E quando scoprirà quello che sono finalmente riuscita a mettere insieme dopo quindici secoli... sarà più che incazzato.»

Gli occhi di Sofia si allargarono. «D'accordo, allora. Come... cosa dovrei fare per iniziare?»

Wren le rivolse un sorriso maligno. «Be', quando ci si blocca, a volte il modo migliore per ripartire è tornare sui propri passi. E poi ricominciare da dove la tua storia è iniziata.»

Capitolo 23

22° Jinn, 1502 DF

Sofia si svegliò di soprassalto, la luce del sole fluiva nella sua stanza attraverso le tende aperte. *Maledizione... ho dimenticato di chiudere le tende ieri sera.*

Si alzò a sedere e si piegò in avanti, i gomiti sulle gambe, la testa stretta tra le mani, e ripercorse il sogno nella testa.

All'improvviso si raddrizzò e sgranò gli occhi, mentre i ricordi della storia di Cirrus, della sua successiva trasformazione e del suo comportamento le inondavano la mente.

«No, non un sogno» mormorò. La voce era la stessa che le aveva parlato per mesi, solo più forte e vibrante. Non lo sapeva se significasse che stava acquistando potere o che la loro posizione le permettesse di essere più presente. «Immagino che non abbia molta importanza.»

Sofia faticava a decidere cosa fare. *Solo perché la signora era tutta in ghingheri e sembrava sapere da dove vengo e chi sono, non significa che sia benevola. Carino e gentile non sempre equivale a buono. Ma la sua presenza... era calda, confortante.* Sofia sentiva che Wren l'avrebbe accettata, con tutti i suoi pregi e difetti, e che l'avrebbe amata a prescindere da tutto.

Sofia si rese conto d'un tratto che non era solo una sensazione. Sapeva che era vero nel suo cuore. Nella sua stessa anima. Si rese conto di quanto fosse vero il modo in cui l'aveva chiamata Cirrus.

Paladina.

Non c'erano molti paladini in quei giorni, con le divinità così distanti, ma qualcuno esisteva. Sofia aveva letto racconti in abbondanza, sia vecchi sia nuovi, sulla loro bravura marziale e sulle loro capacità di guarigione. Delle grandi o terribili imprese che potevano compiere attingendo alla forza della loro divinità.

E aveva osservato con stupore anche i più semplici incantesimi che potevano fare Zixne e Corym.

Presto, sulla scia della consapevolezza di essere una paladina, alcune altre idee si consolidarono: era la paladina di Wren! Wren doveva essere una divinità. Ecco perché si sentiva così a suo agio con l'essere e così disposta ad accettare ciò che Wren le diceva.

Be', questo, e il fatto che aveva davvero ragione. I miei genitori sono Vendra e Konrad. Mi vogliono bene e io voglio bene a loro. Devo rimediare al danno che ho causato. Devo chiedere scusa.

Ma prima... Fece un sorrisetto.

Chiuse gli occhi e portò alla mente un'immagine di Wren, nello stesso modo in cui Cirrus le aveva mostrato di fare con l'armatura. Concentrandosi, immaginò la sua mano sinistra allungarsi e afferrare quella dell'altra donna. Sentire il suo tocco, la pelle... il potere. Sentire il leggero fruscio del ricco tessuto della veste. Sentire non solo l'odore, ma anche il sapore, il freddo del vuoto in cui si erano incontrate, ma sovrapposto a qualcosa di più caldo... cannella. Vedere quegli occhi verdi penetranti, illuminati dall'interno dal fuoco interiore della donna, dalla sua forza di carattere.

Una cosa molto più profonda della semplice magia.

Sofia tenne l'immagine e tutto ciò che evocava in primo piano nella sua mente, bloccando tutto il resto, cercando di attirare un po' di quel potere dentro di sé. Immaginò, poi sentì, un breve formicolio di magia in tutto il corpo, prima che si concentrasse nella sua mano sinistra, in cui "teneva" la mano della dea. Desiderò che una marea crescente di magia corresse tra loro, unendole in un circolo di potere. Avanti e indietro, dall'una all'altra, desiderò che culminasse in un'ondata di energia sopra il palmo girato verso l'alto della sua mano destra.

Lo immaginò come una bellissima palla dorata intersecata con energia verde, pulsante e vorticante come un essere vivente.

Il suo addome rabbrividì, farfalle vi svolazzarono in anticipazione di ciò che stava per compiere.

Sentì l'attimo in cui la magia si unì al piano materiale, attratta dalla sua forza di volontà. Un dono di una dea. Aprì gli occhi per guardare con meraviglia...

I viticci di magia verdi e dorati che scintillavano a caso avvolti intorno all'avambraccio e alla mano destra, le loro estremità ondeggiavano piano, emettendo strani ronzii.

Scattò fuori dal letto, saltando e scuotendo il braccio, cercando di eliminare la magia incontrollata che aveva evocato. Mentre lo faceva, si rese conto che le farfalle non erano nel suo stomaco, né erano causate dall'attesa.

Non ho usato il bagno ieri sera prima di dormire! pensò con rammarico.

I suoi salti frenetici si trasformarono rapidamente in piccoli e brevi saltelli mentre si voltava verso la porta, allungando la mano per afferrare la maniglia.

Solo per scoprire che, invece di toccare il metallo freddo, riceveva una leggera scossa dalla magia selvaggia che le scorreva intorno alla mano e al braccio, mentre il ronzio si intensificava e i viticci magici iniziavano a frustare la maniglia. Ogni volta che uno colpiva, Sofia sentiva un'altra scossa, che aveva l'effetto indesiderato di erodere piano il timido controllo della sua vescica.

«Forza! Smettila! Devo andare!» si lamentò Sofia, scuotendo il braccio, odiando il pensiero che le attraversava la mente ma arrendendovisi comunque. Con disperazione, cercò qualcosa nella sua stanza in cui poter fare i propri bisogni. Mentre il pensiero di... alleggerirsi di liquidi le infondeva la mente, la magia fece un ultimo balzo dalla mano destra e scomparve nell'aria sopra di lei.

Il suo urlo di felicità quando si diresse verso la porta durò poco.

Alcuni litri di acqua cristallina e frizzante caddero dal nulla direttamente sopra la sua testa, inzuppando lei, il pavimento e tutto ciò che si trovava nelle vicinanze. Sofia si fermò, gocciolante, con una mano sulla maniglia della porta. Chiuse gli occhi e fece un respiro profondo. *Be',* pensò con amarezza, *ho fatto una magia. E per qualche motivo non devo più andare in bagno.*

Dovrei ringraziare per i piccoli favori, suppongo.

* * *

Al piano di sotto, Cirrus emise un breve latrato di risate prima di piegarsi in due ridendo isterica qualche respiro dopo. Vendra e Konrad entrarono dalla cucina per vedere cosa stava succedendo. Gli amici di Sofia, rimasti per la notte in caso di bisogno, si voltarono a guardarla. «Oh, è troppo divertente.»

«Che cosa, lady Dragonessa?» chiese Corym, la curiosità avendo la meglio su di lui.

Cirrus ignorò la domanda. «Andiamo. Credo che Sofia sia sveglia e pronta a vederci. E io voglio assolutamente vederla!» Si alzò e si diresse in fretta verso le scale, mentre tutti gli altri la seguirono.

* * *

Sofia sentì gente per le scale, così girò con calma la serratura della porta e la aprì, aspettando. Aveva già deciso che quel livello di imbarazzo era una giusta punizione per il suo comportamento della sera prima.

I suoi amici e familiari si fermarono nel corridoio, guardando l'acqua che aveva inondato il pavimento della stanza e si era sparsa nel corridoio da sotto la sua porta. Poi sollevarono gli sguardi per fissarla, la confusione nei loro sguardi facile da interpretare.

Prima che qualcuno potesse dire qualcosa, a parte le risatine a malapena trattenute di Cirrus, Sofia si raddrizzò, con l'acqua che ancora le colava dai capelli e sul viso. Guardò ognuno di loro negli occhi prima di soffiare via l'acqua dalle labbra. «Mi scuso con tutti per ieri sera. Soprattutto con voi due.» Guardò i suoi genitori. «Non solo mi avete cresciuta, ma so che mi amate. Non ho dubbi che siate i miei genitori e voglio bene a entrambi.»

«Grazie, Sofia. Anche noi ti vogliamo bene.» Konrad le sorrise prima di chiedere con esitazione. «Ti dispiace raccontarci cosa è successo qui?»

Stava chiaramente cercando di non ridere.

«Io... ho tentato una magia. Ieri sera ho ricevuto un visitatore che mi ha spiegato alcune cose» iniziò, cercando ancora di mantenersi dritta e dignitosa. «Mi sono resa conto che lady Cirrus ha ragione. Sono una paladina. Tenendo presente questo, ho cercato di evocare una luce, ma qualcosa è andato storto.»

Zixne ridacchiò. «Direi di sì. Sei più inzaccherata di com'ero io quando Koti mi ha lanciata nel fiume.»

«Ne sono consapevole, Zix.»

«Ed è "ogni volta che mi lancia nel fiume", Zix.» Kotizara sorrise. «L'ho fatto più di una volta e ho intenzione di farlo ancora.»

«Sì, ma di solito aspetti fino a quando non stiamo nuotando» ribatte Corym.

Cirrus soffocò un altro attacco di risate prima di aggiungere invano: «Sì, invece hai creato acqua. Le congratulazioni sono comunque d'obbligo. Hai lanciato una magia con successo.»

Gli amici e la famiglia entrarono tutti nella stanza, ridendo e abbracciandola a turno, incuranti di bagnarsi a loro volta. Sofia si sciolse nei loro abbracci, scambiando qualche rapida parola con ciascuno di loro e, per qualche motivo, non era più preoccupata delle sue origini.

Questa è la mia famiglia. Loro mi hanno scelta e io ho scelto loro a mia volta.

Cirrus si raddrizzò dopo aver finito di abbracciare Sofia. «Va bene, pulirò questo disordine. Gli altri vadano di sotto a mangiare. Poi potremo avere informazioni sul visitatore di Sofia.»

«Non ti serve aiuto, Cirrus?» le chiese Kotizara. «È un bel casino.»

«Grazie per l'offerta, ma me la caverò. Ho a sufficienza di *questa...*» Cirrus alzò la mano e mosse le dita, «per aiutarmi a sistemare tutto *questo.*» Fece un cenno alla stanza.

Sofia si voltò per far uscire gli altri, soffermandosi a guardare Cirrus oltre la sua spalla sentendo il formicolio di magia che la avvolgeva, asciugandola. Dopo aver lanciato un'occhiata di gratitudine alla dragonessa, condusse gli altri giù per le scale e di nuovo nella sala da pranzo. Riuscì a sviare le domande dei suoi amici mentre i genitori finivano di preparare la colazione e Cirrus puliva le prove del suo sfortunato incidente magico.

Poco più tardi, dopo che tutti si erano riuniti e avevano mangiato, Cirrus guardò Sofia. «Va bene, basta tergiversare. Inizia a parlare.»

Sofia annuì e fece un respiro profondo. «Come tutti qui sanno, dopo aver bevuto quella pozione e... essermi trasformata, sono salita al piano di sopra e mi sono chiusa in camera.»

«Già!» la interruppe Zixne, sorridendo. «Vuoi dire dopo che hai trangugiato la sconosciuta pozione dorata e luminosa e sei cambiata da una Sofia perlopiù scialba in una Sofia mezz'elfa sexy?»

«Io... sì, quello» rispose in fretta Sofia prima di registrare le parole di Zixne. «Ehi, aspetta un attimo. Non ero scialba!»

Zixne e Kotizara risero sotto i baffi, la seconda cercando di non sorridere, mentre la prima non fece neanche il tentativo. «Se lo dici tu, Sofi. Non preoccuparti. Non sei *per niente* scialba ora.»

«Concentratevi, bambine» le interruppe Cirrus.

Sofia guardò i suoi amici. «Come dicevo, mi sono chiusa in camera mia e ho finito per piangere fino ad addormentarmi. Poi... be', in mancanza di un modo migliore per metterla, mi sono svegliata. Ma non ero qui. Ero circondata da un nero infinito pieno di puntini di luce stellare e di queste nuvole vorticose di gas colorati.» Quando esitò, Cirrus la fissò con intensità e le fece cenno di continuare.

«C'era una donna lì. Mi ha detto di chiamarla Wren.» Sofia studiò il volto di Cirrus e vide lo sgomento attraversarlo prima che lacrime si formassero negli occhi della dragonessa.

«Quindi, sembra che i miei sospetti fossero corretti» mormorò Cirrus, con l'aria di chi sta trattenendo a stento... qualcosa. Una qualche emozione a cui Sofia non sapeva dare un nome. Una così profonda che Sofia non era nemmeno sicura che esistesse un nome per essa. Meraviglia. Ammirazione. Sconcerto. Sgomento. Euforia. Giubilo. Dolore. Desiderio. La voce di Cirrus li conteneva tutti e anche di più.

Sofia la guardò. «Quali sospetti, Cirrus?»

La dragonessa sospirò. «Quando mi hai detto della voce e ho visto il tuo equipaggiamento, ho pensato che potesse essere Wren ad averti mandata sull'isola. Sono persino stata in piedi accanto a te e ho cercato di parlarle mentre dormivi, ma non ha risposto. Ogni fibra del mio essere sperava che fosse vero e che fosse tornata. Ora tu lo hai confermato. Anche se non ho la minima idea di come sia potuto accadere. Come ci sia riuscita.»

«Perché no?» chiese Sofia.

Cirrus si assicurò di guardare tutti, coinvolgendoli nella conversazione, prima di concentrarsi su Sofia. «Semplice, cara. Wren è stata distrutta. Completamente. O avrebbe dovuto esserlo. Era una della nostra famiglia, e l'unica divinità, che ha rinunciato alla propria esistenza per chiudere i portali del Regno Esterno. Durante il rituale, Kemuri ha fatto a pezzi l'essenza di chi e cosa lei era nel modo più doloroso che si possa immaginare. Da quel momento in poi, avrebbe dovuto cessare di esistere. Nessun viaggio nel regno degli spiriti, nessuna vita nell'aldilà. Nessuna esistenza affatto. Niente. Eppure, in qualche modo, è tornata.»

Sofia era scossa. Lo erano tutti. «Quindi la donna con cui ho parlato dovrebbe essere morta?»

Cirrus scosse la testa. «No, cara. Non morta. Scomparsa. Completamente.»

«L'ho immaginata, allora? E che mi dici dell'incantesimo che ho mandato a rotoli ma che ho comunque lanciato?» le chiese Sofia.

«No, sono sicura che non l'hai immaginata. Il luogo che hai descritto... è difficile da raggiungere, ma ci sono stata una volta. Nonostante tutto il mio potere, non posso farlo da sola. Non sono nemmeno sicura che Kemuri possa farcela usando le sue abilità del vuoto. È stata necessaria una combinazione della sua magia e di quella di Wren per portarci lì. Se lei ti ha portata lì, deve essere perché qualunque cosa che resta di lei ha trovato rifugio in quel luogo. Ha trovato un modo per mantenere la sua esistenza usando la magia del Sogno.»

«Quale magia, lady Cirrus?» domandò Corym con voce gentile.

«Del Sogno» rispose lei. «Non sono proprio la persona giusta a cui chiedere. Wren è l'esperta, ma posso spiegarlo abbastanza bene. Il Sogno è il piano dove esistono i sogni e gli incubi. È dove la tua mente inconscia ti porta quando... be', quando sogni. Esiste sia nel piano astrale sia in quello etereo, non completamente nell'uno né nell'altro, ed è un luogo a sé stante. Contiene i sogni di ogni sognatore e si dice che un sogno o un incubo non scompaiano mai davvero. Si affievoliscono soltanto e si allontanano dalla connessione del Sogno con il piano materiale.

Il luogo in cui ti ha portata Wren è l'estremo limite del Sogno, dove tocca il Vuoto Minore che permette la sua espansione continua e infinita. È un luogo estremamente pericoloso, poiché alcuni di quei sogni o incubi che esistono a quella distanza dal mondo materiale provengono da divinità o altri esseri di grande potere... e sono antichi. Quindi, anche se quei sogni e quegli incubi possono essere un po' svaniti, sono esistiti per innumerevoli eoni e c'è un enorme potere e potenziale in questo.»

«Potrebbe essere questo il modo in cui è rimasta... viva? O qualunque cosa sia attualmente?» Sofia chiese. «Attingendo a quel potenziale?»

Cirrus scrollò le spalle. «Io non ci riuscirei. Ma non sono una Tessitrice di Sogni, un tipo di specialista magico che si occupa di sogni. Wren lo era. Una incredibilmente potente e talentuosa, anche quando era mortale.» Cirrus tese le mani. «Con qualcuno così dotato nel suo campo, è quasi impossibile prevedere ciò che potrebbe realizzare.»

Tutti rimasero in silenzio per qualche istante prima che Zixne tornasse a essere se stessa. «Va bene. Sofi si trasforma nella sexy mezz'elfa Sofi, poi incontra una donna uccello che non dovrebbe più esistere ma che in qualche modo lo fa. Poi.»

Sofia si pizzicò la radice del naso tra le dita della mano sinistra. «*Non era* un uccello, Zix. Si chiama Wren. È un'elfa.»

«Questo lo so. Be', non che sia un'elfa. Non l'avevi detto

prima. Ma si chiama Wren, scricciolo, quindi presumo che le piacciano gli uccelli. Quindi, signora uccello. Andiamo avanti.»

«Io... certo.» Sofia scosse la mano per sorvolare e lanciò un'occhiata ai suoi genitori. «Wren mi ha costretta a vedere ciò che già sapevo. Voi siete i miei genitori, e non avrei mai dovuto dire che non lo eravate. Poi mi ha detto cosa dovrei fare davvero, cosa *lei* vuole che io realizzi. Far parlare Kemuri della propria vita. Non perché la ricordi, perché già lo fa. Dovrei fargli ricordare come si è *sentito* nei confronti di tutte quelle persone. Ha detto che è questo che ha dimenticato e che deve ricordare.»

Cirrus aggrottò le sopracciglia. «Io... lo capisco, in realtà. Già una volta ha inviato alcuni dei suoi sentimenti nel vuoto. Sembra che Wren creda che questa volta abbia fatto qualcosa di simile. Suppongo che la domanda iniziale rimanga. Come facciamo a farlo alzare, muovere e parlare con te?»

Sofia inspirò. *A Cirrus non piacerà.* «Mi ha detto un'altra cosa. Ha detto che gli Esterni sono tornati.»

Cirrus scattò in piedi, rovesciando la sedia, gli occhi spalancati luccicanti del loro azzurro brillante attorno alle sottili pupille da rettile. «Ha detto *cosa?»* domandò la dragonessa.

«Mi dispiace, Cirrus. Mi ha detto che la porta non è stata chiusa così bene come speravate e che si stanno infiltrando. Ha detto che dovevamo iniziare a far tornare i maghi e i guaritori ai vecchi metodi, perché sono loro a essere più deboli, non la magia. E ha detto che dovevamo farlo alzare. Che sarebbe stato *incazzato* e in cerca di vendetta.»

Cirrus alzò gli occhi al cielo. «Già, l'eufemismo del millennio, Wren.» Guardò coloro che erano seduti intorno al tavolo. «Quelle parole non hanno nemmeno un significato nello stesso universo rispetto alle emozioni che proverà. È paragonabile a una formica che mi guarda nella mia forma di drago e dice: "Caspita. Sei bella grande". Un enorme, *enorme* eufemismo.»

Corym sbatté le palpebre. «Se andiamo a dirgli che sono tornati, dovrebbe essere disposto a uscire a parlare, giusto?»

Cirrus sbuffò il suono più indegno che Sofia le avesse mai sentito emettere. «No. Quella lucertola torva e testarda pretenderà una prova prima di muovere anche solo la coda. Prova che non abbiamo e che non ho idea di come trovare.»

«Oh, quasi dimenticavo. Lei ha detto un'ultima cosa proprio prima che mi svegliassi» affermò Sofia con voce sommessa. Tutti gli occhi si voltarono verso di lei. «Ha detto che quando qualcuno si blocca, a volte il modo migliore per ricominciare a muoversi è tornare sui propri passi e ricominciare da dove è iniziata la sua storia. Dove è iniziata la mia storia.»

«La città di Kiserian» disse Vendra con un brivido.

Sofia annuì in segno di conferma. «La città di Kiserian.»

Capitolo 24

22°/23° Jinn, 1502 DF

La conversazione al tavolo esplose, tutti parlavano, poi gridavano sopra gli altri. I suoi amici sembravano impazienti, i suoi genitori tutto l'opposto. Sofia rilasciò un sospiro, concentrata su Cirrus, e sollevò un sopracciglio. La dragonessa ricambiò con uno sguardo confuso, non capendo cosa volesse Sofia, quindi lei sollevò una mano, l'indice teso, e lo fece roteare in cerchio per indicare tutti. Cirrus si chinò in avanti e tese le mani di lato, con i palmi rivolti verso l'alto, ancora incerta. Sofia chiuse le labbra e mimò di chiudere una serratura.

Cirrus sbuffò e annuì. Per conservare il mana, visto che presto sarebbero andati incontro a un pericolo, si prese il tempo di fare i gesti dell'incantesimo, passandosi un dito sulle labbra mentre diceva. «*Mulsilentrevi.*» Rilasciò la magia e la discussione intorno al tavolo si interruppe di colpo, quando tutti furono messi a tacere. Cinque paia di occhi si voltarono a fissarla. Cirrus alzò le mani. «Non io. Be', l'incantesimo era mio. Sofia ha delle informazioni che desidera condividere e aveva difficoltà a farsi ascoltare. Quindi, su sua richiesta, vi ho fatti tacere per un momento. Continua pure, Sofia.»

Sofia inclinò la testa. «Grazie, Cirrus. Sentite, capisco che sarà pericoloso.» Si rivolse ai genitori. «Ho ascoltato la vostra storia. È solo che non vedo altro modo. Se quell'essere potente, una dea che dovrebbe essere stata distrutta, dice di tornare al punto di partenza in cui lei stessa ha iniziato a forgiare un percorso in avanti, questo è ciò che farò. Sono la sua paladina.» Fece un respiro profondo e affrontò i suoi amici. «So che tutti voi volete andare, ma non potete. Non siete pronti.»

Tutti la stavano guardando, tranne Cirrus. Meraviglioso. «Vedo che tutti hanno qualcosa da dirmi o da urlarmi, ma per favore possiamo farlo uno alla volta?» Ai loro cenni, si rivolse di nuovo a Cirrus. «Quando finirà l'incantesimo?»

«Non appena sarai pronta, cara.»

Lei annuì. «Bene, prima i miei genitori. Liberali, Cirrus.»

Quando Cirrus inclinò la testa e lanciò un'occhiata verso di loro, Vendra sospirò. «Sofia, non sai quanto sia pericoloso quel posto. Siamo entrati in centocinquantadue in quella città contaminata dall'Abisso. Solo tre di noi sono riusciti a uscirne, senza contare te. Come farebbe notare tuo padre, si tratta di un tasso di *mortalità del novantotto per cento*! E io e tuo padre siamo sopravvissuti solo grazie a una sorta di intervento magico.»

Konrad annuì. «Tua madre ha ragione. Non hai idea di quanto le cose siano letali là.»

Sofia li guardò, sapendo che le loro argomentazioni provenivano da un luogo di amore, ma imperterrita. «Mamma, prima di avere me, prima di dovermi proteggere, cosa avresti fatto? La verità.»

Vendra chiuse gli occhi e si morse il labbro. «Avrei partecipato all'avventura.»

Sofia annuì e spostò lo sguardo sul padre. «Papà?»

Konrad borbottò qualcosa di incomprensibile.

«Papà?» insistette.

«Sarei andato con tua madre, naturalmente» confermò a bassa voce.

Sofia sorrise. «Devo farlo. Non so perché. So solo, in cuor mio, che Wren non mi indirizzerebbe male. Lei vuole...» Scosse la testa. «No, ha *bisogno* che io lo svegli. Potrò non capire il perché, ma so che ha una ragione e so che io sono una parte di essa. Quindi, se devo andare nei resti della città di Kiserian per farlo, lo farò.»

I genitori annuirono. Konrad si alzò e si spostò dietro Vendra, mettendole le mani sulle spalle. «Bene. Verremo con te.»

«No... non si può. Come avete detto, è troppo pericoloso»

precisò Sofia.

Vendra scosse la testa. «Verremo. Ce la siamo cavata più che bene in numerose situazioni pericolose prima di avere te. Inoltre, non sei mai stata in nessuna rovina alla ricerca di cose prima d'ora. Noi sì. O camminiamo al tuo fianco, o ti seguiamo.»

«Inoltre, sarò lì per aiutarti a proteggere tutti e tre» interviene Cirrus. «Se Kiserian è diventata così rischiosa, avrete bisogno del mio aiuto. Per non parlare del fatto che ho un interesse legittimo nel vederti avere successo. Sono stanca di cacciare per quel pigro babbeo. Avrebbe dovuto alzarsi e farlo da solo molto tempo fà. E se dovessimo trovare la prova che gli Esterni sono tornati, posso garantire che farà esattamente quello.»

Sofia annuì, ma prima che potesse dire qualcosa, Zixne parlò. «Se la dragonessa ci va, lo facciamo anche noi. Non esiste che lasci indietro noi tre. Siamo qui per te, Sofi.»

Corym guardò Zixne, poi di nuovo Sofia. «Sono d'accordo. Non so quanto potremo essere d'aiuto, ma non sai cosa stai cercando. Più occhi cercano, più possibilità abbiamo di scoprire qualcosa.»

«Ci sto. Sono ancora nella guardia solo per aiutare mio padre» affermò Kotizara con un gesto della mano. «Ho un sacco di ferie che non ho preso perché non avevo un posto dove andare. Gli farò sapere che hai bisogno del mio aiuto per qualcosa e che starò via per dieci o venti giorni. Lui capirà e mi toglierà dal servizio. Uno dei vantaggi di essere la figlia di un comandante della guardia.» Sorrise.

«Nessuno di voi ha intenzione di ascoltarmi, vero?» chiese Sofia.

«Lo abbiamo mai fatto? Siamo i tuoi amici e tu potrai anche essere la capa della nostra allegra piccola brigata, ma questo non significa che ti ascoltiamo.» Zixne sorrise tirando il naso all'insù. Corym e Kotizara fecero un cenno di assenso, sorridendo.

«Sarà pericoloso...»

«Per tutti i draghi, Sofi» interruppe Kotizara. «Lascia perdere. Eravamo qui, ricordi? Abbiamo sentito la stessa storia che i tuoi genitori hanno raccontato a te. Scendi dal piedistallo. Non sei più "pronta" di noi ad affrontare una cosa del genere. Tutti e quattro ci siamo allenati col mio vecchio molto più delle altre guardie, quindi siamo pronti come non mai.»

Sofia alzò le mani in segno di sconfitta e sospirò. «Bene. Prenditi le ferie, Koti. Zix, Cor... parlate con chiunque dobbiate.» Si voltò verso i genitori e scosse la testa. «Vi aiuterò a chiudere e sigillare la biblioteca. Tornate tutti qui il prima possibile. Sento…sento che dobbiamo sbrigarci, e non so perché.»

Annuendo, tutti si dispersero, iniziando a prepararsi per partire per un'avventura. Cirrus si girò verso Sofia. «Non preoccuparti. Garantirò la sicurezza di tutti. Altra cosa, hai ancora la tua pietra del richiamo? Quella che è rotolata via mentre cercavo di mangiarti?» chiese con un sorriso.

«L'hai notato, vero?»

«Assolutamente sì.»

Sofia arrossì. «Ce l'ho.»

«Dammela.» Cirrus tese la mano.

Sofia frugò nel suo astuccio ed estrasse una piccola pietra che brillava di verde chiaro e bianco, porgendola in silenzio a Cirrus. La dragonessa la prese e la tenne stretta per un minuto prima di rimetterla nel palmo di Sofia. Tuttavia, ora brillava di un verde intenso, scuro e pulsante.

Sofia la studiò con curiosità. «Cosa le hai fatto?»

«L'ho potenziata in modo da teletrasportare altre persone con te. C'è una regola che stabilisco per questa iniziativa.» Guardò Sofia con aria severa. «Se ti dico di andare, non mi fai domande. Non esiti. Afferri la tua famiglia e i tuoi amici e usi quella pietra per mettervi in salvo. Io me la caverò o fuggirò da sola. Sono stata chiara?»

Sofia deglutì. «Come il cristallo, lady Dragonessa.»

* * *

Sofia guardò stupita la devastazione tutto intorno. Non erano ancora nemmeno entrati in città.

È impossibile credere alle vecchie dimensioni della città di Kiserian senza vederla in prima persona, pensò.

I libri che aveva letto dicevano che, prima della sua caduta, aveva ospitato regolarmente un milione e mezzo di persone all'interno delle sue mura, diventando di gran lunga la città più grande di Umbraxia. Cirrus li informò che quella era la cifra di base. Nei periodi di grande commercio, riusciva a sostenerne quasi il doppio. La quantità di magia necessaria per garantire la sicurezza, la pulizia, la prevenzione della diffusione delle malattie... Sofia non riusciva a immaginare cosa fosse necessario per mantenere la città in funzione.

Si erano riuniti a casa di Sofia dopo che tutti avevano terminato le proprie commissioni e avevano ricevuto istruzioni dell'ultimo minuto dalla dragonessa, che mettevano in chiaro le regole da seguire se volevano andare. Sarebbero rimasti vicini a lei, ma fuori dalla linea di tiro tra lei e gli eventuali nemici. Sarebbero stati coinvolti solo se qualcosa fosse riuscito a superarla e a raggiungerli. Se avesse detto loro di scappare, si sarebbero diretti verso Sofia, che avrebbe usato la sua pietra del richiamo per riportare tutti a Tenewren.

Non dovevano cercare di fare gli eroi se qualcosa fosse andato storto e tentare di salvarla, perché lei non aveva intenzione di rimanere dopo la loro fuga. Inoltre, ben poco poteva trapassare le sue scaglie tanto da danneggiarla in modo significativo, motivo per cui avrebbe difeso la loro ritirata prima di tornare alla città.

Dopo aver accettato le condizioni di Cirrus, la dragonessa si preparò a teletrasportarli alle rovine, prima che il padre di Sofia chiedesse se non fosse meglio aspettare fino al mattino successivo, visto che ormai era metà pomeriggio. Sofia poté solo scuotere la testa, quando la dragonessa gli sorrise dicendogli che sarebbe andato tutto bene, poi mosse le dita. Magia.

Non riesco a immaginare come fosse la vita a quei tempi. Come sarebbe oggi se i nostri maghi non avessero perso tanta abilità.

Cirrus li teletrasportò fuori città, nel luogo in cui era stata creata la prima stazione ferroviaria energetica di Paladaine. Un tempo la linea principale collegava la capitale a Tenewren, circa cinquecento miglia a sud. Riduceva il viaggio per coloro che non potevano teletrasportarsi da circa quindici giorni per la maggior parte delle carovane a circa dodici ore, consentendo alla popolazione del regno di addensarsi ancora di più.

Unendoli.

La voce della dragonessa scosse Sofia dalla sua contemplazione. «Sofia? Sei pronta?”

Lei annuì. «Sì, Cirrus. Scusa. Stavo cercando di immaginare come doveva essere questo posto prima...»

Gli occhi di Cirrus assunsero una qualità sognante mentre ricordava. «Una meraviglia. Il castello era enorme. Era una serie di nove torrioni interconnessi, uno centrale più grande, poi otto più piccoli disposti intorno a esso a formare la stella della cavalleria. Almeno, la stella usata da Alshain all'epoca.

Fu realizzato dal mio clan come dono di nozze per la regina dei draghi Kiserian e il suo nuovo marito, Dothan Alshain Primo, a significare la nascita del loro nuovo regno e i valori su cui era fondato. Numerosi cortili e frutteti lo circondavano prima di raggiungere le mura del castello, che erano lunghe poco meno di un miglio e mezzo per lato. In origine, le dimensioni erano pensate per consentire a tutti gli abitanti della città di rifugiarsi all'interno in caso di pericolo, cosa che accadde alcune volte nei primi secoli dopo la sua costruzione.

Al di fuori delle mura del castello si trova la Città Vecchia. Si estende per circa un miglio dalle mura del castello alle Vecchie Mura, che erano la serie di mura successive in ogni direzione. Ai tempi della fondazione, lì vivevano tutti gli altri. Ai miei tempi, molti dei nobili di più alto rango del regno possedevano piccole proprietà in quell'area. Aveva anche i negozi più eleganti, le caserme di alcune unità militari *d'élite* e le principali Case delle Gilde per i maghi e i guaritori.»

Vendra si schiarì la gola. «Non vorrei interrompere, lady Cirrus, ma non ci siamo addentrati così lontano ed eravamo decisamente nella caserma dei Guardiani della Notte. Se le unità d'élite erano così vicine al castello, come ci siamo arrivati?»

Cirrus le sorrise. «Le "unità militari d'élite" erano quelle che Tamerin odiava. Quando i Guardiani della Notte iniziarono a non avere più spazio nella prima caserma ufficiale che il re aveva dato loro, io e alcuni altri acquistammo il luogo che avevate raggiunto. Era proprio dove Tamerin l'aveva voluta. Fuori dalla Città Vecchia, vicino al mercato centrale del quadrante sud-occidentale. Vicino a luoghi con una bella vita notturna. Dopo che gliel'abbiamo donata, si è seduto con gli altri Guardiani della Notte, ha progettato il posto e ci siamo messi tutti a ristrutturarla. Fabbricando la loro nuova caserma secondo le loro esatte specifiche.

Vedete, dopo le mura della Città Vecchia, Kiserian si estende per una buona distanza. Sono circa tre miglia in ogni direzione dalle Vecchie Mura a queste, le Mura Esterne.» Cirrus indicò la massiccia fortificazione di pietra davanti a loro, che separava la città da luoghi periferici come la ferrovia energetica. «Tranne, ovviamente, il lato ovest, che scende fino al lago. Da quella parte è un po' meno.

La città è cresciuta così tanto per diverse ragioni. Diversi fiumi entravano ed uscivano dal lago. Kiserian si trovava quasi al centro del continente. Alshain, poi Paladaine, ha sempre avuto un terreno fertile. Per la maggior parte della sua esistenza, la monarchia è stata stabile e generosa, il che ha aiutato il regno a prosperare. Tutto questo si è unito qui, dando vita a una città incredibilmente grande e diversificata, piena di meraviglie.» Guardò le rovine e si accigliò. «Be', *era* una grande città piena di meraviglie. Ora è un gigantesco relitto che mi ci vorranno mesi per ripristinare, anche con un numero sufficiente di maghi potenti » disse con rammarico.

«Entriamo a dare un'occhiata in giro?» chiese Kotizara, cercando di sembrare disinteressata e non entusiasta come invece era.

Tutti si voltarono a guardare Sofia, anche Cirrus. «Già. È per questo che siamo venuti. Lady Dragonessa?» Sofia fece un cenno, indicando a Cirrus di fare da guida.

Si fecero strada con cautela attraverso un buco nel muro esterno e si fermarono di nuovo. Sofia capì subito che il buco era stato fatto da un vagone ferroviario energetico che aveva sfondato il muro, quando ne vide i resti contorti e arrugginiti sporgere da un edificio crollato in parte.

Continuarono ad andare avanti, strisciando sopra, sotto e attraverso i detriti di quella che un tempo era la più grande città di quel mondo. Erano tutti sopraffatti, anche Zixne, di solito incontenibile, che alla fine guardò Cirrus e, con un filo di voce, chiese: «Come è caduta?»

Cirrus non rispose per un po', alla fine si fermarono in un'area aperta. «Siamo partiti per eseguire il rituale. Tutti i difensori più potenti di questo mondo e alcuni altri. Eravamo quella che continuo a chiamare *la famiglia*. Legati da vincoli di sangue, sì, ma non il sangue di una stirpe. Eravamo legati da vincoli di sangue forgiati in battaglia. Avevamo combattuto e sanguinato insieme su innumerevoli mondi, a volte salvandoli... a volte no.

Comunque, gli Esterni in qualche modo sapevano che stavamo tramando qualcosa. Hanno lanciato un attacco a Kiserian in quello che presumo fosse un tentativo di impedire ciò che stavamo facendo e di farci tornare indietro. Aveva quasi funzionato, ma Wren ha impedito a Kemuri di andarsene. Gli ha fatto terminare il rituale. A quel punto... era troppo tardi per Kiserian. Io e Kemuri siamo tornati e abbiamo scoperto che la città era stata invasa.»

Corym guardò la distruzione tutto intorno. «Quindi gli Esterni hanno distrutto la città per rappresaglia mentre voi eravate profondamente coinvolti in un rituale...»

«No» lo interruppe Cirrus. «L'hanno *invasa*. Io e lui siamo tornati per trovare migliaia, probabilmente decine di migliaia o più, di quelle creature che correvano all'impazzata. Lui... noi... l'abbiamo persa. Nel nostro dolore e nella nostra rabbia, abbiamo fatto tutto ciò che ritenevamo necessario per distruggere le creature che avevano preso la nostra casa. Le abbiamo massacrate. Un esercito di mostri è caduto sotto i nostri denti, artigli e incantesimi. Ma così hanno fatto anche molti edifici che avrebbero potuto essere salvati... e gli innocenti che sono sicura vi si stavano nascondendo.

Nulla di tutto ciò aveva importanza per noi in quel momento, ammesso che fosse stato registrato nelle nostre menti. Mi consola solo il fatto che tutti coloro che sono morti a causa sua e mia sarebbero morti comunque, se non avessimo distrutto le creature. Né lui né io saremmo riusciti a farlo se non fossimo stati nella nostra piena forma draconica o se ci fossimo preoccupati dei sopravvissuti.»

Cirrus aggrottò le sopracciglia, lo sguardo rivolto al cielo, qualche lacrima le scivolava sulle guance mentre ricordava. «Quel giorno sono morte molte brave persone che non lo meritavano. E nei momenti di tranquillità in cui cerco di riposare, i loro spettri sconosciuti infestano i miei pensieri. Cosa avremmo potuto... *dovuto* fare di diverso al nostro ritorno?

La cosa peggiore è che, quando ripenso a quell'incontro, a quei momenti, non sono sicura che avrei scelto una strada diversa, nella mia rabbia e nel mio dolore. Anche se ne avessi avuta una a disposizione.»

Sofia corse un rischio e si avvicinò alla dragonessa, avvolgendola in un abbraccio. Dopo un attimo di stupore, Cirrus la abbracciò a sua volta. «Va tutto bene, Cirrus. Dovevano essere fermati. Sono sicura che vorresti fosse altrimenti, ma hai impedito che si spostassero nella città successiva.»

«Non avrebbero mai permesso che questo posto rimanesse in piedi quando se ne fossero andati» aggiunse Kotizara.

Cirrus tirò su col naso una sola volta. «*Vorrei* che avessimo fatto le cose in modo diverso, anche se non sono sicura che avremmo potuto costringerci a trattenerci.» Sospirò. «Ho ripercorso così tanti scenari negli ultimi millecinquecento anni, sperando di imparare dai nostri errori. Questo è uno di quelli su cui vorrei che avessimo riflettuto meglio prima di agire, ma so che nessuno di noi due era dell'umore giusto per aspettare.»

Sofia si tenne stretta a Cirrus ancora per qualche istante. Finché non udirono l'inconfondibile suono di una pietra che scivolava contro altra pietra, seguito da un rabbioso cinguettio, quando una grande forma grigia si lanciò su una parte delle macerie.

Cirrus lasciò Sofia, ruotando veloce fuori dal suo abbraccio, e gettò subito la mano in avanti. «*Spiritaries*!» L'aria sembrò fondersi davanti alla sua mano. Un effetto luccicante, increspato, corse via da lei e colpì l'oggetto prima che potesse atterrare, facendolo volteggiare fuori controllo e sbattere contro un altro mucchio di macerie a una ventina di metri di distanza con un forte schianto. Dall'impatto si levò un pennacchio di polvere e detriti.

La gigantesca sagoma dalla pelliccia grigia striata di verde scuro aveva un diametro di almeno quindici piedi. Si alzò su sette zampe, scrollandosi di dosso i detriti di pietra, sibilando con rabbia e rivolgendo i suoi occhi neri senz'anima verso Cirrus, prima di focalizzarsi sui genitori di Sofia.

La bocca di Vendra si spalancò per lo stupore. «Non può essere! Sembra lo stesso ragno che ci ha attaccato vent'anni fa. Gli manca persino una zampa!»

A quell'ultima osservazione, l'enorme ragno emise un urlo penetrante e balzò in avanti ancora una volta, la zampa anteriore sinistra pronta a colpire con l'artiglio a forma di falce sull'estremità.

Cirrus alzò gli occhi al cielo. «*Spiriturus.*» Il ragno sbatté contro un muro d'aria increspato, arrestando la sua avanzata, sibilando e schioccando le mandibole con furia e frustrazione. La sua mole si spostò piano a destra e a sinistra, mentre cercava un modo per superare il muro e raggiungere gli individui che lo avevano eluso tanti anni prima. «Va bene. Basta così. Calmati e dimmi qual è il tuo problema.»

Il ragno sussultò come se fosse stato colpito, voltandosi piano verso la dragonessa. Esitante, iniziò a emettere un ticchettio intervallato da cinguettii.

«Certo che ti capisco.» Gli occhi di Cirrus mutarono nella loro forma draconica luminosa. «Sono un drago.» Fece un gesto a tutti gli altri, che si erano spostati vicino a lei per fissare con occhi spalancati il ragno. «Queste persone sono sotto la mia protezione e non ti permetterò di far loro del male.»

Altri ticchettii e cinguettii esplosero dal ragno, e iniziò a gesticolare con la punta di una delle zampe sulla destra.

Cirrus si concentrò sul ragno per qualche minuto prima di

annuire e guardare verso gli umanoidi. «Ve lo riassumo. In pratica, lei dice che avete invaso il suo territorio molto tempo fa. Poi siete sfuggiti alla sua caccia, avete preso la sua zampa e siete spariti senza lasciare traccia.»

«Stava cercando di mangiarci!» balbettò Konrad.

Il ragno si stravaccò dietro il muro d'aria, fissandolo. Rilasciò altri ticchettii e cinguettii, anche se quella volta più di questi ultimi.

Cirrus sospirò. «Dice che aveva fame. Inoltre, avete disturbato il suo nido e lei doveva proteggere le sue uova.»

Vendra sospirò e fece un passo avanti, eludendo il tentativo di Konrad di fermarla mentre si avvicinava piano al muro d'aria. «Mi dispiace. Non lo sapevamo. Mio marito aveva detto alla guardia di non entrare. Non volevamo disturbare te o le tue uova. Siamo scappati perché... be', non volevamo essere mangiati.»

Gli otto occhi del ragno brillarono quando il suo sguardo si spostò verso di lei. «Chirp-chirp-clic-chirp-clac.» Fece di nuovo un gesto con la punta.

«Ti sta chiedendo della sua gamba e ti sta raccontando quanto sia stato difficile, dopo che gliel'hai presa, proteggere i suoi piccoli. Soprattutto dal mostro che si è trasferito qui un anno fa» tradusse Cirrus.

Vendra la guardò pensierosa e decise che un po' di adulazione non faceva mai male. «Io… *noi* ci scusiamo per la tua zampa, ma la magia sulla porta ha fatto tutto da sola. Non avevamo nemmeno idea che ci fossero incantesimi. Se non fosse scattata, ci avresti presi.» Il ragno si spostò, aprendo le mandibole in quel che sembrò compiaciuta soddisfazione. «Era la nostra prima volta in città. Altrimenti, non ci saremmo mai intrufolati nel territorio di una creatura magnifica come te.»

Il ragno strinse di nuovo gli occhi prima di sollevare una zampa sinistra e lisciare parte della sua pelliccia, facendo cadere altri detriti di pietra mentre si pavoneggiava.

Cirrus si schiarì la gola. «Se hai finito di darci la caccia, soprattutto a loro, ho un affare per te. Se hai voglia di ascoltarlo.» Il ragno emise altri cinguettii e ticchettii. «Sì, sembra che capiscano il loro errore. Comunque, conoscevo i tuoi progenitori di molto tempo fa. Li aiutai a stabilirsi qui nelle foreste settentrionali e, lasciamelo dire, li renderesti orgogliosi.»

Il ragno inclinò il corpo a destra e a sinistra, studiandola prima di emettere un singolo cinguettio.

«Molto bene. Ripristinerò la tua zampa per te. In cambio, non ci farai del male e ci guiderai attraverso la città fino al mostro che si è trasferito.» Due cinguettii. «Ehm... certo. Possiamo fermarci nella tua tana per dare un'occhiata al tuo cucciolo. Ho del cibo che possiamo fornirti invece di chiunque di noi. D'accordo?»

Il ragno li fisso, finché, ignorando lo sguardo impanicato del marito, Vendra alzò una mano e la premette contro la parete d'aria condensata. Piano, il ragno sollevò la zampa anteriore sinistra e premette l'artiglio contro lo stesso punto. Fece un altro paio di cinguettii, facendo sorridere Cirrus, prima di abbassare la zampa e alzarsi in tutta la sua altezza. L'intero corpo si piegò in segno di assenso.

Cirrus smise di fornire mana al muro, che si dissipò in pochi battiti. Continuando a conservare il mana, mosse la mano e le dita in un gesto intricato. *«Restimembro.»* Una sfera di luce blu e oro scintillante emerse dalla mano e fluttuò verso il ragno nervoso. Quando la toccò, si illuminò per un istante prima di essere assorbita dalla creatura.

L'arto mancante del ragno fu ricostruito in poco tempo, prima da scintillanti granelli di blu e oro, poi riempiendosi di carne e infine di esoscheletro. Quando la luce si affievolì, esso... *lei* sollevò con stupore la zampa anteriore destra appena restaurata, prima di battere esitante per un paio di volte l'artiglio a falce sul terreno. Poi alternò colpetti gioiosi su ciascuna delle zampe, rimbalzando avanti e indietro tra di esse.

Infine, girando in tondo un paio di volte, scelse una direzione e iniziò ad allontanarsi, fermandosi solo per guardare indietro al gruppo ed emettere un cinguettio interrogativo.

Cirrus sorrise ai suoi compagni. «Bene, l'avete sentita. È ora di andare.» Seguì l'enorme ragno. Gli altri si scossero prima di guardarsi l'un l'altro, scrollare le spalle e seguirle.

Il ragno continuava a fermarsi, aspettando che lo raggiungessero prima di muoversi con agilità sopra o intorno alle macerie, muovendosi tra i rottami della città. Una volta, si voltò e si concentrò su Cirrus prima di fare un suono che suonava come chirp-chirp-clic-rrrrrr che fece voltare la dragonessa verso di loro con un sorriso. Ai loro sguardi, spiegò: «Non ha davvero una traduzione.»

Kotizara si arrampicò sull'angolo di un edificio caduto. «Sembra che ci stia prendendo in giro perché non abbiamo piedi appiccicosi che ci permettono di camminare sui muri.»

Il ragno si guardò indietro ed emise un cinguettio esitante e affermativo. Poi iniziò a ticchettare con tono serio per circa un minuto.

«Che ha detto?» chiese Sofia, appoggiandosi stanca a quella che una volta era la facciata di un negozio. Il resto dell'edificio era collassato.

Cirrus sorrise. «Stava spiegando a Kotizara che i suoi piedi e le sue zampe in realtà non sono appiccicosi. I peli delle zampe hanno peli ancora più sottili che le garantiscono la presa. Anche se ha ammesso che il suo acido si appiccica e le permette una mobilità ancora maggiore rispetto ai ragni minori.»

Corym sorrise al ragno. «Non lo sapevo. Grazie per avercelo detto.»

Il ragno fece un rumore simile a "chrrrr-brrp-clic-clic", che Cirrus tradusse come «Nessun problema. È un piacere insegnarvi, esseri teneri.»

Sofia era dubbiosa su una parte della traduzione, visto lo sguardo sornione della dragonessa.

Zixne fece una pausa per fare un respiro profondo. «Vorrei ricordare che alcuni di noi hanno problemi di verticalità, e tenere il passo su questa robaccia è una sofferenza.»

Sofia sorrise. «Sei bassa, Zix. Ammettilo. Ti sentirai meglio.»

Zixne grugnì. «Ah sì? Be', non ho avuto occasione di bere un succo luminoso e diventare di colpo molto più agile, oh mezz'elfa nuova di zecca.»

Con un sussulto, Sofia si rese conto che Zixne aveva ragione. Si muoveva con molta più grazia sui rottami rispetto ai suoi amici, che dovevano arrampicarsi e aggirarli. *Be', tranne Corym.* «Ah. Non ci avevo fatto caso. Parte del mio retaggio mezz'elfico, forse?» Lanciò un'occhiata a Cirrus.

La dragonessa scrollò le spalle. «Forse. I mezz'elfi non sono aggraziati come gli elfi completi, ma la magia di sicuro ti ha restituito alcune delle tue caratteristiche mancanti. Potrò dirti di più quando avrò davvero l'opportunità di esaminarti. Cosa stai facendo?» chiese la dragonessa, lo sguardo rivolto a Zixne, che era scivolata lungo il fianco del relitto e si stava dirigendo veloce verso il ragno. Quest'ultimo si era fermato ad aspettarli e in quel momento osservava con curiosità l'avvicinarsi della leonevosa.

Zixne si fermò e tornò a guardare la dragonessa. «Niente. Volevo solo vedere se la nostra nuova amica mi avrebbe permesso di salire sulla sua schiena. Mi sto stancando.»

«È sempre così?» chiese Cirrus a Sofia senza staccare gli occhi da Zixne.

«Praticamente sì» rispose Kotizara al suo posto, che si avvicinò e si fermò accanto a loro.

Corym li raggiunse e si fermò a sua volta, chinandosi con le mani sulle ginocchia, respirando a fatica. «Sempre. È l'incarnazione di un felino. La sua curiosità e la sua occasionale pigrizia mettono quasi sempre nei guai prima lei e poi noi.»

Cirrus scosse la testa di lato, ancora concentrata sulla leonevosa accigliata. «Avanti, allora. Fai un tentativo.»

Zixne si voltò verso il ragno e fece un passo avanti.

«Certo, dato che tra i peli del suo corpo sono presenti minuscoli aculei affilati come aghi, potrebbe non essere una buona idea» aggiunse Cirrus. «Soprattutto perché i ragni caustici come lei secernono acido dalla punta di quegli aculei, a volte senza volerlo. Sai, come quando un peso preme su di loro. Oh, e buona fortuna per il tentativo di salire sulle zampe, tanto per cominciare. Sono ricoperte di peli urticanti che può rilasciare in una nuvola di proiettili. Anche loro ricoperti di acido, potrei aggiungere. Comunque, se te lo permette, sentiti libera.»

Zixne inspirò prima di voltarsi piano a guardare i suoi amici sorridenti. «Potevi semplicemente dire di non farlo.»

Cirrus scrollò le spalle. «La curiosità è una buona cosa. È alla base di ogni singolo progresso della storia. Tuttavia, cercare di cavalcare un gigantesco ragno acido senza prima chiedere all'unica persona del gruppo che ha riconosciuto con chiarezza cosa fosse... non è curiosità. È un suicidio.»

Sofia interruppe Zixne prima che potesse replicare. «Ha ragione, Zix. Ti vogliamo bene esattamente come sei, ma ora non siamo a casa. Abbiamo bisogno che tu stia più attenta, così non ti... sciogli.»

Kotizara sorrise. «Già, non ho portato un barattolo abbastanza grande per infilarci quello che resterebbe. Oh, aspetta!» La mezza orchessa tirò fuori una fiala. «Berrò semplicemente questa pozione curativa prima. Poi potremo raccoglierti.»

Zixne annuì, il volto un po' triste, ma riuscendo comunque a fare la linguaccia a Kotizara. Il ragno allungò la zampa appena restaurata e le accarezzò delicatamente la testa con la punta dell'artiglio prima di cinguettare a Cirrus.

La dragonessa annuì. «Sì, starà bene. Ora capisce il pericolo.»

Il ragno si piegò un paio di volte prima di concentrarsi nuovamente su Zixne. Indicò se stessa, poi ruotò in cerchio, indicando tutto intorno a loro prima di sbattere uno di quegli artigli simili a falci contro un blocco di pietra caduto e frantumarlo. Il messaggio era chiaro. Non era l'unica cosa pericolosa qui intorno.

Procedevano a passo spedito con il ragno a guidarli nelle zone pericolose, così come la sola presenza del ragno e di Cirrus dissuadeva la maggior parte delle altre creature dall'avvicinarsi anche solo di poco. Nonostante ciò, servì ancora un'ora e mezza prima di raggiungere il negozio, per lo più intatto, che il ragno chiamava casa, il sole iniziava la sua lenta discesa nel cielo.

Cirrus si fermò e lo fissò con uno sguardo distante. Sofia le si avvicinò. «Stai bene, Cirrus? Deve essere dura per te.»

«Quasi impossibile, in realtà.» Cirrus si guardò intorno. «Quello era il negozio di ceramiche di Acacia. Era una di famiglia. Andata, come tutto il resto ora. Era focosa. Se non riteneva il suo lavoro abbastanza buono, lo sbatteva contro il muro nel retro del laboratorio.» Si voltò e indicò un edificio demolito. «Quello era il negozio degli elfi selvatici. Anche loro di famiglia. Tutti conoscevano un mestiere diverso. Acacia odiava pulire, così pagava delle persone che venissero la mattina a riordinare prima del suo arrivo... il che avveniva sempre in ritardo, dato che amava dormire fino a tardi.

Così, gli elfi selvatici arrivavano di nascosto nel cuore della notte e portavano i frammenti di ceramica al loro negozio, li riparavano con incantesimi e li vendevano come "l'usato di Acacia".» Sorrise a Sofia e ridacchiò. «Quando Acacia lo scoprì, li inseguì su e giù per la strada, imprecando e scagliando contro di loro piatti di argilla. Alla fine trovarono un accordo finanziario, dopo che lei aveva finito le munizioni, vale a dire, e tutto tornò a posto.» Cirrus indicò un angolo. «Ero seduta proprio lì e assistetti a tutta la scena.»

Tutti, anche il ragno, guardavano la dragonessa mentre raccontava la storia, ognuno di loro sorridendo a modo proprio. Il ragno entrò nella sua tana e ne uscì qualche minuto dopo, cullando con delicatezza qualcosa vicino al corpo con la zampa anteriore sinistra. Lo allungò piano verso la dragonessa.

Cirrus lo prese. Spazzolò via piano la polvere e il sudiciume di innumerevoli epoche per rivelare un vaso leggermente rotto con l'immagine di un drago. «*Reparante*» sussurrò accarezzandolo, la magia si riversò dalle sue mani e intorno al vaso, pulendolo e riportandolo alla sua bellezza originale. «Grazie» mormorò, infilando il vaso nella borsa e asciugandosi gli occhi.

Si voltarono tutti verso il negozio di ceramiche quando sentirono un piccolo cinguettio interrogativo. Dalla porta spuntava un altro ragno caustico. Questo aveva un diametro di soli cinque piedi, all'incirca, ed era di un grigio più chiaro con strisce verde brillante intorno al corpo. Il ragno più grande si girò e gli fece cenno di avanzare, rispondendo al suo cinguettio interrogativo con una serie di cinguettii propri.

Cirrus fece un passo avanti e tirò fuori da una delle sacche magiche una grossa coscia di qualche creatura. La posò a terra e si allontanò. Dopo aver guardato la madre, il ragno piccolo, paragonato all'altro esemplare, si fece avanti e iniziò a divorare la carne. Il ragno più grande osservò il piccolo per un po', prima di girarsi piano verso di loro cinguettando in un chiacchiericcio a mo' di spiegazione, indicando una finestra al secondo piano.

Sofia guardò Cirrus. «Va tutto bene?»

Cirrus sorrise e annuì. «Sì. Ci ha invitato a rimanere a casa sua per la notte. Ha detto che è troppo pericoloso cercare il mostro dopo il tramonto. Mi ha assicurato che saremo al sicuro, ma mi ha informato che dovremmo risalire da qui. Anche la loro tela è piuttosto acida e ci farebbe male se la toccassimo. Be', farebbe male a voi, in ogni caso. Mi ha assicurato che il piano di sopra è vuoto, perché lei e la sua nidiata non l'hanno mai usato.»

Sofia lanciò un'occhiata nervosa alla finestra. «Ce ne sono altri?»

Cirrus scosse la testa. «No. È rimasto solo una cucciola. Gli altri o hanno perso contro fratelli quando sono nati e sono stati divorati, cosa normale per alcuni ragni, oppure sono stati mangiati o uccisi da altre cose in città.»

Sofia tornò a guardarla. «Be', che ne pensi? Dovremmo restare?»

Cirrus contemplò l'idea prima di annuire alla fine. «Credo di sì. I ragni caustici sono intelligenti. Almeno quanto un orco medio. Lei, però, lo è di più. Forse più di un umano medio. Sarà fedele alla sua parola. Non cercheranno di farci del male. Avevo intenzione di usare la magia per creare un posto dove stare, ma non desidero insultarla rifiutando la sua offerta. Comunque, la scelta è tua.»

Sofia sbatté rapidamente le palpebre un paio di volte. «Sì? Perché?»

Cirrus sollevò un sopracciglio. «Questa è la tua missione. Pertanto, è una tua decisione.»

Sofia si voltò e guardò gli occhi neri e senz'anima del ragno in paziente attesa. Nel farlo, sembrò essere attratta dalla loro profondità color inchiostro. Non seppe dire per quanto tempo rimase così, guardando negli occhi il ragno che di certo aveva tormentato gli incubi dei suoi genitori per vent'anni. Mentre lo faceva, si rese conto che quello del ragno non era uno sguardo *senz'anima*. Solo uno sguardo *alieno*. Diverso dal suo, ma concentrandosi sugli occhi, vi scorse il barlume e la scintilla dell'intelligenza. Si inchinò prima di sorridere a quello che un tempo aveva considerato un mostro. «Saremmo onorati di stare nel tuo nido. Grazie per l'offerta.»

Il ragno si piegò una volta, cinguettò e si girò per riaccompagnare la figlia, saziata, al sicuro nell'edificio.

Cirrus usò la magia per trasportarli tutti al secondo piano, ignorando le proteste di Konrad e Kotizara.

Konrad guardò Cirrus incredulo. «Ti fidi che quella creatura non cercherà di mangiarci mentre dormiamo?»

Sofia rispose prima che Cirrus potesse farlo. «Non è una creatura o un mostro. Era... *è* una madre che cerca di proteggere il suo cucciolo. Non è malvagia.»

«Alcuni di loro, però, lo sono» avvertì Cirrus.

Sofia controbatté. «Ma lei non lo è. È intelligente... l'ho visto. Non so come faccio a saperlo. Lo so e basta. La nostra nuova... amica? Alleata? Conoscente? Qualunque cosa sia, ha detto che non ci avrebbe fatto del male, quindi non lo farà. Abbiamo bisogno di un posto dove stare e questo è il posto più sicuro che possiamo trovare senza dover ricorrere al teletrasporto di Cirrus per uscire e poi rientrare domani, visto che ora conosce la zona. Non ha senso che sprechi la magia prima di incontrare questo mostro. Inoltre, avete visto lei e Cirrus comunicare.» Si voltò a guardare Cirrus. «A proposito, come fai a conoscere... il ragnese?»

Cirrus rise. «Io sono un drago. Spesso impariamo come comunicano i diversi tipi di animali. Non è il *mio* genere, ma perché pensi che ci siano così tanti animali mezzo-drago e con sangue di drago là fuori?»

Gli sguardi, tranne Zixne, mostrarono sorpresa. Gli occhi della leonevosa si allargarono per la curiosità.

Tuttavia, Cirrus continuò prima che Zixne potesse fare domande. «Ho imparato il "ragnese", come lo hai chiamato tu, grazie a Tamerin. Da piccolo aveva un leggero caso di aracnofobia. Parte del mio compito di guardiana del secondo principe era quello di assicurarmi che fosse consapevole dei pericoli, ma che non ne avesse paura. Così, alcune volte, quando si comportava come una vera peste, potrei aver mandato qualche decina di ragni a correre per la sua stanza prima di tornare a casa loro» concluse, sorridendo.

«Non l'hai fatto!» Vendra sussultò.

Cirrus scrollò le spalle. «L'ho fatto. La mia speranza era che li temesse di meno, ma dato che li temeva, è stato a fin di bene da parte mia. Forse un po' di vendetta quando faceva i capricci.» Allo sguardo di disapprovazione di Vendra, continuò. «I draghi sono draghi. Non confondetemi con qualcos'altro. Ho amato quel ragazzo, poi l'uomo che è diventato e infine il drago che è, con tutto il mio cuore. È come un figlio per me.

Ma anche se sono nata in un clan, invece che semplicemente da un singolo drago per conto suo, non sono stata allevata con cura tenera e amorevole. Pochi draghi lo sono. Da quando usciamo dall'uovo, veniamo cacciati dagli umanoidi per la magia che permea ogni parte del nostro corpo e scorre nelle nostre vene. Da altri draghi per i nostri cumuli di tesori. Da molte altre cose per molte altre ragioni.

Quando passiamo da draghetti wyrmling a grandi wyrm, e forse anche oltre, viviamo una vita a volte pericolosa. Quelli di noi che allevano i loro piccoli lo fanno con un pugno che a volte potete considerare di ferro, ma li prepariamo a sopravvivere. A vincere. Non avrei mai messo consapevolmente in pericolo Tamerin. Ma spaventarlo non significa metterlo in pericolo ed è servito a insegnargli a controllare le sue paure. Una cosa che gli è tornata molto utile contro gli Esterni.»

Vendra annuì piano. «Penso di capire. Però mi sembra un po' strano. Inoltre, non mi sembra che corrisponda a te. Sembra che tu tenga molto a lui, e anche a nostra figlia, e... non lo so. Suppongo di aver pensato che il tuo modo di crescere e nutrire qualcuno fosse simile al nostro. Scusa.»

Cirrus le sorrise. «Non c'è bisogno di scusarsi. Sono premurosa e attenta a modo mio, il che consiste nell'insegnargli tutto ciò che è in mio potere per educarlo e guidarlo a proteggere se stesso e gli altri. E ad avere un sano rispetto, ma non paura, dei suoi avversari.» Fece a tutti un sorriso sbilenco. «Non sono del tutto riuscita nella parte del "sano rispetto". Quando si arrabbia, quegli insegnamenti sembrano volare via su ali veloci.»

Sofia e gli altri ricambiarono il suo sorriso. «Credo sia ora di mangiare un boccone veloce e di andare a dormire. Sembra che domani avremo una giornata lunga. Una che prevede l'incontro con un mostro che persino la nostra nuova amica evita.» Sofia ricevette un coro di approvazione, mentre tutti prendevano le razioni di cibo prima di sistemarsi per la notte.

23° Jinn, 1502 DF

Abbi fiducia in te stessa e nella tua armatura...

Quella era l'unica cosa che Sofia ricordava del sogno. Aveva dormito male, i suoni della città caduta così diversi da quelli di casa. Sbadigliando, si stiracchiò e girò la testa, vedendo Cirrus già sveglia che stava preparando il cibo preso dalla borsa. «'Giorno, Cirrus. Hai dormito bene?»

La dragonessa le sorrise. «Non ho dormito affatto. Ho vegliato su di voi. Mi fido del ragno, ma percepisco molti altri abitanti pericolosi nelle vicinanze di cui non mi fido. So anche dire dove siamo diretti oggi.»

Sofia si alzò a sedere. «Dove? Come?»

Cirrus continuò a preparare il cibo, senza alzare lo sguardo. «A est del castello, all'interno della città vecchia. C'è un... vuoto. Un'area che non posso percepire o individuare con la mia magia. Potrei rompere la magia difensiva usata per schermarlo, ma chiunque sia il responsabile forse saprebbe che l'ho fatto. Perciò ho deciso di aspettare e vedere cosa preferisci che faccia.»

Sofia si grattò la nuca, aggrottando le sopracciglia. «Non ne ho idea. Perché chiederlo a me?» Cirrus si fermò a guardarla con un'espressione piatta. *Oh, sì. La mia missione.* «Ah... Perché non li prendiamo di sorpresa, allora? È inutile lasciare che si preparino per noi, no?»

Cirrus annuì mentre gli altri iniziavano a muoversi. «È sempre stato il modo preferito di operare della mia famiglia. A meno che, certo, non volessero davvero fare una dichiarazione. Tuttavia, non credo che nessuno di voi sia ancora pronto per questo.»

Alla fine gli altri si svegliarono, sedendosi tutti vicini ma consumando la colazione per lo più in silenzio. Si fecero coraggio grazie alla vicinanza, ma rimasero persi nei loro pensieri, contemplando ciò che avrebbe portato la giornata. Dopo aver finito, si lavarono e si prepararono prima che Cirrus li teletrasportasse in strada, davanti al negozio di ceramiche.

«Basta così. Basta con questa storia della paura e della preoccupazione. Abbiamo tutti grandi capacità e siamo sostenuti da uno dei draghi più potenti mai esistiti» brontolò Kotizara, guardandosi intorno. «Niente in questa città ci abbatterà. Andiamo. Diamo una bella occhiata al mostro, Cirrus lo fa fuori se è uno stronzo, e proseguiamo, cercando qualcosa che possa risvegliare un drago ancora più grande e potente. Facile, facile. Facciamolo!» Tese un pugno chiuso verso Cirrus.

Sorridendo, la dragonessa le batté il pugno in risposta, mentre la loro nuova amica si districava dalla porta del primo piano. Il ragno caustico si voltò, lanciando un'occhiata all'interno e impartendo dei comandi alla piccola che stava lasciando indietro. Dopo essersi voltata, si concentrò su Sofia prima di emettere un cinguettio-ticchettio interrogativo.

Sofia le sorrise. «Siamo pronti. Grazie per essere disposta a indicarci la strada.»

Il ragno ondeggiò prima di girarsi e partire con tutti gli altri al seguito. Sofia diede un'ultima occhiata alla porta dietro di loro e vide otto occhi neri e lucenti fissarli prima di scomparire nell'oscurità del negozio.

Continuarono a seguire il ragno per alcune ore, fino a mezzogiorno, prima di fermarsi per una breve pausa e poi proseguire. Anche quel giorno la maggior parte delle creature si teneva alla larga, intimorite dalla dragonessa e dal ragno. Solo una volta un grosso ratto disperato trovò il coraggio di attaccare Vendra, che si trovava nelle retrovie. Prima che uno degli umanoidi potesse reagire, il ragno gli aveva già sputato addosso un filo di acido.

A quel punto, fecero un'altra breve pausa per permettere alla guida di godersi il pasto.

Circa sei ore dopo aver iniziato la camminata del giorno, sapevano di essere vicini alla destinazione. Avevano attraversato la porta meridionale che separava la Città Vecchia dal resto di Kiserian circa un'ora prima e l'avevano trovata in condizioni solo di poco migliori del resto della città. Da lì, si diressero verso il lato orientale, dove salirono in cima a un edificio crollato.

Un'ampia area priva di detriti si trovava circa un quarto di miglio davanti a loro. All'interno dello spazio sgombro c'erano tende bianche e padiglioni disposti a spirale, con quello più grande al centro. Dei pali con in cima dei gagliardetti bianchi che sbattevano avanti e indietro delimitavano i bordi esterni dell'area rivendicata da quelle persone. Socchiudendo gli occhi, Sofia riuscì a scorgere un disegno sui gagliardetti, ma era troppo lontana per capire cosa fosse.

Cirrus rimase a studiare la situazione per dieci minuti buoni e nessuno la disturbò. Alla fine, sfoderò una serie di imprecazioni nella sua lingua nativa draconica, prima di passare al linguaggio comune. «La Rivelazione» sputò, fissando il raggruppamento di tende.

Sofia la guardò. «Che cos'è, Cirrus? È il nome di queste persone?»

Cirrus si scosse da qualunque pensiero oscuro stesse avendo. «Sì» espirò in un sibilo. «Il nome completo, orrendo e pretenzioso, è

"Ordine della Rivelazione nelle nostre stelle". Sono fanatici. Quando c'è un gruppo numeroso di loro, indossano abiti ordinati o armature bianche con fasce, ricami o decorazioni di colore diverso che indicano la setta di appartenenza. Il loro desiderio più ardente è quello di portare tutti sul sentiero "dell'illuminazione".

Il problema è che sono umanoidi adoratori degli Esterni. La loro intenzione è quella di spalancare i cancelli, consentendo a quegli abomini di accedere in libertà al nostro universo e permettendo loro di divorare e distruggere tutto, tranne coloro che sono ritenuti "degni". Questi idioti credono che coloro che adorano gli Esterni saranno risparmiati o trasformati in uno dei loro servitori mostruosi. In realtà, cosa che questi sciocchi non comprendono, com'è evidente, nemmeno gli Esterni sanno chi viene trasformato in uno scherzo della natura coi tentacoli e chi invece viene solo ucciso. In pratica, decidono per capriccio.»

Tutti fissarono la dragonessa. Alla fine Konrad si schiarì la voce. «Non ho mai letto nulla su di loro.» Guardò sua moglie, che scosse la testa, le labbra contratte in una linea sottile. «Nemmeno Vendra. Erano un gruppo numeroso?»

Cirrus sbuffò. «Per un po'. Continuavano a dare fastidio a Tamerin. A loro piace convertire le persone, anche se significa rompere la loro psiche con la tortura prima. O la conversione con la spada. Molte persone hanno visto morire i loro cari prima di essere schiavizzate a loro volta, nutrite con numerose droghe e convertite piano in seguaci entusiasti. A Tamerin non piaceva quando era giovane, quando era un avventuriero o quando si è reso conto dei suoi pieni poteri draconici. Era solito informarli con violenza del suo disappunto ogni volta che li incontrava.

A prescindere da ciò, mi preoccupa di più il motivo per cui sono qui. Forse ancora più importante è: cosa stanno facendo quaggiù?» Indicò un'area scintillante che continuava ad apparire a intervalli regolari sui resti delle vere e proprie mura del castello. «Mi sembra che stiano cercando di entrare.»

Sofia inclinò la testa e studiò la dragonessa. «Entrare dove? Le mura stanno a malapena in piedi, e in alcuni punti non lo fanno nemmeno. Perché cercare di passare attraverso uno dei punti che sembrano ancora stabili? Inoltre, cosa potrebbero sperare di trovare tra le macerie dei torrioni?»

Cirrus sembrò imbarazzata. «Be'... a questo proposito. È possibile che quella parte delle mura appaia stabile perché stanno piano drenando la magia che nasconde il castello, permettendovi così di vedere le mura così come sono invece di come volevo che le vedeste.»

Sofia le rivolse un'occhiata piatta prima di guardare gli altri. Tutti imitarono la sua espressione, anche il ragno. «Credo che questo richieda una spiegazione un po' più lunga. Il castello è ancora in piedi?»

Cirrus annuì. «Il castello è ancora in piedi. Il praesydial che avvolgeva il castello di Kiserian era molto potente. Non l'avevano ancora violato prima che Kemuri terminasse il rituale e noi tornassimo a distruggere ogni Esterno che riuscivamo a trovare. Quando abbiamo finito, ho legato due potenti incantesimi alla magia del castello. Il primo era un'illusione che faceva sembrare ogni parte del castello una rovina come il resto della città. Il secondo, faceva sì che *qualsiasi cosa* si allontanasse se raggiungeva le mura del castello o la posizione equivalente nelle fogne o nelle catacombe. Solo chi era con Kemuri o con me avrebbe dovuto essere in grado di avvicinarsi, per non parlare di entrare.»

Sofia guardò gli intrusi prima di guardare il ragno. «Il mostro è con loro?» Il ragno fece un cinguettio affermativo. «Be', credo che possiamo andare a chiedere loro cosa pensano di fare.»

Vendra tese un braccio davanti a Sofia. «Pensi che sia saggio? A giudicare dalle tende laggiù, potrebbero avere molte persone con loro. E poi c'è il mostro stesso.»

Il ragno emise una lunga e bassa serie di cinguettii. Cirrus sorrise e si rivolse a Vendra. «La nostra amica dice che sembra che ci sia molto cibo per lei e un mostro per me.»

Zixne sorrise e iniziò a saltellare. «Quei tizi sembrano degli stronzi. Se tornano, forse Kemuri mi... *ci* darà un grosso bacio per aver sfoltito la mandria.»

Corym inclinò la testa. «Per questo ho memorizzato soprattutto incantesimi di evocazione per oggi.»

Kotizara si scrocchiò le nocche. «Vabbè, sembra che potrò usare la lama nuova che papà mi ha prestato prima di partire. Sarebbe un peccato lasciare che un gruppo di persone come quello descritto dalla nostra dragonessa si introduca nel castello. E dubito che se ne andranno se glielo chiediamo con gentilezza.»

Vendra e Konrad guardarono Cirrus, il primo chiese: «Pensi che possiamo farcela?»

Cirrus si guardò intorno. «Probabilmente io e il ragno dovremmo andare da sole.» All'eruzione di voci, alzò la mano. «Ma non lo faremo. Volete tutti sperimentare com'era "ai tempi"? Bene, ora di imparare. Zixne dietro di me, Sofia e Kotizara alla sua destra e sinistra. Corym dietro Zixne con Vendra e Konrad alla tua destra e sinistra. Lady Ragno, per favore, guardaci le spalle.» Ricevette l'assenso di tutti mentre si mettevano in posizione, poi il gruppo si avviò verso l'accampamento.

Non impiegarono molto ad attraversare l'area disseminata di macerie e ad avvicinarsi all'accampamento dove trovarono delle guardie. Cirrus aveva ragione. Indossavano tutti il bianco, sia che si trattasse di tuniche, di pelli o di armature di acciaio smaltato. Ognuno di loro aveva anche un simbolo da qualche parte. Un cappuccio dorato che non mostrava alcun volto, con una stella sulla fronte, le due punte inferiori allungate si toccavano dove ci sarebbero state le guance di una persona. Tentacoli spuntavano dalla base del cappuccio in gruppi di due, quattro o sei.

Mentre si avvicinavano, un gruppo di sei sentinelle si formò e iniziò a camminare verso di loro. Senza interrompere il passo, Cirrus tese il braccio destro, palmo all'ingiù, prima di ruotarlo rapidamente e dire in tono colloquiale: «*Adamesta*.»

Tutti fissarono con occhi spalancati l'area tra loro e le sentinelle, che iniziò a scintillare, proiettando ovunque un arcobaleno di luce brillante. All'improvviso, l'arcobaleno si dissolse in migliaia di cristalli minuscoli, che scattarono in avanti come se fossero stati lanciati da una catapulta. Si abbatterono sulle sentinelle che si stavano avvicinando, frantumando ogni magia protettiva su di loro in scoppi di luce arancione prima di esplodere attraverso i loro abiti, le armature e la carne. Ciò che era rimasto restò lì, fisso sul posto per alcuni momenti terrificanti, prima che tutti e sei si accasciassero.

Vendra si sporse di lato e vomitò la colazione, mentre Cirrus si muoveva con calma tra i cadaveri. «Tenete il passo. Non mostrare debolezza.»

Sofia osservò con meraviglia come Cirrus si diresse verso l'anello esterno di tende prima di lanciare un'occhiata al cielo e poi battere le mani insieme dichiarando con voce squillante: «*Ventempestian!*»

Una brezza passò loro accanto, spingendoli in avanti mentre la polvere e i detriti davanti a loro vibrarono sul terreno. Per una frazione di secondo sembrò esserci una totale assenza di suono, prima che un ruggito annunciasse l'aria che si sollevò con la forza di un piccolo uragano, raccogliendo polvere e detriti lungo il percorso mentre i venti si muovevano dove Cirrus voleva.

Il che sembrò essere direttamente contro l'accampamento.

La tempesta di vento demolì tende e padiglioni in una forma conica che si espanse per almeno cinquanta piedi davanti a Cirrus. Quelli proprio di fronte furono appiattiti, mentre quelli ai lati vennero strappati dal terreno e sbattuti contro i loro vicini.

Per la sfortuna degli individui che si trovavano nell'area colpita, il vento non faceva distinzione tra esseri viventi e oggetti inanimati. Le persone furono sbattute a terra con una forza da frantumare le ossa sotto le loro tende collassanti, o semplicemente sollevate e lanciate ai lati come bambole di pezza, atterrando in cumuli aggrovigliati di stoffa e membra.

Ancora più sfortunati furono coloro che erano riusciti a trovarsi di poco fuori dall'area colpita dalle forze concussive del vento, ma comunque abbastanza vicini da subire l'ira dei detriti volanti.

Pietre, frammenti di legno, pezzi di giocattoli rotti... tutti i detriti della città caduta che un tempo si trovavano tra loro e l'accampamento si trasformarono in missili con lo stesso effetto dei cristalli del precedente incantesimo di Cirrus. Le persone e le cose che si trovavano sulla traiettoria del vento e oltre vennero fatte a pezzi, subendo morte o distruzione a causa di migliaia di piccoli impatti ad alta velocità.

Quando il vento si placò, il sentiero davanti a loro era libero fino al grande padiglione che un tempo era stato circondato da una spirale di numerose tende.

Cirrus continuò a camminare come se passeggiasse rilassata in un parco in un giorno d'estate, senza fretta e indisturbata dalla distruzione che aveva provocato con poche semplici parole e gesti.

Sofia fissò con stupore la schiena della dragonessa per qualche secondo prima di scuotersi e guardarsi intorno, ricordando di trovarsi in mezzo a persone che Cirrus aveva contrassegnato come nemici.

La maggior parte delle persone nel padiglione centrale si affrettò ad alzarsi e ad afferrare le armi all'avvicinarsi della dragonessa furiosa. Tuttavia, il gentiluomo seduto sulla sedia più grande a capotavola si alzò con calma e si aggiustò lo spallaccio bianco lucido, assicurandosi che fosse ben appoggiato sulla spalla sinistra. Si prese anche il tempo di raddrizzare il fermaglio d'oro modellato nel simbolo del suo ordine.

Si voltò verso di loro e alzò un sopracciglio, la sua indifferenza di fronte alla vendetta di Cirrus fece trasalire Sofia. L'uomo era umano, alto poco più di sei piedi, con la corporatura e il portamento di un guerriero addestrato. Il viso era ben rasato e i capelli biondo scuro gli ricadevano sulle spalle. Sarebbe stato bello, se non fosse stato per il leggero ghigno che si formò sulle sue labbra mentre si avvicinavano. E i suoi occhi... erano la cosa più sconcertante che Sofia avesse mai visto. Ogni parte di essi era di un bianco compatto, tranne la pupilla, che sembrava oro fuso e pareva fluire e contorcersi in piccoli movimenti.

«Ah, lady Cirrus» salutò con una voce profonda, ricca e colta. «A cosa dobbiamo il piacere? Devo ammettere che avevo immaginato che foste ancora a guardia del vostro protetto. Non è morto alla fine, vero?»

Cirrus si fermò a cinque piedi dal padiglione e strinse gli occhi sull'uomo. Lo fissò con uno sguardo intenso per qualche istante prima di parlare, con un tono infarcito di veleno. «Somir Leccavetri. Come fai a essere di nuovo tra i vivi, tanto per cominciare, per non parlare del fatto che respiri ancora dopo tutto questo tempo?»

Un lampo di qualcosa di oscuro e terribile gli attraversò il volto. Sofia non era sicura che qualcun altro l'avesse notato, a parte lei e Cirrus, la cui bocca si incurvò in un sorrisetto prima di scivolare di nuovo nella neutralità.

«Su, su, lady dragonessa. Hai davvero intenzione di ricorrere a insulti meschini? Pensavo che questo fosse più lo stile di quell'eterno drago bambino che hai aiutato a crescere.» Lanciò un'occhiata a Sofia e agli altri prima che i suoi occhi tornassero a concentrarsi su Sofia, provocandole un momentaneo caso di vertigini. «Ma guarda, guarda. Chi e cosa abbiamo qui?» Sorrise a Sofia. «Il mio nome è lord alto maresciallo Somir Lacwithian. Tu chi sei?»

Cirrus scivolò tra loro, interrompendo la visuale dell'uomo e facendo passare la vertigine a Sofia. «Lei non è affar tuo, lord alto marcsciallo. Come ti ho chiesto: come sei tornato tra i vivi? L'ultima volta che ti ho visto, quel "drago bambino" continuava a sbatterti addosso la sua zampa anteriore finché non è rimasta nemmeno una pozzanghera. In tutta onestà, non riesco a credere che qualcuno ti abbia ritenuto abbastanza prezioso da riportarti indietro dal regno dei morti in primo luogo, per non parlare dell'energia sprecata per prolungare in qualche modo la tua vita.»

Somir emise una risatina cupa. «Immagino che mi abbiano ritenuto necessario alla causa.» La sua sagoma vacillò per un momento, mostrando che il suo volto non era altro che un teschio inciso con rune e segni contorti. «Il che non mi sorprende affatto.»

Cirrus si accigliò. «Ti hanno trasformato in un cavaliere stellare? Dovevano essere davvero disperati.»

Somir rise di nuovo, anche se quella volta Sofia sentì l'odio che conteneva. «Perché non avrebbero dovuto farlo? In fin dei conti, abbiamo vinto noi. Il vostro rituale ha chiuso i portali, ma ha concesso solo una tregua temporanea. Quasi come se vi mancasse qualche parte dell'informazione... o come se Kemuri l'avesse fatto male. Non è mai stato abile con la sua magia. Forse avrebbe dovuto esercitarsi di più con quella invece che con gli insulti.

Oh, be'. È un peccato che abbia ucciso tutti quelli che voi due amavate solo per far guadagnare qualche secolo a questa gente. Ora la vostra famiglia non esiste più. La vostra base di potere non esiste più. La vostra alleanza non esiste più. Presto, anche il tuo potente Signore dei Draghi non esisterà più. Ma noi non restiamo e basta. Cresciamo. Prosperiamo. La guerra non è finita, lady dragonessa. È stata solo un temporaneo cessate il fuoco che voi e i vostri non avete saputo sfruttare. Oh, aspetta. La maggior parte dei "vostri" è morta.»

Zixne inclinò la testa e arricciò il naso. «Be', non so cosa sia un cavaliere stellare, ma ha una tripla dose di arroganza, non trovate?»

Somir fece scorrere i suoi occhi inquietanti verso Zixne, e lei barcollò in avanti. «Dovresti fare attenzione alla lingua, gattina, per evitare che uno dei tuoi superiori te la tolga. Un cavaliere stellare è come i vostri cavalieri della morte. Solo che io non ho nessuna delle loro debolezze e sono molto più potente.»

Cirrus si spostò davanti a Zixne. «Non concentrarti sui suoi occhi. Somir, non ti permetterò di schiavizzarli.» Arricciò le labbra. «Posso immaginare perché sei qui, ma perché ora? Hai avuto millecinquecento anni per tentare di saccheggiare il castello. Perché aspettare?»

Lui scosse la testa e ringhiò. «Secondo te perché? In qualunque momento prima d'ora lui si sarebbe potuto svegliare e avrebbe potuto rimediare ai suoi errori. Adesso, invece? È un patetico guscio della sua antica gloria. Se riesce a svegliarsi e a venire da noi, non lo temiamo più. Il che significa che non temiamo più nemmeno te, dragonessa. Il tuo tempo è passato. Le stelle hanno rivelato il nostro futuro, e tu non ne fai più parte!»

«Già... stronzo» gli rispose Kotizara, fissandogli il petto.

«Scommetto che Cirrus ti calpesterà al suolo.»

«Forse. Forse no. Peccato che il mio amico sia così difficile da individuare» osservò, facendo un passo indietro.

Aveva valutato male il suo tempismo, dando a Cirrus la frazione di secondo di cui aveva bisogno per mettere la mano sinistra sopra la destra, con i palmi rivolti verso il basso, e ad allargarli verso i lati in un arco verso il basso, gridando: «*Adamudine!*»

All'istante, una cupola di diamanti scintillanti, di dimensioni variabili dalla punta di un'unghia a quasi quella di un pugno, circondò il loro gruppo. Una cupola che tremò sotto l'impatto di qualche grande creatura la cui forma si rifletteva nelle sfaccettature di migliaia di diamanti che ruotavano piano. Tutti guardarono in alto e Cirrus fece un respiro profondo. «Quello è un serpente lohzsauda. Risucchiano la magia attraverso i loro tentacoli.»

La creatura era lunga quasi ottanta piedi e le sue scaglie brillavano in strisce alternate di viola e verde. Sembrava una specie di vipera con tre code e ali da pipistrello. La parte più inquietante del mostro era la massa di tentacoli che si trovava sotto la mascella inferiore. Roteò nell'aria e tornò verso la cupola, sbattendovi contro una seconda volta. Quella volta si fermò e iniziò a far ondeggiare la testa, i tentacoli sfioravano la cupola e iniziarono a brillare.

Vendra sbatté le palpebre. «Sembra il...»

«Non c'è tempo» la interruppe Cirrus. «Prosciugherà questa cupola in circa un minuto. Appena cade, usate la pietra del richiamo per teletrasportarvi. Ho sottovalutato le loro forze qui.»

Sofia la fissò. «E tu?»

«Devo uccidere quel serpente e sperare che i suoi fratelli non siano qui. Non gli si può permettere di prosciugare la magia che nasconde il castello né di accedere a ciò che si trova all'interno.»

Sofia scosse la testa. «Allora non mi interessa quale promessa ti abbiamo fatto prima. Come hai detto tu, li hai sottovalutati e noi siamo la tua unica riserva. Uccidi quel serpente e poi torniamo tutti a casa.»

Cirrus la fulminò con lo sguardo. «Me l'avevi promesso.»

«No, te l'ho detto. I tuoi ordini erano chiarissimi. La situazione è cambiata. È meglio che tu ci dia istruzioni per quando la cupola crollerà, invece di discutere e dirci che dovremmo abbandonarti, cosa che non faremo.» Sofia si avvicinò e abbassò di scatto la visiera dell'elmo.

Cirrus ringhiò. «Bene. Ma *ne discuteremo* più tardi. Rimanete uniti come gruppo, ma sparpagliati. Non rendete facile colpirvi tutti insieme con un singolo incantesimo. Non separatevi e non caricate qualcosa da soli. Zix, tieni pronti i tuoi poteri di guarigione. Non preoccuparti di fare altro. Corym, usa i tuoi incantesimi per bloccare gli attacchi magici, se possibile. Lanciali contro un bersaglio solo se un gruppo si riunisce.

Koti, affidati alla balestra. Colpisci chiunque cerchi di lanciare un incantesimo. Sofia, tu sei quella corazzata. Se qualcuno si avvicina, affrontalo. Vendra e Konrad, se e quando Sofia deve combattere, voi cercate di aggirare i suoi avversari e di attaccarli ai lati, distogliendo la loro attenzione da lei. Ragno, cerca di tenerli in vita.»

Si udì un coro di affermazioni, tra cui quella di Sofia che guardava la cupola in rapido declino. «E tu?»

Gli occhi di Cirrus sfavillarono di un azzurro brillante, quando le sue pupille si trasformarono in fessure verticali. «Ricorderò loro perché sono uno dei draghi più pericolosi mai esistiti. Non hanno più paura di me? Oh... ne avranno. Pronti?» Tutti annuirono. Cirrus strinse le mani a pugno e le riunì a pochi centimetri dal petto. Abbassò la testa, toccandola con le nocche. Inspirò piano e all'improvviso fece scattare le mani e le braccia ai lati, poi gridò con voce squillante: «*Adamestine!*»

I diamanti della cupola cessarono subito la loro lenta rotazione. Tremarono per un istante sul posto prima di esplodere a trecentosessanta gradi intorno e sopra di loro, facendo a brandelli tutto ciò che si trovava nelle vicinanze, tranne il serpente. Gli impatti multipli fecero schizzare via la creatura, con le squame tagliate e graffiate, ma per il resto illese.

Cirrus approfittò dell'apertura per balzare in alto, la forza draconica immutata nella sua forma elfica, e si trasformò al culmine del suo arco. Alcuni rapidi e enormi battiti d'ali la lanciarono del tutto in aria.

Quella volta Sofia non stava guardando la dragonessa rannicchiata in una grotta buia. Stava assistendo alla sua gloria draconica rivelata nella sua interezza, alla piena luce del giorno. Ed era magnifica. Senza dubbio la creatura più bella che Sofia avesse mai visto. La dragonessa doveva essere lunga quasi quattrocento piedi, una volta distesa in volo, con un motivo scintillante di piccole scaglie bianche e azzurre sul ventre che la rendeva difficile da vedere contro il cielo blu illuminato dal sole.

Le scaglie aumentavano di dimensione man mano che si avvolgevano intorno al suo corpo, trasformandosi in un disegno di diverse tonalità di azzurro. Persino le membrane delle sue enormi ali sembravano ricoperte da minuscole scaglie scintillanti. Punte affilate come rasoi armavano l'estremità di ogni dito dell'ala. Una doppia fila di spine ricurve le scendeva lungo la schiena dal collo fino alla coda, che terminava con una lama malvagia a forma di vanga. Il suo volto era bellissimo, in modo rettiliano. Il muso lungo e squadrato aveva un'unica fila di piccoli aculei rivolti all'indietro che partivano dalle narici e correvano tra gli occhi. Le guance si allargavano e terminavano con file multiple di spine che assomigliavano a una criniera.

Cirrus si spostò con più grazia e velocità di quanto una creatura della sua taglia avesse il diritto di fare. I suoi occhi si concentrarono sul serpente e aprì la bocca per lanciare un assordante ruggito di sfida, seguito da un abbagliante fascio di luce bianca concentrata che si sprigionò dalla sua bocca e colpì il serpente al petto. Fuse diverse scaglie della creatura e le procurò di certo delle ferite.

Sofia sbatté rapidamente le palpebre per liberarsi dell'immagine residua che la luce accecante aveva lasciato, solo per sentire un'ondata di energia purificante che la investiva. Si voltò a guardare Zixne, braccia incrociate, palmi aperti con la punta delle dita che le toccava le spalle. La catenella di una delle sue collane intrecciata alle dita della mano destra mentre mormorava: «*Canesplendo.*»

Un dardo di balestra passò accanto all'orecchio di Sofia,

seguito da un tonfo carnoso e da un urlo improvviso che terminò con un gorgoglio alla sua sinistra. Si girò e vide un adepto dall'abito bianco cadere a terra, una macchia rossa gli si stava espandendo sul petto. Sentì Kotizara urlare: «Fai attenzione e guarda la bella dragonessa più tardi, Sofi!»

Annuì e si guardò intorno, vedendo una figura in una corazza bianca smaltata correre verso di loro uscendo da una delle tende abbattute. Lei si mise in posizione, lo scudo rinforzato davanti a sé, la spada tenuta in orizzontale, all'esterno, in alto.

Sofia ignorò la palla di fuoco che si dirigeva a spirale verso di loro, prima che la magia di Corym la deviasse di lato e colpisse un gruppo di quattro adepti. Si concentrò sul suo avversario, che la raggiunse e tirò un colpo basso all'area che lo scudo non proteggeva. Lei stava per indietreggiare quando la voce di Wren dal suo sogno le inondò la mente. *Abbi fiducia in te stessa e nella tua armatura.*

Invece di indietreggiare per evitare il colpo, fece un passo avanti. Lo schiniere incantato sulla gamba sinistra emise un suono squillante quando la spada dell'avversario lo colpì, facendo vibrare la gamba ma senza causare danni. Il suo colpo di ritorno, tuttavia, fu mortale. Sofia si spinse verso il basso, accompagnando il colpo con il corpo, l'avversario già sbilanciato e proteso nell'angolatura del suo attacco fallito. Quando la punta della spada colpì l'armatura sopra il cuore di lui, direttamente sul sigillo del suo ordine, ci fu un lampo. Una sensazione di calore si diffuse nella mano guantata, mentre la lama scivolava senza esitazione attraverso l'acciaio e nel cuore dell'avversario. I suoi occhi si spalancarono guardandola, mostrando presto il puro terrore.

Poi sussultò due volte, fremendo sulla lama di lei, tossì del sangue e morì.

Sofia non era sicura di cosa avrebbe dovuto provare. Rimorso? Non aveva mai tolto una vita prima di quella. Fissò i suoi occhi senza vita per quella che sembrò un'eternità. Se Cirrus non stava mentendo, e Sofia non aveva motivo di dubitare della sincerità o dell'integrità della dragonessa, quelle persone volevano ridurre in schiavitù o massacrare tutti coloro che non erano disposti a servire gli Esterni di loro spontanea volontà. Volevano portare un'apocalisse a tutti su ogni mondo. Uomini, donne, bambini. Giovani. Anziani. A loro non importava.

Sofia sentì se stessa ringhiare mentre rabbia primordiale ribolliva nel nucleo del suo essere. *Non si può permettere loro di vincere. Non glielo permetterò.* Sollevò lo stivale corazzato e lo sbatté sul petto dell'uomo morto, estraendo la spada, scalciando via il cadavere. Ruotò sul posto, alla ricerca di altri nemici, che trovò sotto forma di tre persone attorno ai suoi genitori, che stavano combattendo schiena contro schiena.

Sofia scattò verso di loro, notando per la prima volta che la sua armatura non sembrava ingombrante come le piastre indossate dai suoi avversari. Mettendo da parte quella domanda per dopo, non si fermò quando raggiunse i suoi genitori, la sua mira era precisa quando la lama si conficcò nel collo di un adepto che indossava cuoio bianco. Il colpo gli staccò la testa dalle spalle quando lei scattò dietro di lui.

Il successivo ebbe abbastanza tempo per girarsi, prima di ricevere tutta la forza del suo scudo in faccia, cosa che gli frantumò il naso e lo fece cadere all'indietro. Quella fu la fine delle sue preoccupazioni. Sofia appoggiò un piede a terra e fece perno, portando la spada di traverso e conficcandogliela nel fianco, trafiggendo di netto il cuoio... e il polmone.

Sentì il gorgoglio morente dell'uomo e lo ignorò flettendo il gomito in fuori, inclinando lo scudo verso il punto in cui il suo corpo era stato un battito di cuore prima e deviando un colpo di spada di una donna umana nello spazio lasciato libero. Mentre iniziava a volteggiare verso l'ultima minaccia, Sofia vide la punta di una spada corta emergere dall'addome della donna e gettò uno sguardo oltre la sua spalla. Colse gli occhi di suo padre, il volto trasformato in una maschera severa.

«Giù, Sofia!» gridò sua madre.

Sofia cadde subito in ginocchio e girò la testa per vedere due sfere di vetro che le passavano davanti. Ognuna di esse colpì un adepto dal mantello bianco e si frantumò, liberando una nuvola di vapore nell'aria. La donna a destra iniziò a urlare, lasciando cadere la spada e stringendosi gli occhi. L'uomo a sinistra cadde sulle ginocchia e vomitò con violenza.

Sofia era abbastanza certa che stesse rigurgitando cose che aveva mangiato qualche giorno, o forse settimane prima.

Con gli occhi che non mostravano alcun rimorso dietro la visiera, Sofia si alzò in piedi con calma e li trafisse entrambi, con grande sconcerto dei suoi genitori.

Sofia azzardò un'occhiata al cielo e vide Cirrus in combattimento serrato con il serpente. Le zanne della creatura erano conficcate nella spalla sinistra della dragonessa, ed era parzialmente arrotolato intorno a lei, tutte e tre le code una confusione di movimenti, mentre colpivano la dragonessa a ripetizione.

Cirrus allungò una zampa anteriore verso il collo della creatura e vi affondò i massicci artigli a forma di scimitarra. Con un ruggito di sfida, usò la forza bruta per tirare la testa della creatura verso l'alto, spezzando una zanna conficcata nella propria spalla. Il serpente fece scattare le fauci verso il suo volto e lo mancò, quando Cirrus inclinò la testa e rispose con un colpo dei suoi. Il muso balenò verso il serpente e lei conficcò le sue zanne nella creatura al di sotto del punto in cui i suoi artigli la tenevano e scosse la testa avanti e indietro.

«Sofi! Fai attenzione! Bella dragonessa dopo, ricordi?» gridò Kotizara.

Sofia scattò in avanti, colpendo il suolo e rotolando via mentre una lama scintillante fendeva l'aria nel punto in cui si trovava un istante prima. Continuò la sua capriola fino a ritrovarsi in ginocchio e guardò verso il suo assalitore.

La forma immacolata del lord alto maresciallo si diresse verso di lei.

Oh, oh. Non va bene.

Vendra tirò una sfera di vetro contro l'uomo, che incassò il colpo e lanciò un'occhiata verso di lei. «Mi occuperò di te tra un momento. Fino ad allora, sentiti libera di continuare, le tue sostanze alchemiche non mi daranno alcun fastidio. Prima, però, questa qui morirà.» Guardò di nuovo Sofia. «A meno che tu non voglia considerare di unirvi a noi.»

Sofia sbuffò. «Neanche per sogno.»

Somir scrollò le spalle. «Molto bene. È come avevo sospettato. La dragonessa ti ha già riempito la testa di bugie. Addio allora, paladina.» Balzò in avanti, piantandole uno stivale nel petto e facendola cadere all'indietro sul sedere. Invertì la presa sulla spada per prepararsi a conficcarla nell'armatura di Sofia.

Prima che potesse farlo, sentì una voce amata gridare: «*Curiderada!*» Sofia vide la sagoma piccola e pelosa della sua più vecchia amica accovacciata dietro Somir. All'improvviso balzò e gli mise una mano blu incandescente sulla schiena. Il cavaliere stellare ebbe le convulsioni quando la guarigione di Zixne attraversò il suo corpo non-morto. Gli causò un attimo di dolore, ma non abbastanza. Si girò e diede un manrovescio alla piccola leonevosa, facendole girare la testa e precipitare a terra.

«La pagherai per questo!» Somir si voltò di nuovo verso Sofia, che lottava per rimettersi in piedi.

La paladina di fresca nomina sentì la voce esausta di Corym esclamare "*Flumruyon.*» Due linee di fiamme tortuose le passarono davanti e inghiottirono il lord alto maresciallo prima di spegnersi.

Somir scosse la testa e guardò oltre Sofia finendo di girare, ignorando l'impatto infuocato. «È tutto quello che hai? Patetico. Non sei nulla in confronto ai vecchi "salvatori". La tua magia è debole, come lo è ognuno di voi» concluse con un ringhio.

Quando riportò lo sguardo su Sofia, una ragnatela gli avvolse le gambe e lo trascinò a terra. Sofia si dimenò e riuscì ad alzarsi. Guardò il ragno e incrociò il suo sguardo. La creatura fece un cenno di riconoscimento e si voltò verso gli umanoidi che avevano cercato di ucciderla, fallendo in modo spettacolare. I loro resti erano disseminati sul terreno.

Sofia si era rimessa in piedi appena prima di lord Somir. L'uomo si lanciò verso di lei, calando la spada in un colpo dall'alto con entrambe le mani. Non avendo tempo per altro, Sofia si limitò a sollevare lo scudo, aspettandosi che l'impatto la facesse almeno ricadere a terra. La lama la colpì con un suono riverberante che la fece rabbrividire, ma lo scudo resistette.

Con sua grande sorpresa, anche lei.

In qualche modo riuscì a spingere leggermente indietro il braccio di Somir, in modo da poter guardare la creatura non-morta negli occhi.

«Chi sei? Cosa sei?» chiese lui in tono sconcertato.

«Incazzata» fu l'unica risposta di Sofia, con gli occhi lampeggianti.

Scambiarono qualche altro colpo, Somir era il più abile dei due, poiché aveva deciso di giocare con lei... o di metterla alla prova. Si bloccarono di nuovo, la forza di lui spinse piano indietro le braccia di Sofia. «Non importa. Suppongo che ti farò semplicemente dissezionare quando avremo finito. Anche se forse possiamo riportarti in vita per una vivisezione. Così tante scelte divertenti.» La costrinse a indietreggiare di qualche passo, i suoi gli occhi sempre più stretti. «Arrenditi. Non puoi vincere contro di me, paladina in erba.»

«No. Non posso» ammise Sofia a denti stretti. «Lei sì, però.» Alzò lo sguardo verso di lui e lo fece passare sopra la sua spalla.

Bisognava riconoscerlo al lord alto maresciallo Somir Lacwithian. Era intelligente e veloce.

Non abbastanza veloce, però.

Si staccò rapidamente da Sofia per voltarsi verso la nuova minaccia, ma lei gli diede una testata corazzata con un sonoro *crac*, sfruttando lo slancio del rimbalzo per scaraventarsi senza tanti complimenti all'indietro.

Un'enorme zampa anteriore artigliata si abbatté sullo sbilanciato lord alto maresciallo, spingendolo a terra e facendo sprofondare le pietre del selciato della vecchia strada su cui combattevano nella sagoma di una zampa di drago.

Cirrus la fece cadere ancora e ancora sull'area che aveva appiattito. Dopo qualche dozzina di colpi, sollevò la zampa anteriore, inspirò e poi si chinò e soffiò sul cratere l'accecante luce bianca del suo fiato. Non contenta, con una zampa artigliata afferrò un pezzo del vecchio muro che pesava almeno qualche tonnellata e lo sbatté nel cratere.

«Bastardo» sputò.

Sofia si alzò tremante e si guardò intorno. C'erano cadaveri vestiti di bianco disseminati sul terreno. Era chiaro che la stragrande maggioranza di essi era opera di Cirrus e del ragno, ma molti erano caduti per bruciature, colpi di balestra o fendenti di spada.

Cirrus si voltò verso il ragno. «Starai bene qui? Possiamo portare te e tua figlia con noi.»

Il ragno cinguettò, ondeggiando avanti e indietro. Cirrus annuì.

Sofia si avvicinò al ragno e posò la sua mano protetta e guantata su una zampa pelosa. «Grazie, amica mia. Non ce l'avremmo fatta senza di te.»

Il ragno la guardò per un attimo, prima di cinguettare e di darle un colpetto con una zampa. Poi la creatura caustica si voltò, afferrò l'estremità di un pezzo di tela e si allontanò, trascinando con sé una dozzina di forme avvolte in bozzoli e che si agitavano debolmente.

Sofia si voltò verso Cirrus. «E adesso?»

Kotizara sorrise. «Be', qualcuno mi deve dei soldi. Avevo scommesso che Cirrus lo avrebbe schiacciato nel terreno!»

Cirrus si trasformò nella sua forma elfica e sorrise a Kotizara. Tornò a concentrarsi su Sofia e il suo volto si rabbuiò all'istante. «Ora? Ora ti riporto nella casa che ho avuto per un millennio e mezzo e ci riposiamo. Domani inizia il vero lavoro. È allora che porterò giù te, Sofia "Rinttir" Dahrel. Nella caverna più profonda e buia dell'isola.

A conoscere il Signore dei Draghi Kemuri.»

Capitolo 25

23° Jinn, 1502 DF

Cirrus li teletrasportò tutti direttamente nella caverna dove Sofia l'aveva incontrata per la prima volta. Gettò un incantesimo di guarigione su tutti loro e indicò il lato della caverna in cui Sofia aveva dormito la prima volta, che ora aveva cinque stanze invece di una, tutte illuminate dalla soffusa luce blu.

«Lavatevi. I draghi hanno nasi sensibili. In quelle stanze troverete tutto ciò che vi serve. Aree per il bagno, saponi, asciugamani e cambi d'abito. Il cibo vi aspetterà quando avrete finito. Per favore, mangiate e poi fatevi una dormita. Se avete problemi ad addormentarvi, fatemelo sapere e vi farò un incantesimo. Domani sarà una giornata lunga e probabilmente irritante» annunciò Cirrus, arricciando il naso.

Si trascinarono tutti verso le stanze, persi nei loro pensieri, e seguirono il consiglio della dragonessa. Sofia era abbastanza certa che Cirrus avesse usato la magia per farli addormentare tutti dopo aver mangiato, anche senza che le fosse stato richiesto.

La mattina seguente, o il pomeriggio, dato che Sofia non aveva idea di che ora fosse, si svegliò, si stiracchiò e si alzò a sedere nel letto. Il delizioso odore di pancetta, salsicce e frittelle filtrava sotto la porta; forse il cibo la aspettava dove aveva incontrato la dragonessa per la prima volta. Sospirò e indossò l'armatura, usando la tecnica che Cirrus le aveva insegnato per trasformarla in una calzamaglia nera e in un corsetto blu reale decorato d'argento.

Si avvicinò allo specchio sopra la cassettiera e si sporse in avanti, fissando il proprio riflesso.

Fissando gli occhi della sconosciuta che ricambiava il suo

sguardo.

Tra l'incontro con Wren, l'incidente magico del mattino successivo, tutte le scuse che ne erano seguite e poi la partenza per Kiserian, non aveva avuto il tempo di elaborare i cambiamenti.

In quel momento, mentre fissava quegli occhi strani, capì che era davvero lei. Era una mezz'elfa con occhi color acquamarina, capelli ambrati e una spruzzata di lentiggini sulla radice del naso e sotto gli occhi. Non la ragazza umana "scialba", *grazie, Zix*, con gli occhi e i capelli castani che aveva sempre visto ricambiare il suo sguardo nello specchio. Era e sarebbe sempre stata Sofia Dahrel. Ma era anche Sofia Rinttir, anche se non sapeva ancora chi fosse quella persona. Sapeva solo che quella donna aveva ucciso più persone il giorno prima e non provava ancora alcun rimorso.

Quella persona si era scontrata faccia a faccia con un cavaliere stellare. E pur essendo surclassata, non si era arresa.

Era una donna con una fonte di forza interiore che Sofia non avrebbe mai immaginato di possedere.

«Non viene da qualche altra parte o da qualcun altro. Viene tutto da te. *Sei* tu» commentò la voce pacata di Cirrus dall'ingresso.

Sofia si voltò dallo specchio. «Mi leggi ancora nel pensiero?»

Cirrus sorrise. «No, cara. Credo che abbiamo superato la mia raccolta e verifica casuale dei tuoi pensieri. Stavi fissando lo specchio con una tale intensità e passione. Non è stato difficile capire cosa ti passasse per la testa. Soprattutto per una dragonessa che ha vissuto tanto a lungo quanto me.»

Sofia alzò lo sguardo, gli occhi pieni di lacrime. «Li ho uccisi, Cirrus. E ancora non provo nulla per questo.» Esitò. «In realtà, non è del tutto vero. Mi sento *soddisfatta*. È sbagliato?»

Cirrus le rivolse un sorriso triste. «C'è solo una persona che può rispondere, Sofia. Tu. Io posso cercare di guidarti verso ciò che ritengo giusto e buono, ma la decisione finale spetta a te. Sarà sempre così.» La dragonessa sospirò. «Vorrei far notare che l'intera funzione del loro ordine è quella di inaugurare l'era degli Esterni. Dove tutto, e intendo *tutto*, sarà ucciso, divorato, schiavizzato o mutato. Persino la terra stessa.

La maggior parte delle persone crede di essere l'eroe della propria storia, Sofia. Pochi amano ammettere di essere stati il cattivo. Eppure, nel grande schema dell'universo, solo un numero minuscolo di esseri desidera accogliere gli Esterni a braccia aperte. Per tutti coloro che non li vogliono qui, la vasta, stragrande maggioranza di noi, gli Esterni sono i cattivi. Gli invasori. Gli schiavisti.

Pertanto, l'Ordine della Rivelazione nelle nostre stelle è un cattivo per molti. Tu li hai uccisi. Credimi, loro non vogliono essere *salvati.* Non vogliono pentirsi. Ci abbiamo provato, con molti individui e in molti modi, solo per scoprire che le loro menti sono distorte come quelle di coloro che servono. Tenendo presente questo, quante persone pensi che ognuno di quelli che hai ucciso avrebbe danneggiato? A quante hanno già fatto del male?

Capisco le tue preoccupazioni. Togliere una vita non è facile per un umanoide come lo è per un drago. Siamo le più alte creazioni dell'universo.» Disse quest'ultima frase con un sorriso, suscitandone uno da parte di Sofia. «È bene chiedersi se si è fatto bene quando si deve togliere una vita. Tuttavia, per quanto mi riguarda, questo è vero in tutti i casi, tranne quando si ha a che fare con la Rivelazione.

Durante la Guerra dei Reami, la vostra Grande Guerra, le leggende che probabilmente sono state liquidate come uno scherzo sono vere. Angeli dei cieli, diavoli dell'Inferno, demoni dell'Abisso... tutti sullo stesso campo di battaglia, mettendo da parte le loro rivalità secolari, le loro stesse battaglie tra bene e male, tutti per affrontare insieme gli Esterni e la Rivelazione. Non c'è bisogno di guardare oltre per distinguere tra il bene e il vero male supremo. Persino il paradigma del male del nostro stesso universo, diavoli e demoni, ritengono che la Rivelazione e gli Esterni siano peggiori. Più importante ancora, gli angeli sono d'accordo.»

Sofia si asciugò le lacrime dagli occhi con il dorso di una mano. «Credo di capire. Come ho detto, provo soddisfazione per averli uccisi. È questo che mi preoccupa tanto. Non voglio togliere delle vite senza piangerne la... *necessità,* credo.»

«Hai un buon cuore e un buon istinto, cara.» Cirrus colmò la distanza tra loro e la abbracciò. «Fidati di loro. Sono loro che ti hanno detto quanto la Rivelazione sia un gruppo di persone degenerate. Probabilmente è anche per questo che provi soddisfazione nel liberare il mondo da loro.»

Sofia ricambiò l'abbraccio. «Non andranno a prendere i corpi per riportarli in vita?»

Cirrus ridacchiò. «Questa è forse una delle cose migliori dei nostri nemici. Innanzitutto, solo gli incantesimi più potenti e costosi in termini di energia possono riportare in vita qualcuno senza un corpo. La nostra amica ragno e le altre creature che vivono nella città si occuperanno della maggior parte di loro. In secondo luogo, tutti i loro chierici e guaritori traggono parte della magia per i loro incantesimi dal Reame Esterno. Questo tipo di corruzione dello spirito non può essere evitato.

Possono guarire e riportare in vita persone che non sono morte da molto tempo, ma farlo a qualcuno che è morto da più di dieci minuti danneggia sia l'incantatore che il soggetto rianimato. La magia del Reame Esterno si ritorce contro di loro e li punisce per l'audacia di riportare indietro un'anima che è stata consegnata a esso attraverso il culto volontario. Pertanto, tendono a farlo solo per i loro capi più potenti. Terzo... semplicemente non vogliono farlo. La sopravvivenza del più adatto è il motto supremo delle creature dei Reami Esterni e questo pensiero si è diffuso e ha permeato coloro che li servono di loro volontà. Sentono che c'è sempre un sostituto in attesa di essere portato avanti, che si tratti di un altro convertito o di una creatura esterna concessa loro per assistere nelle loro battaglie.»

Sofia fece un passo indietro, staccandosi dall'abbraccio. «E costringere un guaritore che non ha alcuna lealtà verso la loro causa a riportare in vita qualcuno?»

Cirrus le rivolse un sorriso tranquillo. «Ci hanno provato e hanno scoperto che fallisce per le stesse ragioni generali. Poiché l'anima dell'individuo è stata concessa spontaneamente e poi reclamata dal Reame Esterno, un guaritore senza quella corruzione non può toccarla. Gli incantesimi falliscono ogni volta.

Non pensare però che questo ci dia un grande vantaggio. Si dice che l'Abisso contenga innumerevoli legioni e il Reame Esterno ne contiene assai di più. Perdere persone e creature che non possono essere riportate indietro fa ben poco per sfoltire il loro gregge. Ecco perché dobbiamo abbattere e uccidere definitivamente i capi. Senza di loro, le masse sono pericolose ma si affidano per lo più alla forza bruta.»

«Fantastico» mormorò Sofia prima di sorridere. «Almeno lord alto maresciallo Leccavetri se n'è andato.»

Cirrus fece un profondo ringhio di gola. «Purtroppo no. È un non-morto creato con la magia del Reame Esterno. È più difficile per loro, ma i non-morti creati in questo modo sono difficili da distruggere in modo permanente, soprattutto uno così potente. Tornerà, per nulla umiliato, ancora convinto della propria superiorità. Inoltre, quell'uomo è sempre stato uno scarafaggio in un corpo umano. Impossibile da schiacciare, perché sembra sempre sgusciare via all'ultimo secondo.»

Anche se quell'uomo era pericoloso, ed era sconcertante sentire che era probabile che sarebbe tornato, Sofia non poté fare a meno di ridere della descrizione di Cirrus. «Perché non mi dici cosa provi davvero per lui?» Sorrise.

Cirrus ridacchiò a sua volta. «Lo farei, ma tu non capisci ancora il draconico e sarei costretta a passare a quello.» Allo sguardo confuso di Sofia, la dragonessa le rivolse un sorriso maligno. «Abbiamo un vasto vocabolario di insulti. Andiamo. La colazione è pronta e sento che tutti sono arrivati a tavola. La maggior parte di loro, tranne Kotizara e Zixne, sta aspettando il nostro arrivo.»

Sofia annuì e seguì la dragonessa al tavolo, prendendo posto mentre tutti si scambiavano i saluti. Corym e i suoi genitori sembravano sopraffatti, mentre Kotizara e Zixne erano intenti a spalarsi il cibo in bocca.

«Va bene» dichiarò Sofia, iniziando a fare colazione. «Avete tutti l'aspetto che avevo io stamattina. Be', tranne i due maialini. Questo significa che credo dobbiate sentire quello che mi ha detto Cirrus.»

Sofia spiegò della Rivelazione, e concluse dicendo: «Dunque, sono persone malvagie e non potevamo lasciarle andare via. Sarebbe stato sbagliato. Possiamo rammaricarci che siano così fuorviati da dover morire e sperare che, quando aiuteremo a chiudere fuori gli Esterni questa volta, non escano e non corrompano altre persone. Tuttavia, non possiamo rimpiangere la necessità di fermarli con ogni mezzo disponibile. Abbiamo ucciso *loro* perché altrimenti loro avrebbero ucciso *qualcun altro*.»

Konrad la guardò con un'espressione pensierosa. «Sebbene questo pensiero sia inquietante, non posso negarne la logica. Non solo abbiamo letto della morte e della distruzione nella Grande Guerra, l'abbiamo vista di persona durante i nostri scavi. Kiserian ne è un esempio lampante. Se quelle persone stanno davvero cercando di far ripartire quella guerra, devono essere fermate.»

Kotizara fece un gesto con la forchetta piena di cibo. «Sì, ma dobbiamo migliorare. E molto. Se non ci fosse stata la nostra amica ragno, saremmo morti prima che Cirrus finisse il suo spuntino a mezz'aria. Be', tutti tranne Sofia, si intende. Quando hai imparato a combattere così?»

Sofia scosse la testa. «Quel tipo stava giocando con me. Avrebbe potuto uccidermi quando ne aveva voglia, ma ha voluto tirarla per le lunghe. Hai ragione, però. Mi sono sentita diversa mentre combattevo. Qualche incantesimo sulla mia armatura e sulle mie armi?» chiese a Cirrus.

«Può essere» rispose la dragonessa con fare evasivo.

«Cirrus.» Sofia la fulminò con lo sguardo.

La dragonessa sembrò esasperata. «Te l'ho già detto. Ti dirò quello che posso in anticipo, ma ci sono cose per cui non sei pronta o di cui non sono abbastanza sicura per fare congetture. Non voglio portarti fuori strada con semplici supposizioni. Ti dirò che, considerando chi ti ha nascosta, i tuoi genitori naturali dovevano essere eccezionalmente abili. Il tuo attuale livello di addestramento, unito alle capacità della tua armatura, ti rende una combattente discreta. Durante quel combattimento, però, mentre temevi per la tua vita e per quella delle persone a cui tieni, forse sei riuscita a sfruttare alcuni dei tuoi poteri latenti. Alcuni dei doni che la tua ascendenza ti ha lasciato.»

Sofia imitò l'espressione esasperata di Cirrus. «Mi fai sembrare un cane.»

Cirrus scrollò le spalle. «Gli umanoidi allevano alcuni canidi cercando di trasmettere loro tratti specifici, motivo per cui esistono così tante razze diverse. Ci vuole un po' di tempo, ma la maggior parte dei canidi non magici ha una aspettativa di vita molto più breve di quella degli umanoidi che li allevano, quindi si iniziano a vedere i risultati. Per me, un drago, la mia durata di vita mi permette di osservare per decenni, persino per secoli, come gli umanoidi si riproducono, trasmettendo certi tratti alla loro prole. I tuoi genitori dovevano essere guerrieri addestrati, con molte doti fisiche e mentali che li ponevano al di sopra degli elfi e degli umani medi.» Un luccichio sornione le scintillò negli occhi. «Quindi, credo che il tuo paragone in questo caso sia abbastanza azzeccato. Bau, bau, Sofia.»

Zixne ebbe la sfortuna di essere in procinto di bere. Spruzzò parte del sorso dal naso ridendo tra un colpo di tosse e l'altro. Gli altri si coprirono il volto per nascondere il volto di fronte all'espressione offesa di Sofia. Cirrus si limitò a sorridere.

«Be', elfa sexy, ti ha fregato. Non te la farò mai passare liscia. Bau, bau, ragazza» intonò Zixne tra piccoli colpi di tosse.

Sofia seppellì la testa tra le mani. «Meraviglioso. È ora di cambiare argomento, allora. Quando scendiamo per incontrare *lui*?»

Cirrus posò la forchetta. «*Noi* non lo facciamo. Lo facciamo *io* e *te*.»

La testa di Zixne si alzò di scatto. «Aspettate un attimo! Io voglio andare! Voglio conoscerlo! Perché non possiamo venire?»

Cirrus si accigliò. «Quando lo sveglieremo, sarà già abbastanza arrabbiato. Adesso lo è sempre. Questa è la missione di Sofia, affidatale da Wren. Non vorrà crederci, ma ci ascolterà. Quindi, solo noi due scenderemo. Lui risalirà... alla fine. Ne sono certa. Allora potrai civettare con lui quanto vorrai.»

Tutti videro il rossore di Zixne attraverso la sua pelliccia bianca.

Gli occhi e le orecchie si abbassarono, mentre la coda si afflosciò. «Io non stavo...»

«Stavi, Zix. Tutti a tavola sanno che farai la civetta con lui. È quello che fai. È quello che sei, quindi è inutile negarlo» la interruppe Corym.

Zixne arrossì di più quando Cirrus si chinò sul tavolo verso di lei. «Ricorda una cosa, giovane leonevosa. Un flirt può andare bene, ma non *offrire* nulla a un drago, *nulla* che tu non sia veramente disposta a dare. Altrimenti, potrebbe accettare la tua offerta e non potrai fare nulla per fermarlo.» Cirrus si alzò. «Andiamo, Sofia. È ora.» Si avviò verso il fondo della caverna e Sofia balzò su dalla sedia e corse per raggiungerla.

Cirrus la condusse a una tromba delle scale illuminata dalla stessa delicata luce blu di tutto il resto. «Odio questa parte. È una discesa piuttosto lunga. Possiamo saltare all'esterno, ma la magia protettiva della sua tana inizia da questa scala e impedisce a qualsiasi cosa di teletrasportarsi all'interno. Persino a me.»

Sofia annuì e la seguì, addentrandosi nell'oscurità. Dopo aver trascorso una buona mezz'ora scendendo le scale a chiocciola, Cirrus chiese una pausa e porse a Sofia una borraccia. Sofia bevve, poi finalmente trovò il coraggio di porre a Cirrus la domanda che stava meditando da quando avevano lasciato il tavolo. «Cirrus, lui... ehm, lui *prenderebbe* davvero Zix anche se lei cambiasse idea o non fosse davvero intenzionata a farlo dall'inizio? Perché stava flirtando con lui?»

Cirrus fece una risata simile a un latrato. «È questo il pensiero che ti preoccupa da quando abbiamo iniziato a scendere. No. In nessun caso farebbe *mai* una cosa del genere.»

«Perché hai detto a Zix che avrebbe potuto farlo, allora?»

Cirrus bevve dalla borraccia. «Semplice, cara. Si è innamorata, per così dire, della sua immagine e delle sue leggende. Lo farà impazzire se non smetterà di fare l'adulatrice e di flirtare con lui. Lei penserà che la mia affermazione si riferisca in particolare a lui e quindi si calmerà un po'. In realtà, è un'affermazione valida quando si ha a che fare con la maggior parte dei draghi... e delle fate. Non solo quando si offre sesso. Si applica quando si offre *qualsiasi cosa*. Ci consideriamo davvero il paradigma dell'evoluzione. Molti draghi, anche quelli buoni, considerano gli umanoidi come semplici giocattoli da usare o meno a loro piacimento. Alla fine, quando non sono più divertenti, vengono scartati.»

«Ma non tu e lui?»

Cirrus scosse la testa. «I draghi della famiglia, ed erano parecchi, hanno combattuto e sanguinato insieme agli umanoidi. Abbiamo salvato le loro vite e loro hanno salvato le nostre. Questo ci ha tolto un po' dell'innato senso di superiorità. Posso essere più grande, più forte, più veloce e più magica di te, Sofia, ma questo non ti impedirà di salvarmi la vita un giorno. Perciò sei mia amica e, oserei dire, potresti diventare parte della famiglia. Non un giocattolo da usare e gettare per un capriccio.»

Sofia la abbracciò. «Grazie, Cirrus. Sento che anche tu stai diventando in fretta parte della famiglia.»

«Stai tremando, cara» osservò la dragonessa.

Sofia si morse il labbro e la strinse di più. «Ho paura, Cirrus. E se non volesse uscire? E se non volesse aiutare? Sono passata dal cercare di trovarlo e scrivere la sua storia a scoprire che gli Esterni sono tornati e che la guerra non è mai davvero finita. Poi sono cambiata dalla vecchia me alla nuova me. Sono passati solo pochi giorni! Mi sento come se avessi iniziato a scivolare giù da una collina solo per poi cadere dal bordo in un pozzo senza fondo. È molto da assimilare.»

Cirrus la strinse a sé. «Lo so. Verrà. All'inizio sbraiterà, inveirà e sarà di umore generalmente sgradevole, ma verrà. Andrà tutto bene. Tu starai bene. La tua vita diventerà una serie di periodi di quiete seguiti da azioni frenetiche. Fidati, lo so.»

Sofia fece un respiro profondo e la lasciò andare. «Grazie. Sto cercando di dare l'impressione di avere un'idea di quello che sto facendo per il bene dei miei amici e dei miei genitori, ma tutto questo è molto al di fuori della mia portata.»

Cirrus si avvicinò al viso di Sofia e la fissò negli occhi. «Non devi farlo. Quelle persone al piano di sopra ti vogliono bene. Non cercare di prendere su di te questo fardello da sola. È troppo anche per il drago qui sotto da sopportare da solo. Di' loro quando hai paura. Di' loro quando non sei sicura di cosa fare. Le idee che avranno ti stupiranno.»

Sofia annuì una volta. «Immagino che dovremmo continuare?»

«Certo, cara.»

Ci volle più di un'ora, riempita dai discorsi sull'infanzia di Sofia piuttosto che dal silenzio insicuro della loro discesa precedente. Alla fine, raggiunsero il fondo, dove si trovava una grande e solida porta di adamantio. Cirrus si voltò, allungò la mano e sfiorò la guancia di Sofia. «*Praesidiafriga.* Questo ti aiuterà a *tollerare* il freddo. Tuttavia, è molto probabile che avrai comunque bisogno di cure quando avremo finito lì dentro.»

Gli occhi di Sofia si allargarono. «Davvero? La tua magia non sarà sufficiente a proteggermi, nemmeno con l'armatura?»

Cirrus scosse la testa. «No. Lì dentro fa più che freddo. Per intenderci, il freddo in quella stanza è simile al calore che si potrebbe provare camminando sul sole, solo al contrario. Senza la mia magia, moriresti congelata prima che la porta si apra del tutto.»

«Oh» squittì Sofia.

Cirrus agitò una mano davanti alla porta e mormorò qualcosa che Sofia non riuscì a sentire. La porta si aprì senza rumore verso di loro. La folata d'aria proveniente dal suo interno era così gelida che, anche con gli incantesimi che la proteggevano, Sofia sentì come se il sangue avesse rallentato, scorrendo fiacco nelle vene e iniziando a solidificarsi. Girò veloce la testa di lato e chiuse gli occhi.

Sentì borbottare nelle vicinanze e si sforzò di distinguere le parole. *Liberarmi di te. Perseguiti la mia anima. Sparisci. Non voglio ricordare... sentire. Vattene. Ti prego, vattene. Non voglio sentirti. Ti voglio fuori. Vai... vai e basta.* Sofia si voltò verso Cirrus e si costrinse ad aprire gli occhi, solo per vedere la dragonessa fissare con occhi spalancati e bocca aperta la tana del Signore dei Draghi.

Sofia girò la testa in tempo per cogliere un bagliore verde e oro che si rifletteva su qualcosa di lucido e nero. Il vago bagliore sembrò volgersi verso di loro e Sofia giurò di aver visto due sfere verdi ancora più luminose racchiuse al loro interno, prima che una sembrasse ammiccare, poi l'intera apparizione scomparve, lasciando la stanza nel nero più profondo e scuro che Sofia avesse mai visto. Nemmeno la luce blu del pianerottolo sembrava penetrarla.

Quasi come se quella di Wren fosse l'unica luce che potesse farlo.

«Era...» Sofia si è interruppe.

Cirrus annuì. «Sì, doveva essere così. E ha *fatto l'occhiolino...*» All'improvviso sorrise e batté il pugno. «È vero! È proprio *vero!* Lei sta ancora qui!» gridò la dragonessa, dimenticando la grammatica precisa nella foga del momento.

E dimenticando anche dove si trovava per qualche istante.

Un grande, stridulo rumore raspante risuonò quando il Signore dei Draghi si spostò e iniziò a svegliarsi.

Sofia osservò inorridita e affascinata un brillante bagliore blu zaffiro emanare da un'enorme fessura che si stava allargando con lentezza.

Mentre l'occhio di Kemuri, il Signore dei Draghi, si apriva.

Epilogo

<u>24° Jinn, 1502 DF</u>

Corym aveva cercato di coinvolgere tutti in una partita a carte, ma la cosa era sfumata dopo circa una decina di mani.

Nessuno può credere che siamo qui, nella tana di lady Cirrus e del Signore dei Draghi Kemuri. E sono... siamo *preoccupati sul perché ci stiano mettendo così tanto. Nessuno si aspettava che sarebbero state via per ore.*

Non c'era molto da vedere nella camera enorme. Solo il tavolo e le sedie, oltre al corridoio, dove si trovavano le stanze che la dragonessa aveva messo a loro disposizione. Ognuno di loro era andato nella propria stanza, l'aveva controllata e aveva cercato di riposare. Alla fine si ritrovavano sempre lì, seduti al tavolo.

Abbiamo bisogno del conforto che ci offriamo l'un l'altro, anche quando non ci parliamo.

Come adesso.

Tutti sedevano in silenzio, sperando che tutto andasse bene. Che Sofia tornasse presto con Kemuri al seguito.

Nessuno era interessato nemmeno a mangiare, anche se il cibo era apparso per magia circa quindici minuti prima. Giusto in tempo per il pranzo.

Corym, che fissava il tavolo a testa bassa, sentì Zixne trattenere il respiro un attimo prima di avvertire una potente scarica di magia. Staccò lo sguardo dal tavolo e vide un bagliore magico di un viola così intenso da essere quasi nero spegnersi all'estremità del tavolo. Lasciò dietro di sé un vecchio che li scrutò con sguardo malevolo, appoggiando un bastone contro il bordo del tavolo e che, in pratica, sbatté un libro sul ripiano.

Il nuovo arrivato si accasciò su una sedia, occhi stretti, labbra serrate studiandoli.

«Allora, siete voi, eh? Fantastico. Passami un po' di quel cibo. Ho fame e le vostre amiche ne avranno ancora per qualche minuto.»

La storia continua

La storia continua con il secondo volume: *Il libro della fratellanza*.

Note dell'autore

Quindi, da dove cominciare...

Dato che non l'ho mai fatto prima, ho pensato che forse dovrei parlarvi un po' di me, o magari di ciò che mi ha spinto a scrivere questa storia, o di alcune cose generali sulla mia vita familiare.

Ma no.

Anche se sono sicuro che arriverò a tutto questo alla fine dei libri successivi, seguirò il suggerimento di Robin e vi racconterò di quando ho ricevuto l'e-mail in cui la LMBPN mi diceva che era interessata a pubblicare i miei libri. Dopotutto, ha ragione. È ciò che mi ha portato a questo punto ed è il motivo per cui siete in grado di leggere questo... *qualsiasi cosa* di tutto questo!

Quindi, credo che vi darò *due* Libri degli Inizi. Uno per la serie e uno per come ho iniziato io.

Per essere breve, vi dirò che, con l'aiuto di mia moglie, sono riuscito a rendere il mio manoscritto in una forma abbastanza ragionevole da poterlo inviare alla LMBPN. Ho compilato il modulo di presentazione (anche con il suo aiuto, visto che a quanto pare sono *incapace* di scrivere una sinossi del mio stesso lavoro), ho allegato il manoscritto e ho cliccato su invia a metà/fine settembre.

Poi ho aspettato...

E aspettato...

E aspettato.

Cosa che, a dire il vero, il modulo *specificava* che sarebbe accaduto. Ma è comunque difficile da fare quando si è così entusiasti per le possibilità. Possibilità di cui io e mia moglie abbiamo discusso... all'infinito.

Nel frattempo, ho continuato a scrivere. Non c'è motivo di fermarsi, giusto?

Be', la revisione richiede tempo, e i due mesi indicati nel modulo erano passati e io non ero stato contattato. Un'enorme delusione, ma mi ha fatto promettere di finire il lavoro che stavo facendo, dare un'occhiata al mio manoscritto, lavorarci su e riprovare.

Molte persone inviano le loro storie alla LMBPN e, contando Natale, Capodanno e tutto il resto, avevo solo bisogno di aspettare ancora un po'.

Il che ci porta al 24 gennaio 2023.

Quella sera è iniziata come uno dei nostri normali martedì. Io e mia moglie torniamo a casa dal lavoro, andiamo a prendere mia figlia alle prove di viola a scuola e poi portiamo di corsa la signorina alla lezione di nuoto. Tipiche, normali cose da genitori.

Io e mia moglie nuotiamo con nostra figlia per quindici minuti, poi ci sediamo nella vasca idromassaggio mentre mia figlia fa lezione. Abbiamo finito ed entrambe hanno deciso di giocare a Pokemon Go per un po', dato che qualsiasi cosa si generasse durante la Spotlight Hour era qualcosa che volevano collezionare.

Abbiamo finito, siamo tornati a casa e io e mia figlia stavamo andando a farc la doccia mentre mia moglie preparava la cena. Ero riuscito ad arrivare in fondo alle scale quando mi sono accorto di avere una notifica di gmail. Ho controllato e mi sono reso conto che era sul mio account più "professionale" invece di quello su cui mi scrivono tutti i miei amici. Ho pensato che si trattasse di qualcosa dalla scuola di mia figlia, o che riguardasse la lezione di viola o qualcosa che la sua insegnante stava sistemando per il programma settimanale. Così, volendo leggerlo e informare mia moglie prima di farmi la doccia (e riuscendo a dimenticarmene completamente), ho cliccato su quell'account e cosa ho trovato?

Un'email dalla LMBPN Publishing con il titolo del mio libro proprio là come oggetto!

L'ho letto più volte. Dopo la terza, mia moglie si è diretta dalla cucina verso le scale mentre io iniziavo a ripetere. «Oh mio Dio...»

Sono entrato di corsa nell'altra stanza, incontrando mia moglie a metà strada. Dovevo avere l'aria di chi aveva appena ricevuto la peggiore o la migliore notizia della sua vita.

Mia moglie mi chiede cosa c'è che non va, mia figlia corre nella stanza chiedendo lo stesso e mia madre esce dalla sua stanza con un'espressione confusa.

Tutto quello che sono riuscito a fare è stato guardarle e dire. «Hanno preso il mio libro. Vogliono pubblicare il mio libro...» Poi ho teso il telefono a mia moglie perché leggesse l'e-mail.

Dopo circa cinque minuti e diversi abbracci, mia moglie decide che bisogna festeggiare! Così, mia figlia fa una vera e propria cena mentre io e mia moglie andammo a prendere il gelato da Sarris Candies per tutti.

E lei non mi ha lasciato guidare perché temeva che nelle mie condizioni avrei fatto un incidente!

Ho chiamato tre amici e i miei suoceri mentre guidavamo, poi, una volta tornati a casa, ho gustato il mio gelato ai cookies e alla crema con glassa di cioccolato al latte come "cena" di festeggiamento.

E non avrei potuto essere più felice!

Connettiti con Patrick

Sito web: http://patrickmichaelbooks.com/

Sull'autore

Patrick Michael è da anni un avido lettore di fantascienza e fantasy. Ha tre scaffali pieni di romanzi (in doppia fila) e due mensole completamente piene di libri di gioco.

Gestisce un gioco di Star Wars d20, gioca in un'eccellente campagna di D&D di un amico (il suo amico dipinge ottime miniature e realizza eccellenti oggetti di scena, cosa che a Patrick manca), ed è stato un LARPer per oltre 20 anni. La sua mente vorrebbe continuare a fare l'ultima cosa, ma il tempo glielo impedisce... e il suo corpo gliene è grato.

Ha una moglie meravigliosa e la figlia migliore che si possa desiderare, oltre a due gatti. Sua moglie lo ha convinto a scrivere il mondo in cui hanno giocato di ruolo da... be', apparentemente da sempre. Gli ha detto che sarebbe stato un ottimo modo per dimostrare alla figlia che si può fare tutto ciò che ci si mette in testa.

RECENSIONI E VALUTAZIONI

Ti è piaciuto il libro? Scrivici una recensione o valutaci con stelle sul sito su cui hai acquistato il libro. Vai semplicemente alla fine di questo libro e il tuo lettore ebook ti chiederà una valutazione.

Essendo un editore indipendente che investe la maggior parte delle sue entrate nell'introduzione di nuove serie in Italia, noi di LMBPN International non abbiamo la capacità di lanciare grandi campagne pubblicitarie. Pertanto, le recensioni costruttive e le valutazioni con stelle sono molto preziose per noi, in quanto puoi aumentare di molto la visibilità di questo libro per nuovi lettori che ancora non conoscono le nostre serie. In questo modo ci permetti di portare molte altre nuove serie in italiano.

NEWSLETTER

Benvenuti in un viaggio emozionante con LMBPN® International! Iscriviti alla nostra newsletter per accedere ad aggiornamenti esclusivi e contenuti gratuiti.

Come nostro stimato abbonato, godrai di un'esperienza ricca piena di sorprese. Immergiti in nuovi mondi, intuizioni uniche e storie emozionanti che ti aspettano. Unisciti ora, diventa parte dell'avventura internazionale LMBPN® e diventa davvero parte della storia!

https://lmbpn.com/it/newsletter/

www.ingramcontent.com/pod-product-compliance
Lightning Source LLC
LaVergne TN
LVHW010540160826
845677LV00013B/2934

9798893540031